小银河畔
鼓乐声

王铁牛 著

上海文艺出版社
Shanghai Literature & Art Publishing House

图书在版编目 (CIP) 数据

小银河畔鼓乐声 / 王铁牛著 . -- 上海：上海文艺
出版社, 2024. -- (忻州书香 / 梁生智主编). -- ISBN
978-7-5321-9112-3

Ⅰ . I227.3

中国国家版本馆 CIP 数据核字第 2024UW1077 号

发 行 人：毕　胜
策 划 人：杨　婷
责任编辑：李　平　韩静雯
封面设计：悟阅文化
图文制作：悟阅文化

书　　名：小银河畔鼓乐声
作　　者：王铁牛
出　　版：上海世纪出版集团　上海文艺出版社
地　　址：上海市闵行区号景路 159 弄 A 座 2 楼
发　　行：上海文艺出版社发行中心发行
　　　　　上海市闵行区号景路 159 弄 A 座 2 楼 206 室　201101　www.ewen.co
印　　刷：成都市兴雅致印务有限责任公司
开　　本：880×1230　1/32
印　　张：95
字　　数：2280 千
印　　次：2025 年 7 月第 1 版　2025 年 7 月第 1 次印刷
I S B N：978-7-5321-9112-3/I.7164
定　　价：398.00 元（全 10 册）

告读者：如发现本书有质量问题请与印刷厂质量科联系　T：028-83181689

内容提要

这是一部关于"晋北鼓乐"起根来由的作品。

作者以老家五台民间传说故事为基础，刻画出了忘八等"晋北鼓乐"创造者的群像。作品语言生动活泼，形象幽默，充满了晋北的风土民情，有着极其浓郁的时代泥土气息，很值得一读。

目录

CONTENTS

楔 子

其 一

从小听说八大套，今到五台尽兴了。

子女媳婿齐上阵，吹得精彩听得好。

不愧非遗无价宝，自娱娱人功不小。

文化品牌独家造，走出山西天下晓。

其 二

晋北鼓吹立社团，有幸欣赏田家班。

朴实浑如农舍汉，清纯音绕庙堂间。

闻乐忽忆尊师父，田家岗人名象贤。

其 三

五台民乐八大套，而今也已有社团。

切磋琢磨鼓吹艺，传承开拓出名山。

文化自觉方自信，抓住时机奏鸿篇。

这三首诗乃是原山西省文化厅厅长、中国文化部艺术局局长、中国艺术研究院党组书记兼常务副院长曲老先生，于2016年

11月12日在五台县云海大酒店演艺大厅，欣赏了五台县有关方面和相关人士组织的"国乐《五台八大套》演奏"，为应邀前来演奏的五台陈家庄乡牛氏乐团、阳白乡田家班和刚成立的"五台晋北鼓吹研究会"所写的。此时的曲老已寿逢九九，形如古松仙鹤。其诗朴实无华、大雅若俗、明白如话。读之如食荔枝，初入口尚似无味，稍加用齿相触，甘美溢出，顿时满口异香。这正是曲老一向的文风与为人处世风格。

曲老是定襄县河边村人。而曲老出生的时候，河边村却隶属于五台县。河边村是一个美丽而神奇的村庄，"河边归燕"是五台著名的八景之一。每年春秋紫燕北返南归之时，总要到河边村来聚会，数不清的燕子飞来飞去，落满了滹沱河边所有的芦苇和村里村外所有的树木，吱吱喳喳、呢呢喃喃、嘈嘈切切，唱着只有它们才能听懂的歌曲，讨论着它们关切的话题，吵得人们有时连自己说的话都听不清楚。两三天后又突然不见，很是神奇。还有，河边村出过一个大人物，那就是民国时期的山西土皇帝阎锡山。阎锡山的外祖父曲成义正跟曲老属于同一曲氏家族，是五台县的名门望族。

在"国乐《五台八大套》演奏"结束后的座谈会上，曲老激动地道："其实，我也是五台人啊！我大学毕业参加工作，先后在省委宣传部八年，省文化厅七年，文化部艺术局六年，国家艺术研究院五年，退休至今，确是第一次完完整整地欣赏到咱们故乡如此优美的《八大套》！这样优美的民间音乐完全能够走出五台，走出山西，走出国门！在今天，我们欣赏如此优美动听的民间笙管《八大套》的时候，又怎能不为我们有能够搞出这《八大套》的先人感到自豪和骄傲？同时，我也为我以前竟然是'灯下黑’而感到惭愧！”

　　曲老所说的"灯下黑"，就是自责自己以前忽视了这么典雅优美的民间艺术。其实，五台《八大套》从诞生之日开始，一直在五台山沟沟里活动。他们按着人们红白事宴、请神祭祀、红火庆典等选吹着《八大套》中的套曲，对此人们也早习以为常了。然而，随着改革开放，新兴的民间鼓乐班社由于歌舞戏曲人员的加盟，一下就将传统的鼓乐变了味。原本庄严肃穆哀伤悲痛的殡葬死者的白事宴也变得红火热烈起来了，与浮躁不安的当代年轻人心态发生了共鸣。昔日的民间鼓吹班社遭遇到了"礼崩乐坏"，也只好随波逐流了。在这种情况下，别说曲老了，就连牛氏和田氏两家鼓班的左邻右舍，又有谁真正欣赏过《八大套》？

　　然而，毕竟真金不怕火炼，先人在天有灵。原先在五台山沟沟里回响的《八大套》有时也会"寻常看不见，偶尔露峥嵘"。在五台《八大套》全盛的20世纪50年代初，五台民间鼓吹班社艺人田元喜、田金旺叔侄进北京参加追悼苏联领袖斯大林的演奏，一下引起了权威们的注意。上海民族音乐学院教授李民雄，山西省文化局音乐工作人员陈家滨等先后来五台，对《八大套》进行了采访、记谱录音等工作。山西省文化馆也出版过五台"八大套"的小册子。20世纪80年代初，在演奏过《八大套》的名老艺人们尚健在时，五台文化馆对《八大套》进行过录音保存。但是，到了21世纪，五台民间很少再能听到《八大套》乐曲了。倒是有个原先根本不懂五台《八大套》的忻州吹鼓手得了几首五台《八大套》曲谱为了迎合现在演奏这些古典乐曲热潮，便练了几下到现在什么音乐学院去沽名钓誉。那些根本没听过见过前人演奏《八大套》的音乐教授们，把那些忻州吹鼓手吹捧了一通。而真正的五台《八大套》既面临"假作真时真亦假"的变异情况，又面临着失传的危险。

为挽救五台《八大套》的生命，捍卫五台《八大套》原汁原味的纯真，五台的一些有识之士行动了起来。原省政府退休干部朱生和与五台县干部韩先平等，根据有关线索追踪、走访、查询，发现了五台《八大套》的新线索，改写了《五台县志》对五台《八大套》的记载和历史。五台退休干部白俊章自掏腰包十万元，要给按照父辈们原汁原味演奏、排练《八大套》的牛氏乐团和田氏乐班津贴，以避免他们因想挣钱而干扰耽误了排练的时间和录音质量。五台云海大酒店老板王计云不但调配出一间客房让新成立的"五台县晋北鼓吹研究会"无偿使用，还把一切有关五台《八大套》活动的如会议举办、人员住宿、演奏录音、饭菜饮食等的费用全部包揽。自由职业者侯旺兴也把自己的小轿车开出来，随叫随到，供大家使用。大家只有一个共同的目的，让原汁原味的五台《八大套》通过顶级权威的鉴定，成为中国非物质文化遗产而永远得到传承。经过一段时间的排练，大家邀请了原省文化厅副厅长、非遗鉴定权威人士郭士星和省音乐舞蹈研究院学者教授韩军前来欣赏鉴定，演奏得到他俩的赞赏肯定和认可。又过了些时候，又请了曲老和另一个《八大套》权威人士尧山农夫再次欣赏鉴定，力求做到完美尽善。

曲老大家已经知道了，那尧山农夫又是何人？聪明的读者很快就猜了出来，正是这本小书的作者！

作者成年后走出江湖便自号"尧山农夫"，以提醒自己出身农民。有一年他受五台县史志办主任侯天和先生之托，在尊胜寺挂单客居了两个月，搜集寺庙和含礼和尚的抗日事迹，被这里的和尚们尊称为"五台才子"。他总结自己的一生，《自嘲》云：

> 既披人反须奋斗，老天偏箍受苦牛。
> 尧山农夫丢工龄，五台才子逊风流。
> 升官发财无人见，爬格码字有贼偷。
> 自栽苗木难结果，却盼螟蛉变燕鸥。

尧山农夫在五台生活工作多年，再加其天性好钻研，凡事总要弄个明白所以然，故对五台民间文化艺术了如指掌，特别对五台民间非遗文化如"西天和忘八赛戏""陈家庄南塔登台秋歌"等很有研究，写成详细材料让他们申报非遗。对民间鼓乐《八大套》和《大得胜》也很熟悉，不仅参与了五台县文化馆对《八大套》的录音工作，还是孟奋臻先生所编《五台民间吹打乐》曲谱的勘校。在尧山农夫在村里时，常与五台县著名的鼓吹艺人——邻村田家岗田元喜接触。田元喜吹奏的《八大套》《哭皇天》等鼓乐曲的曲调和旋律深深印入了他的脑髓。凡有人吹奏《八大套》《哭皇天》等乐曲，他闭眼从脑髓中寻出田元喜的吹奏，加以比较，立马便能评断出高低来。然而，这都不是人家要请教他的主要原因。真正的原因是韩先平和朱生和重新研究《八大套》时发现的新大陆中，有一个名不见经传却又是非常关键的人物，没有这个人物，就不可能有流传于世的《八大套》。而这个人物乃是尧山农夫的旁系高祖。这是一个绕不过的坎，就非得请尧山农夫参与研究不可了。这也确实让尧山农夫始料未及而吃了一惊！

尧山农夫和曲老是一起乘侯旺兴的车来五台的。其实，早在

20世纪七八十年代，尧山农夫还是写小说小戏的业余作者的时候，就跟曲老很熟悉了。现在两人都已退休变成苍头了，但是精神尚可。两人略寒暄了几句，尧山农夫便回答着曲老所问的五台《八大套》的问题，讲述起了他所知道的情况。在欣赏牛氏乐团和田氏乐班演奏的《八大套》时，尧山农夫又坐在曲老身边，以备曲老咨询。这让曲老非常满意，情不自禁地给尧山农夫写了一首诗道：

> 谋戏相识几十秋，赏乐再逢已退休。
>
> 侃侃舒论八大套，不是吹牛也够牛。

曲老要回太原的家了。临行时还饶有兴致地拉着尧山农夫的手道："哎呀，真个吹得好哩，听得真个过瘾！然而，让我最感动的却是咱们五台那些搞出《八大套》来的先人。你不是爱写吗？趁着身体精神还好，将他们记录下来，让他们和他们的那段历史有个真实而又活生生的纪念！"

其实，尧山农夫也有了这个心思，他的思绪早飞到老家，飞到小银河畔那古老的岁月……

第一折：
田德义发誓学吹打

　　这是19世纪60年代晚清时期的五台县阳白乡——按当时的乡村行政机构为大西路下善泉都，人们习惯上称之为东冶北沟。小银河从中流过，左右高山丘陵千崖万壑，沿河岸散布着二十几个村庄。找到田德义的时候，这个身材魁伟、浓眉大眼的庄户汉子，正坐在他爷爷的坟头上学吹唢呐。他眯闭着双眼，一双苦腮气鼓着形成了疙瘩，努憋得红头胀脸，脖子上青筋暴涨。唢呐里发出的声音却是吱哇佳、吱哇哇，好像是用瓦片杀鸡似的惨叫，令人不忍耳闻。

　　原来这唢呐很是难学。尽管人们说"千日管子百日笙，大杆子唢呐一早晨"，但真正吹唢呐吹得好的艺人都不认同。他们说是"大杆子枚才是一早晨"，学唢呐千百个早晨也不行，不信你吹一个《哭皇天》试试？却说这唢呐原来不是咱们中国的乐器，乃是西域波斯古伊朗一带的玩意儿，名叫苏奈儿，吹起来吱里哇啦、滴滴答答，民间耍蛇艺人常吹这苏奈儿让蛇起舞。流传到咱们中国后制形上发生大小不等的变化。最小的杆子只有一拃来长，被称为涟笛。八寸杆、一尺杆、尺二杆的才叫唢呐，乃是苏奈儿翻译过来的习惯写法和叫法。其中一尺杆和尺二杆的又被称为大杆子唢呐，超过尺二杆的唢呐绝少见到。制形虽有大小之分，制式上却是统一的。由下而上一般由铜制的号头喇叭碗子、柏木或者其他硬木所制的杆子、铜制的葫芦形状喉子（唢呐哨子和杆子的连接器。艺人们和《北路梆子音乐》书上都写作"猴子"）、挡嘴唇的气盘和芦苇制成的哨子所组成。杆子上开八个音孔，前面七个，后面一个。发音全凭嘴吹哨子。音的高低变化由手指按前后音孔来控制。乍一看好像很好掌握，其实吹得好听与否全凭功力。正因为此，初学者难免要腮吹麻木，嘴唇合不拢，脖子里努撅起淋巴筋疙瘩。再者，哨子至关重要，所用的芦苇又必须是榆次产的绵苇，只有这样才能刮制成哨子。用瓷锋或碎玻璃刮制哨子时，既不能厚，亦不能薄。厚了吹起来费力，薄了又容易闭合了哨口吹不进气息。更为重要的是吹唢呐必须学会换气，即用鼻孔吸气的时候嘴里不能停止吹气。更不要说还有杆子上的按、跳、抹、花指等指法了。凡此种种，初学吹唢呐吹出杀鸡声也是情理之中的事情。唢呐声音嘹亮、霸道，表现力丰富，对各种乐器有一定的统领力，所以，鼓乐班社能驾驭使唤了大杆子唢呐的往往也就是班主。

因为学吹唢呐这么费力，为了从小练成童子功，往往学艺者从十一二岁就学吹唢呐。田德义已过了这个最佳年龄，为啥还要学吹唢呐呢？却原来，田德义深深感到，在村里种地受苦是落个熬煞累死也翻不了身的。他的这种感觉和认识，村里另外一些思想活泛的好闹红火的人也有。这时，村里一家从郭家庄住过来的张姓财主办起了鼓房，招人学艺。田德义便和大家一起进了鼓房，实指望学得鼓乐真本事，从此走上另外发家致富的门路。好在父母和妻子也很同意，然而，张家鼓房的名气却不敢恭维。有诗为证：

张氏鼓房何处寻？忽闻街头杀鸡声。

唢呐不应工尺谱，锣鼓红黑分不清。

　　这首诗前两句大家好理解，不解释也罢。第三句说的是吹唢呐的不懂不识工尺谱。这个工尺谱是古时操弄乐器或者歌唱曲牌词调的艺人必须要通晓的，相当于咱们现代人使用的简谱、五线谱。现在的艺人们也有用工尺谱的。具体来讲，上行音阶：上、尺、工、凡、合、四、一，也就是咱们现代简谱的1、2、3、4、5、6、7。有的地方的艺人也写作：上、尺、工、凡、六、五、乙。这些字上若加单人旁，则表示上加点的高音；若是带笔下勾，则表示下加点的低音。不懂工尺谱能吹好唢呐吗？第四句说的是敲锣打鼓连个红黑也分不清。什么叫红黑？却原来，击打鼓乐时，所配合的马锣、铙钹、水镲、铰子、小锣，甚至于梆子、木鱼、叮叮当、云锣等乐器，音量、音色各不相同。要击打一套锣鼓经，各种乐器在锣鼓经中击打的次数、轻重缓急又各不相同。艺人们讲要做到"红黑分明各异"。所谓"红黑"，其实就是强弱节拍的分别。击打"红"节拍的乐器也叫"红家具"，如马锣、铰子、梆子、木鱼等；击打"黑"节拍的乐器便叫"黑家具"，如铙钹、水擦、小锣等。各司其职，红黑分明，便能击打成非常优美的锣鼓音乐，其乐谱也称锣鼓经。反之乱打一锅粥，成为噪声而已。

　　张家鼓房是这个样子的，参加学艺的也大多是五台骂人不成器的七九子、万有子、胡萝卜、圪朽子之类；教师也是三脚猫把式，只会念唱"大脑壳和尚泪汪汪，上庙来降香，弥勒佛坐中央，十八罗汉坐两旁"之类的民歌民曲。故而张家鼓房倒闭塌班便也是情理之中的事情。田德义天性对鼓乐敏感，进去没两天，就记了个《牌子鼓》《大安鼓》《天神福》和《小芙蓉》，班主却宣布鼓房解散。这一下激起了田德义五台人的倔脾气，他来到爷爷的坟头上发誓，一定要靠吹唢呐发家致富，不学成名誓不罢休！誓罢，便练起了唢呐。

趁着田德义学练唢呐的工夫，我们可以欣赏一下他祖辈十几代人劳作的家乡田家岗村。有一首民歌唱得好：

> 几十几丈崖头哎呀几十几丈沟，
> 男人那个熬杀呀女人那个呀愁。
> 崖头那个外坡坡里摘呀摘梨果，
> 沟沟儿里的庄稼呀还得往回收。

说起来，小银河流域东冶镇北沟地处黄土高原丘陵区，像田家岗村这样的村庄不少，但还是数田家岗村最为典型：深沟高崖相间，千崖万壑。崖头圪梁梁坡地因为天旱不好种庄稼，尽是栽了些梨果树、枣树，求个旱涝保收。沟里边潮湿些，聚集雨水也多些，种的才是庄稼，图个有粮可吃。假如画家们来到这里，看千崖万壑，春夏秋冬，各有美景，采风摄影、丹青写生，定能创作出惊人的作品。但假如你是个农民，在这里劳作，恐怕就想当逃兵。咱不说春夏的辛苦，单讲秋天的劳累就叫你胆战心惊：羊肠小道二尺宽，顺着崖头梁身拐来绕去。你七尺扁担压肩头，挑着的两筐梨果少说也有百十斤；一头紧擦着崖身，一头悬在崖空；挑担的汉子们大步流星，扁担上下忽颤，看似优美的大鹏展翅舞蹈，实则全是咬牙挣命。放下担子歇一会儿，松松肩头喘喘气吧，哪有放担子的地方，只能一肩扛到底。长路七八里，短途二三里，一天下来，肩头红肿皮磨破，骨头散架浑身痛。你可能说，咋不用毛驴驮呢？咱先不说你能不能买得起毛驴，即使你家有毛驴，使唤起来其实也不轻松：三秋大忙争抢收，自己空走哪能行？身上总得背点庄稼回家吧！照样累得你不行。最怕是照料招架不好毛驴，毛驴驮子不小心磕碰了崖身，保不定就把毛驴反撞到崖下深沟里，那时你哭爹都迟了。你又可能说，那咋不能把路修宽些呢？告诉你，那更不行！修路免不了要用镢头刨崖身吧，坏了人家崖顶梁头的地，塌下的土埋了沟里人家的庄稼，你赔得起吗？这笔账没算好你敢动土？

地里是这样，村里也一样。二三百户人家，靠崖的掏几眼窑洞，落平的搭几间茅房。别的家务营生倒也罢了，最愁的是吃水：几十丈高的崖头掏不成井，吃水全凭河里担。村后黑龙沟有个黑龙泉，泉水咕嘟嘟往外冒，细细的水流变成小河供全村吃水。据说泉水甘甜为上等水，淋醋做豆腐很是香，就是到河里担水让人心里发怵。那条河坡，陡得足够六十度，从底到顶二里长。下坡到好说，担水爬坡就真够呛，充英雄好汉一口气往坡上冲，不到半坡你就眼冒金星心发慌。放下水桶倾倒扣了水，顺坡滚了水桶，岂不是白忙一场？没办法，要想担这一担水只得沉住气、咬着牙，跟在大家身后挑着盛满水的水桶一步一步地慢慢地往上晃悠。说到这里，大家也就明白田德义为什么一定要学吹打了。你可能说，不能搞个其他事业？这也毕竟是他的爱好啊！

　　话再说回来，就这么个生存条件如此艰难的地方，绝大部分的田家岗村人却把它看成是金窝银窝。据老辈人说，田家岗村原来有几户姓白的五台县原住民，此地也被称为白家岗。明朝朱洪武移民时，姓田的人才迁来这里。几代以后，田家人口超过了白家人口，硬把白家岗改名为田家岗。白家人不服气，告到了五台县。县太爷亲自下来踏勘了一番，冷笑着向白家人道："反正又不少你的地亩树株，就这个地方，叫上个甚也扯淡！"扭头坐轿回了五台县衙。于是，白家人再不告状，听任田家人改了村名。田家岗一直叫到了今天。

　　田德义练唢呐的时候正逢清明时节，尽管上坟应该是在寒食节，但清明节总是和寒食节差前错后结伴而来，两个节日便相混淆。五台小银河这一带寒食节的风俗，上坟要在坟头上插上干草，干草上挂着白纸剪的招魂秋千幡；墓茔道口要供黄米面蒸的糕饼。烧纸磕头罢，回家的路上还要捡一支枣树圪针枝，拿回家去插上前一天就蒸好的白面捏成的"寒燕"——也就是一些飞鸟状的玩意儿，并不限多少，挂在屋梁顶！让人欣赏的同时也让其自然风干，日后用来哄孩子们。寒食节距离上一年冬至时节恰好一百零五天，老百姓也称之为"百五节"；本来是纪念春秋时期晋国大夫介子推的，老百姓们却趁机用来祭祀自家亡故的亲人。久而久之便成了老百姓上坟的日子，也可以在这天为亲人坟墓整修添土或是另行启葬改墓。寒食节前三天放鬼，后四天收鬼。人们是不能到河里洗衣服的，因为鬼们也要趁着这个丰都鬼城给鬼们放风的日子，到河里来洗一洗自己一年来积攒的脏衣服。大人们警告孩子："千万不能到河里耍水，小心碰上鬼洗衣服的！"并煞有介事地给孩子们讲有人在河里看见了鬼们忘记了拿的纸衣服，有人在河里洗脸时摸到了河里鬼的大腿脚板子等，把孩子们吓得一惊一乍的。由于农历有闰月，清明寒食节有时会出现在农历的二月，有时会出现在农历的三月。二月的清明寒食节往往天气阴冷，阴风惨惨，卷起大小不等的旋风滴溜溜乱窜乱转，在一起玩耍的娃娃们便齐声喊："旋风子旋风子你是鬼，我是爷爷不怕你！"若有旋风刮了过来，他们便呸呸呸地急唾几口唾沫。有时风大，飞沙走石，娃娃们便喊着"鬼来了！"一哄跑散，躲到自家家里，再不敢出去耍。三月清明一般是风和日丽、百花盛开的日子，很少有这般阴风扬尘的天气。故农谚道："二月清明花不开，三月清明花全开。"这年的清明节也正逢农历三月时节，田家岗村所有岗梁上的梨果树，村头谷囤的桃杏树，全部绽开了花朵，远远望去，一簇一团，如粉似雪，间或着又有夭夭的桃红和地埂上青青的草色。微风吹来，空气中弥漫着阵阵花草的清香，还有小银河飘过来的水腥味，叫人如醉如痴。然而，农家自古少闲月，哪能顾得上欣赏？也没那闲情逸致。给梨果树刮树皮，锯树枝；地里垫埂塄，填茅漏，垒水口，刨去年留在地里的茬子等，农民们又开始了新一年的受苦营生。

田德义住了唢呐，斜着眼看了看远处受苦劳作的人们，脸上掠过一丝冷笑，取下唢呐上的哨子塞进耳朵缝里，把唢呐喉子拔下来，将号头喇叭碗子从杆子上褪下来，装进搭在肩头的布裢里，离开了坟地，向西下坡而去。坡下是离他们田家岗村二里远的郭家庄村。他要去求求老天爷，让老天爷保佑保佑。

说起来，郭家庄村是东冶北沟小银河中游一带风水最好、地理位置也最为特殊的一个村子。以其为中心，向东二里爬上东坡是田家岗村，向西二里过了小银河爬上西坡是王家庄村，向北二里是阳白村，向南二里是泉岩村。其布局极像五台人摆的四盘一海碗酒席：郭家庄居中央，好像五台有名的用八种菜蔬食材烩制的八宝罗汉大海碗烩菜，周围四个村子酷似两凉两热的四个配菜盘子。这原是五台山僧司招待朝廷官员贵客的专用筵席，而今"旧时王谢堂前燕，飞入寻常百姓家"，成了五台寻常百姓的家常酒席。从风水上来讲，这叫四星捧月，主出大人物。据说，郭家庄居住的原住户郭氏人跟南五里远近的郭家寨居住的原住户郭氏原是一家人。他们在五台小银河占据着郭家庄和郭家寨，互为犄角，一直相安无事，不料元末明初却遇上了"常遇春梦洗五台"的天降大祸。郭家寨守住了寨子，没有被屠村，成为五台县的原住民；郭家庄的郭家人选择"三十六计走为上计"，在常遇春的大兵杀进五台之前弃庄而逃，一路南下逃到了广东福建一带而成了现在的客家人。整个郭家庄完好无损地留给了后来朱洪武时的移民张氏。

据说，张氏是第一家来到东冶北沟小银河流域的移民，而且是大明五台县令亲自送来安家的，整个东冶北沟小银河流域所有的荒村废墟由张氏挑了挑、拣了拣，最后他们自然是挑选了保存最好最完整的郭家庄作为安居点。天下移民千千万，为何张氏有如此大的面子？却原来，五台县令将移民名单籍贯一一审查，竟发现这个张氏原是老天爷"昊天金阙无上至尊自然妙有弥罗至真玉皇大帝"的嫡系后人！虽然时过境迁，历过多少世劫，但老天爷的后人毕竟是老天爷的后人，岂敢怠慢？不仅向其推荐并由其挑选了郭家庄村，还赠送了建造祖庙——即玉皇庙的银两，接着让其按当时朱洪武的移民法规定插草圈地。

老天爷的后人知道移民仍在继续，小银河一带免不了后头还要来人；待把家安顿住以后，便抱上干草到野外插草圈地去了。当时县太爷交代得很清楚：只要插的干草标记能合拢回圈来，圈里的一切土地树木山川河流便都是你的，成了你可以遗传后世的私产。张氏站在郭家庄村头，望着四野肥美的天地，贪欲之心一下膨胀起来，他恨不得把眼前所望到的土地树木、山川河流都变成自己的财产。这一下便把事情弄坏了，贪多嚼不烂，惹恼了自家的祖先。他东插至八卦岭，西插至山怀岭，南插至尧岩山底——却猛地发现自己插的干草标记跟别人插的干草标记碰了界，早合不回自己的圈子了，不觉大惊！细一查看，却发现后来的田家岗的田家、阳白村的孟家和郝家、王家庄的王家、泉岩村的赵家和杨家，都在他那还没有合拢回来碰了头的大圈子里各自插草圈地。张氏气急败坏，急忙撤回郭家庄村，围绕着村子抢占着圈了一圈地。这就形成了几百年来郭家庄村占有土地田园的怪现象：除过挨田家岗才有一些旱田岗地外，挨阳白村、王家庄村、泉岩村的几乎全是河滩盐碱地，有水烂泥滩，无水白茫茫。种什么庄稼也长不好，尽长些芦苇和蒲草；癞蛤蟆菜花蛇到处窜，蚂蟥水蛭寻人咬；唯有红叶甜苣菜，成了穷人的救命宝。为改造这些烂泥滩盐碱地，这些老天爷的后人可真没少想办法，挖沟控水种黑豆，上骡马粪种玉米，开养鱼池，养种水稻等。直到 20 世纪 70 年代"农业学大寨"运动时，阳白村、王家庄村和泉岩村相继打了深井，抽取地下水发展水浇地高产田，导致地下水位下降，郭家庄村的烂泥滩盐碱地才变成良田。当然，这已是后话了。另外，越过阳白村、王家庄村和泉岩村田园十多里的地方有一些郭家庄的田池，少的二三十亩，多的五六十亩，全都是当年插草圈地时跟这些村碰了界留下的边边角角。作务吧，离村

太远，到地头就晌午了，实在误工；留两户人家住下来作务，地
方又太偏僻荒凉，形影孤单，又难免受到马猴子豺狼的伤害、响
马强盗的骚扰，也是太危险；放弃了不作务了吧，也有些可惜心
疼；要不索性给了邻村吧，又对不起当年插草圈地的老祖宗。就
这么一年又一年，终于赶上了如今国家号召村民退耕还林还草，
这才免除了郭家庄人永远的痛。

　　尽管郭家庄村张家在插草圈地置产时没有占到多大的便宜，
但毕竟是老天爷玉皇大帝的后人，很受邻村人的尊敬。娶媳妇儿
聘闺女结姻亲，郭家庄张家是首选。而且，东冶北沟小银河一带
大大小小近三十个村庄，唯有他们郭家庄有玉皇庙。规模虽不宏
大，在黄土坡下东冶、建安、阳白一带，滹沱河、小银河流经地
区，人们俗称下五台，也是首屈一指的。郭家庄人说这是他们的
祖庙。其庙靠东向西，分上下两院。上院主殿为上下两层各五间
的楼殿，上层为"凌霄宝殿"，正中玉皇大帝高坐，周围上首为
太白金星、张天师、许旌阳、福禄寿三星等，下首为托塔李天
王、四大天王、巨灵神等，这些大罗神仙俱塑得气势十足、栩栩
如生。下层为"阎罗大殿"，里面供着阎王爷。据说，阎王爷也
姓张，是玉皇大帝的亲兄弟。阎王爷又称阎罗王，跟另外的九个
阴曹王组成十大阎王，共同审理发落死人的灵魂。左右两侧便是
十八层地狱，望乡台、枉死城、孟婆店一应俱全。左右南北配殿
各为三间，上首配殿为观世音"慈航普度"大殿，下首配殿为地
藏王"幽冥教主"大殿。当院一焚香铁炉为明嘉靖年间所铸，上
书"玉皇庙"。进大院处为三门牌楼式仪门。平日中间主门关
闭，到每年正月初九玉皇大帝诞辰时才打开，却也只是礼仪并无
人敢走。整个庙院所有建筑俱是雕梁画栋、脊瓴高耸，黄琉璃瓦

铺顶，一片金碧辉煌，吻吞脊兽、飞檐挑角，很是壮观。下院为一场院，正西一座赛台，可以三面观赛，向东正面留给玉皇大帝和各路神佛享受礼牲、香烛纸马和观赏赛戏，左右两厢却是四邻百姓看赛戏表演的场地。届时，三天赛，忘八闺女描眉画眼在赛台上对看赛的后生小伙子抛媚眼、扮娇态；扮戏的忘八不住地擂鼓筛锣，高吟诗句，讲述着因果；四乡的百姓，尤其是郭家庄张家一家一家地向玉皇大帝老天爷敬奉祭礼品、焚高香、烧黄表、鸣炮仗，很是热闹。三天赛后，紧接着又是元宵节。玉皇庙又是三天庙门打开。郭家庄村和邻村上下的社火秧歌等红火都来玉皇庙饮马参拜，在下院场院里表演。郭家庄村有头脸的财主都要被请到赛台上观看红火。邻村上下一些心有愧疚而没有来得及在玉皇大帝诞辰庙会作赛时参拜祈祷的人，也趁这个机会前来进香，祈求老天爷宽宏大量，免除福禄寿的剥夺，消除减免地狱灾难。

在五台人看来，所有人的福禄寿果报，都是根据前世的善恶因果，经过阴曹地府的审判而决定，上报老天爷玉皇大帝批准，由福禄寿三星君"三星共照"来执行的。人初来阳世，福禄寿都有各自的基数。为善者，如孝敬大人、扶贫济困、修桥补路、行侠仗义等，老天爷就会格外恩赐。福禄寿三星就会在为善者原有的福禄寿果报的基数上再添加一定的福禄寿；为恶者，如忤逆大人、抛米撒面、诽僧谤道、杀人越货、行贿受贿等，老天爷就会另行惩戒，福禄寿三星便在为恶者原有的福禄寿基数上另行剥夺。为此，五台人常教育孩子好用"小心老天爷剥夺你的""小心头上长角角的（意怎为转生牛羊等畜类）"等话术。就是大人们争吵，也好骂"小心老天爷剥夺你的"；受了不白之冤，直呼"老天爷啊，你睁睁眼啊"；发誓诅咒常说"老天爷在上"，足见人们对老天爷的敬畏和信仰。

田德义来到郭家庄的玉皇庙，说要给玉皇上炷香，看庙的张拐子上下打量了他，问他求玉皇大帝保佑他什么。田德义是个老实人，便说自己想办个鼓房，看能不能把鼓房就办在郭家庄村。郭家庄村是中心村，跑事宴方便，又离田家岗村近，自己照料家也方便；再者，郭家庄村年年耍社火，很有一把子会打锣鼓的人，办鼓房正适用。张拐子冷笑了一声，扭头就要走。田德义急忙把他拉住，道："我给你说了，你咋不开庙门？你以为我不给庙上放钱？"张拐子又哼了一声，才道："你以为我们玉皇庙就是谋钱？我问你田家岗的张家鼓房子是不是塌了？我们玉皇爷连自家姓张的办鼓房都不保佑，还保佑你个姓田的？再说了，你那鼓房办起来又不是自家娱乐搞红火，是想外出揽事宴挣吃糕！那是忘八戏仔吹鼓手下九流的行径，还指望玉皇爷保佑？回家盖上盖的做梦圪哇！"再哼哼两声，竟不管田德义，自顾自腋窝里又着拐子一颠一颠地走了，把个田德义呆呆地晾在那里。

却原来，五台自明朱洪武年间以来，乡村里的闹红火娱乐的戏仔和吹鼓手都是拜把持庙会赛戏的忘八家为师学艺的，俗称"忘八戏仔吹鼓手"，低人一等，为正人君子所不齿。虽说在大清雍正元年，雍正皇上下旨取消了"忘八乐户"的户籍，为前朝遗留的"忘八乐户"抬高了社会地位，"忘八乐户"跟"士农工商"平等相待了，但在一般老百姓们的心目中，忘八戏仔吹鼓手仍是贱民。红白事宴谁家也难免要雇个忘八吹鼓手有个响动，但忘八吹鼓手一走，他们就把忘八吹鼓手用过的碗筷扔掉，把坐过的板凳用水洗刷三遍，以示对忘八乐户的鄙视和憎恶。田德义忽然感到了自己的孤独和无助。

一阵起火带炮夹东着哗哗哗的鞭炮声突然惊到发了呆的田德义。他抬头一望，西面小银河对岸王家庄村河坡头团团烟雾腾起，烟雾中人头攒动，站起来跪下去地拜着什么。一会儿烟雾飘散，现出王家庄村河坡头一座门洞顶上观音殿阁旁又增盖了一间神殿。因为有些距离，再加旁边槐树枝叶的掩挡，看不清里面新塑了什么神像。刚才的炮仗起火，很可能是为新塑的神像开光。这是什么神像，还塑在了河坡门洞顶上，面又向着东方郭家庄方向？田德义心中打着疑问，朝左右看看，或许有人能告诉他，却也正好有两个郭家庄村的老汉，想来也听到看到王家庄河坡门洞顶神像开光，在他身后说开话。只听一个道："还是王家庄村厉害，塑了个姜子牙来镇压咱的玉皇来了！"另一个道："他们镇压什么！咱村里早把邟玉皇庙赛台后的'虎眼'砌住了，有赛台后墙像照壁一样挡着，他姜太公的煞气进不了咱玉皇庙！"

田德义一下恍然六悟！却原来，王家庄村紧挨着小银河，小银河年年发山水，年年冲毁王家庄村的河坡。冲毁了朝北方向的河坡，王家庄村就朝南劈崖再修一条河坡；又冲毁了朝南方向的河坡，王家庄村就又朝北方向再劈崖再修一条河坡。这左劈一条坡，右劈一条坡，站在郭家庄村这边看，这两条坡极像人的两条腿！又逢王家庄村老天下雨，街上雨水由西向东顺坡而来，王家庄村人怕街水冲了河坂，就在两腿根部中间街水跌落处用石头砌了一个水口波浪。为护水口波浪，又在其周围栽植了些竹茇。那竹茇根基长叶蓬蓬松松一簇一簇的足有三四尺长，本来是长成后做扫街扫院扫帚的上好材料，但在此处围绕着水口波浪生长，又使人极富联想。雨天街水顺水口波浪冲出，活脱脱就像是一个人冲着郭家庄村撒尿！这不是明着欺负郭家庄村吗？郭家庄村人气坏了，想着要报复，在玉皇庙赛台后墙上开了一个圆形的叫"虎眼"的窗户口，玉皇大帝的目光一下就透过"虎眼"看到王家庄村河坡了。王家庄村也急了，派人跟郭家庄村交涉不成，改河坡另寻出路不成，只好在河坡上再建一个姜太公神殿，让姜太公对付玉皇大帝！

姜太公是元始天尊的徒弟，算得好卦，抱着封神榜和打神鞭。玉皇大帝虽是至高无上的老天爷，毕竟也是姜太公封的，也必须对姜太公恭恭敬敬，百依百顺。与其求玉皇大帝保佑，还不如求姜太公保佑，干脆求姜太公一卦，看前途竟是如何。田德义心头一亮，顺着到王家庄的泥泞道直奔而去。

第二折：
王锡绶吟诗拜祖村

穿过烂泥滩，渡过小银河，路过小泉子，爬上大河坡，田德义便来到了王家庄。

王家庄，这可是个怪异的村庄。大清嘉庆十四年秋，王家庄王氏北股十世王丁臣老财主，有感于始祖从明朝移民以来已有四百余年，家族传茔记谱单凭口传心授已不可能；况且其间还有搬迁移居到他乡居住的，若不赶紧编撰家谱传茔就有失传的危险。一日忽听说王家贤移居到河边的第十一世王荣富的儿子王锡绶乃是少年神童，弱冠秀才，便托家人前去相邀，来王家庄编撰茔谱。一来王家庄和河边都有此必要；二来，王老财主更想叫村里人从此激发振兴起来，产生"读书胜耕田""学而优则仕"的念头欲望。看看邻村上下，从五六世开始，每世便有读书中举为官者，顶不济也能考个秀才。而王家庄王氏至今十二三世，除过南股五世王邦道等中迋秀才外，再无人识得文房四宝，认得《百家姓》《三字经》了。这也真是太辱没祖宗，丢祖先的人了。

王丁臣老财主隆重地接待了王锡绶。饭后，亲自拉驴拽镫，扶王锡绶上驴，自己也骑了一驴，爷孙俩信驴由缰到岗梁塬垣上转悠遢弯。王锡绶第一次回故乡祖村，心情自是格外感慨。但见田野景色，沟壑纵横、梁塬相连，却也在族人们的手中变得如同锦绣；更加村里的古庙老槐，更为村庄增添了旺气景色，而其中又有多少故事！王锡绶只觉得心潮汹涌，一首《王家庄行》脱口而出：

> 驴穿塬径山菊黄，信缰悠悠野兴长。
> 万壑有声含晚籁，数崖无语立斜阳。
> 油梨叶落胭脂色，荞麦花开白雪香。
> 何事吟余忽惆怅，古庙老槐是吾乡。

　　为何王锡绶对古庙老槐情有独钟而倍感伤感？原来，王家庄的这座古庙在五台山佛教禅宗界非常有名，曾经是禅宗南北两派最后论战的战场。王家庄王氏始祖初来，就是在此庙暂栖立足，植古槐立村，创下了这份家业的。

　　却说禅宗始祖达摩从古天竺漂洋过海来到中国江南传教，又"一苇渡江"来到中原，传禅宗至五祖弘忍。弘忍大师在黄梅凭墓山修行多年，忽觉自己行将圆寂，欲将衣钵传于上座首弟子神秀，使其将禅宗发扬光大，但总感到神秀气量狭小、悟性不高、德行少欠，便又暗暗物色传人。一日，他召集全山僧人听他讲授禅宗要义，讲毕，便要大家作偈，谈谈感受和认识。神秀第一个站起来发言，他趾高气扬地道："师父所讲，徒儿尽知其要义，现将偈子奉上！"遂朗声颂道：

> 身是菩提树，心为灵境台；

时时勤拂拭，勿使惹尘埃！

神秀话音刚落，忽听有人高声叫道："错了，错了，您把弘忍大师讲的禅宗要义理解错了！"众人大吃一惊，急寻是何人竟敢否定五祖的上座首弟子神秀。只见最后末座有一个小和尚站了起来，双手合十向弘忍大师道："弟子亦有偈子奉上！"不等允许，便朗声颂道：

菩提本无树，灵境亦非台；
本来无一物，何处惹尘埃！

弘忍大师暗吃一惊！禅宗核心要义竟被这个小和尚一偈道破，可见此人聪慧过人、悟性极高，正是自己要传衣钵的极佳人选啊！他看看神秀尚在惊讶懵懂疑惑之际，计上心头，手持戒尺，走下金坛，来到这个小和尚面前，喝道："尔是何人？任何职事？为何口吐狂言，哗众取宠？"小和尚合十垂首，毕恭毕敬朗声回答："弟子慧能，来师父座下尚不满百日，任职净头执事，故而师父不识。"弘忍大师怒道："好你个慧能，没吃两天素，就想上西天？一个小小的打扫厕所茅坑的净头，有何资格能耐，竟敢在大庭广众之下胡言乱语，哗众取宠！你给老衲记住，黄梅凭墓山不是你说话的地方！"说完，举起戒尺朝慧能这个小和尚的光头上"啪啪啪"就是三下，转身回到了自己的方丈禅堂。

众僧见慧能挨打，掩口窃笑不已，神秀更是得意，走到慧能面前哼哼冷笑了几声，便尾随弘忍大师而去。慧能却不动声色，待到半夜三更，悄悄地来到方丈禅堂，跪在正闭目打坐的弘忍大师面前，轻声道："师父，徒儿奉命来到，请师父示下！"弘忍大师从身边取过一个包袱交给慧能，道："慧能啊！为师的衣钵都打包在这里，今天就传授给你了！你可连夜离开这里，速回岭南曹溪传禅宗法，迟则生变！"慧能自知个中情由，叩头拜首，连夜离开黄梅凭墓山，向广东岭南而去。

过了两天，神秀见弘忍大师不进饮食，整日里默念"阿弥陀佛"，似有圆寂回归西天极乐世界之兆，急寻大师衣钵占为己有，却是百般寻找不见，又见那个挨了师父打的净头执事僧这两天也不见了踪影，猛地醒悟过来，忙要向弘忍大师问个究竟。弘忍大师却早一点真灵径赴西天，与阿弥陀佛笑谈因果去了。法床上只留下一具遮掩凡人眼目的臭皮囊而已。他气急败坏地派人去追慧能，要夺弘忍大师的衣钵。慧能却早在广东曹溪用弘忍衣钵树起了禅宗第六代传人的大旗。慧能凭借自己对禅宗佛法的理解，开创了禅宗直指人心、见性成佛的顿悟大乘修持法，得到了所有愿意成佛的人民，上至王公贵族下至普通百姓的拥护和欢迎。慧能成为佛教禅宗划时代的六祖。

然而，毕竟慧能不是弘忍大师在大庭广众下光明正大地传授的衣钵，神秀便也一直不服气慧能。禅宗便分裂成两个宗派：一个是以神秀为首的苦修领悟的惭悟派北禅，一个是以慧能为首的见性成佛的顿悟派南禅。北禅南禅一直存在着谁是谁非的论战斗争。在神秀和慧能之后的论战中，北退南进，最后的战场竟然来到五台山佛国世界。南禅在五台东冶镇北沟小银河东畔的李家庄建了一座至今尚存的小寺庙南禅寺作为据点。北禅在离南禅寺北五里远近的小银河西畔的西沟口南梁上建了一座北禅寺作为堡垒。为防对方的"异端邪说"进入自家的寺院，双方协定又在现今王家庄村口里建一座寺庙作为论战场所。按"北禅南禅，同出一门；论战求同，以和为大"的论战宗旨，双方主持共同拟定以大唐文宗李昂的"大和"年号作为寺名。大和寺建好后，双方轮流派大师来大和寺举办无遮法会讲经说法，辩论是非，比试高低。据传说，当时北禅寺规模很大，寺前还有一谷出九穗的百亩良田，凡是信仰北禅的善男信女，还可以领到小米，香火很是旺盛。南禅初来乍到，人丁不旺，寺庙规模也不大。然而，南禅选派的大师个个能言善辩，南禅"明心见性"的修行理论令人欢欣鼓舞；"放下屠刀立地成佛"的修行时间，令多少对佛心灰意冷者看到了前途，所听讲者无不心服口服。法会举行到最后，不但普通百姓也不再去听北禅讲经，就连原来北禅寺的僧人们也纷纷信仰了南禅。偌大一座北禅寺再无人主持，终于倒塌破败；就连那一谷九穗的百亩良田也荒芜不堪，成了普通的草坡塬梁。有人将此败寺改建为慈氏院，供起了弥勒佛，成为天池寺的下院，却又遭"常遇春梦洗五台"兵燹。后来人们将此地称之为"和尚垴"，垴下之沟称之为"和尚沟"。王锡绶转游到此，看到崖坡里散落着的一些当年北禅寺的破砖烂瓦和遗弃的柱础石条，性情中人，不由慷慨系之，口占云：

和尚沟壑和尚垴，全怪北禅见佛遥。
急功近利真堪叹，还是南禅顿悟高。

然而，最令人感慨的还是村里的大和寺，这座南北二禅宗论战的最后战场论坛，随着南禅的胜利转上五台山弘法后再无人管理。因为该寺既不是"子孙庙",又因地处偏僻,东有小银河隔阻,西有铜川沟里的铜河拦挡,交通极不方便,故也成不了云游僧人暂住歇脚的"十方庙",只能听天由命、顺其自然,任凭风雨欺凌。明朝移民,有亲弟兄俩,兄叫王仓,带一子名天成;弟叫王贯,带着妻子牛氏,还有他的六个儿子天保、天辅、天贵、天财、天信、天佑,来到五台县东冶北沟。五台县衙负责移民的官员见王仓只有一个儿子,就让其到阳白村废墟居住。王贯有六个儿子,让他们一大家到小银河西坡梁塬上一个叫王家庄的废墟居住。王贯一听与自己一家相符相合,就如冥冥之中由老天爷为自己安排一般,急携全家渡过滚滚流淌的小银河,爬过陡峭曲折的河坡,来到村里,却发现无一间房屋能够居住,只好来到大和寺暂且栖身落脚。他们觉这座寺庙好生奇怪:山门不是惯常的护法天王殿,而是一个石砌大门洞,门顶上是一座三间大殿,殿匾依稀看出乃是"义薄云天"。殿里塑着金脸的关圣大帝夜读春秋塑像,两边分别为捧印的关平,擎刀的周仓,握笏的马良,还有一个塑像倒塌粉碎,竟不知是何人。进了门洞便来到寺院,但见南有柴炭房五间,东角与关圣大帝门洞相通,西角是茅坑厕所,东西又各有客堂、宿舍、伙房等十间,虽结满蛛网、尘土覆蒙,有的房屋倾斜欲倒,却也隐现出当年宏大的气势。朝北中正一门已毁,左右钟鼓楼摇摇欲倾。到了上院,又见有正殿五间,东西配殿各有十间,亦已破烂不堪。正巡梭间,右角耳房忽走出一位僧人,王贯忙上前见礼,便就问询寺名。却见这和尚生了一副塌鼻子,闷声闷气道:"大和!大和!"又伸出双拳做了个互怼的姿势。这一下触动了王贯的心事。他瞥了眼下院,生龙活虎的六个儿子正忙乱着整理打扫房舍,帮他们的母亲击石取火做饭,一切显得安详和谐、有条不紊；再想他们一路上亲密无间，互相关心照应，惹得不少随行人家的赞叹，从心里说，他也为他有六个人前头挣得体面的儿子欣慰而自豪。然而，自古弟兄生来是两家，待自己百年之后，待这六个儿子娶妻生子后，他们还能这么友爱团结和善地相处吗？自古以来，皇家子孙为了争夺江山，平民家的子孙为了争夺家产，残害手足的事情还少吗？天可怜见，让自己一家子来到这个大和寺。大和，大和，这显然是老天爷在冥冥之中告知自己，要给在此安身立命、落地生根的儿孙后代传以"大和"的家风啊！

小六子天佑到上院来叫他准备吃饭，王贯忙邀塌鼻子和尚共同进餐。出家人过午不食，塌鼻子和尚摆手拒绝。王贯拖了小六子天佑的手从上院下来。妻子牛氏用柴火烧好了几个谷面窝头，按"神三鬼四"的摆供习俗，取了三个窝头就地摆好，又从自家包裹里掏出几块老腌疙瘩干咸菜，也取了三块跟那三个窝头放在一起，王贯便取出了随身带来的让人在路上写好的两个黄表纸牌位，一个是土神，一个是一切诸神，立好；又取出些香烛纸马点着。全家人便冲着焚烧的烟火行了三叩九拜之礼。王贯又取过供着的窝头，从底面抠下几块碎屑，向烟火堆和四处泼洒了几下，敬了天地神明。全家人这才围坐在一起就干咸菜啃窝头，香甜地吃起来。这就是王贯一家移来五台东冶北沟的第一顿饭，从此以后，这里就是他的籍贯故乡！

吃了落地生根第一顿饭后的第一件事，就是栽一棵落地生根槐。王贯领着六个儿子，拿着他精心挑选准备的家槐树苗从大和寺出来，忽觉得这里的地势很有意思：朝东一条河坡，很像一条尾巴；朝南朝北又各有两道坡，分明是四条腿；朝西昂起一嘴，好像想吞什么东西。王贯嘱咐儿子们在此等他一下，他则划拉开两腿朝西奔去。他要看看西边究竟有什么东西。忽发现离大和寺三五里的地方各有一个土墣梁，酷似一小一大两颗宝珠！啊，原来那个家伙是冲这两颗珠子来的！王贯兴奋地跑了回来，告诉儿子们："咱们可是到了风水宝地了，村名与咱家相合不说，村里地势又是个'龙腾扑珠'之象，后辈儿孙会有成大事的大人物！咱全家暂住的古庙叫大和寺。大和大和，以和为大！日后，咱们的住处大门上就要挂'和大'两字。这是老天爷赐给咱家的家风！咱现在要栽的，就是咱们日后住处的门前槐！儿孙们要世代牢记，为人处世，以和为大，不跟外头人斗意气争输赢，不跟家里人争得失过不去；自家人不管相隔多少代，不管位于天南地北，都是一家人！"

六个儿子齐声应诺。其中的四儿子王天财就是王氏分股系时的北股股祖，也就是王丁臣老财主和王锡绶小秀才共同的祖宗。接着就要栽树了，因为栽的是门前槐，栽树前必须先把要建的住处地形看好。父子们察看了半天，最后选定将门前槐栽到西头北坡前。这里朝北一面坡，坡上地势平缓，建一个大些的住处真是好地形。王贯便又拿出黄表土神牌位竖了起来，摆开了香烛纸马焚化，祷告千年松、万年柏，不如老槐歇一歇；儿孙后代在此居住，世世代代兴旺发达，如同门前家槐，世世代代葱翠旺盛！接着便挖坑，放槐树苗回填，踏实浇水，栽好树后，又在树苗梢上系了一条红布条。最后，王贯领着儿子们排成一行，齐齐地向这株新栽的落地生根槐磕了三个头。栽树仪式才算结束。

而今，这棵槐树就在北股族长王丁臣老财主的住处"和大门"门前，长得郁郁苍苍、叶茂枝繁。高大的树冠几乎遮掩了半个村子，相比大和寺前伽蓝神关帝菩萨庙门洞前的那棵老槐，它雄姿勃发，宛然一景。王锡绶仰首端详良久，感叹道："祖槐，我们王氏的祖槐啊！"吟诵曰：

> 霜下高天爽气生，满树隐隐秋蝉声。
> 孤吟如抚瑶琴细，合奏翻似竹笙清。
> 庇荫遮护少寒暑，族人攀谈多稼耕。
> 我赋祖槐千言赞，难表拳拳一片情。

　　这一天，可让目不识丁只会赶牲灵种地的王家庄人惊呆了：原来读了书还能随口说些人们似懂非懂又朗朗上口的四六句子！不过这对种庄稼有个甚作用？就在这天晚上，爷孙俩谈论起立始祖的事，王锡绶就将了王丁臣一军。王丁臣说："咱们王家庄王氏始祖叫王辉，配妻赵氏；第四世分东南西北股，咱们北股的股祖王天财配妻杨氏；第七世王家贤配妻杨郝二氏，生四子叫世基、世叶、世安、世乐，移居河边。"王锡绶疑惑道："丁臣爷爷你咋胡说了？铁圪巴巴的事实是始祖叫王贯，配妻牛氏；第二世分的东南西北四股，北股的股主王天财；第五世王家贤带着四子移居到河边。你怎么就说始祖是王辉，弄得多出了两世？"王丁臣一下听出了原委，惯了在村里大槐树下喊声喝道，出腔把把流星、人人敬畏，一下火了："这家贤，敢情是没传娃娃们王家庄祖宗们的事情！"王锡绶却心平气和地道："丁臣爷爷，你称呼王家贤老人家甚？"王丁臣一下涨红了脸，啊了半天说不出一句话，有理也变成了没理。

　　却原来，自从王贯移居王家庄二十多年来，王贯的六个儿子娶了媳妇,生了孩子。王家的庄子初具规模,大家都从大和寺移了出来,正儿八经地住到了各自的家里。王贯正说要把六个儿子分成股系,好让儿孙们各自创业,谁知突然发生了变故,来了两个小伙子,打听这里可是庄主王贯的王家庄。王贯一问两个小伙子,一个名叫王天春,父亲叫王玉古;一个名叫王天吉,父亲名叫王存古。王贯一听,这可不就是自己家人吗?忙问他俩父母情况,方知也相继离世。王贯不由乡愁涌起,心口发堵、鼻腔发酸。那两小伙子却怕王贯不认,又解开包裹取出一纸,上面写道:"曾祖王辉,曾祖母赵氏,生二子长彦清,次彦明;伯祖父彦清,伯祖母贾氏,生四子长仓、再次敖、三次库、四次贯;祖父彦明,祖母郭氏,生二子长玉古、次存古;堂大伯父王仓,四伯父王贯移户五台县东冶镇北沟善泉都。"王贯一看,这纸上又加了官府印章,原是官府为其移民投亲所写,岂能有假?再也忍受不住,叫了一声:"我苦命的侄儿啊!"与这两小伙子抱在一起,哭成一堆。

晚上,王贯将天春、天吉二兄弟安顿在大和寺休息。寺里原住着的塌鼻子和尚已外出云游很多年了。大和寺无形之中成了王氏的家庙。王贯将天保、天辅、天贵、天财、天信、天佑六个儿子召集在一起商议如何安置天春、天吉弟兄。经过近三十年的劳作,他深感原来插草圈地所占的这份产业实在是太狭小太贫瘠太不宜大家族生存了。他原先估计南以干石沟为界,北以西沟为界,西面一面坡全是他王家所占。但由于郭家庄村和阳白村的强占,西沟南的塬梁没法圈属到他王家,只能顺着南小岔沟圈到牛蕉嘴地界,致使他的这个王家庄成了善泉都占产最小的村庄。而且就这个东西长七八里、南北宽三四里的地面,不是深沟就是高梁，数算起来足有二十多个。梁之高有漫天梁，几乎与南面尧岩山比肩；沟之深有北嘴沟，两边红崖矗立，仰头看天一线。到西南的大堰南山凹，同岭顺岭，来回必须走红崖亲嘴要命坡。坡长二里，背襻点主稼柴草回家，人弯着腰，脸面嘴角几乎擦亲到坡面上，抉心拽肺地往上挪。就是牲灵上坡也是三步一喘，五步一停。力气是奴才，使尽了又来。苦累对受苦人来讲全是小菜一碟，不在话下。要命的是王家庄的岗梁又太干旱，邻村上下十年九旱，王家庄是十年九年半旱。原因竟是西面没有山，形不成地形雨。有时看到天上有云想下雨，风一吹，不是飘到西面崞县的铜川，就是飘到田家圪、泉岩、郭家寨东面，让王家庄人干瞪眼。尧岩山里的龙王爷，王家庄人礼拜尤勤，杀羊礼牲去求雨；把龙王爷藏在地洞里的水擢干，逼着龙王爷下雨；要是尧岩山里发起了云，响起了雷，整个王家庄的人无不欢腾雀跃。是大明王朝保家卫国的移民政策要移民们以种植苜蓿草，栽种梨果树为生，并减免一定的税收。王贯和他的儿子们响应官府号召，二十多年来拼死拼活，人都瘦成了弓背虾，咬定干圪梁不放松，才使王家庄的落地生根槐树越长越高、越长越粗，槐树周围有了房舍炊烟缭绕！

然而，天春天吉两兄弟的到来却打破了王家庄这个小村子的静怡。王贯和他的儿子们现在面临着一个非常艰难的抉择：就王家庄现在的状况，粮添不上，必须减口。大家讨论来讨论去，终于，王贯老汉硬着心胺做出了决定，让二儿子天辅带着他的妻子樊氏和他的三个儿子邦会、邦顺、邦彦，三儿子天贵带着他的妻子马氏和他的两个儿子邦清、邦明到崞县的铜川寻亲安家。反正铜川和王家庄一梁之隔，相距也就是二十来里地，有事也好照应。两个儿子谨依父命，一声答应，马上行动。每家牵了两头毛驴，驮上各自的老婆娃娃和必需的一些物件，连夜就走。王贯送二儿三儿全家出了村，一回头，发现小儿子天佑牵着一头毛驴，带着妻子张氏，抱着尚在吃奶的儿子邦宪也出来了要走。王贯急忙抓住驴的笼头吃惊地问道："六小子你咋呀？"王天佑拉妻子张氏给王贯磕了一头道："爹，您老人家让我一家也走吧！"王贯道："你二哥三哥到铜川是到他外父丈人家安家，你的媳妇是咱从饥民手里用二升米换下的女娃娃，你哪有个能扎根安家的外父丈人家？"王天佑道："爹，咱村里的土地梁沟我几乎都磨明了，确实不宜大家族生存。我虽没有个能扎根安家的外父丈人家，但我可以到崞县大牛店寻寻我的敖二伯伯和库三伯伯呀！"望着小儿子王天佑一脸冷峻毅然的神色，王贯长叹了一口气，让他带上天春天吉兄弟带来的官府文书去投亲，于是松开了驴的笼头。王天佑眼里忽然涌出了泪水，哽咽道："爹，我会回来看您的，您年纪大了，要保重身体，不要熬坏了！"王贯摆摆手，扭过头去，不忍再看自己的小儿子一家，两行浑浊的老泪却顺着脸腮上的胡须落下。王天佑忙冲父亲叩头拜别，只觉心口一痛，鼻子一酸，两股火辣辣的咸苦热流从双眼射出，再不敢张口叫爹说话和看父亲一眼，急拉了毛驴推搡老婆孩子步着二哥三哥的后尘而去，消失在如霜月光茫茫的夜色中。

这一夜，王贯老汉在他亲手栽植的落地生根槐树下，望着当空的皓月和星斗默默地坐了一夜，没人知道他想了什么。第二天，他把天春天吉两侄儿从大和寺吼起来，安置在二儿三儿全家先前居住的屋舍里，宣布这里的一切都归他俩所有。接着又吼大儿天保，四儿天财，五儿天信前来开会。当天春天吉得知他们的这个瘦骨嶙峋、一身铁骨、满脸刚毅神色的四老伯父，为了他弟兄俩能在这个村子里扎下根来，有齐股齐份的产业，硬是逼走了跟他一起打拼创业的三个儿子全家十二口人，还准备再逼一个儿子全家离开，并将他弟兄俩作为两股，再将留村的两个亲生儿子作为两股，按东西南北四股的形式，守护已开拓成型的王家庄王氏家业时，却说什么也不干了。他俩给王贯叩了头，嚷嚷着要走。这可把王贯老汉难住了。最后吵嚷争执的结果是，王贯收回了成命，让他的三个儿子全部留下，占了西北南三股，让天春天吉弟兄俩占了东一股，王家庄王氏立王辉为始祖。形成了王家庄王氏王天保为西股股祖，王天财为北股股祖，王天信为南股股祖，王天春王天吉为东股股祖的格局。王天春王天吉后来又分为大东股小东股。王家庄王氏五股治村。

当王丁臣把先祖们的这个故事讲给王锡绶时，爷孙俩都流泪了。王锡绶很想再作一首诗赞颂这个胸襟如天、仁爱如海、坚毅如山的王贯老祖宗；但他突然感到所有的语言词汇都难表达万一。他举起酒盅，跪倒在中堂供奉起来的王贯神主面前，将酒浇奠于地，砰砰地叩了一个"懒四头"站起来擦擦眼泪，向王丁臣道："丁臣爷爷，你讲的这个故事更加证明，王贯才是咱们王家庄王氏的真正始祖。我是晚辈，主不了丁臣爷爷你的事；又在河边居住，更主不了祖村王家庄的事。王家庄的家谱如何写，孙儿全依你。日后河边王氏若写家谱，始祖定是王贯！"王丁臣见王锡绶说得斩钉截铁，且又有一定的道理，只得长叹一声，点头应允。

果然，到了大清道光二十六年，河边村王氏编撰家谱，王锡绶作序曰："大明洪武初年，凡地广人稀之处，因无人耕耘，则拟定移民，这风致使稠密之方从集聚拎洪洞县圪针沟，同时，吾始祖讳贯迁移五台县王家庄耕耘。积厚光盛，子孙嗣继，户大地狭，有子孙移居他乡……"云云，编就了河边村王氏家谱。将王锡绶立为第十世传人，与王家庄王氏家谱定他为十二世不同。就因为一家人各自确立始祖修撰家谱，致使后世王家庄人出门在外，跟移居到外地的王氏族人交流起来常闹笑话。两人相见互报世辈，哥哥弟弟相称了半天，细一考究祖宗，才发现两人竟是祖孙两辈；对方世辈若高两辈，又误以为对方是爷，恭恭敬敬爷爷长短地称道了对方半天，又发现却是弟兄；相错一辈更易弄错称呼，弄得双方都很不好意思。按说也不应该出错，但偏偏就是常常出错，成为邻村上下对王家庄人的笑谈，说王家庄人尽是些搞不清祖宗辈分的通天瞎棒。然而，有个外乡老学究在王家庄设帐授徒几年归乡，偶听人笑谈王家庄人如何如何，忍不住长叹一声，道：

王家庄人憨厚甚，不擅读书喜耕耘。
世辈不清君莫笑，孝感天地惊鬼神。

呜呼，总算有人替王家庄人说了句公道话。

第三折：
和大门学武换门庭

　　王家庄人生性憨厚，安分守己。贫寒人家从来不作非分之想，对于通过读书改换门庭想都不想，功夫全下在作务庄稼和梨果树上：提耧点种，讲究亩垅和种子的配比合卯对缝；锄苗留苗，讲究横竖斜看都是成行；梨果树不能见有死枝，刮老皮也要用自己的脸在刮过的地方蹭一蹭，感到不扎脸才行；挖水窖，拍埂拐，必须用土铲拍打得光溜溜、齐整整的。镢锹锄犁等农活儿工具，无不是擦磨得晶明瓦亮、光照人影。路上看见了羊粪驴粪，手头没有箩头粪筐，就用双手掬，草帽壳装，衣裳包，送到自家地里或者是茅厕里。非如此不是好受苦人，会被村里人小看。

　　富贵人家请得起私塾先生，也知道"天子重英豪，文章教尔曹；万般皆下品，唯有读书高"。子弟们对"十年寒窗无人问，金榜题名天下闻"的道理也懂。然而，念来念去，到县里考个不算功名的童生尚可，一到州里考算是功名的生员秀才就不行了。和大门老财主王丁臣邀河边村王锡绶编撰了王家庄王氏茔谱后，儿孙们还是没激发出读书的潜能来。倒是住在和大门外他的远家十二世孙王彭寿小儿从小喜爱耍枪弄棍，请了个武师指点，一举考了个武秀才回来。这一下，不仅全村人仰慕，就连邻村上下对王家庄也不敢小看了。武秀才虽不比文秀才，但毕竟也是朝廷的功名啊！这令跟王彭寿同一辈的王丁臣的亲孙子王孝公很是眼热：他学武，我学文，都是起五更睡半夜地学习，他考中武秀才，我怎么就没考中文秀才呢？肯定是风水有问题！他暗地请了个风水先生，先让看坟里的风水，这里乃是发财旺地，子孙兴旺，没得说，好风水。又领风水先生上尧岩山顶，漫天梁梁顶，山怀岭山顶，田家岗村口和八卦岭山顶，从东南西北四个方向看王家庄的地形地貌，以求释疑。这一看啊，果真看出了问题！且听听风水先生解释：

原先你们王家庄祖宗王贯在此立村时，这里确实是个"龙腾扑珠"之象，龙虽小，却是首尾四爪俱全；小堖儿大堖儿两颗珠子引逗着这条小龙跃跃欲扑、腾空而起。龙一腾空，风云际会，势不可挡，是一定要成一番大事业的！即使没有腾空，因为是条活龙，亦主王氏后人官运亨通、兴旺发达，故而有五世、六世、七世、八世都有人考中秀才，初应风水之惠赐。按照明移民以来得到功名来看，也是在邻村之先。假如村西岗梁上从南尧岩山开始，过漫天梁到牛蕉嘴通山怀岭是一道山岭，有山就会生云，有云必定有雨，不仅能解你们王家庄天旱之厄，而且更易风云际会，雏龙腾空，说不定还会有真龙天子出世。可惜的是西面无山不生云，无云自然也无雨，真龙天子之事便也虚幻，但只要龙腾扑珠的象在，总能出几个当官的念书的人物，光宗耀祖啊！

官运亨通、兴旺发达的"龙腾扑珠"之象就坏在你们王氏不肖子孙后人的手上。到八世时，你们为防小偷毛贼、强盗响马，顺着村的崖头边沿筑了围墙，又将大小南坡和大小北坡伸出村外到前沟和后沟的路切断。村里是安全了，却不知这样一来，西头围墙圈挡住了龙头，南北削崖斩断了龙爪，一条跃跃欲扑珠之龙便成了困龙，这哪里还能扑到珠子？故而从八世之后，你们王家庄的男人再无人能读书成名！你们村的男人啊：

> 如无西沟一股水，吃饭饥饱也不知；
> 有人纵然成点事，也是学武当兵的！

王孝公顿觉浑身冷汗，挪村子，那怎么可以？吃水都是问题！望着那西面如山高的小垴，忽然心头一亮：那我们再把围墙推倒，恢复原状，解了龙之围困，村里的风水不就又是"龙腾扑珠"了？风水先生冷笑一声道："已经过的事情是不可回头重来的！假如事事都可重来，现在也不是大清的天下，这里站着的也不是你我了！"王孝公顿觉羞惭不已，自己怎么就问了这么一个问题，怪不得连考秀才三次，都是落榜而返乡！蠢啊！他踌躇了半晌，忽也想将风水先生一军："那我们村的女人如何？"风水先生道：可不要说你们村的这条困龙像左腿在后，右腿在前，龙欲向前挣扎，肯定是右腿先发力，左腿才能跟上来，这就注定了你们王家的闺女啊，我亦有四句话：

> 左腿后来右腿前，主村生女胜过男；
> 假如坐得冷板凳，中个状元也不难！

王孝公大吃一惊：生个女儿比男儿强？可自古以来女子无才

便是德，再说，嫁出去的女，泼出去的水；女儿再好也是人家的人，是亲戚，是外人，又有谁家培育女儿读书呢？除非是皇家王公宰相家！王孝公释然了，待送走了风水先生，给他的两儿子发了话：别念书考什么秀才中什么举了，咱村的风水是武行文不行。学武吧，咱也考他个武秀才中他个武举人！

王孝公的两儿子王子棠、王子梅，连着考了三次秀才也都落了榜，早就对考秀才有了恐惧症，草鸡毛抖下一堆了。见父亲不再让他们念书，顿觉如孙猴子头上去了紧箍，快活得直想翻几个跟斗。然而，学武最讲究童子功，他俩也早过了学武的最佳年龄。两头学不成，落了个文不成武不就。但是，命运这个家伙确实也让人难以捉摸，人们常说：也可勤谨也可懒，也可坐下不动弹。王孝公家突然发了个财。这从天而降的财产也累害了王子棠、王子梅弟兄俩，他们想考武秀才也顾不上考了。

原来，王孝公的祖父王丁臣儿孙不少，也都是财主，但到了王孝公这一辈，都不知触动了什么凶神恶煞，陆陆续续地成了绝户，只留下了王孝公家这一支。这让他父子们在非常紧张恐惧悲伤哀痛的同时，又充满着喜悦激动、兴奋快活。他们自然而然又顺理成章地接受并继承了这些绝户所有的产业。整天忙着按索绝户的地契，丈量登记地亩，梨园果园，清点梨树果树枣树甚至是地里沟壑、崖头生长的一切树棵；聘请养种作务庄稼和梨果园的长工短工，雇用操持劳顿家务营生、推碾碨磨做茶打饭的老妈忙女丫鬟；置买牲畜农具，对外放粮、放债，翻新拆盖整合祖宗和绝户们留下的房屋以及碾坊磨坊牛圈马棚等。等到和大门石狮雄踞，飞檐挑角，巍峨辉煌地重新出现在当街大槐树北坡上的时候，王孝公生前只恨聚无多，及到多时眼闭了。留给王子棠、王子梅弟兄俩的是东冶北沟小银河一带最大的财主人家产业，还给王子棠捐了个监生，给王子梅在善泉都谋了个九品乡宿公务员的名分。

家业是大了，问题也来了：每逢月黑风高夜深人静时，王子棠和王子梅弟兄俩就不敢脱衣睡觉了，手提根木棒四下查看。虽然王家庄的家人父子即使再穷也会遵守律法，大不了背井离乡到外地另寻活法，也绝不会有扭糜子、掐谷穗和入室盗窃之事，但谁敢保外头的毛贼小偷不来光顾？更加令人提心吊胆的是，自咸丰当朝以来，五台流言蜚语满天飞：先是说黄头发绿眼睛白灰墙皮脸的洋鬼子拿着指谁谁死的喷火棍子，把皇上撵出了北京城，放火烧了皇家的后花园，活生生地气死了咸丰皇帝；后来又说有人亲眼看见了，原先被朝廷废贬回东冶老家的朝廷大官徐松龛又被朝廷起用训练民团，到潞安平阳府一带防堵太平长毛贼去了。邻村上下陡然掀起了练武的风潮，夜里更鼓梆锣之声相闻，犬声狂吠，叫人一惊一乍地连个安生囫囵觉也睡不成。更为主要的是，和大门家是北沟里第一家大户财主，却是一家连个正经功名也没有的庄户土财主。邻村上下有头脸的人家看不起，攀亲也是问题。为守护维持家业，身心交瘁的王子棠、王子梅弟兄俩一商量，既然父亲生前请人看过村里的风水，说是学文不行学武行，那就赶快让有了童生资格的两家孩子放弃学文改为学武，或许能捞取个功名，一来可告慰老爹的在天之灵，二来可提升两家家庭的门第。退一万步讲，顶不济可为自家看门护院，省下请外人护院的一大笔开销，这何乐而不为呢？

其时，与王家庄相邻的郭家庄、泉岩、郭家寨几个村里就有武艺超群的高手，村里也都有收徒传艺的场子，江湖上最受人称道的武艺有："杨家枪、郭家刀、张家猴拳世间少。"据说泉岩村杨家的枪法是他们当年镇守三关的老祖宗杨六郎传的，郭家寨郭家的刀法是他们的旁系老祖宗当年大唐汾阳王郭子仪传的。都是古代上阵杀敌取对方上将首级，如探囊取物一般的武艺，自然是不可小觑。郭家庄张家的猴拳不知何人所传授，却更有独到之处：上阵对敌从不拿器械，只是猫腰蹲步、左顾右盼、抓耳挠腮做猴状；敌人打来，其学猴子翻跟斗、竖蜻蜓、打地滚、腾挪跳跃闪避，暗中却抓沙捏土专熏迷对方的眼睛。对方一个眼错，就会被夺了兵器，或是致命处受到攻击。然而，这几个村的中上等人家都偏重学文，有文科功名的秀才举人不少。学文不敏者才学武，有武科功名的也不少。穷人家子弟不求功名，平时看别人练武，也能学个八九不离十，出门在外不怕争风打架，更有每年正月十五闹红火。这几个村好耍武术社火，编排些三国水浒杨家将的故事，整整一个正月到邻村上下送红火展示威风。一方面，社火队伍中的未婚后生们趁这个机会相看邻村看红火的大闺女们，看对眼便托人求婚说媒，十有八九能成。另一方面，耍社火的人们用自家高超的武艺警示嫁到邻村的姑娘和姐姐妹妹的婆家，起一个主子家为出嫁女撑腰做主的暗示作用。

　　生性怯懦的王子棠、王子梅看不惯但又有些恐惧这几个村的强悍作风，更有些不忍自家多少辈人少户稀十亩地里一棵苗的金贵娃娃，涉河渡水到邻村武师场子里拜师学艺，战战兢兢地受师鞭策磕打，想想都觉得有些心疼。弟兄俩商量来商量去，决定还是请个能靠得住脾性好的武师来家传授娃们为好：一来是娃们的状况大人知道；二来是武师还能义务护家，也省下一笔开销。托外村的本家留心，最后由河边村的本家王子瑜给介绍了一个世交的河边村多年在北路镖局保镖，因年纪老迈退休回家颐养天年的曲武师前来任教。

曲武师年过古稀，却是鹤发童颜、气宇轩昂。在拜师仪式前，王子棠领着他的儿子王奋坚，王子梅领着他的儿子王奋修来见曲武师。只说这个王奋修，小时候学语时嘴里常说"发荣"二字。王子梅就趁势给他起了个"发荣"的奶名。曲武师十分仔细地摸两人的筋骨，又让他俩做了几个基本动作。就在这时，忽有家人来报，说老母牛生下了一头小犊子，正舔呢！王子棠正欲责怪家人好没眼色，曲武师却一拍案子叫道："巧啊，真是天助也！"这才让王奋坚王奋修堂兄弟俩磕头拜师。

民间旧时俗话："穷文富武。"旧时学文，只需置办一套文房四宝，所要学的四书五经等课本尽可抄老师或同窗的。学武就不行了，刀枪剑戟十八般兵器，甚至坐骑战马都得置买，这就不是一笔小钱。好在和大门家王子棠、王子梅弟兄俩有的是钱。两人一商量，除马匹外，步战的兵器索性多置办一些，凡是村里王氏子弟年轻者，亦不分东南西北股系，愿习武者各领取兵器跟上演练，半夜里有一顿夜宵饭供应。和大门家这一举措自然受到了全村人的欢迎。拳场就设在大和寺。每到晚饭后，全村的青年，也就是十几个后生，钻陆续续来到这里和王奋坚王奋修一道，跟曲武师练拳习武，子夜夜宵饭罢回家休息。清晨卯时至上午巳时，曲武师还要给王奋坚王奋修兄弟俩另加练功的课目。练功场就在和大门宅后的桃杏园里，这里紧挨着他们家的打谷场，靠后就是沿着后沟边沿筑起的高高厚厚的村庄围墙。围墙上不远不近地堆着一些从河里捡回来的鹅卵石，供守护围墙的人用来掷打企图以不法方式进村的毛贼。桃杏园春天桃红杏白，花朵在枝头绽放，蜂飞蝶舞；夏天又有白桃黄杏果实挂满了树枝，令人馋涎欲滴，是和大门家娃娃们玩耍嬉戏的好地方。自从被曲武师选为练功场后，这里便不准闲人进出。和大门里的人只见曲武师和奋坚奋修兄弟俩每天卯时带着牛犊子和老母牛进去，巳时又带着牛犊子和老母牛出来，他们究竟练何功、如何练，却没人知道。

转眼间三年过去，遵照五台县的通知，曲武师领着王奋坚王奋修弟兄俩去了一趟五台城。王奋坚和王奋修取得了五台县武童生的文凭，有了到代州考取武秀才的资格证，并顺便通过五台县报了名，要考取武秀才。王子棠王子梅都很高兴，自然免不了庆贺和酬谢师恩。又过了没几天，代州武秀才科考的通知下来。王子棠和王子梅便请曲武师再陪两家的娃娃赴代州做个临场指导，免得临阵忙乱出了差错。曲武师却一笑而拒绝道："我只在家坐等捷报！"王子棠和王子梅不好再三央求，只好从家人之中抽选了四个去过代州的精明能干者陪两家的孩子同赴代州，照料生活起居。又到泉岩和郭家寨村问询联系了这两个村也要到代州考秀才的武童生出发的日子，好作伴相随。曲武师也不阻拦。

掐算着日子，临代州考试武秀才的前两天正是黄道吉日，在王家庄河坡东崖头瞭哨的跑回和大门来，说是郭家寨和泉岩村的起身炮闷不愣声地响过一炷香的时辰了，才看见他们到代州考试的武童生骑着牲灵走到郭家庄湾子里了。王子棠、王子梅便也打发王奋坚、王奋修兄弟俩起程。大家从和大门出来到大槐树下，有人便燃响黑铁炮，这是起身的号令。王奋坚和王奋修先各自向父亲行礼告别，又一起向曲武师行礼告别。曲武师笑眯眯道："为师在家坐等捷报，祝两贤徒旗开得胜、马到成功！"并亲自拉马拽镫，让王奋坚、王奋修上马。两人只得告罪，一跃上马。

随行的四个家人也纷纷上驴。这六头牲口都是头戴红缨、脖挂串铃，呛铃呛铃　一路小跑而去。等王子棠、王子梅赶到坡头张望时，王奋坚、王奋修他们早已下坡朝阳白村斜刺里插去。再望小银河对岸，泉岩、郭家寨的那几个武童生早过了郭家庄松树坟，也快到阳白村了。那个时候，五台东冶北沟小银河一带到代州，走的就是这一条路。从阳白村直上到探头，经白崖岭高太乙庄便到了代州滩上村，直达代州城。王子棠和王子梅一直瞭望到这些武童生们在阳白村口相跟上，进了阳白村不见了人影良久，才回了家。却又做什么事情都心不在焉，那心早跟着儿子去了代州。

　　好不容易挨过五天。这天中午，村头忽然响了两声二踢脚麻炮，便有家人领着两个衣着齐楚却又汗流满面的后生进来，指着王子棠和王子梅道："这便是东家！"那两后生赶忙满脸堆笑，趴倒叩头，道："恭喜王老爷，你俩公子高中了！"王子棠和王子梅一时愣了，没有反应过来，反问道："你俩说甚？什么高中了？"那俩后生便从身后背着的招文袋里掏出两张黄纸来，站起来交给他俩，却是两张捷报。却原来，过去科考功名，专门有一些与衙门有关系的人走衙门的后门，抄录考中者的捷报并加盖官府印章，俗称报喜，以图一笔丰厚的赏钱。州里考中秀才，一般只有一报，乡试中举，人们就得称呼老爷，又可补缺当官，虽不比上京赶考的进士及第，却比秀才及第隆重多了。除过头报往往还会有二报三报。捷报通常要张贴到大门道墙上，这也有个说法叫"门第生辉"。只听那两后生嚷嚷着："两位王老爷，你俩公子双双高中，您家是双喜临门！快快贴起捷报，快快给我们喜钱！我俩还要到泉岩、郭家寨送捷报，人家也有人考中武生员的！"王子棠和王子梅这才反应过来，慌忙不迭地叫人做糨糊在大门口贴捷报，又从身边掏出几块银疙瘩也不知道多少给那两个报喜的后生。那两后生顿时眉飞色舞，贼抢似的揣了银子急急离去，连口水也没喝。

王子棠和王子梅欣喜若狂。却原来，古时考秀才很难。武秀才虽容易一些，却也要经过县、府、院三级考试。除考武艺，也考文章。只是当时国家内忧外患，正逢多事之秋，为快出人才，考武秀才的很多手续门槛都做了精减，府院两级压到州里一试而过。但不论如何，这是和大门自王家庄立村四百来年第一次有了功名！门庭生辉、光宗耀祖，岂能轻描淡写？弟兄俩一商量，立刻派人分头去请亲戚，叫鼓吹、做豆腐、压糕面、蒸馍馍，给和大门及两家大门上张灯结彩，安排酒席的桌椅板凳，又派人到岗上寻找曲武师。这个曲武师自两徒弟王奋坚和王奋修到代州考武秀才后，每天一早就到岗上欣赏秋景，并寻找猎捕野兔獾子等野味，自有情趣。寻找他的家人东葫芦扯到西洼里，南梁上架到北沟里，好不容易才找到曲武师，已到麻麻眼时分。两人回到村里，天色虽已黑了下来，却早红火下个一片：原来，宏道史家鼓吹班子在北大兴刚吹打了事宴出了村要回，正被王家庄的人兜头拦住，说明了原委领了回来，鼓吹班子一响，自然就红火热闹，又陆陆续续来了亲戚，厨伙房的大师傅们也忙乱起来。傍晚，高中了武秀才的王奋坚王奋修弟兄俩和伴当们也从代州回来了。和大门家灯笼高挂，笑声一片，每个庭院都人来人往。曲武师和寻他回来的家人拎着两只野兔、一只猪獾刚走到大槐树下，就被专等着的王子棠接着。曲武师忙叫家人把野味送厨房收拾整治，随王子棠来到王子梅家的大院。那些早就等候的两家外祖姑舅亲戚一拥而上，和王子棠王子梅一起，将曲武师按坐在当院的太师椅上。大家满脸赔笑，纷纷打躬作揖，说些"奋坚、奋修考中武秀才，全凭曲武师，曲武师功劳最大，为和大门和王家庄村增了光"的话，又叫王奋坚、王奋修弟兄俩再给师父叩头拜谢师恩。曲武师见和大门家如此隆重，大为感慨："一个小小武秀才，比不得考中举人、进士，如此庆贺，小题大做了！老朽所以不陪两徒儿去代州考试，原意是让你们将这个功名看得轻些，不想你们还是看得如此隆重！"

和大门轰轰烈烈、红红火火一直庆贺了三天，轰动了整个北沟小银河，也惊动了东冶镇东街的徐继埧老秀才。这个徐继埧老秀才早年曾为本家兄长徐继畬所聘，随徐继畬到福建巡抚任上当管家照料徐继畬一家的生活起居。徐继畬被罢官后他也树倒猢狲散，回到东冶老家。说起来见过大世面，却穷得叮当响。家中有一女，年方十八，还没找婆家。在那个时候，十八岁的姑娘已经是大龄女了。联姻结亲特别讲究门当户对。五台东冶地区的徐家，那是名门望族，诗书人家，有秀才举人进士功名的人家比比皆是。更有徐继畬这个无论功名还是官职都是当时念书人难以望到的项背。徐家联姻结亲也就特别挑剔讲究。当时五台、定襄、崞县这个滹沱河三角地带，有功名的曲家、赵家、马家、薄家、郭家、续家等家的男子，都阴错阳差地跟徐继埧老秀才的闺女错过了姻缘。看着家里的大闺女嫁不出去，老秀才愁得整天唉声叹气，忽听说北沟善泉都王家庄和大门一家两弟兄双双考中了武秀才，尽邀亲朋好友和王氏本家的家人父子大吹大擂欢庆了三天，大为惊讶。他忙托人偷偷打探和大门家两弟兄的婚姻状况。未几，探子回报：和大门家是北沟第一位的大财主，也有些功名；新科武秀才两弟兄王奋坚早已定亲，女方是泉岩村杨氏；王奋修又名王发荣，尚未定亲。徐继埙老秀才大喜，将女儿生辰八字写了婚帖，托人前去王家庄和大门说媒。

王子梅见有人带着东冶徐家女儿的婚帖前来，指名要跟自己的儿子王奋修婚配，真是大喜过望。说起这婚配，现在人讲究自由恋爱，古人却以"父母之命，媒妁之约"为正道，而且更直截了当和直奔主题：不就是传宗接代生娃娃吗？俗话说，龙生龙，凤生凤，老鼠生儿打地洞。想和大门家以前，娶的媳妇尽是一些庄户人家的闺女，生下的自然也就是些愣头憨脑的土坷垃娃娃。现在东冶徐家有女欲嫁，还不是金凤凰吗？天可怜见，和大门家立世四百多年总算出了两个武秀才，正所谓"家有梧桐树，招来金凤凰"啊！王子梅立刻排了儿子王奋修的生辰八字，两相对照，双方无妨无克；女比男大一岁，正应"妻大一岁，好活一辈"，竟是夫唱妇和、天作之合的上等婚姻。王子梅重赏了媒人，让其给徐继埙老亲家捎话：两家若成亲，彩礼不别说，就是徐老亲家两口子以后的一切生活用度，王家也负担定了！将儿子的婚帖交媒人拿回去让徐家去看。接下来的事自不用细说，也就是送彩礼、看利月、择日子，把徐家的大闺女娶进了门。徐继埙摘了愁帽，又终身有了依靠；和大门家第一次娶了文风人家的女儿做媳妇，后代改换家风门庭有了希望。两家皆大欢喜。

东冶徐家的女儿进了王家庄的和大门，和大门家的男女老少一看，果真是好门风有教养的人家培育出来的女儿，就是与众不同。人躬礼法，非笑不言，更有一手刺花绣燕、缝连补绽的好女红针线；相貌身段虽不是俏丽苗条的那种，却是越看越耐看。更让王子梅心里感到熨帖的是，自从娶进了徐氏，儿子也好似变了一个人，原先不大沾家，现在却整天跟媳妇窝在家里，嘀嘀咕咕、嘻嘻哈哈，有说不完的话、笑不完的事。他知道快要抱孙子了，心里高兴得很。然而，不知道是牛犁不快还是土墒不肥，他的亲叔伯哥哥王子棠比他家后娶了三个月的媳妇都抱上孙子了，他儿媳徐氏的小肚子还是没鼓起来。

就在王子梅快要沉不住气的时候，他儿子王奋修来跟他商量事了："爹，咱家办上一个女子学堂吧！"王子梅一下愣了，道："甚？办女子学堂？你咋就想起这个来？"王奋修奇怪了，道："你不是说风水先生说咱村的女娃娃们比男的强，念了书能中状元吗？"王子梅不耐烦了，道："风水先生说是那么说，可女娃娃们念了书再嫁了人，你想谁家愿意做那赔钱的营生？自古以来女子无才便是德，女娃娃们念了书，谁家还敢娶？"王奋修道："人家欧罗巴、法兰西、英吉利的女娃娃们都念书。"王子梅一下蒙了："什么？女娃娃念书？"王奋修扑哧一笑，道："我说的是外国！这是——"扭头朝他和他新娶的媳妇徐氏住着的东耳房示了下意，"人家本家伯伯徐松龛大人在《瀛环志略》里写着的。我看这书时间长了，思谋咱们能不能也办个教女娃娃们念书的学堂。""你……"王子梅一下火了，却不敢发作下去。他清楚，别看是儿子来跟他说话，其实这里很可能有媳妇徐氏的意思。这徐家人，肚里的肠子弯弯就是多，不然咋就出了那么多的念书人和当官的，还有那个官做得顶塌了天的徐松龛呢？他虽没有明问明打听，却也隐隐约约知道，媳妇徐氏是把徐松龛送给她爹徐继堮的什么《瀛环志略》带来了，那本书是徐松龛在福建省当巡抚时写的，由福建巡抚衙门刻印送朝廷。可这个徐松龛，想写什么不能写，咋非要写外国人咋样咋样的，把那么大的官儿都弄丢了，落下个到平遥去教书的下场！他压下了火气，却提高了声音，故意要让东耳房的媳妇徐氏听见，道："人家那是外国，咱们是大清国，两家咋能相比？要能比，人家东冶徐家早就办起了女娃娃学堂了，还轮得上你发荣小子？趁年轻，不如给咱生上几个娃娃，叫咱家人丁兴旺些，却不知胡思谋些甚？"见儿子王奋修还想说话，又道："你发荣小子想咋也行，那得等我死了的；我活着，就不由你！"拂袖扭头而去。

和大门家平静了，家里一切人仍然是和和气气，一切按部就班，就在第二年春天和大门坡下大槐树发芽长叶的时候，徐氏生下个大胖小子。俗话说，有了孙子爷爷喜。王子梅高兴万分，挂着拐杖到王子棠家报喜："哥，你的孙子叫春雨，我的孙子叫春槐啊！"春槐就成了这个娃娃的奶名。和大门家以前几辈子人少户稀，缺子少孙，自从有了这个小春槐，便有了牵挂。到小春槐能让人哄了，王子梅老汉便当上了保姆。时时刻刻把娃娃带在身边，甚至晚上睡觉也搂在怀里。然而，天有不测风云，人有旦夕祸福。一天，他背着孙子出了和大门。爷孙俩正嘻嘻哈哈享受天伦之乐的时候，他一不小心一脚踏空，急护孙子不要被摔，自己的身子却重重地挨了地面。等到人们赶来时，他已经是眉也定了，眼也瞪了，看着不出气了。

有父不显子，父亡子露头，守孝三年后，王奋修便开始准备创办女子学校。他准备在和大门坡下西阁阎石圪塄下一条空地上盖七间房作为校址。就在他请了木匠选材料的时候，他的堂叔伯哥哥王奋坚寻他来了。王奋坚这几年也颇有作为，挑头主持了村里河坡上姜子牙神庙的修建，又出资加固整修了庄墙，很受村里人们的爱戴。这天黄道吉日，姜子牙神庙新塑的神像进行开光。

村里这么隆重的大事，作为为修建姜子牙神庙捐款最多的村里头牌大财主，那是必须参加的。王奋修略问了问准备情况，换了身新衣，跟着王奋坚去了。

第四折:
阳白村春秋故事奇

　　田德义来到王家庄村爬起河坡的时候,王家庄参加了开光仪式的人们都到王奋坚家坐席吃酒席去了。只有几个小孩争抢挑拣着那些散落在地没有炸响的小鞭炮,没有人注意他。他瞅的就是这个时候。因为他实在不好意思作为一个外村的人,当着人家的面,人家刚开光就来求卦。他来过王家庄,知道上门洞顶的地方。他上了门洞顶,从东沿朝郭家庄的那一面路过观音殿便到了新盖的姜太公神殿。神殿只有一间大。新塑的姜太公白胡白粉皱纹脸,头顶道冠,身穿一领蓝色道袍,腰里系一条黄绦,端坐在神椅上,完全是一个老者的形象。其左手怀抱着打神鞭、杏黄旗、封神榜和道家人常使用的拂尘,右手抬起手正指着郭家庄村玉皇庙的方向。姜太公的一左一右,上首是身穿黄金甲、手持三尖两刃刀的金面三眼神将二郎神,脚旁还有黑色的哮天犬向郭家庄方向做狂吠状;下首是粉头粉脸,肩披荷花瓣披肩,腰系荷叶裙,手持两头枪,脚踏风火轮,身裹红肚兜,赤腿赤膊的哪吒。这三尊神像身上都披上了开光时披的黄绫绸。姜太公的面前设有供桌,香炉就在脚下,刚刚焚过的一把子香中央又插了三炷高香。香炉后就是一个卦签筒子，里面插满了卦签。田德义心中一动，急忙下跪叩了一头，默祷了心愿，抱着卦签筒摇了几摇，忽然飞出一签。他捡起来一看，卦签上写着："中上卦，雷天大壮，木匠得木，应于东北方。"他不得要领，正琢磨间，殿门口突然进来一个人。两人都没防备，都被吓了一跳，却又都立刻认出了对方。

来人是王奋修，本来他是在王奋坚家坐主席吃姜太公神像开光酒的，两盅酒下肚忽然心中一动：老婆徐氏时常说，好男儿敢为天下先，鼓励自己向《瀛环志略》里记载着的英吉利、法兰西学习，开办女学，创办这个全五台县、全代州，也许是全山西、大清国第一家女子学校，可这究竟前途如何？何不趁大家喝酒之际自己偷偷溜到姜太公神殿摇他一卦！便向同桌喝酒之人托言方便一下，出了王奋坚家大门，又出了和大门，来到了姜太公神殿。王奋修一见是田德义，奇怪地问他来做甚。田德义赶忙见礼，赔着小心的笑容老老实实地说了自己来的原委，并把手中的卦签交给王奋修看，说自己看不懂是什么意思。王奋修看了一下，笑道："这你还看不懂啊？木匠得木，这是说大有发挥，能成大器啊！应于东北方，从这里看第一个是阳白村！哎呀，阳白就是阳春白雪啊，这不是告诉你阳白村里立鼓房能成吗？"田德义恍然大悟，满心欢喜，谢过王奋修就要走。王奋修道："你着急什么？这里还有第二层意思：阳春白雪，曲高和寡，又祝你能遇到高师，学到很多高雅的鼓乐，改变你们田家岗张家班以前的那些灰曲调！看看们爹那白事宴，雇了你们那个班社，吹的些甚曲子，生生把个事宴闹成个笑话！"田德义见王奋修有些责怪，忙说那时自己也不主事，张家班现在也塌班了；自己想另立鼓房就是想从头再来，可是请高师又请不起。王奋修冷笑道："怕你是请不下高师吧？你要能请下高师，我王发荣给你掏钱！"田德义心中道："你倒是个肯出血的！"嘴里却故意将王奋修一军："好好好，咱说话算话！"拱拱手，出了殿门。

王奋修心里道："这田德义，竟来抢了个头卦！"将给田德义看了的卦签插到卦签筒里，摇了摇放在姜太公神像前，跪下叩头默许了心愿，抱起卦筒一摇，也飞出一签，看时，签上写着："中吉，震地豫，青龙得位，依势顺时，事在人为。"他不觉有些踌躇，心里道："看来这事不费神通不行！"将卦签插进卦签筒里，又朝姜太公神像磕了个头，站起来出了殿门，下了门洞顶，忽又想起那个田德义，何不喊他回来也吃几盅酒？到河坡头看时，田德义早过了小银河往阳白村去了。

却说这阳白村，若按东冶北沟小银河流域南北里程计算，恰好是这个地方的中心：向南二十里到晋北第一镇东冶，向北二十里到木山岭山根殿头掌村，东北到天池沟村，再往东走便到十家崖、西雷等村通往五台城；西北到金山沟，再向西一拐便到铜川尧上村而进入崞县地界。因地处中心，善泉都每逢农历腊月的三、六、九日，阳白村四周邻近的村乡农家便在这里聚会赶集。人们把自家余留的用不了的葱蒜辣椒、小米绿豆、猪肉羊肉、头蹄下水杂碎、牛羊皮毛、棉线麻绳等农副产品拿到阳白村的大街上卖钱或者交换；一些小商小贩也倒腾些针头线脑、花椒大料、平山小布等前来叫卖；间忽着也来个拔牙的、点痣的、割脚的、磨剪子戗菜刀的。不过与东冶镇的二、五、八日集市相比，冷清得也实在够可怜。阳白集是贫寒农家的集，但见临街墙根屋檐台阶下，稀稀拉拉蹲着几个穿皮袄戴毡帽，浑身肮脏，腰里紧着烂布条腰带的老汉，脸面前放着十来八颗鸡蛋，一篮半篮的果干片、红枣，两挽三挽的麻皮，一捆半捆的冻葱，晒太阳。偶尔来了个买货的，告诉人家个价，讨价还价一番。现时想买手中缺钱，拿上货走了，等以后什么时候有了钱再给也可以。反正都是邻村上下，亲戚里道，张三李四王五赵六的，谁也认识个谁，谁也不叼谁。倒是有时候买货的有了钱给你送来了，你反而有些忘记了你卖了什么货，谁买了你的货。那时的民风确实淳朴，但阳白集市也确实冷清。人们讥讽那些没有见过世面的人，常用"阳白赶过集"这句话。与这句话相匹配的还有一句"山泉坐过席"，说的是离阳白村北十七八里的地方有个叫山泉的小山村，做红白事宴坐席吃饭从来不安八仙桌，而是就地扣个笸箩当饭桌，随便就地寻找个草墩子、草拍子、马扎子、小凳子，甚至搬块石头，拉条木头橄榄子过来当凳子；也不管你是白事宴上的主子家还是红事宴上的送女大戚人，随便推你个位置上就开席。你只管乒乓流星（五台方言。"乒乓"指碗筷声响，"流星"指速度很快），狼吞虎咽吃饭就是，略一斯文客套，你中意而准备下筷的食物就被人吞下肚子。席面也不分四盘一海碗五盏四盘还是八八六六的摆法，反正就是用平时使用的大盆子、小盏子还有大钵碗端到笸箩上。敬酒加菜只是说句话让一让了事，根本不要指望有什么实际行动。这是五台东冶北沟小银河流域一带使事宴上首席戚人感到最没面子的事。因"山泉坐过席"和"阳白赶过集"一样，是最上不了台面的，故常连用讥诮没见过世面的人。

阳白村原也是"常遇春梦洗五台"后的废墟。朱洪武年间移民时，阳白村住进了孟氏和郝氏两大家，繁衍至今已成两大族群。孟氏自称是亚圣孟子的后人，为人却慵懒、迟钝，待理不理的样子。至今，五台县说那是为人反应迟钝之人还好说："你是阳白家？""说阳白家哩？"指对方是个"懵人"，取"孟"的谐音。其实，孟氏人的机敏全在心里，外表装糊涂。郝家人正相反，从外表看就机灵得很，八米二糠算得精，吃亏挨拐的事不沾边。几辈子下来，郝家终于打拼出了东冶北沟小银河一带第一个大财主，大名叫郝命香。

钱是人的胆，财多气粗。郝命香就有些在东冶北沟小银河一带抖擞得放不下了。五台十年九旱，年年农家都要祈求龙王降雨。东冶北沟小银河一带最灵验和神通广大的龙王当数红表村西面黄嘴山的拐龙王，传说他被龙母生下便得了麻痹症，虽然身有残疾却对百姓很是同情。在东冶北沟小银河一带，无论哪个村，只要有人来祈雨，总要给下几滴雨水，故深受老百姓的拥戴和欢迎。每当祈雨时，祈雨的人们用轿子从黄嘴山龙王洞请上拐龙王，打上旗伞执事，回村里看赛戏。沿路经过哪个村子，哪个村子里的首富财主就要在村口摆上香案，焚烧香烛纸马，燃放鞭炮爆竹，表示对拐龙王的尊敬和欢迎；更要准备好铜钱，一把一把地赏给异轿子的轿夫、扛旗伞执事的仪仗人员、敲锣打鼓吹唢呐的忘八，还有一群一伙相跟着看红火热闹的人。这规矩也不知是哪朝何代留下的，反正大家都习以为常了。郝命香起初也舍过钱，后来发现舍钱只是快活了那些借着请拐龙王祈雨闹红火的人，至于拐龙王下不下雨也不一定，便计上心头。

这一年，郭家寨村祈雨，大家抬着拐龙王一路吹吹打打，依次路过红表、智家庄、南头、善文这几个村庄，看着就到阳白村了。大家喜气洋洋，心情高兴，满以为阳白首富郝命香财主已在村口摆开了香案，端着装满了铜钱的小笸箩在等着他们呢；不想来到阳白村口，只见郝命香洋丢不睬地坐在圈椅里挡着大路，一脸冷笑地看着众人，身边并无什么装有铜钱的小笸箩，更无什么香案，众人不免深感诧异。轿子停了脚步，吹打的没了声息。郭家寨村请拐龙王的纠首赔着小心，趋身向前双手抱拳："请问郝大财主，你这是……"话未说完，只见郝命香从圈椅里一站，几步冲到抬着拐龙王的轿子前，指着轿里的拐龙王冷笑道："拐龙王啊拐龙王，你是黄嘴山的拐龙王，我是阳白村的郝命香；你掌的是雨部，管的是风调雨顺；我掌的土地，盼的是五谷丰登。本应是你我一家人，却为何要你高我低欺负人？别人怕你拐龙王，我郝命香不怕你！你天旱，我有水地；你雨涝，我有岗地；你用洌子打，我有山药胡萝卜；你能三年不下雨，我有十年的存粮对付你！我不掏钱敬奉你，看你拐龙王能咋地？"说罢，扭头一拱手，扬长而去。

大家初时愣住了：好家伙，还有胆子这么大的人，竟敢眼直对面地指责拐龙王！继而醒悟过来，敢情拐龙王也就是个欺软怕硬的龙王吧！就会欺负我们这些穷人！这样既不公平又没神通的神圣我们还请他做甚？大家一商量，把拐龙王又送回了黄嘴山。临走时向拐龙王嚷嚷着道："拐龙王你要能做到公道有神通，就让我们看一看，做不到，休怪我们再不敬奉你这个拐龙王了！"

郝命香正是犯了五台人的大忌，在拐龙王面前信口开河，结果故事的结局变成了这样：是夜，黄嘴山发起了一朵乌云，一声霹雳惊天动地，接着倾盆大雨，小银河一下发起了洪水。洪水怒吼着直冲阳白村而去，却被善文村前石片盖东头一截高崖挡住去路。眼看洪水又要走小银河流的老路，冲不到阳白村里的时候，有人看见，从天上跳下两只弯角大绵羊来，冲着高崖对撞，三碰两撞，高崖顿时被撞开一个豁口。洪水从豁口汹涌而出，直奔阳白村郝命香家。奇怪的是，阳白村谁家也没遭水灾，就是个郝命香家被洪水刮得一干二净。第二天，郝命香拿着银碗讨饭吃。从此，黄嘴山拐龙王威名大振！至今，这一带邻村有旱象，仍有人上山祈雨，善文村和阳白村交界处高崖上被"绵羊"碰撞开的豁口尚在，而且又人为地加宽修了公路。因豁口来得实在诡异，人们称之为"鬼豁子"。经此一劫，阳白村郝姓人再不敢与孟姓人混住在村里落平处，纷纷搬迁到村东垴梁上躲避洪水，且人气下跌，村里大权都掌在孟氏的手里。郝家对孟家在村里的一切决定唯唯而已。

然而，阳白村的出名并非因为出了个郝命香，而是因为村名"阳白"本身。

根据一些史志的记载和传说，在春秋时期，五台、原平、代县、繁峙一带为狄、犬戎等少数民族部落所盘踞，他们自然免不了要南下骚扰抢掠。晋悼公卧榻之旁不容他人酣睡，决心开拓这一带疆土，于是发动战争，将狄和犬戎赶出了雁门关外。为宣示胜利，巩固开拓的疆土，晋悼公就在这东冶北沟小银河一带举行了极其隆重的祝捷庆典活动。在北沟口子南北大兴一带举行了规模盛大的阅兵式，故名"大兴"，以示国家军力强盛；在阳白村一带，晋国歌舞乐团举办了声势浩大的歌舞音乐庆典盛会。国家盲人音乐大师师旷指挥晋国"交响乐团"，用编钟、编磬和古琴演奏了他的千古名曲《阳春白雪》。"阳春白雪"便被大家叫成了该地的地名。后来因嫌啰唆简称为"阳白"。阳白村北筑了一处高坛，晋悼公登坛诏告天下并祭祀上天，大声朗读了国士们为其搜索枯肠而写作的祭天"善文"，宣告了这一片土地归晋国所有是上天的意志。于是，"善文"便成了这个地方的地名。当时，国士大臣们居"士集"，歌舞团的歌女们住"上红表"和"下红表"。"红表"本来写作"红婊"，指的是"身穿红衣服的舞女"。后来居住在那里的人不懂"婊"的古义，以为是指"妓女"，便改成了"红表"，反而不知所云。"探头"是"探马"所在地，是庆典盛会指挥中心的信息交流联络处。"南头"是观察和信息反馈的前哨。为了加强统治，晋悼公原计划在这里建立国家权力中心，准备依山建造办公大殿，便又有了"殿头"村；选定"桑园"和"山泉"为国家御花园，便有了"桑园"和"山泉"村；善文西北处发现了"金山"，国家的财政肯定富足；阳白南多山泉怪石和奇花异草，以"泉岩"命名，定为上林苑。

故事到此，大家便会明白，为何东冶北沟小银河一带，除郭家寨、李家庄、郭家庄、王家庄、田家岗、智家庄外，全是些和农村农家生活毫不相干的好像是有神话传说故事的地名。然而"旧时王谢堂前燕，飞入寻常百姓家"，阳白村和所有的村子一样，再没有了往日的辉煌和"阳春白雪"的余韵，成了一个典型的农村。阳白村秀才孟闲游先生曾写诗云：

> 耧声叭嗒布谷催，挑担送粪脚步飞。
> 阳春白雪无人唱，怕违农时闭了嘴。

其实，作为邻村上下的一个人，田德义也早就知道了阳白村村名的传说故事。立鼓房的念头一闪动时，他立马就想到了阳白，想借"阳春白雪"的风水地气，使自己的鼓房成大气候。然而却没有底气，他知道自己干的是忘八家的事业，阳白孟亚圣的后人能允许吗？不想王家庄新盖的姜太公庙里一打卦，直指的就是"阳春白雪"，而且是"中上卦"。他不觉信心陡长，勇气大增，雄赳赳、气昂昂地来到阳白村。

阳白村掌村政大权的族长是从孟轲起第六十六世孙孟兴元老秀才。孟氏第五十一世祖在明朝前期迁至阳白村，排"祖惟之思，克希言公，彦承宏闻，贞尚衍兴，毓传继广"辈分字序。此时正值大清同治年间，孟氏人丁兴旺的人家已繁衍到"毓传继广"的辈分上。孟兴元老秀才的辈分却在"兴"字辈上高高在上，在阳白村里叱咤风云。别看功名是秀才，举人进士也得听他呦喝。

田德义来到阳白前街孟兴元老秀才家雕花大门前，忽见一个小孩从大门口跳出来，心想肯定是孟兴元老秀才的孙子，便问："咳，小孩儿，你爷爷在家不在？"小孩扭过头来打量了一下田德义，反问："你不是阳白村的吧？我好像没见过你。"田德义心中思忖：这小孩儿倒是好眼力！便说自己是田家岗的，找他爷爷孟兴元老秀才有事。小孩便说："你要找他，我领你进门！"便领着田德义进了大门进二门，又从二院中间仪门旁侧门进去，高声喊："爷爷，有个田家岗上的戚人寻将你来了！"旋即，正屋里便传出一个苍老而夹着痰音又洪亮的声音："快快进来，快请快请！"原来，五台称客人都是以"戚人"相称。田德义急趋向前，便见抱厦屋门竹帘一掀，出来一个老者，鹤发童颜、精神矍铄，小孩欲上前相扶。老者一挥手："去！"小孩便一扭身冲出院子。田德义知道老者就是孟兴元老秀才，赶忙抱拳行礼。

孟兴元老秀才略点点头，拱拱手，把田德义让进堂屋。田德义一看，这是一堂两屋的三间正屋，中堂一幅"松鹤图"，两边配联："春雨夏云秋夜月，唐诗晋字汉文章。"顶置一匾："祖惟之思。"松鹤图下一张红木八仙雕花桌，桌的两旁一边一把紫檀太师椅。桌上两个兰花美人腰花瓶，分别插着鸡毛掸子、牛尾拂尘。花瓶中间置一广州产的仿罗马自鸣钟，钟摆左右摆动，滴答滴答响着。自鸣钟前搁一瓷盘，瓷盘里放着拳头般大小的一个紫砂茶壶，反扣着四只烧酒盅大小的紫砂茶杯。两屋的隔断齐窗台以下为砖砌墙体，以上便为博古架，摆放着一些瓶瓶钵钵，猴猴把戏的铜的瓷的一些东西，也不知是不是古董。两边博古架下各置一高脚茶几。茶几上亦有茶壶茶盅配置，茶几两边又各置两把太师椅。整个中堂屋倒像是一个议事厅。田德义心想，多少阳白村的大事就在这个屋子里决断！忽看到两个小后生就在太师椅前规规矩矩垂手低头而立，不觉有些疑惑：这两个屁大的孩子，莫非是孟兴元老秀才的参议？忽见孟兴元老秀才让他到中堂八仙桌旁客座坐，忙拱手谢座。屁股刚一触到太师椅，耳边突然"噔"地爆响了一声。田德义一惊，急忙站起来审视。那两个小后生却忍不住扑哧一声继而嘻嘻哈哈地笑出声来。

孟兴元老秀才向那两个小后生喝了一声："无礼！"那两小后生急忙闭嘴，鼻子里却兀自小声哧哧。孟兴元老秀才向田德义道："让戚人你见笑了！"指了指中堂匾，"才将将老朽正给他俩讲了，这中堂匾既是移居阳白村先祖的官名辈分字序，又是家风格言警句，'祖惟之思'讲的就是唯有按先祖的教诲而思而想而做事，不能心有旁骛！老朽话语犹在其耳旁，他俩却当耳旁风刮过，真是朽木不可雕也！"又将头扭向那两小后生，"戚人初登门而笑之，岂是礼乎？"

田德义赶忙劝解，道："却不是这两个小兄弟之过，本来是我猛地听到这个东西'噔'的一声吓了一跳，才惹得这两个小兄弟笑了！却不知这个东西咋就响了这么一下，好像筛锣一样！"孟兴元老秀才这才也笑了起来，道："可不要说，自从代州弄了个这东西回来，可没少吓了人。老朽最初也叫它猛不提防响一声吓一大跳的，习惯了便也就习以为常了。这叫罗马钟，据卖钟人说，里面的响声叫打点，每到半点打一声，每到整点，几点打几声。其白天晚上共有二十四个点，但从盘子上看却是十二个点，打点也是从一打到十二点。老朽仔细琢磨了一下，这其实就是咱们老祖宗留的十二个时辰。看现在的时间，刚打了半点，还不到十一点，正是巳时末，到午时还差一刻多时间……"田德义看着孟兴元老秀才指点着表盘，脑袋里急速地转着，嘴里连连应着，不觉恍然大悟，赞叹道："好东西，好东西，不过咱庄户人家好像用处不大！不过用这东西看时间可比看阳婆看星宿儿听鸡叫准确得多哩！哎呀，好东西！"向孟兴元老秀才恭维了一声："这东西，只有您这福大之人才配得上享受啊！"

孟兴元老秀才自鸣得意地捋捋下巴上的山羊胡子，便问田德义找他有什么事。田德义便将自己想在阳白村立鼓房的事说了，原以为孟兴元老秀才不答应，自己还得再想说辞，不料他竟然一拍巴掌叫起好来，道："好好好啊，咱阳白村偌大一个福田寺，就一个实聋子老和尚，僧房空了好几间，你正好占用几间立个鼓房，顺便帮老和尚照看照看寺庙也是好的！"

田德义一下愣了，出乎意料地连自己也有些疑惑，一时竟不知该说些什么。倒是孟兴元老秀才长叹一声，感慨地道："说这响锣动鼓吹打红火，村乡里娶儿聘女、殡葬死者、祭祀赛会都是离不了的，过去却都是由忘八家经营，且忘八家就那几家，又哪能照顾得到？民间好者立个鼓房便也在情理之中。可偏有些人说是忘八戏仔吹鼓手为下九流行业。我老朽可不这么看！况且雍正爷早下旨平反了忘八，距今一百多年了，岂能再用老眼光看事乎？"扭头向那两个小后生道："先祖曰：民为贵，君为轻。士农工商固为民也，忘八戏仔吹鼓手亦为民也，皆为贵者也！依老朽看，你两个生活艰难，倒可以跟上这个田家岗的戚人在鼓房里学点艺，亦可糊口度日矣！你俩意下如何？"

那两个小后生互相看了一眼，瞟了田德义一眼又低下头去，嘴唇动了动，却没听出说什么。田德义却立马明白了孟兴元老秀才的意思，忙表态道："孟老族长放心！您老人家既答应我在阳白村里立鼓房，我还能不尽力培养您老人家的人吗？"孟兴元老秀才高兴地点点头，随即吩咐那两个小后生领田德义去福田寺看房。

田德义跟着这两小后生出来，相询之下，才知道这两小后生都在"传"字辈上，称孟兴元老秀才为"爷"，乃是两家的两个孤儿：一个手瘸，人称瘸四；一个脚跛，人称拐三。干农家力苦营生身体有累，整天在街上游来荡去。孟兴元老秀才给村里姓孟的凡是能开锅立灶的人家发了流水牌子，让这两个小后生到各家轮流吃饭并做一些力所能及的营生；又怕他俩不学好犯些偷鸡摸狗的毛病，不时把他俩叫到家里来敲打敲打。今日正在敲打时，碰上田德义来访。田德义知道，别看这两个家伙表面上好像是孟兴元老秀才的"麻烦"，实际上却是他的"元宝疙瘩"。自己想要在阳白村站住脚立得住鼓房，必须得善待这两个家伙！便向他俩道："我田德义一个身强力壮的劳力尚且不想受那田家岗上的那苦，你俩脚手有毛病，又怎能受苦？恐怕放羊也没人家敢交给你俩羊！今儿你俩遇上我，算你俩走时气！"

拐三瘸四疑惑道："你先不要吹牛，你有什么本事？"田德义道："什么吹牛？我现在就教你们一曲《撇白菜》！"拐三瘸四呵呵笑道："《撇白菜》？我俩早就会了！"接着两个摇头晃脑地吼唱起来：

大妮子二妮子呼儿咳，趿拉着你爷嬷的大红鞋。
白生生大腿八叉开，撇白菜！

田德义一下笑得跌倒辘辘的，眼泪崩出，好不容易才收住，道："你俩唱的叫什么《撇白菜》？我说的《撇白菜》是这！"从肩头褡子里取出唢呐杆子来，安好了碗子和喉子，吹唾了两口水气，又从耳朵里掏出哨子放在嘴里吹唾出些口水，试着吹吹，吱吱作响。将哨子从口里取出插安在喉子嘴子上，再试吹一声"嘟儿呐，吱吱！"朝拐三瘸四笑笑，眼睛一眯头一昂，一曲唢呐吹奏曲《撇白菜》便从碗子里飞出，直冲青天，回荡在阳白村的上空。这嘹亮舒展大方又顿挫分明而优美动听的唢呐声不仅惊呆了阳白村的村民，让他们以为这就是"阳春白雪"；更是把田德义自己也惊呆了："我竟能把唢呐吹得这么好听！我的杀鸡声呢？"

功到才能自然成。好一个王家庄姜太公庙第一卦！从此，田德义成了五台县吹唢呐吹得最好听的人！

第五折：
师徒俩转游五台城

　　吹唢呐，一旦从"杀鸡"噪音过渡到抑扬顿挫的乐音，便基本上能够说明田德义在唢呐的运用上得心应手了。田德义是个灵悟之人，自从会吹了《撒白菜》，他在田家岗张家鼓房记下的几个民歌小调《割洋烟》《卖扁食》《大闺女算卦》《摘花椒》便也都会吹了，很是悦耳动听。而且，还有一些民歌，尽管不知道工尺谱，只是凭个捉耳音他也能吹来。至于那些《大安鼓》《天神福》等更不在话下。每天，阳白村里的一些闲汉都要来福田寺僧房里看田德义吹唢呐。那个实聋子老和尚也来看，而且不怕聒耳朵，常常坐在田德义的唢呐碗口下。瘸四和拐三扯着他的耳朵，大声吼问他："田师傅吹得咋样？"实聋子老和尚连连点头回答："好好好，架势儿实在好哩！"还端起两条胳膊比画了又比画。惹得大家哄堂大笑。

　　田德义生性乖巧，见自己已经在阳白村里博得了村里人的好感和欢迎，便抽了个空儿跟孟兴元老秀才说了说，索性把自己的老婆和三个儿子田心宽、田玉宽、田富宽也一并接到阳白村福田寺立了锅灶。田德义这三个儿子俱生得齐头壮脑很皮实，叫阳婆爷晒夹风吹雨打得黑皮黑肚的，农家庄户人都喜爱这三个孩子。那天走时，三个儿子唯父命是从，只是田富宽从田家岗村村口往下栽坡时抹了把眼泪。田德义奇怪道："你咋了，不想到阳白村？"田富宽不说话，抬起手来朝王家庄村的方向指了指。一家人便站住，朝西张望。原是一溜骆驼缓慢地朝王家庄走去。顺风传来深沉的驼铃声：叮铃！叮铃！一声一声地捣得人心疼！田德义知道，这些骆驼是到王家庄村驮王奋修财主家的梨儿去了。这个王奋修又要发大财了。他喘了口气，不免有些眼热。

原来，五台东冶北沟小银河一带乃是全五台县闻名的梨果之乡，这些果树全是朱洪武移民后栽的，而王家庄和田家岗更是以盛产梨果出名。特别是王家庄的槟果，到处暑白露成熟后全果通红，红里透紫，又挂满了白粉般的果霜，香气散布于整岗整梁，一秋不散。这种槟果装篓，用蒿草作封篓口草，驮运上路，走一路香一路，蝴蝶和蜜蜂追一路。到了集散地大同、呼市、包头、集宁等地，又香遍了整个集市。故整个东冶北沟小银河一带的槟果一往外运，便都冠名是王家庄的槟果，有的甚至还要特地强调是王家庄牛蕉嘴的槟果。其实，那个生产牛蕉的土梁嘴子拢共也才有二三十棵槟果树，就是因为所产的槟果香味特别浓郁而出名。槟果虽然香味浓郁，但北路人大多舍不得吃，都买回来放在家里闻香味，一直到快烂了才恋恋不舍地吃掉。再说梨，所有产梨的村里产的梨质量都差不了多少，却是田家岗村的略胜一筹。梨分夏梨、黄梨、油梨、才梨等几个品种。夏梨又称秋白梨，皮薄水多最好吃，却不耐存放，最好入冬前就处理完毕。黄梨、油梨和才梨必须入窖放到第二年春天卖才最为上算，也最是好吃。黄梨最甜，吃完后甜汁黏手；才梨虽不如黄梨，但却最耐放，一直能放到立夏小满前后，漫长的熟化糖化时间也给了它甘甜的品质。最为珍贵的是油梨，果肉细腻还散发着一种特殊的清香。其形扁圆似苹果，最抗病虫害。有的窑人能将其存放时间延长至立夏、芒种时分。北路口外的农民牧民特别喜爱这里产的梨果：冬天肉吃多了上火了，有了内热伤风感冒了，吃两个梨立马就治好了。特别是取油梨一个，用锥子扎个孔，放七粒花椒放锅里蒸熟，简直成了治疗一切咳嗽气喘的神药。北路口外的有钱人家几篓几筐地买着吃，一冬一春神清气爽。穷苦人家少买几个放下，也能起个防病治病的作用。梨果作用如此大，就有人专门拉上骆驼跑这个梨果买卖。秋末冬初跑槟果和夏梨的买卖。第二年春天再跑出窑的黄桑、才梨、油梨的买卖。每到这个做买卖的时候，商人们就雇上人拉着一串一溜的骆驼来了。骆驼们的鼻缰绳依次一只一只地拴在前一只骆驼的鞍桥上。最前一只由拉骆驼的人拉着，商人们骑在中间的骆驼上。最末的一只骆驼脖子里吊着很响的铃铛，随着骆驼不紧不慢、从容悠然的脚步"叮铃、叮铃"地响着，传得很远很远。聪明的拉骆驼人用这个方法防止骆驼丢失。每当骆驼来到村里，村里就像过节般地红火。娃娃们围着骆驼齐声念着："骆驼骆驼大扁脚，嘟嘟呐呐来们阛；你爷嬷不给你裹小脚，因为你驮梨儿驮果子！"胆大的娃娃们争抢着爬上卧地反刍倒嚼休息的骆驼身上。骆驼就"嘿儿"一声站起来。娃娃们在骆驼高高的背上惊得喳喳乱叫。拉骆驼的便"呜哈！呜哈！"地叫骆驼卧倒，把娃娃们赶下骆驼背，瞪着眼睛咋呼娃娃们："小心骆驼喷唾沫，喷到脸上害疮疮哩！"把娃娃们撵得远远的。这个时候，卖梨的户主们争抢着领着买主进梨窑验货，把手伸到衣袖内拉扯揣摩，讨价还价。当时的梨价并不低，一百斤梨大约值五块白洋，相当于现在五元钱一斤。一旦成交，卖梨的户主们便雇人来装梨，打酒割肉做大黄米油炸糕来招待买主和帮忙的人。酒足饭饱之后，矜持的买主便把白花花的银元和黄澄澄的铜钱整整齐齐地堆摆在卖主家的炕上让其过数收好。一声"来日方长，下次又来，明年再见"后，双方恭恭敬敬打躬行礼分别。

田德义知道，他的这三个儿子在留恋向往骆驼来村里驮梨果的振奋人心的红火热闹。可那一串一串的骆驼运走的梨果，又有几个是自己的？更何况"樱桃好吃树难栽，梨果发财苦难耐"。话说这梨果树在清明节前要刮树皮，清除老旧树皮里隐藏着的虫害，开花长出叶子后还要摘蠓虫、摘"黑虎"。蠓虫又叫"卷叶虫"，卷起梨叶躲在里面吃叶肉，吃了一叶又一叶，能把整棵树的叶子全吃光。那时人们没农药，只能上树用手摘那卷起的叶，捏死里面吃叶肉的蠓虫，扔到地下。为防止掉下树没死的蠓虫再爬上树，还要用细绵土围着梨树打堆垒。这样才能困住蠓虫，让它们上不了树。"黑虎"又叫"钻心虫"，初时钻在花芽基部吃嫩芽肉，待幼果长成了又钻到幼果核里吃果核。吃了一果又一果，一连要吃七个果，才能成蛹化蛾。人们必须争分夺秒把它摘下来扔到地下，尽可能让它少钻梨果。好在"黑虎"见不得土，它从扔到地下的果核里一钻出来沾土就亡。对付它，摘下来扔到地下就行。"黑虎"摘完了，就要打"梨猴子"，"梨猴子"又叫"象鼻虫"，身体约有黄豆大小，是个紫红色的甲壳虫，长长的口器犹如大象的鼻子，专叮咬梨果发嫩的果柄基，不把梨果叮咬下来不罢休。人们自然恨死了它，梨树坐果后的每日清晨都要拿上锤子上树敲打，故名曰"打梨猴"。梨猴子被震落下来，守候在树下的人就得眼眀手快地把它捡起来掐掉它的长嘴巴。一到阳婆爷出山后前晌就不能打了。"梨猴子"翅膀没有了潮气，一震就飞走了。故打"梨猴子"只能在清晨。虫害斗完了，还要耕梨园、刨树间、挖水窖，蓄伏天的雨水催长梨果的个头，却又提心吊胆：既怕恶风暴摇落果，又怕冰雹冽子打落果，更怕连阴下雨不见日头，梨果生了霉斑点。老天若是不作美，一年辛苦全完了。等到费尽九牛二虎之力摘下梨果放进梨窖里，更得操心。天冷天热用干草糜秸堵放窖口更有学问。弄不好一窖几万斤梨果全烂了，怕是哭皇天也哭不成个腔调。难怪田家岗有个穷秀才见富家子弟食梨果，光吸汁水吐掉渣，梨果身上一有些许烂疤就扔弃而叹曰：

> 一梨一果一滴血，甘甜来自苦受绝。
> 劝君啜食莫挑剔，些许烂疤刀可削。

田德义父子一直看到骆驼爬起了王家庄河坡，直到最后一只骆驼也钻进坡头门洞不见了，这才起步动身，一路心情酸圪淋淋地到了阳白福田寺安顿了下来。第二天田德义就给三个儿子和拐三布置了学吹唢呐换气的练功任务：吹水碗。这是过去吹唢呐艺人们的传统练功法：练功者口里含着麦箭箭（"麦箭箭"为小麦结麦穗的那一节中空茎。农家常用来掐草辫盘缝遮阳或挡雨草帽）往盛满水的水碗里不住气地吹气。初学者往往一换气就停止了吹气，水碗里的气泡就不冒了，这是不行的，一定要练到鼻子里呼吸自如，嘴里一段劲儿地往外吹气水碗里一直冒气泡才行。唯有这样，吹唢呐才能伤不了气，遇到对手对决才能熬长取胜吐不了血，遇到长的乐句才能一口气吹到底而赢得大家的叫好。吹水碗换气功练得好赖，也往往决定了吹唢呐把式师傅的本领高低，实在不可等闲视之。至于瘸四，因左手残疾自然学不了操弄捏眼子按孔的乐器，但左手仍能架得了马锣，扶得了水镲。田德义就让他学记念叨一些锣鼓经，用巴掌拍一拍，权当水镲，用草帽当马锣敲。而他自己便专门攻克当时艺人们望而生畏的唢呐吹奏曲《大得胜》套曲。

《大得胜》也叫《得胜鼓还朝》，是皇家为迎接得胜还朝凯旋的出征将士而用唢呐吹奏的曲子，红火热烈、慷慨激昂，再配以铿锵有力的锣鼓，显得很是激动人心。人们都知道《大得胜》是从宏道镇北社东村传出来的。明朝万历年间，这村里出了一个大官叫李楠，官拜陕西巡抚、都察院御史，被万历皇帝的叔父招为女婿，娶了万历皇帝的堂叔伯妹子，人称郡马李都堂。李楠携妻回乡省亲时，万历皇帝特赐皇家史姓乐户一班，为李楠典礼祭祀伴奏。李楠省亲完毕，史家乐户便留在李家，为李家过时过节、娶媳聘妇、殡葬祭奠、敬神礼佛等演奏。这样皇家的《大得胜》就被留在了这一带民间。李楠生子娶岱岳山阴县王家屏女儿为妻。王家屏是三朝元老，人称王阁老，官职、资历都比李楠高。为防百官送礼，王家屏在出聘闺女时向万历皇帝请了假，假托回乡省亲，回了山阴老家。自己青衣小帽赶着毛驴把闺女亲自送到半道，让从宏道北社东村来娶亲的李楠儿子接走。时人闻之无不将之呼为尧天舜日之世的大贤，连万历皇帝也钦佩至极。后李楠儿子的儿子犯了官司，刑部追捕。其无处可逃之下跑到山阴王家屏外祖家躲了起来。当时王家屏去世多年，然而余荫尚在。刑部不敢进王家搜捕，又不敢向万历老皇帝讨要进王家搜捕的圣旨，官司便也不了了之。此事经过民间的演化，成了五台、定襄、崞县、代州、岱岳山阴一带儿童们玩耍的一个游戏：一般最少需三个孩子玩，两个扮演追捕者，一个扮演逃跑者。追捕者追，逃跑者逃。逃跑者无路可逃时便到一高地埂上向追捕者喊："跳马马，马马跳，跐到王家旮旯旯；舅舅亲，妗妗护，气杀气杀抓不到！"这个游戏的结局是：其一，在逃跑者逃亡之前被追捕者抓到，逃跑者输。追捕者两人一人扮演当官审案者，一人扮演衙役打大板者，审问逃跑者并打大板。其二，追捕者知道追不上，逃跑者也懒得跑或跳了，双方谈判算为平手，商议重新玩一局定输赢或者重新调换角色。其三，追捕者在追捕的过程中让逃跑者跳下地埂，追捕者输，罚为轿夫。两个追捕者用手挽成轿子抬上逃跑者，嘴里还要"嘟儿呐儿"地学唢呐吹着《大得胜》，由逃跑者指挥着到东到西，直到累倒方罢。人多的时候，追捕者可增加人，但逃跑者只能是一个人。

田德义小的时候也玩过这个游戏，也当过轿夫，嘴里也"嘟儿呐儿"地吹过《大得胜》。等到长大，才知道自己小时候嘴里都是瞎嘟嘟，真正能吹《大得胜》的只有两家：一家是宏道镇北社东乐户史家，不过史家是李家的乐户，专门侍候李家，从不对外服务。人们只是在李家的事宴上听过或者见过史家吹打。田德义有一次去宏道镇辛安村倒贩那里的香瓜。那里的香瓜有两种：一种叫"灯笼红"，成熟以后外皮绿色透着黄金花纹犹如灯笼，打开以后瓜肉和瓤黄中泛红，酷似"灯笼里蜡烛放光"，故名"灯笼红"；还有一种叫"墨玉"，跟"灯笼红"一起成熟，外皮深绿呈浅色纹路，打开后瓜肉和瓤呈绿色。这两种瓜都是"蜜钵沙瓤"，香气冲天袭人。四乡农民每到收瓜时节都要前去贩些瓜来倒卖，能赚不少钱。田德义早早起来从家出走，路过泉岩、郭家寨、北大兴、南大兴、东冶、槐荫村，顺着油篓山绕过筛锣湾，来到了北社东村。本来路过北社东村到了宏道，向西一拐便到了辛安，买上些香瓜回来就是，但他在北社东村偏偏遇上了李家做事宴。他把毛驴拴到戏台下，跟着人家史家鼓乐进了庄严肃穆、华丽堂皇的李氏祠堂，又转了出来，跟着史家鼓乐到洪福寺进了香，又从洪福寺出来，再跟着史家鼓乐进了高大威严的御史第，一直觍着脸看史家鼓班吹打，直到有人过来拍他的肩头，问他是哪里的戚人时他才省悟过来，才发现人家李家要坐席了，早就过午了。急急返出来到戏台下一看，毛驴不见了，这可把他吓坏了。他在北社东村找了一气找不到，垂头丧气回了村，准备挨爹的打，却发现那头毛驴是自己脱了缰，"老驴识途"自己回来了。这个故事一时成为田家岗村的笑谈。不过，田德义生性又好强，每当人们用这个故事揶揄他的时候，他就反而向大家谝北社东村李家府第的堂皇气派，围墙的厚实高大，史家鼓乐《大得胜》的红火气势，来个后发制人，谝得村里人一愣一愣地。可他也通过这件事认识到自己绝不是一个好农民受苦的料，靠自己受农家苦养家糊口，非把全家人饿死不可。他试图投身到宏道北社东村史家鼓班去学艺，打听到的消息是史家概不收外传弟子，他只得作罢。

另一家能吹打《大得胜》的是五台松台的忘八乐户褚家。褚家的《大得胜》是从史家学的，却又做了改革。褚家把持着五台县迎神赛会赛戏的演出。在五台东冶北沟小银河一带，郭家庄每年正月初九玉皇庙玉皇大帝诞辰庙会，阳白村每年的四月十五龙王爷祭祀庙会，松台忘八褚家的赛戏是非请他们不可的。田德义清清楚楚地记得，每到赛戏的前一天，忘八褚家就来村里报赛戏：派一人头戴绿帽子，脸上搽白粉，腰插杏黄旗，拎着一面马锣从村口敲进大街小巷，通知人们第二天看赛戏。第二天，松台忘八褚家全家出动，来到庙会演赛的村庄村口，打扮成七鬼八仙四值神，即白无常、黑无常、牛头鬼、马面鬼、绿脸判官、蓝脸判官、中神鬼王这七个鬼，汉钟离、铁拐李、吕洞宾、张果老、韩湘子、曹国舅、蓝采和、何仙姑这八仙，年值神、月值神、日值神、时值神这四值神，在扮成的城隍爷的带领下，随着《大得胜》鼓乐的节奏舞扭着来到庙会场地，参拜了所要赛祭的神圣，然后再上赛台舞蹈一番作罢。晚上正式演出赛戏的剧目是《调鬼》。赛戏一连演三天，头一天叫头赛；第二天，称正赛；第三天为末赛。三天五场赛戏，每场都是以《大得胜》开场，以《大得胜》收场。田德义是个有心人：史家安《大得胜》用小安法，起鼓时用鼓箭在鼓边上一磕，叫起套来："皮咚咚……"往下走，然后打"咙咚起咚不咚咙咚，咙咚起咚"，唢呐便"嘟儿哇，嘟儿哇，嘟儿哪儿哇呜哇"地吹响了《大得胜》。褚家安《大得胜》用大安法。当他们的赛戏红火要进村时，总要在村口放三声"冲天雷"黑铁炮，以惊动通知村里人。铁炮响完后，开始筛锣"噔噔噔……"，锣声一落便是唢呐学马嘶"意哈哈……"鼓声起"不咚咙咙咚噔起咚起，噔起咚起，咙咚咚咚……"，往下走，然后打"咙咚起咚不咙咚，咙咚起咚"，唢呐便"嘟儿哇，嘟儿哇，嘟儿哪儿哇呜哇"地吹响了《大得胜》。与此同时，赛戏演员队伍也开始了舞扭行进，显得气派十足，红火热闹非凡。

　　田德义知道，现在学《大得胜》正是时候，五台松台忘八褚家这几年已经现出了败象，人不多了，而且都上了年纪，好像很长时间不见着那粉突突、水灵灵的忘八褚女在演赛戏时坐赛台板凳上了。万一在庙会时忘八褚家来不了，自家学的这《大得胜》正好派上用场，岂不是能挣好多钱吗？他感到了急迫，因为他和他的鼓房功夫都不到，人和乐器都不全，也怕突然一下忘八褚家真来不了给他个措手不及。可他也知道心急吃不得热豆腐，功夫不到易砸锅，只能顺其自然加努力，一切听其命运的安排吧。

又过了差不多一个月的时间，天气热了起来。一天，孟兴元老秀才突然拄着拐杖来福田寺找田德义。说往常这个时候松台忘八褚家早派人来写赛戏的约来了，今年却到这个时候不见动静，莫不是忘八褚家不济事了，要是他们来不了，今年村里这个四月十五龙王爷祭祀和八仙汉钟离诞辰庙会就得再想法子了。大天池孟海生刚刚领了一班子唱上路调的戏，说了好几次要揽四月十五的红火，孟兴元老秀才却怕孟海生的那个穷班子戏班，咿咿呀呀呲猴马架，这样既对不起敬奉的神圣爷爷，又无法向邻村上下的亲戚们交代，也丢阳白村的人。于是他让田德义能不能抽一两天去松台村看看忘八褚家的动静。田德义正想去松台村走走，看能否捡忘八褚家的几件响器回来，供他的三个儿子学艺和鼓房里使用，便一口答应。当下便让老婆准备硬糜子窝窝头干粮和老腌蔓菁圪蛋咸菜，叫瘸四和他一起到松台村。临行前嘱咐他的三个儿子和拐三，一定要好生练功，等他回来后考察，及格的就给发唢呐学吹。大家点头答应。三儿富宽临末还加了句："说到做到，不放空炮！"田德义知道，他的这个三儿有一股不依不饶的脾气劲儿，平时练功也数他好，要是带不回唢呐来，自己的唢呐怕是要被他夺去了。他作为一个父亲、一个师父，必须得给他们充足的信心，当下一拍胸脯："好！"便与瘸四出发。

忘八褚家住的松台村在五台县城南十余里，黄土坡东二三里处。过去虽没现在的公路，但就近走的大路小路很多。人们习惯把黄土坡以下称为下五台，黄土坡以上称为上五台。东冶北沟小银河一带自然是属于下五台的。这一带的老百姓进县城到上五台，南、北大兴两村的人一般要先到东冶镇，再往东爬上望景岗茶坊，钻进孤义沟到茹家垴，再往东爬起黄土坡顶，往北十里进城。郭家寨、李家庄和泉岩村的人一般走郭家寨东的石人掌沟，再向东爬起狼挡岭，裁下岭到高家庄，再从走马岭向东进城。王家庄、郭家庄、阳白、田家岗村的人到上五台或进城，一般是翻过田家岗村东面的八卦岭后去三角村，再从走马岭进城。阳白以上善文村等村庄的人进城一般走天池沟村，顺沟朝东翻起山梁到十家崖村，再向南走进城。除了东冶一带和南、北大兴的人，到松台忘八褚家不经五台城外，其余东冶北沟小银河一带的人到松台村都要路经五台城。

田德义领着瘸四翻过八卦岭来到三角村后，天已过午，两人在村头一户人家烧了瓢开水，将自家带着的老腌咸菜蔓菁疙瘩切成片就着凉硬糜子窝窝头吃了，没敢停歇，过了走马岭，从西关里西城门进了五台城。

五台城位于五台阁道岭西滤泗河南的一座黄土塬突出来的土崖嘴子上。南北东三面原来都是十几丈高的土崖。西面原来跟黄土塬连接着，在建城的时候被人挖断。五台城便形成了一个高高孤立的城堡。四面的城墙是贴着四周的土崖面砌起的十几丈高的石头墙。城楼分为东西南北四座，却只有西南北三座城楼下有城门。南门叫大安门，出了城门是一条长坡直达滤泗河东城根，城门楼上书匾曰"泗波环清";北门叫福宁门,出门也是一条坡,因遥向着五台山,城门楼上书匾曰"台山拱翠";西门叫恩纶门,城门前架了吊桥。若把吊桥扯起,对面是插翅也飞不过来,城门楼上书匾曰"金汤若固";东城楼下无门,城墙直下十几丈,齐刷刷插入滤泗河。站在东岗一带遥望五台城东城楼,挑角张扬,形如凤凰振翅欲飞,故而城楼匾曰"起凤"。城内东西大街长约一里许,南北两条街各长八九十丈。县城从外看地形陡绝,城墙很高,从城里看却不见城墙。街市与城边的护城垛口几乎相平,在冷兵器年代从来没有被攻克过。顺治初年,五台乡民张还初不服清朝的剃头挽辫子,起义造反。三千多义军为攻克五台城想尽了办法,终不敌城里的百余县衙兵役,白白死了三百多弟兄,最终舍城而退耿镇松岩口清水河摩天寨,被前来围剿的朝廷官兵围了个铁桶一般。张还初自以为摩天寨比五台县城还高,也能像五台县城一样难以攻克。自恃自己是个木匠,还在摩天寨制造了风碾风磨为义军碾米磨面,准备像五台县令看他的笑话一样看来围剿他的清兵的笑话。然而,五台城里能挖出水井来,摩天寨却是一座孤立的石头山,根本不能挖水井。能工巧匠张还初又发明了"天鹅取水",用棉絮做成"天鹅","天鹅"腹下暗藏着陶罐,每晚"天鹅"飞下摩天寨到清水河取水。这个方法却被清兵识破。清兵破了张还初的取水路,义军干渴难耐,最终被清军攻陷。处斩张还初时,五台县令叹曰:"可惜,可惜,五台县失去了一个好木匠!"至今,摩天寨义军的遗迹尚存。两相比较,五台县城的地理优越性显而易见。

瘌四从没来过五台城,免不了东张西望、左顾右盼,肚饥眼馋得连脚也走不动了。田德义来过五台城几次,自然不甚稀罕。

抬头看了看阳婆爷，已是后晌时分，忽想到后晌上忘八褚家的门，一是于礼不当；二是倘若在忘八褚家住宿过夜，难免有了嫌疑，免不了闲言碎语的。要是瘸四回了家叨啦起来，话语飞到自家儿子、老婆，特别是孟兴元老秀才的耳朵里，自己还怎么做人？想到此，索性也放慢了脚步，与瘸四一起游玩起五台城来，反正城也不大。径直先行东西一条大街，但见不远不近立着四个牌楼，分别题匾为"敬天""法地""尊君""崇善"，南北两条大街把整个县城切成六个板块，形成了典型的三街六市。最东"起凤"城楼不远处为五台县衙门。衙门前隔街南对面为文昌宫和关帝庙大殿的后墙，是县衙张贴公文告示之处。县衙西不远处东西大街与第一条南北大街交叉，交叉的街心建有天地阁，阁分四门通向东西南北四街。阁南大街到南城门处有一条朝东的街叫文武街。文武街向北正是文昌宫和关帝庙的庙门。人们进进出出礼拜祭祀，瞻仰文圣孔夫子和武圣关二爷，整天钟磬叮当、香烟缭绕。文昌宫阁南大街的西邻，便是五台县著名的崇实书院。五台著名的学者，进士徐润第和徐继畬父子俩都在此教过书，为五台学子讲过学。书院明伦堂楹柱上是徐润第专为书院写的铭联："学以明人伦也，若为功名富贵而来，发足便已错了；道在求放心耳，徒工语言文字之末，到头成个什么？"体现了五台徐家"耕读传家"的读书思想和对五台读书学子的谆谆教导。天地阁北大街直通北城门，东是县衙围墙，街西有鸡市巷，专营鸡鸭家禽和蛋类、生熟猪羊和其他牲畜肉类买卖；肉铺之间也夹杂着一些油盐酱醋茶和花椒大料葱花调料买卖。阁西大街直通西城门，北向东为广济寺，西为火神庙；南向东有城隍庙，西有龙王庙。广济寺和城隍庙的东北又是一条南北大街且与东西大街交叉。北街又有东西一条街巷，东即鸡市巷，西为米市街，专营小米白面和五谷杂粮、棉麻产品。南街又有岳飞庙、财神庙和魁星阁。绕着护城垛口一周又有巡城大道。田德义领着瘌四绕来绕去，瘌四双眼越来越花，脚步便也慢了下来：所有庙宇都巍峨高耸、飞檐挑角、钟鸣鼓响；大街小巷都商号林立、望旗高飘，字号牌匾一家挨着一家；街上人们熙熙攘攘、来来往往，嘈嘈之声不绝于耳。田德义看瘌四倦了饿了，再看天上的阳婆爷也快要落山了。此时正是立夏过了小满未到的时节，昼长夜短，也快到了人们吃晚饭的时候了。田德义想着，就在城里让瘌四吃个稀罕饭，寻个住宿处住上一夜，明天一早再到松台村也是好的，便拉着瘌四来到城隍庙后的一个店铺。

瘌四知道师父要给开饭了，心头自然喜悦，抬头一看，店铺屋顶一面杏黄旗抖抖地飘着，屋檐下一面蓝底金字匾上书三个字，却也认得，乃是"万卷酥"，细一看旁边还有小字，竟是"乾隆御笔，岁次甲子庚申"，上下两角又押着玺印图书。未进店铺，一股香气早已扑面而来。不觉大吃一惊：这不就是人们传说的乾隆皇上曾经吃过的五台进贡御食"万卷酥"吗？莫非师父要给自己吃这个？原来，这"万卷酥"乃是五台城特产，也只有此一家会做：将上好的白面搭好碱后用上好的胡油将面和好，擀开后再刷上胡油折叠回去再擀开，反复若干次后折叠成形，放在烤炉里烤出便成。看似简单，其实搭碱、和面、上油、擀卷和烤制全有诀窍。当年乾隆皇上五台山朝台，五台县令进贡此"万卷酥"为御膳。乾隆皇上食后大悦，曰："入口即化，真万卷酥也！"亲书"万卷酥"三字以赐万卷酥店铺做牌匾。从此，五台万卷酥名声大振，人人知晓，成了极贵重之礼品，非常之人哪里能吃到？

田德义走进铺子，掌柜探身相询。田德义道："掌柜给打包二斤，再另买一条。"掌柜便拿出麻纸，包了十条万卷酥，贴上店铺字号的红纸商标，整整齐齐打包好；又拿出一条用麻纸卷了，一头将纸角折起，一头露出半截万卷酥递给了田德义。田德义接过交给瘸四，瘸四欲下口又住，惊异地问道："师父你不吃？"田德义还没回答，掌柜却听见了，道："啊，你俩不是父子？"田德义只得把他和瘸四的关系及第二天前晌要寻人送礼的事说了。万卷酥掌柜叹道："我一看你就觉察到你这个人不赖！"说着又卷起一条万卷酥递给田德义，"这条给你吃，免得你这个小徒弟心里不得劲儿，觉得我的万卷酥不香！"田德义哪里肯要，再三推抵。万卷酥掌柜将万卷酥一折两截，道："你看，这条断了，我卖不出去了，白送给你吃还不行？还有，这一包万卷酥你明早再来拿也好，省得住店还得防鼠蛄儿糟害！"田德义看万卷酥掌柜实心实意，这才接过那折成两截的万卷酥，再三谢了，走出铺门。万卷酥掌柜却又追出门，道："方才忘了，客人你要住店，就到南门坡下车马客栈，那是我的表弟新开的客栈，这三天优惠半价。他要问起来，你就说是我介绍去的。"田德义又是再三称谢，领着瘸四离开了万卷酥店。

第六折：
松台村火烧真武庙

　　当田德义领着瘸四来到南门坡下车马客栈时，天已到麻麻眼的时候。客栈院里张灯结彩，好像要搞什么娱乐红火。客栈掌柜迎了出来，田德义便说了是万卷酥掌柜介绍了来的。客栈掌柜顿时满脸堆笑，点头哈腰，口中连连道："欢迎光临！"领着田德义和瘸四来到一下处。小二立马送来一盏蓖麻油灯。借着灯光一看，炕上铺着一领新芦苇席子，卷着两卷盖的，倒也整整齐齐。客栈掌柜道："为讨个吉利，庆贺客栈开业，我今晚特请了个说书的在院里为住店的戚人们说书逗个乐子。戚人待要听就出去听听，不待要听呢就躺下歇着。想吃饭，伙房里还有饭，自己过去吃，你是我表哥介绍来的朋友，有什么需要尽管吩咐！"田德义赶忙称谢。客栈掌柜道声："不谢，请自便！"这才转身离开。田德义便问瘸四想不想听说书。瘸四欢喜道："咋不想，想得很呢！他们又不要钱！"两人便吹熄了灯返到院子里。

　　院子里摆好了七八条长凳，上面坐满了住店的人，还有些人站在两旁围着。再看对面，摆放着一张条桌，一个老者坐在桌旁拨弄着一把三弦，正在叮叮当当地定音。田德义和瘸四过来，一看凳子已坐满了，便圪蹴着蹲在前面。田德义抬头看那说书的老者，忽觉得有些眼熟，猛地想起：这说书的不就是松台褚家忘八赛戏的领班褚三吗？原来以往松台忘八褚家到阳白或郭家庄演赛戏时，半夜赛完，看赛的人们往往不想解散回家，而赛戏剧目又不能随便加演，褚家领班便带一把三弦出来给大家说书。久而久之也便成了习惯，人们便俗称为"老忘八夜说书"。田德义曾在郭家庄和阳白庙会上听过几次，便对褚家这个领班眼熟，又想到明天还要登门拜访，便更集中了精力注意看。

褚三老忘八三两下定好了三弦音，拿起惊堂木在条桌上"啪"地拍了一声，便弹起三弦，但听叮叮当当，煞是好听。人们静了下来，田德义初时不知他弹什么，待弹了几句却也听了出来，原是"登台秧歌"中的《拍蚂蚱》。田德义心中暗暗赞叹：高手就是高手！本是一个简单的《拍蚂蚱》，娃娃们唱的一首歌，竟让他加花拉长了节拍，弹得如此之好听！如果是不懂的人，还以为他弹的是什么仙曲呢！却听三弦弹了过门，褚三老忘八唱了起来：

> 五台山高来清水河长，都说五台好地方。
> 老汉我给你讲一段，方知此话太有些俨。
> 不是山水不好看，实是人心很遭殃。
> 假如你不信我的话，故事讲完你心发了凉。

接着，褚三说了起来，一拍惊堂木道："那位说了，咱们五台人久受文殊师利菩萨教化，虽非佛门寺院的慈悲佛子，却也'老实、忠厚、死干犟'，仁者乐山，仁者爱人，我们都在五台

山里生活，心地真是善良的吧！那老汉我再问你，心地善良，应
该遭到福报，却为何在前朝突然就有了'常遇春梦洗五台'的惨
事呢？常遇春那个杀啊，把五台阁道岭以下杀得是鸡犬不留，鸡
犬不留啊！在座的大多是洪武移民吧！老汉我多年调查，竟发现
了一个秘密：你说那个常遇春是哪里人？有人说了，《明史》上
不是写着吗？常遇春是安徽凤阳府怀远县人！老汉我告诉你，你
是被那个燕王朱棣骗了！他夺了天下做了皇帝，修了《永乐大
典》，早把他们朱家王朝罪恶滔天的丑事修改涂抹了！常遇春
啊，他真真确确是咱们五台人！五台人屠杀五台人，你看看这怕
也不怕？列位要知端的，请老汉我慢慢道来！"接着又用三弦弹
了过门，唱了起来：

说的是大元至正十五年，陕西秀才叫常安；
常安路过咱五台县，屋腔沟里碰到一母猿……

田德义知道，老忘八讲的是五台流传着的一个民间故事。

陕西秀才常安上京赶考路过五台，要经耿镇屋腔沟里过河北
平山进京，不料在屋腔沟里遇到了一只母猿。常安顿时被吓晕。
母猿见常安是一男子，并不伤害，把常安背回了山洞。常安醒
来，见身边堆满了野果，知道母猿并无害他之心，胆子便大了起
来，取野果食用。母猿面露喜色，待常安食饱野果，便拉常安要
成夫妻。常安无计可施，只好顺从母猿，行丈夫之道。母猿每次
外出，便用巨石堵住洞口，回来便带些蔬果鸟兽。常安击石取
火，将母猿带回来的食物烧熟与之食用。又洞底有流水，既能供
饮，又能冲走秽物。一人一兽，其乐也融融。过了一年，母猿生

了一子，黑壮无比。其出生时正逢春天来临，常安便给他起名遇春。三口之家，更是温馨。此时的常安，早忘了母猿是兽是人，乐不思蜀，不思谋求什么功名金榜荣耀了，更何况元人并不重什么诗文。他整日里不是与母猿成双成对，就是教小遇春背诗写字。然而，随着岁月的流逝，渐渐长大略懂了人事的小常遇春却看出了家庭里存在的差异和问题：母亲身上长毛不穿衣，父亲身上穿衣不长毛；母亲不会说话哇哇叫，父亲却会说话微微笑；母亲常常出去打猎或者采集野果，父亲却老窝在山洞里不出去，除烧烤些吃的外，还会教自己四书五经，用树枝当笔教自己写字。有一次母猿又出洞采食打猎去了。小常遇春便问父亲这几个问题。常安就把原委和来龙去脉告诉他。小常遇春问父亲为什么不逃跑，常安指了指堵洞口的巨石无可奈何地叹了口气摇摇头。小常遇春冷笑一声走到洞口，一脚就把那巨石踹得轰隆隆滚下山坡，拉起父亲常安钻出山洞就跑。常安不想跑，怎奈常遇春力大无穷，自己身不由己只好跟着跑。这时，采食回洞的母猿一看自己的丈夫和儿子跑了，急忙追赶。眼看快要追上了，却不料失足掉进了清水河里。那时的清水河波涛汹涌，母猿一掉进去便挣扎不起。常安急挣脱儿子返身去救，一边痛苦地自骂了一声："我是纵子杀母啊！"常遇春却听成了"我吃粽子啊"，不返回身拉扯掉进水里的父母，反而急忙找粽子去了。

常遇春不认识粽子，找了很久，在一户人家门前忽听到一个娃娃嚷嚷着要吃粽子。他闯了进去，问什么是粽子。女主人指着正在锅里煮着的粽子告诉他。常遇春二话不说，端起锅就跑。当他跑到父母落水之处时，父母早被汹涌的河水冲得无踪无影、不知去向。常遇春一边哭叫着"爹，娘，粽子来了，快吃粽子来！"，一边就把粽子往河里抛。女主人和村里赶来的人看到他往河里抛粽子感到很奇怪，便问他为什么要这样。常遇春就哭着把事情的经过向大家讲了。大家一听，敢情常遇春就是个弑父母的不孝畜生啊，还要诬蔑说自己的母亲不是人是野兽！便欲抓他见官。常遇春怒吼了一声，拔起一棵树来就要和人们对打。大家见常遇春如此凶狠强悍，哪敢下手，一哄跑散。常遇春也不去追赶，转身离去。这一天正好是农历的五月初五端午。以后每到这一天，五台人以及五台周围的各县各地的人，都要以包粽子吃粽子过端午节来纪念常遇春落水而亡的父母亲。这是不同南方过端午节纪念屈原的民间传说。

按出生地算户口籍贯，常遇春应该是一个不折不扣的五台人。他从五台一直流浪到南方的安徽怀远，参加了凤阳人朱元璋的造反义军。他凶悍有力，作战勇敢，很快就成为朱元璋手下的重要将领。他经常作为徐达大元帅大军的先锋，拔关夺寨、攻城略地，立下了赫赫战功，号称"常十万"。元军听到就头痛。在流浪和行伍生涯中，常遇春逐渐认识到自己在五台没有及时救父母的行为是"大逆不道"的，而知道他这"大逆不道"不救父母丢人丑事的五台人则成了他的心病。他单独面对十万披坚执锐的元军而不惧，却不敢面对那些知道他行为的五台人，面对那条他父母葬身的清水河。随着大明义军的向北推进，常遇春的紧张和不安也在一天天加重。

大明义军攻入山西，攻陷太原，攻陷石岭关。失败而绝望的元军疯狂地劫掠凶杀，把石岭关的忻州秀容衙门付之一炬，村庄屠杀得鸡犬不留，以至于后面追来的大明义军连村名也找不到，只能将荒无人烟的村庄称为"野村"。元军退守五寨，准备负隅顽抗。常遇春带着大明义军来到忻州，看到元军制造的"白骨露于野，千里无鸡鸣"的荒凉景象，心头忽觉一动：这里向东北不就是五台吗？要是五台人也像忻州人一样被杀得一干二净，还有谁能知道我常遇春"大逆不道"的丑事？连日来的征战让他感到疲倦，他躺在军帐的行军床上打盹。一将军进来讨军令，常遇春随口发出号令"杀光五台人！"便进入梦乡。那将军整起队伍出发了。偏将军李文忠是朱元璋的外甥，发现那将军带领的人马行军路线不对，急追上去一问才知是奉了将令要去五台。元军在五寨盘踞，去五台干什么？李文忠不敢去问常遇春，更无权阻止那将军执行军令，便飞马去太原向大元帅反映情况。徐达大惊，急忙写了让常遇春速把派往五台的部队撤归忻州等候的军令，交李文忠监督执行。就在这来来回回耽搁的时间里，五台已被常遇春的部队士兵屠杀个一塌糊涂。别的地方不说了，整个东冶北沟小银河一带杀得只留下个郭家寨村。民间传说：明军来到郭家寨正要进寨，忽见寨边高崖头上坐着一个白发老太太在捻线。上前一看，捻线的捻杆是一根粗椽，捻杆上所插的砣砣是一个石碾盘。白发老太太转捻着捻杆，带动飞速旋转的砣砣头上下飞舞，把众士兵惊得目瞪口呆：这老太太有多大的神力啊！一个老人尚且如此，寨子里的青壮男子就更不用说了。肯定不是好惹的！大家面面相觑，谁也不敢贸然进寨。正迟疑间，军令来了：速归忻州！东冶北沟小银河河边郭家寨才躲过了常遇春要把他们屠杀殆尽的劫难。

保护了郭家寨的那个白发老太太是谁？有人说是观世音菩萨显灵。事后，朱元璋追究兵发五台的责任，徐达以"常遇春梦中下令"应对，开脱了常遇春的罪责。然而，人间免了罪，上天却不饶。常遇春"梦洗五台屠杀无辜"最终让他得到了现世报应：他在与李文忠攻克蒙古开平班师回朝时突然暴病身亡。虽被朱洪武追封为开平王，终没享人间一天福禄，全被老天爷"剥夺"得一干二净。常遇春梦洗五台毁灭了五台古县城。明朝建立后又得重建新县城。原估计把县城地址选定在濮子坪里苏子坡村前。这里地势平坦，确实可建一座四门四角楼的四四方方很规范的县制城。然而，朝廷准备施工时却发现打的地楔不见了，地面遗留着狐狸足爪印。大家顺着狐狸足爪印翻过了阁道岭，路过了古县城，在现今县城衙门处发现了在濮子坪打的地楔，都认为这是老天爷让狐仙把地楔挪了位，在此才建成了现在的五台城。因此人们把五台城又叫"狐引城"……

褚三老忘八说了唱，唱了说，把一个"常遇春梦洗五台"的故事讲得透透彻彻、活灵活现。偌大个场院人们静静而听，鸦雀无声。田德义心中暗暗佩服，但见老忘八最后三弦几声叮咚，唱了煞尾：

> 雨过天晴太阳红，现在江山是大清！
> 朱常之辈今何在？乱坟岗上刮鬼风！

突然，猛听一声怒喝："老忘八，找打！"便见一个后生手持一根杆棒朝褚三头上砸了下来。说时迟那时快，田德义急忙一个饿虎扑食扑向那个后生。那个后生一棒打偏，砸到了条桌上，再要举棒，却被田德义死死别住胳膊，哪里还能举得起来？这时近旁的人也省悟过来，围了过来，夺了那后生的杆棒。客栈掌柜过来，认出了那后生，吃惊道："这不是沟南里的常二吗？前两天开店前，我还拜访过这城根周围的朋友弟兄，也还登过你的门，你就这样对我，想让我这客栈刚一开张就出人命？"这个叫常二的沟南后生挣了两挣，不服地道："是谁让他这个老忘八讲常遇春梦洗五台的故事？他要讲这个故事就不行！"客栈掌柜问道："咋啦，莫非你姓常，常遇春是你的老祖宗？"常二欲言又止，没有出声。倒是旁边有人出了声："是呀，反正人家一个常字，五百年前是一家，说常遇春也就捎打了人家嘛！"又有人附和道："是呀，是呀。"

客栈掌柜猛地提高了声音："是呀，是呀，是什么！你们是想把常二送进大牢，还是想让他倾家荡产？我徐大有讲的是和气生财，不想把事情弄大，对不起诸位！大家想一想，现在是谁的天下？朝廷没把前朝那些人物的后人赶尽杀绝，已经是皇恩浩荡了，你还敢自称是常遇春的后人？进了官府衙门，就说不斩你的头，打你几十板子，罚你个倾家荡产，也够你喝一壶的！不信，常二，咱们走，爬起南门坡就是县衙门！我敬你常二是一个敢作敢当的好汉！你敢不敢跟我告官自首？"常二一下泄气了，嗫嚅道："我又没说常遇春是我的老祖宗。"那个叫徐大有的客栈掌柜火了，道："常遇春既然不是你的祖宗，那人家说常遇春梦洗五台关你什么事？说！"常二道："他是个忘八。"叫徐大有的客栈掌柜冷笑一声，道："常二啊常二，说你是茶球一个你还不服！雍正爷在位时早就把这事做了挽结！就凭这一条，你不服雍正爷的圣旨昭告也能判你个斩立决，你信不信？"常二这才软蔫了下来。

田德义放开了常二，四下里寻找那个受了惊吓的褚三。褚三却不见了踪影。这时，众人也开始数唠常二的不是。田德义低声把老忘八不见了的话告诉了客栈掌柜徐大有。徐大有叹了口气道："人家肯定是回了松台了！人家好歹不想掺和此事，不管事情如何，都是结仇的疙瘩，人家图什么哩？唉！如今忘八家也不同往年了，没劲气了！"接着转身又对常二说话，问他今晚这事咋处理。常二只得答应全赔。客栈掌柜并没有得理不让人，让他明天搬一张条桌相赔，把那张被他砸烂的条桌搬回去。常二点头应允，口服心服地作揖而去。

　　说书场就这样散了。田德义和瘸四回到下处。小二又跑来点上了蓖麻油灯。瘸四道："想不到师父的劲儿那么大，把那个后生箍抱得死死的，一动都不能动！"田德义笑道："不敢松手啊，松开手就闹坏了！"瘸四又问道："那个老忘八说常遇春是五台山里的人黑子生的，莫非是真的？"田德义道："极有可能是真的，要不呀，那常遇春梦洗五台的事就说不通了。"两人叨啦了几句便拉开铺盖吹熄了灯睡了觉。一宿无话。第二天一早，田德义刚一起来，就见客栈掌柜徐大有笑眯眯地拎着二斤包好的万卷酥过来，说是刚才他的表哥万卷酥掌柜派人送来万卷酥，他已经付过钱了，请田德义收好。田德义赶忙称谢，便要付钱。徐大有抵死不要，道："别说这二斤万卷酥钱了，就是店钱饭钱我已告诉了柜台上免收了。昨夜要不是戚人你出手，我这店里还不是得出人命吗？这万卷酥和那个店钱饭钱就当是我谢你的还不行吗？"田德义见徐大有把话说到这个份上，再要硬给钱，反倒有些嫌谢得轻了的意思，便只好收好了万卷酥。徐大有又赔笑打躬，说是本来想请田德义吃顿午饭表表心意，却又不巧有些麻烦事情非他立马去办不可，请田德义等他晚上回来改吃晚饭吧。田德义赶忙谢绝，说自己也是事情很多，哪能再住一晚。两人便又打躬作揖，说了些来日方长的话告别。

早饭后，田德义和瘌四出了客栈，顺着城沟爬起坡，路过沟南村一路向南，却也一路平坦。远远地望见前面郁郁葱葱，隐约间露出些房舍篱笆，问路上行人，方知那地方正是褚家忘八居住的松台村，便顺着大路，瞄着那个方向加快了脚步。

田德义在小的时候便听大人们叨啦，说松台村在清雍正爷前是个非常红火的地方，不是城镇胜似城镇。五台县最早发现和开采的煤炭是窑头上山的煤炭。到窑头驮炭背炭的人们常在松台村住夜打尖。窑头煤窑上的老板们也把煤黑子们从窑里背出来的煤炭运到这里来卖钱，方便那些用木轮车拉煤炭的人。这里一年到头车水马龙，非常红火。再一个非常红火的原因，是五台非常有名的明王朝从京城贬斥迁移来的忘八乐户褚氏家族就在松台居住。大人们叨啦，明朝皇帝不准他们跟外姓通婚，不准他们种地和从事工商，也不准他们读书做官，只是让他们搞些卖笑的皮肉生意供人们娱乐享受。在清雍正爷前，五台褚家乐户正是人口旺盛、"事业"鼎盛的时代。褚家乐户忘八在松台村经营着勾栏戏院和祭神礼佛的祭赛场所，整日里为四乡来客吹拉弹唱，为神佛庙会祭祀演赛戏。为此，松台村又滋生出了饭铺、客栈、缝衣店、轿夫店、农副产品交易等各类服务行业。五台城和东冶镇的集市比之于松台村都黯然失色。五台乡绅龙池先生曾写诗嘲曰：

> 风月场中纨绔少，鸳鸯床上窑黑多。
> 春社秋赛神恩报，道诗擂鼓夹筛锣。

到了雍正元年，雍正爷下旨，凡是被前明朱氏贬斥为忘八乐户的贱民一律取消其乐户的户籍，与士农工商学户籍庶民百姓等同，地痞恶棍不得强迫其再从事贱业，一经发现严惩不贷。褚氏忘八便不在松台村经营了，改为专门外出为四乡庙会祭神赛会出演赛戏。然而，虽然忘八乐户从官家来说被视为平民，但民间百姓的偏见却是根深蒂固，总把他们看成贱民，根本不愿意跟他们结亲。褚氏忘八家的大闺女小媳妇便常在赛戏演出之前，精心打扮一番后拖条板凳在赛台的两侧坐台，俗称"忘八闺女坐板凳"。除过演赛，褚氏忘八家的人还要"抓集"。不知从什么时候起兴立的规矩和习俗：每年农历腊月二十三灶王爷和民间诸神升天，官府衙门也放假准备过年时，忘八家们就全家人出动，到集市上"抓集"，对摆摊的商贩和店铺搞突然袭击。鸡鸭鱼肉、果蔬瓜菜、油盐酱醋、烟酒茶糖、衣物布匹，反正是看见什么抓什么，需要什么抓什么，想抓什么抓什么。为防商贩隐藏要抓的商品货物，抓集的忘八们接近了摊贩才猛地将属于忘八乐户独特标志的绿帽子从怀里拉出来戴在头上，冲摊贩货主行个据说是"鞑鞯礼"的"扯篓子"礼，两手在胸前一绕上下一分，道一声"恭喜发财！"，抢过商贩的东西往他准备的袋子里一塞就走。若不许他带走东西吧，他已经行礼道过发财了，反显得你不想不愿发财似的。久而久之，反倒又成了习俗：每到腊月二十三以后，摆摊的小商小贩和店铺的掌柜老板们，都盼望忘八家来抓自己的商品货物，图个来年发财的吉兆彩头。

由于没有褚氏忘八家的参与，松台村的繁荣渐渐地风光不再。其实，根本的原因田德义也知道，是乾隆年间窑头下山和天和石沟出了煤窑。东冶河边一带、小银河一带、定襄城宏道同川一带的煤炭用户，都从五台滹沱河边刘家庄神垴上了维垴山走十八盘山路，驮运窑头下山煤窑的煤炭去了；五台城周围、豆村和濮子坪一带、清水河一带，全就近用了天和石沟的煤炭。松台村便最终落了个门前冷落车马稀，昔日风光今不再，成了一个平平常常的村庄。所不同的一点就是还有一两家客栈，供零星到窑头上山里驮炭的人住宿，讲述着往日松台煤炭行业的红火。褚氏忘八家仍在松台村居住，只是渐渐地，年轻女人们也不多了，男子们也成了一些老弱病残者，五台名盛一时的褚家忘八赛戏怕也快不能出台了。

田德义就这么乱七八糟地想着、走着，到了黄土坡村口忽见东方二里来远近的松台村里猛地里冲起一股黑烟，翻滚舒卷，几乎遮掩了阳婆爷。紧接着传来阵阵炮仗和擂鼓筛锣的声音，砰砰啪啪、咚咚噹噹得很是红火招人。猛然间一声凄厉的唢呐声直冲云霄，是《大得胜》乐曲中翻高音的一声，而后又有几把唢呐和声吹奏，呜哇得非常热烈。田德义不觉大为惊疑：今日是什么庙会，褚家忘八还这么垒上冲天大旺火祭神？急招呼瘸四快走加小跑。随着锣鼓唢呐声越来越加强，赶到了松台村里，跟着也是奔跑着要看红火的松台杠人来到一个所在，但见一座庙宇的大殿着了火，火势汹汹、烈焰冲天，已经不能救了。着火的庙宇大殿前院场里，褚氏忘八家的人头戴七鬼的狰狞可怖的鬼脸假面，由扮演城隍者领着，跟着锣鼓舞扭，一边还向扮演真武神者做推打舞蹈表演。在他们的脚下，被打烂的"蛇盘乌龟"人们俗称什么"真武疙瘩"的胶泥彩塑疙瘩，被这"七鬼"踢来踏去。着火的大殿对面是一个赛台，几个老忘八发泄地敲打着锣鼓，吹着唢呐，指挥调动着场院里"七鬼"的舞扭。村里人们避开烈火的烤炙远远地围着观看。田德义满腹惊疑地问身边一个有些遗憾难过地看红火的老汉："老伯伯，他们这是……"老汉悲叹一声，道："完了，完了，忘八家疯了，他们的祖宗庙也不要了！"田德义这才反应过来，原来是褚家忘八把他们的祖宗神庙真武大帝的大殿放火烧了！田德义听人们叨啦，四个方向有四个天神：东方青龙神，西方白虎神，南方朱雀神，北方真武神，中央还有个麒麟神，分为木、金、火、水、土五行。别的方位神图像就是其本身：白色的老虎、黑色的龙、红色的鸟儿、黄色的麒麟，唯有北方真武大帝的图像怪奇，是一个乌龟背着一条蛇。忘八家拜真武大帝为祖宗。松台村的真武大帝神庙，据说是褚氏忘八家被朱明朝廷贬来后盖的。有人见过这大殿里塑的神像，真武大帝披头散发，身披黄袍，左手捏诀，右手持剑，一副凄厉可怖的神态；一左一右分立着拿刀持枪的龟蛇二将。据忘八家的人说这样的塑像是雍正二年第二次塑的。最初的塑像据说真武大帝是黑头黑脸身穿黑龙袍，头戴着黑色的王鎏冠的，却不知为何第二次塑时改成了披头散发状。褚氏忘八年年都要为真武大帝祭祀三天。届时，褚氏忘八家所有的大小男女人丁都要给真武大帝进香叩头。演赛戏的时候，能出来的褚氏忘八女人都要坐在赛台两侧。这演赛戏的赛台盖造得也很是特别：后台不深，约有八尺，用一木板隔开，左一门曰"出将"，右一门曰"入相"，从左右门出来便到前台。前台左右无山墙也宽阔，供忘八家闺女媳妇儿坐板凳和人们看戏；前面台口专供神殿里的神和请来的神看戏。人们除向神进香摆供叩头外，是不能到正面看戏的。谁要到正面看戏，就会得罪神圣当下给个肚子痛。演赛戏时，后台中间木隔壁上挂一四方布片子曰"守旧"，上面绣个龙凤呈祥或二龙戏珠什么的。出将入相两门分别挂上门帘。"守旧"布片子下是忘八家敲锣打鼓和吹唢呐的地方。他们不能到东西左右去，怕阻碍了人们看赛的视线。

褚氏忘八家的人年轻的不知何处去了，黄鹤一去不复还；年纪大的也老了，快要黄土埋人了，赛戏怕要演不成了。何必要放火烧了那个真武大帝庙呢？田德义揣着疑问暗自思忖。再看，褚氏忘八家的人已完成了场院里的舞蹈，又都上了赛台。人们围拢了过来，分成了左右两面向赛台上看。赛台上没有了以往的忘八围女媳妇儿坐板凳，唯有赛台对面的真武爷大殿还毕毕剥剥地燃烧着，漏了明的梁栋、豪檩、立柱上吐着火苗，冒着一缕一缕的蓝烟。不一会儿，赛台上锣鼓又响了起来，却是赛戏正式开场的趟子鼓："咙咚噔，咙咚噔，咙咚起咚，咙咚噔……"随着锣鼓声，先是城隍爷拿着揸着红布条的蝇刷子上场。按以往，城隍爷上场后要道四句诗。然而，这次城隍爷却没有道诗，径自拉了个板凳坐到赛台明柱下。跟着是披头散发，左手捏诀、右手持剑的真武大帝又上场了，在趟子鼓声中摇摇晃晃、步履踉跄地走着。待走到赛台的前台中央，锣鼓猛然一声"咙咚起咚！"，把真武大帝定住身形。城隍爷开口道诗，听其音心胸起伏难平，情绪很是激动：

真武爷本名崇祯，（锣鼓打：咚噔，咚噔！）

论忘八朱家才真！（锣鼓打：咚噔，咚噔！）

褚氏人一门忠烈，（锣鼓打：咚噔，咚噔！）

朱燕王才是兽禽！（锣鼓打：咚噔，咚噔！）

害忠良五百余载，（锣鼓打：咚噔，咚噔！）

今日里重把冤伸；（锣鼓打：咚噔，咚噔！）

朱由检再遭火难，（锣鼓打：咚噔，咚噔！）

决胜负——（锣鼓打：卜咙，咚咚！）

后辈儿孙！（锣鼓打：咙咚噔，咙咚噔，咙咚起咚咙咚噔，咙咚起咚！）

　　田德义大吃一惊，原来传说中忘八家祖宗的真武爷竟是大明朝的朱由检崇祯皇帝！怪不得真武爷是那么个披头散发、捏诀持剑的仓皇神态，原来是崇祯仓皇出逃煤山废命的形状啊！他突然好像认识了不一般的褚家！

　　就在这时，焚烧的真武大殿随着锣鼓声一落轰然倒塌，所有台上台下的褚氏忘八们齐声叫好。田德义和看红火的人们也都跟着情不自禁地叫起好来。

第七折：
终垛箱赛戏大散伙

　　赛台上的那个城隍爷突然斜弯了腰用手撑着赛台边沿石条跳下台来，满脸堆笑径直走到田德义面前，双手打拱道："哎呀，恩公！是什么风把您吹来的？"说完伸手就拉。田德义惊疑地躲道："你是谁？"那城隍把挂在耳上的髯口一摘，又道："您看！"田德义还没认出，摇摇头。城隍爷又把官帽一摘，露出了盘在前额和脑后的那条花白的辫子。田德义这才认了出来，兴奋道："哎呀，原来是你！我就是找你来了！"这个城隍爷正是昨夜在五台城南门坡下客栈说"常遇春梦洗五台"书的那个褚三老忘八。褚三老忘八嘴里接应着好好好，转后身向那些扮演七鬼真武爷的忘八们喊："老哥们，老哥们，快来见个礼，我的救命恩公到了！"那些正在卸妆和收拾锣鼓衣物鬼脸面具的忘八们便一窝蜂围了过来，满脸带笑地冲田德义打躬作揖。田德义看这些忘八们差不多都在花甲开外，头上的辫子没一条是黑的了。甚至有一个还得人搀扶，头上的辫子简直就是一条雪白的猪尾巴。田德义见昨日那个褚三称自己恩公，又叫众忘八过来见礼，知道自己所求忘八的事应是好办，把手中的万卷酥拎了起来。正要开口，褚三却抢先道："先回家吃饭，吃了饭再说！"众忘八也道："就是，就是！"簇拥着田德义和瘸四就往他们家走。

褚氏忘八家的房舍就在真武爷庙赛台隔壁，看大门气势，不亚于一些大财主家的大门。青砖雕花的黑漆西向大门两侧，两个石狮子张牙舞爪、怒目圆睁，很是凶恶可怖。门顶砖雕门匾上三字：忍为高。进了大门，右旁一间小屋供看门人居住。左手里却是一溜七间小屋，小巧雅致的窗户上分别木雕着蜡梅、春兰、秋菊、夏荷、牡丹、粉桃、杏花。屋门却都上了搭扣，有的还加上了锁。又到了二大门之处，七级石阶爬起，乃是木构大门，砖雕花墙上架卷棚门顶，飞檐挑角，十足气势。进了二门便是二院，东西各三间厢房，正面一溜砖砌花拦墙，青砖墁地，花拦墙正中是三面大开的仪门，还有三级台阶。褚三领着田德义过来请走正门。田德义哪里肯走？却说这仪门乃是礼节上最为讲究之门，迎神礼佛，接待官员贵客，迎娶媳妇娉嫁闺女和发引出殡长辈才开中门。田德义再三揖让才从中门进了大院。正房一溜五间大房，又高出三个台阶，中间一间筑有抱厦。东西两面各有三间瓦房，两间平房。院子地面亦是青砖墁地，摆了七八张八仙桌，是做事宴摆席的样子。顶上拉了布棚遮了阳婆。褚三拉请田德义坐了中间首席的首位，瘸四挨着坐下，又招呼大家各寻各位坐好。他见田德义手中尚提溜着万卷酥，肩头还搭着钱衩，忙告罪一声接过叫人拿进屋里。这时，天刚正午，西厢屋里"哧儿啦滋儿"地响着，油香溢出，满院飘香，想来是炸油糕；东厢屋里锅勺叮当案板响，肯定是在煎炒烹烩各种菜肴。田德义心中打着疑问："这些忘八们今天是干什么？"正要相问，只听一声高喊："安席喽！"最下首一个席次上的几个忘八却敲打起锣鼓，吹响了唢呐。一支唢呐走高音，加花字；另一支唢呐走低音，不加花字，演奏起了极为动听的二重奏安席鼓乐。田德义跟着默念着唢呐鼓乐曲调，猛被眼前伸过来的酒盅吓了一跳，原来是褚三和另外两个忘八，一个端着盅筷盘子，一个抱着一个葫芦般大小的锡点铜酒壶，过来安席来了。田德义慌忙站起来领了第一盅，打躬拱手回礼。老忘八庄重恭敬地用肩头毛巾拂了拂手中拿起来的一双筷子，双手递给田德义，再拱手致礼。田德义再回礼，然后坐下。瘸四便是第二盅。瘸四学着田德义刚才的领盅领筷致谢礼节向老忘八打躬作揖，倒也没有差错，只是瘸着的左手很不方便。左右陪席的几个忘八鼓励地笑笑，理解地点点头。安席，在五台来说是重要的坐席礼节，主要针对的是红事宴娶媳妇时女方来送亲的大戚人，陪席的新郎的姥爷、舅舅、姑父、姨父们；白事宴里死者女方的娘家人。果不其然，老忘八把首席上的席安完，其他席位的忘八们就站起自个儿取了盅筷，要了酒壶，刚才吹打了安席鼓乐的忘八们也结束了吹打，取了盅筷准备吃饭。

褚三笑眯眯地来到首席，坐在田德义下座。田德义道："你们今天是个什么好日子？"老忘八道："恩公等会儿就知道了！昨晚我如果不是急着要回来布置安排今天的事宴和烧那个家庙的营生，早留在恩公身边和那个叫常二的愣茶球理论了。恩公你尚不怕他，我怕他啥！哪能偷跑回来？在下很是感激恩公，要不是你把那个常二抱住，在下今天能否主持这一大家的营生任务，有命没命还说不定呢！"说话间，观席的知客接过来菜看摆在桌上，"四盘一海碗"。席面看似简单了些，菜肴却非常丰盛，是典型的五台八宝罗汉六烩菜海碗。据说，这个八宝罗汉大烩菜是从五台山青庙传到民间的，烩有刀豆角、金针、白菜、豆腐、山药、干粉条、绿豆芽、烧长山药等八种菜肴，故名八宝罗汉。其中豆腐又有冻豆腐、鲜豆腐、烧豆腐、烧豆腐丸子。传到民间后老百姓又加了红烧猪肉，故而十分好吃，成为有名的一道菜，而且吃完还能添的。四个盘子分两凉两热，藕根、海带、麒麟、鹿角菜，热菜一般是干粉、刀豆、黄花菜、红烧豆腐条和白菜等，下酒很是可口。老忘八示意大家端酒，他端起了自己的酒站了起来，提高了声音道："诸位老哥老弟们，今天咱们是双喜！第一喜，昨晚救了我的恩公来看咱们了！自从我们成了忘八，从来都是挨打受气受欺负，低人三等的下九流货色；就是走路，我们也是冬天走背阴，夏天走阳婆，把舒服熨帖的地方让给别人走。别说我们有难有人救我们了，谁把我们当过人？然而，就在昨晚，这位恩公舍着自己的命救了我，今天又带了二斤万卷酥来登门看我，这叫我咋不感激高兴？"

众忘八端起酒盅站了起来，都向田德义投来感激的目光和笑容。田德义顿时有些不好意思起了，却听老忘八接着道："第二个喜，咱们褚氏忘八砸毁焚烧了崇祯朱由检的庙和他的鬼相，咱们再也不用拿崇祯哄骗老百姓们说是真武爷了！更重要的是，从今日起，我们褚氏忘八家的赛戏就正式垛箱罢演了。老哥们老弟们早就有了谋生之道，我就在这里恭喜了！"田德义心头猛地一跳，看来是真的，褚氏忘八赛戏就是不演了，今儿正是他们散班垛箱第一天！往后村乡庙院的祭祀作会迎神赛社礼佛，没有了赛戏不就灰塌了吗？人们心情失落事小，得罪了神圣佛祖事就大了。褚三高声道："干杯！"众席上的忘八们举起酒盅一气喝干了酒盅里的酒，坐下来乒乒流星地吃菜。田德义也忙把酒喝干，抄起了筷子。瘸四，早就一口把酒吞了，脸上泛起了红晕。田德义急忙暗示他不要逞能喝酒了。褚三亲手把壶为田德义斟了第二盅酒。这时，从正房抱厦出来两个忘八女子，一个三十多岁的抱着琵琶，一个只有十七八岁样子的手中只拎着手帕，俱是素衣素面。早有人拿过一条板凳放在院中，抱琵琶的顺势坐下，面向首席。拎手帕的小女子向首席行了万福礼，又向东西两边的席位道了万福，道："今日是咱褚家团圆欢聚的大喜之日，奴家把近来新学的咱们五台的秧歌小调《抠山药》献给诸位老叔老伯！"抱琵琶的弹了过门。拎手帕小女子腰肢一扭，开口唱道：

> 家住五台城外西庄村，我的名叫崔英英。
>
> 我的母亲得了些病，咳，想吃山药蛋一两斤……

田德义听这小女子唱得真是嗓音如银铃，吐字如珍珠落玉盘，实在是好听得很，再看小女子虽是素面，却是粉桃花水眉目含情，叫人不由得很是爱怜。褚三得意炫耀地向大家举举酒盅示意饮酒，又伸过盅来要跟田德义相碰。田德义这才回过神来，心头一跳，脸上一热，幸好有先前的一盅酒盖脸，没使老忘八看出内心，忙举盅相迎。两人一碰，一饮而尽。这时，拎手帕的小女子又唱道：

> 紧走几步呀就来得快，霎时来到地流平。
>
> 这两畦山药真喜人，嘿，我把它来抠几斤。

西面忘八席上有人猛然接上口唱道：

> 家住五台城外西庄村，我的名叫戴皮生。
> 今到地里看山药，哎，谁在我的地里边？

田德义一看，原来是个比老忘八褚三岁数还大些的忘八，却是身体强壮、中气十足。只见他走出席位，来到小女子身旁，唱道：

> 一把拉住你咱进城，叫人家断一断这事情！
> 你偷我山药因为甚？嘿，你给县太爷交代清！

小女子唱：

> 崔英英我就受了一个惊，哀告大哥你快留情！
> 我的母亲得了些病，咳，山药想吃一二斤。

忘八老汉唱：

> 我看你女娃娃亲得很，我也不想丢你的人。
> 你叫我手下要留情，来，咱俩抱住亲一亲！

忘八老汉唱完，立刻就拉拎手帕的小女子。小女子急躲唱：

> 我看你也是灰后生，就想欺负们女人。
> 两个烂山药算个甚？哼，除非你给们十两银！ [1]
> 注：[1]"们"是五台方言，"我"或者"我们"的意思。

　　小女子转身跑了，进了大正房抱厦。忘八老汉道白："哎，跑了？跑了跑了吧，两个烂山药哪能哄住个女人！"坐席的人们哄一声笑了，举起酒盅喝酒，田德义也举起了酒盅。褚三道："来，把这盅也干了！"两人又是一碰一仰脖子把酒一饮。只听那个忘八老汉道："方才与弟媳唱的一段《抠山药》不足为乐，我且为大家献一段上路调如何？"众忘八一声"好！"，鼓起掌来。田德义一看，就像变戏法一样，忘八席上有人就操起了胡琴，吱吱扭扭拉了过门。忘八老汉吼唱：

　　长寿王呀哈哈出朝房心乱如麻，大唐的忠良臣细听根芽。都只为皇太后执掌天下，春秋高政事紧不得闲暇……

　　田德义一听这忘八老汉连这上路调大戏都唱得这么有板有眼、声情并茂，心中好生佩服，深感到这些老忘八确实不能小看，每个人都有些唱唱打打的娱乐手段，只是这秧歌小戏上路调大戏，好听是好听，就是不能像赛戏一样敬神礼佛迎神赛社。因为好听好看，人们看戏时难免拥挤挨揎。有的地方做不到男女分场地看戏，看戏时男女相混在一起就免不了打情骂俏、勾勾搭搭，做出有伤风化的事来，为乡里道德先生和正人君子所不满。五台县乃是神佛所居之圣地，迎神赛社的庙会多少年来全靠松台褚氏忘八家的赛戏支撑，秧歌小戏和上路调大戏只能在煤窑上为窑神唱几台戏，正儿八经的庙会是不能去唱的。定襄县就不讲究，整年全是唱秧歌小戏和上路调大戏，甚至迎神赛社的庙会上也是如此，以至于县衙门出官文《禁夜戏示》以告示百姓："为禁夜戏以正风俗事：出作入息，明动晦休，人生之常理也！出而无益，害有益，废时失事，莫甚于戏。今民之风俗，夜以继日，唯戏是观，淫词艳曲，丑态万状；正人君子所厌见恶闻，而愚夫愚妇方且杂沓于稠人广众之中，倾耳注目，喜谈乐道，僧俗不分，男女混淆。风俗不正，端由于此……"

田德义心头忽然掠过一丝麻烦不自在：褚氏忘八家的赛戏不能演了，以后村乡里请神作会赛社该演什么戏？演错了会不会得罪所迎请的神灵从而招致灾难？他斟了一盅酒向老忘八回敬，趁机询问道："褚先生，你们的赛戏不演了，民间迎神作会演什么？"褚三冷笑一声道："恩公，咱管他们演什么不演什么的？反正有酒喝就行了！来，喝酒，在下先干为敬！"双手捧盅一饮而尽。田德义饮了酒，却又忍不住问道："那以后敬神……"褚三接过他的酒盅，一边斟酒一边道："说什么敬神，我们忘八把崇祯敬了二百来年了！恩公你还没弄明白这事？"这时，有人把褚三揪了一把，好像有甚事要他做。褚三点点头表示知道。那胡琴又吱吱扭扭地拉起来。褚三出了席来到院子中央，学女旦角扭捏作态唱起来：

> 敲起梆子唱乱弹，不给他燕王爷舔屁眼！
>
> 我褚家世代忠烈汉，被他残害五百年……

众忘八齐声叫好，鼓起掌来。田德义想不到这个褚三除过书说得好，还有学旦角唱的这么两下蹬打和哼哈，更对他另眼相看，也不由得跟着叫了声好。这时，同席的几个忘八端起酒盅来劝酒。田德义只得跟他们一一喝了。待到褚三唱完过来，田德义忽觉得头有些晕，向褚三笑道："我……我莫非？"身体却不听使唤地想往下倒。耳边听老忘八道："不要紧的，咱们管咱们娱乐，我送恩公去一个好地方……"便觉得腾云驾雾地到了一个所在。

这是一个狭长的黑山沟，黑松林遮天蔽日，似乎有一个黑山洞。他正思忖着敢不敢进山洞看一看，却见洞口出来两个黑衣童子，向他合掌道："圣母有请贵客！"他便身不由己地跟着这两个童子进了黑山洞。忽觉眼前一亮，一阵春风扑面而来，但见迎面小溪潺潺，两岸奇花异草散发着清香，真使人神清气爽。忽看见一个极其妖艳丰满、美丽漂亮的女子，披挂了些花花草草迎面而来，向他招手道："快来帮我个忙！替我把他们挂到树上去！"他一看，原来这个女子端着了一笸箩小人。再细看，这些小人有瓷的、有陶的、有泥捏的，还有的好像是粪土捏的，一个个腰上拴着小绳，这些都是这个女子做成的工艺品。他从小上梨果树劳作，上枣树上打枣儿，早就练成了猿猴一般的本事。见这女子央计，也乐意为其效劳，心想，这女子一定是想把这些小人挂到树上欣赏，便接过笸箩上树，很快就把这些小人"像寒节时的寒燕儿"一样挂满了一树，丢溜浪荡得很是好看。他正欲下树，忽发现树下竟是人间大千世界，有金碧辉煌的皇宫，有青砖瓦舍的大户人家，有茅檐草舍的穷苦人家，还有是破窑烂舍饥寒交迫的人家。而且这些人家所住的地形地势也不一样，有的平坦，有的立陡立坡，有的简直就是荒凉的山地。他正看的时候，女子却高兴地抱着树摇了起来。树上的小人开始晃荡，并且晃荡得越来越厉害。他忙告诫这女子，这会把挂在树上的小人甩下来的。女子哪里肯听，双手抱着树嘻嘻哈哈地笑了起来，像个小姑娘般越摇越厉害。那些挂在树上的小人全被甩了出去，飞落得不知去向。他也脚蹬不稳手把不住树枝，"啊"地惊叫了一声被甩飞，落在了一个什么地方。

他睁开眼睛，第一眼看见的就是一个微笑的年轻女子的脸庞。他吃惊地一坐，那女子却起身跑了，耳边传来女子的叫声："大哥老东家，你的那个恩公醒了！"只见那个褚三笑吟吟地走了进来，道："恩公醒了？"田德义清醒过来，再一看身边还躺着呼呼酣睡的瘸四，很不好意思地道："看这，都喝多了，这才是……"就要推瘸四起来。褚三忙制止道："恩公别忙，就让他睡吧，你我且到外间中堂喝茶叙话。"田德义便下炕穿鞋，跟老忘八来到外间。这才发觉院里席位摆设已撤，顶棚布也拆了下来，有两个忘八正在打扫院子。日头已偏西，正不知睡了多少时候。再看室内，这房屋的布置与阳白村孟兴元老秀才家的大致无二，也是一堂两屋，只是中堂挂的一幅画，乍看黑狸搽虎地不知画的是什么，细看原是浓墨染画的被狂风吹折暴雨打翻了的荷花，唯有一支还倔强地指向天空。由于年代久远，画面灰暗暗地显得非常陈旧。田德义心想，这画可也算个古董了，只是画得这般难看，还挂在中堂，也不知是何人所画。老忘八看田德义看画的神情有些专注，笑问道："恩公可懂画否？"田德义赶忙回答："我这是庄户人逛寺院，瞎趁红火哩！咱哪省得个看画是看甚哩！"这时，那个忘八小女子从另一屋端来两盅茶，轻轻放在中堂桌上。老忘八便请田德义喝茶。田德义呷了一口，却不是五台庄户人惯常的滋味。

原来，五台庄户人过去常喝的都是五台的特产茶，一叫黄金茶，一叫毛金茶。黄金茶乃是中草药黄芩的叶子，春末夏初采集，既刨药材又得茶叶，将其叶子直接阴干，用开水焯一下再阴干，最是打凉泻火，清热解湿防暑，最适合仲夏暑天饮用。毛金茶产在高寒的五台山地区。宁武管岑山也有，宁武人叫毛尖，易与南方茶树上采的毛尖茶相混，且不见于《本草纲目》和《中华植物大全》，乃是一种高山草甸野草，状如贴地盛开的一朵朵墨绿色牡丹花，叶片上密生着白色的短绒。山民们采集择净，放在锅笼里蒸腾变熟，切丝晾晒变干，就成了"毛尖茶"。"毛尖茶"很是暖胃开气消食，最适合冬天饮用，据说可化肥甘油腻。褚三见田德义似乎有些喝不惯给他端来的茶，笑问道："恩公以为此茶如何？"田德义忙回应道："咱这庄户人笨嘴嘴的，哪里知道个味道？"褚三道："我还是忘八嘴哩，咱们就不能喝点儿好茶了？告诉你，这是西湖龙井茶，名贵得很呢！就是他县太爷也不一定能喝得到，恩公你试再喝一口品品味道！"田德义忙又端起来喝了一口，含在嘴里感受了一会儿才咽了下去，道："好，好好！"褚三这才端起茶啜了一口。

田德义道："有句话，我实在想问问你，就是怕……"褚三道："怕什么？你无非就是想问，我们褚家咋就成了忘八人家了吧？其实，这不是们褚家的忌讳，对褚家来讲，知道的人越多越好！知道的人越多，才越能知道我们褚家到底是个什么人家！"褚三忽然激动了，提高了声音，"什么叫忘八？无非就是说忘记了至圣先师孔老夫子讲过的君子八德'孝悌忠信礼义廉耻'吧！问题是谁才是真正的忘八蛋，是们褚家忘八蛋，还是你燕王爷是忘八蛋？你用忘八蛋手段得了天下，反过来强迫说别人是忘八蛋，真是可笑！成者为王败者为贼，王者有理，王者为理。你燕王爷赢了，你成了王。你有理，那你把你的所作所为明明白白无掩无饰地昭告天下人就是！"

　　田德义听出来了，他们褚家忘八家跟明朝的燕王爷永乐皇帝有一段将近五百年的公案。而这段公案，他早也隐隐约约地听人讲过，只是不甚明白，今听老忘八讲了起来，却不由得感到毛骨悚然，不由得对褚家忘八肃然起敬。整整一个多朝代三百多年受官府贬制欺压，要是加上老百姓们的侧目白眼不屑交往，足够五百余年！孙猴子在五行山下也才压了五百年啊！

　　起初，褚家忘八的祖先也曾经是名门望族。大唐朝贞观年间的谏议大夫中书令褚遂良便是其支脉正宗。唐后各朝，虽历经风雨，但为官者皆是治国之能臣，无不对江山社稷和列朝君王忠心耿耿。时光流逝，转眼间来到了朱元璋开创的大明王朝。褚家有一个贤达圣明又刚正不阿的君子叫褚敬莲来到了世上，读书奋斗，成了辅佐被朱洪武封为燕王的四子朱棣的谏议大夫，尽管他对大明朝忠心耿耿，但他辅佐的燕王爷却对大明朝产生了二心。燕王爷决定要起兵造反，要夺他侄儿建文皇帝的天下。然而，这毕竟是个令人心虚、失道寡助的决定。行动之前，燕王爷召集众人在银安殿商议，想听听大家的意见。褚敬莲发火了："不行，不行，微臣坚决反对！咱大明先皇最恨的是那些服侍了鞑靼的汉人，说他们是'忘八蛋'，贬斥他们到边远之地操持贱业！而今微臣看来，燕王爷也是个'忘八蛋'！"燕王爷朱棣勃然大怒："大胆，朕怎么是个忘八蛋？说不出来小心朕将你灭门九族！"褚敬莲从容不迫地道："微臣正是要说，燕王爷听禀：燕王爷你啊，欲夺社稷忘忠，违背父训忘孝，不守臣规忘节，倾轧骨肉忘义，妄动刀兵忘仁，前后不一忘信，品行不正忘廉，不知羞愧忘耻！这岂不是忘八蛋？"燕王爷朱棣气坏了，半天说不出话来。这时，还有一些不愿跟着朱棣造反的大臣也冒死劝谏。朱棣真没想到，平时视为心腹股肱的大臣，在关键时刻竟然心系自己的侄儿建文皇帝而无视他这个燕王爷，公然跟他大唱反调甚至辱骂。依着他的脾气，把这些劝谏他的人全都杀了才解恨！但转念一想，杀了他们反倒成全了他们的名节，使自己更加失道于天下，不利于自己争夺天下；再说，万一自己造反失败，这些人更显得名垂青史、千古流芳，而将自己更加陷入万劫不复的奸佞邪恶境地。想到此，燕王爷朱棣开口了，语调显得平和冷静道："尔等俱皆闭嘴！我反意已定，且谋反并非一日半时，正所谓箭在弦上不得不发！我举兵造反，无非两结果：或者失败，或者得胜。我若失败，尔等骂朕忘八蛋者皆为建文皇帝的忠烈之臣，日后便得了荣华富贵；我若得胜君临天下，尔等骂朕忘八蛋者便为大逆不道，自然免不了接受朕的惩处。朕念尔等冒死劝谏乃是为大明江山社稷宗庙，只将尔等骂我的'忘八蛋'反坐给尔等，将尔等削为乐户籍，贬离京垓到边远之地为生就是！"喝令，"打入天牢，听候处置！"御林甲士过来，将褚敬莲等押入天牢。

也许，大明江山当归燕王朱棣。朱棣最终当上了永乐皇帝，他迁都北京后，从天牢里把那些反对他造反骂他为"忘八蛋"的人押到他的金銮殿御前，待他的大臣们对他山呼万岁，舞蹈叩拜之后，朱棣向褚敬莲等冷笑着问道："尔等还有何话要说？"一些人沉不住气了，跪伏在地道："罪臣愚昧，以前不识天威，望乞恕罪，皇恩浩荡！"朱棣冷笑一声，向褚敬莲等一伙站立不跪者道："尔等以为如何？"褚敬莲微微一躬，道："微臣只知有燕王爷和建文皇帝，却不知又有什么永乐皇帝也！"其他人也异口同声。永乐皇帝朱棣点点头，道："朕旨：褚敬莲等着刑部议处：坐罪名为'忘八蛋'，改为乐户籍，举家贬至山西、陕西等边远之地操持贱业，永不叙用！其余前倨后恭乞朕恕罪者，皆斩！"说罢，悻悻然拂袖而去。

其实，自从朱棣夺了他侄儿建文皇帝的江山，褚敬莲就知道自己是这样的结果和归宿了。他为自己殉葬正义和真理而自豪，却不知正义和真理常在胜利者的手中。入籍乐户的全是被掳掠、被杀战俘或者是其他罪犯的妻女。他们被充公后归国家文艺教育机构"教坊"所管辖，被教授其一些歌唱、舞蹈、乐器、棋艺、茶道、书法、绘画、女红，以及如何服侍男人枕席的技能技巧，专门供胜利者玩乐。倘若女人怀有身孕，生产的孩儿也一并纳为乐户籍。女孩长大承母业，男孩长大后就寄住在教坊，或者是这些教坊教导培训出来的官妓活动较为集中的行院、勾栏、花街、春楼，成为那里的帮闲。大些的为前来享乐的达官贵人拉马拽镫、跪充踏石、帮轿掀帘、擦汗打扇、端茶递水，年幼些的就熏屋扫舍、铺床叠被、取送便器等。

褚敬莲深知燕王爷朱棣的险恶用心。他是用杀人不见血的软刀子灭门。褚敬莲他们变卖收拾好自家的家当，从刑部观看了对那些曾乞求永乐皇帝恕罪者们的处斩，便在刑部公差押解下向秦晋边远地区迁移了。张家口、大同、朔州、宁武、忻州……每到一处刑部圈定的忘八蛋落脚点，褚敬莲便郑重地嘱咐那些昔日跟他同朝为臣，今日落脚要操持贱业的忘八蛋们：留得青山在，不怕没柴烧，任凭天灭地灭，我们自己偏不灭！一户一户地分手告别罢，褚敬莲被押送到了代州。

第八折：
老忘八收徒授秘籍

　　当时的代州是朝廷的直隶州，有朝廷的兵马司在此办公，守护着雁门关、宁武关一线所有的关隘长城，驻军很多；又有专门的衙门负责与雁门关外瓦剌人的皮毛牛羊马匹盐铁等交易，很是红火。然而，朝廷却没有让褚敬莲一家在代州落户，而是将他押解到了五台县。这时的五台县经常遇春"梦洗"，相对荒凉萧条，各乡村虽有移民填充，也只是稀稀拉拉一两户人家。新任五台县令同情褚敬莲一家的遭遇，也敬佩褚敬莲的刚强骨头，便把他家安顿在相对红火热闹的窑头煤炭运转的中枢码头松台村。操持贱业，有人红火的地方才能操持啊！在褚敬莲来五台之前的洪武年间，朝廷就流放来十五户侍候过元朝官府的忘八乐户，他们全被当时的五台县令打发到荒凉萧条的地方了。想操持贱业维生，连个人都没有，你给谁操持去？

　　褚敬莲感激五台县令给予他们一家活下去的机会，更恨朱棣这个真正的忘八蛋用这种软刀子要把他们一家斩尽杀绝的险恶用心。在松台村住下来之后，他画了一幅《残荷图》贴在了他居住的房屋中堂，召集他的儿女们前来观看。他老泪纵横地向儿女们哭诉："咱们褚家祖辈一直是多么冰清玉洁的人家，现在竟成了图上的残荷一般。狂风暴雨使其陷入污泥浊水之中，花残叶翻，连叶柄花茎都被折断。不过，大家也看见了，几支荷箭又钻出了水面，待风雨过后，又是满满一塘荷花！忘八蛋朱棣想让咱一家自行消亡，咱们偏要活下去，就如同这残荷一般！眼下朝廷的法令让咱们男的以后娶不了媳妇，女的以后嫁不到夫郎，然而，地藏王菩萨也曾说：'我不下地狱谁下地狱？'地狱里也另有风光！男的娶不下媳妇，可到州府行院帮闲！女的嫁不到夫郎，天下男人多得很！有了娃儿不管是男是女，我们都要精心养育，使之长大成人，他们都是我们褚家的后根！有道是有人不算穷，咱们就和他朱棣忘八蛋比比看，历朝历代你方唱罢我登场，我就不信他的江山能久远！不过话又说回来了，倘若以后有人家不嫌弃咱们，男的尽可招赘上门，我家女人亦可出嫁远走高飞；只是不管到了何种地步，咱们自家人万不可乱了人伦，断了读书学文！至于外人对咱们一家有什么说法，有道是'大风吹倒梧桐树，自有旁人论短长'，不是我们能管的事了！"

褚家众儿女呆呆地不说一句话，眼泪早流光，心已如枯槁。褚敬莲长长地叹了一口气，走进了自己的房间。这个中原才子借鉴宋院本和元杂剧，编写那些的敬神赛社的赛戏总纲（剧本）去了。

田德义尽管早就听人们说过，松台村褚家忘八是被朱明朝冤枉贬斥来五台的乐户，却一直不知详情。今听了褚老忘八的讲述，方知了事情的原委，不住地叹息。听褚三讲到赛戏，不由得问道："我还有一些事情捣挖不清楚，比如迎神赛社，为什么非你们褚家不可？再有就是，为什么登台秧歌能唱，上路调的大戏也能唱，你们褚家的赛社只是道诗而不能唱呢？"褚三道："迎神赛戏，老辈子流传下来的几千年的规矩了，都是我们这号乐户人家女人们的事，老辈子都叫她们神女呢！再说这个敬神的戏，在下倒想问你一句，唱戏凭什么？"田德义道："当然是凭嗓子了，人们不是常说'唱戏凭嗓子，钉鞋凭掌子'吗？"褚三道："对，很对，唱戏确实凭嗓子！有个好嗓子，唱出来又好听，又顺气，神圣爷爷家也听着熨帖；嗓子不好，自己唱着难受不说，听你唱的人也难受！月来敬神，那不是活欺负神圣爷爷家吗？再说你又该到哪里请会唱的人来唱，人家愿来吗？为了避免这个问题，我们的老祖宗早就想到了，我们这敬神的赛戏一律是道白和道诗。毕竟道白和道诗，只要有个能说话的嗓子就可以了啊！"田德义恍然大悟，道："啊！原来是这样！我原以为这里有什么敬神的奥秘，却原来……"老忘八叹了一口气道："其实这也不奇怪，上天有好生之德，这一切的一切，都是为了生存啊！"

千方百计为了生存，生存为了见证他朱棣篡夺的明王朝因果报应的一天。褚家忘八的祖宗褚敬莲编写了五十多本因果报应的赛戏剧本，除供自家在乡村迎神赛社演出外，还为散布在张家口、大同、朔州、宁武、代州、忻州、太原、潞安、平阳、运城等地的忘八乐户提供赛戏剧本，为他们的咬着牙齿生存而打气。好一个漫长的等待，它大约等了将近二百五十年后，终于等来了闯王李自成造反。李闯王攻打宁武府前夕驻扎在忻州，五台褚家忘八匆匆赶到忻州，和忻州忘八合为一伙，为李闯王和他的义军唱上路调大戏，演道诗的赛戏，忻州关帝庙戏台上赫然贴着他们的戏联："风云有义迎新王；日月无光掩大明。"兴奋激动急欲改换天地的心情一览无余。为了表达他们最真诚的心意，他们挑选了两个最年轻漂亮的女子给闯王送去，让她两个好生服侍闯王。闯王也表了态，等打下北京城坐了朝廷，一定要为褚家和被朱棣打成忘八蛋的所有乐户忘八平反昭雪，昭告天下。褚家和众忘八乐户等啊盼啊，结果是吴三桂拔剑一怒为红颜，引着清人入关，夺了天下。虽然闯王李自成没有来得及实现他为忘八乐户昭雪平反的诺言，但朱明朝崇祯皇帝毕竟是在闯王李自成的逼迫下在煤山上吊自杀的。这消息也一样使褚家和众忘八乐户欢欣鼓舞，大快人心。他们一商量，对外人说是盖真武庙，实则把崇祯皇帝自杀时的状态塑成了神像，利用祭赛进庙发泄报应的快感。尽管这个报应来得太晚了，足足二百四五十年了，但也应了那句老话：恶有恶报，善有善报。不是不报，时辰未到；时辰已到，一定要报！夺了天下的清王朝中也有圣明的君王主子。大清雍正元年，雍正皇帝下旨为被前明王朝迫害的所有忘八乐户平反："奉天承运，皇帝诏曰：查山西等省有乐户一项，因明建文末不附燕兵并被害，编为乐籍，世世不得自拔为良民。至是令各省乐户皆确查削籍，改业为良，与编氓同列。若土豪地棍仍如前逼勒其自甘污贱者，依律治罪！钦此！"褚家和众乐户忘八无不山呼万岁，感激流涕。

大清官府把他们乐户忘八都与一般老百姓平等对待了，然而，老百姓们却怎么也改不掉以往的传统观念，依然鄙视他们，仍不愿与他们通婚，逼得他们不得不让自家的闺女仍然利用演赛戏的机会在赛台上坐板凳；自家的男人们仍旧去做帮闲。若遇到好的，男女都真心实意想组成家庭，褚家的办法是资助他们些钱财，让他们到外地隐姓埋名瞒身世成家立业，从事农工商，或者立戏班走江湖。留在松台村的褚家人逐年减少，他们在演赛戏之余，修桥补路，挖义井、办义学，仗义疏财、乐善好施，力求让人们改变以往对他们的看法，盼望着融入普通老百姓之中，然而却发现这太难了。

五台人说起来都知道，道光年间褚家当家人褚洪有一年中秋时节，从东冶镇讨要回演了赛戏的演出费，骑着毛驴返回来的时候发现村边杨树林里有个十八九岁的后生伤心痛哭。上前一看却是本村刚考中秀才的老秀才王昇的儿子王丕显。却说这个松台村除过他们褚家忘八乐户外，也另外住着一些张王李赵孙姓人家。彼此间也还认识，只是鸡犬之声相闻，老死不相往来罢了。但褚洪是个热心人，见王丕显哭得伤心，忍不住上前相问。王丕显初时不肯说，但经不住褚洪再三相问，再想褚家人平时在村里整修、打扫街道、修建公塾等事，又看褚洪满脸诚恳有心相帮，便直言相告以吐心曲。却原来，今年正逢秋闱乡试，王丕显很想去省城太原参加会考看能否中举。怎奈父亲身患重病，一来二去拖欠下不少饥荒，凑不起盘缠。父亲便要他去找找姥爷外祖父，求救急难。虽说他母亲早年病亡，但他父子们每年四时八节都要到姥爷家探望，以尽孝道。他满怀希望地找到姥爷，不想这个四邻八乡有名的财主姥爷却一口拒绝。说是女儿已死，跟他们王家的关系便也随之扯断。虽说女儿生有孩子，但外孙毕竟是外人。五台人俗话：亲孙子，正根子；亲外孙，溜勾子。他不想做个溜勾子的人叫人骂。王丕显见姥爷把话都说到这个份儿上了，全然不顾外孙是女儿的骨血，是女儿身上掉下来的肉，还能再说什么？一扭头便从姥爷家出来，越想越气越伤心，回来时，忍不住来到村边杨树林哭了起来。褚洪恨道："天下竟有如此绝情之人！王家小哥，你差多少银两？我帮你解决！"王丕显一下犹豫了。褚洪看出了他的心思，道："莫非王秀才看不起我们褚家，以为我们褚家的银钱不干净？"王丕显连说不敢。褚洪说："既然如此，你还犹豫什么？"当下从驴背上拉下褡裢，将其中所有的铜钱和银两倾倒出来，让王丕显看够不够使用，如若不够，就回家再取些来一并赠送。王丕显一看这么多钱，赴省城乡试绰绰有余，忙道："够了够了，用不了了！"褚家将褡裢一并给了王丕显，让他装钱回家准备赴考，道声："祝你困龙升天，一举成名，让你那个贼姥爷看看！"一跃上了驴背，径自回家。

王丕显带着忘八褚洪赠的银两回家，向父亲王昇说明原委。王昇感激万分，让儿子王丕显搀扶着自己，父子俩来褚家拜谢。褚洪也很激动，毕竟街坊十几代，终于有了邻居登门拉话的时候，又勉励了王丕显一番。过了几日，王丕显便赴省城乡试，却也不负所望，一举中举。捷报传回，亲戚朋友们都备了厚礼来庆贺。王昇老秀才深感儿子王丕显能有此荣耀，全凭忘八褚洪所赐，与儿子商量，一定要在人前头面子上重重相谢一番才能过意得去。父子俩向所有的亲朋好友发了请帖，又亲携请帖到忘八褚家致谢叩头。是日，王家张灯结彩，又请了窑头牛家、宏道史家两班鼓吹前来助兴，设宴庆贺中举并答谢所有帮助过王家的人。王丕显的姥爷早忘了以前什么"亲孙子，正根子；亲外孙，溜勾子"的话，新剃了头、修了胡、挽了辫，打扮得光彩照人也来赴宴。按一般外孙的大小登科的喜宴礼节，作为外祖姥爷一定要坐首席，接受事主亲朋好友的敬酒捧场和外孙的三叩九拜。这是非常要面子的体面事情，一点儿都马虎不得。他来到王家，与主持事宴的知客和司仪等职事人员打了个照面，说笑了几句，便藏身到一个不显眼的地方休息喝茶，等那安席时间的到来。等了一会儿，外面终于传来了司仪的一声高叫长吟："安席了！亲朋好友上座！起鼓乐！"牛家、史家的唢呐立刻在噼里啪啦的鞭炮声中吹响，伴以轻轻的鼓声，煞是悦耳中听。他支棱起耳朵，单等司仪长吟："恭请王举人姥爷首席上座！"他自觉不自觉地就拽了拽崭新的马褂长袍，端了端架子，等知客职事前来拉拽。他要的就是这个风光。然而，好像听司仪喊过了，却不见知客来请。他疑心是自己太隐蔽了，使人不好寻找，便起身将头探了出去。这一探头不要紧，要紧的是弄了自己个头发蒙：自家的首席位置上端端正正地坐了个褚家老忘八褚洪，他正被自家的姑爷女婿王昇按着，接受自家的外孙王丕显恭恭敬敬的三拜九叩大礼！这大礼在司仪庄重的礼赞声和鼓乐的礼拜乐曲声中显得格外隆重。他的外孙王丕显的礼拜也做得从容不迫、严肃认真，以至额头点地沾上了尘土。他的这无明火啊，一下蹿烧起来，只烧得三尸暴躁、七窍生烟。他猛然扑上前去，指着外孙王丕显怒吼："你这个没娘生的，你为何不拜姥爷而拜忘八？"王丕显便当着亲朋好友的面，把事情的原委说了一遍。这个姥爷外祖父在众人面前反落了个大大的无趣，在众人的讥诮哄笑声中灰溜溜地滚回了家。

王丕显中举的第二年春天正好又赶上了各省举人进京会试的春闱。皇宫午门雁翅楼东墙放出皇榜，王丕显又高中了进士，赐翰林院编修。王丕显上表谢恩。皇上见王丕显表中有其父王昇在洪洞县设帐授徒，培育了秀才、举人、进士二百多人，以致心身憔悴，卧病在床；其母早逝，家中无人侍候病父；其秋闱春试，全赖同村忘八褚洪资助等语，顿生怜悯慈悲，遂下旨赐王丕显之父王昇同进士出身，先行在家养病，待病躯痊愈，再行叙用；赐王丕显假期一年，在家侍候父亲，以尽孝道，等其父病有起色再进京赴任；赏五台松台前明忘八褚洪白银三百两，以示嘉勉。圣旨一下，皆大欢喜，唯有王丕显的那个姥爷悔青了肠子。

田德义轻轻地叹了口气。说起来，他小时候便听人说过"松台村尽是忘八，有钱的忘八坐正席"的话，初时尚以为是说"松台村里所有的人都是忘八"。现在才恍然大悟，原来是"松台村进士忘八"，指的是松台村王家进士和褚家忘八的这一段关系！他忍不住问："王家受你们褚家如此大恩，他们可报答过你们？"褚三长长地叹了口气，道："人之初，性本善，为人者需以善作魂。救人急难行侠仗义，原本是不图报答的！假如图望报答，一发足便已错了！平常人尚且不可，更何况我们这号几百年都翻不过身来灾难深重的忘八人家！不是吗？尽管当朝待我们不薄，但我们被前朝的那个燕王爷早一个'忘八帽子'给扣死了，'有钱的忘八坐正席'，坐了正席也还是忘八！其实忘八又有何不好？锣鼓一响，黄金万两，男欢女乐，吹拉弹唱，为人生存之衣食住行之焦虑忧愁，我们又何曾有过？这正是人们羡慕的神仙生活，还图别人报答什么？"说罢哈哈大笑。

田德义忽然想起小时候听父亲讲过，父亲小时候跟人贩过私盐，在一个什么地方看过那里的傩戏，也是戴着面具鼓打着锣鼓演出，好像跟赛戏是一回事，便向褚三请教。褚三道："世人以为傩戏和赛戏是一回事，其实大谬不然！傩是傩，赛是赛，傩是用来驱鬼的，赛是用来祭神的，两者泾渭是很分明的。傩出在南方，赛出在北方，何也？因南方气候潮湿，易生瘟疫，故人们用傩来驱除瘟神疫鬼，以保家宅人身平安；北方气候干燥，十年九旱，故人们用赛来祭赛龙王诸神，以保风调雨顺、五谷丰登。傩和赛的分别从游街舞蹈就能看出来：傩舞打头的是四眼天神打道鬼方相，赛舞打头的却是城隍爷！虽说后来都发展变化得有了戏文，傩戏也有可能是被燕王爷打成的乐户参与演出的，但在本质上还是不相同的。"

　　正说到这里，瘸四揉着睡眼惺忪的眼睛从里屋走了出来，褚三笑着问了一声："睡醒了？快过来喝几口茶，醒醒酒！"田德义朝窗外看了一眼，吃惊道："啊呀，阳婆都大偏西了！"站起身来向瘸四道，"快喝口茶水准备赶路！"褚三道："你们有什么事这么着急？"田德义道："真是不好意思，我们两个都喝酒喝多了，几乎忘了正事！"便把受孟兴元老先生相托来讨褚家能否在四月十五到阳白村演赛戏的确信和自己在阳白村立了鼓房，想来看能否买几支唢呐的事说了一遍。褚三道："今儿的事恩公你也见了，我们褚家从今儿起算是金盆洗手，再不演赛戏了！"田德义道："那以后村乡里的庙会该演什么？"褚三道："哪还有个该演什么不该演什么，拣好的有气派的来吧，也能唱上台子上路调，表达了心意就行了。只要敬神如神在，神圣爷爷是不会作怪的！至于你说用唢呐的事，买是不用你买的，在下送你几支好的大杆子唢呐如何？"田德义喜出望外，道："那怎么能行呢？"褚三道："那怎么不能行呢？咱俩交往了这一场，也算是在下高攀了你这个朋友了！再说，我们褚家以后也不用这些劳什子了，送给朋友正好！不过，在下有句话可要给你说在前头，不知你愿意听吗？"田德义道："有话褚老尽管讲好了，哪里还有个愿不愿意听，朋友之间不用这么客套！"褚三道："立了鼓房，你就变成吹鼓手，进入了下九流了。'忘八戏仔吹鼓手'，这是人们最看不起的下贱行业下贱人啊！你的身份排在最末，连戏仔忘八都不如，你不怕人们白眼看你？弄不好，你的娃们连娶媳妇都成问题！你可得好好想一想啊！"田德义道："你说的这些我都想好了，我才不在乎他什么上九流下九流的！我的本意是让我和我的三个儿，还有我的徒弟徒孙们好好学上一手吹打的艺术，狠狠挣上钱，在钱财上好好翻一翻身！我是说逮老鼠耗子蛞儿呢，还管他个什么猫什么狗哩？咱一不打家劫舍，二不违法乱纪，做这下贱营生挣俩钱，问过自己的良心就行！莫非咱做这营生挣的钱不干净了？就如你们褚家，几百年为坚持正义蒙冤受屈，世人以为下贱，我田德义却不是这么认为。'有钱的忘八坐正席'，这才是真真儿的佛菩萨啊！"褚三激动了，道："好，兄弟！就冲你这么几句话，我也要送你几支唢呐！走，跟我挑唢呐去！"

褚三领着田德义从中堂屋出来，进入左旁耳房。光线稍有些暗淡，却让田德义感到琳琅满目。但见靠着后墙的一个博古架上放置着大小二三十支唢呐、二三十副笙、十几副大镲，挂着几面大锣。靠山墙的一面是四五副鼓架，架着黑皮大鼓。可见褚家当年的赛戏乐队是何等威风气派！现在却说不用就不用了。田德义心中不免掠过一丝惋惜。褚三径直走到博古架前，挑拣了五支大杆子唢呐，还有三支海笛、三副铰子，两副连二的俗称叮叮当的云锣，一并交到田德义手里。田德义赶忙道："够了，够了，我拿不了了！"老忘八又从一个什么角落里取出两副碰铃，叮叮碰了一下，交给瘸四，道："这个让你这个瘸手的徒弟使用，配个音什么的。"田德义千恩万谢，忙又叫瘸四拜谢。褚三道："看看，你这一谢，好像咱们又生分成了外人了！你要用锣鼓也行，只是我怕你俩拿不了。"田德义忙道："阳白村里和我们外田家岗村里都有锣鼓，是能用的。"褚三道："能用当然能用，却不知合调不合调。锣鼓和唢呐合调，吹打出来才好听。你回家后试一试就知道，关键是大锣的声音。"田德义这才知道，原来吹打还有这么一说。

大家抱着乐器出来，来到院子。田德义正欲告别，褚三突然大叫一声："哎呀，真是打架忘了拳，老糊涂了，几乎忘了一件大事！"田德义吓了一跳，正欲相问，只见褚三满脸兴奋激动，向田德义问道："兄弟，你可知道窑头？"田德义诧异地反问道："不就是个出产煤炭的窑头吗，怎么了？"褚三道："你就没听说过牛为贵？"田德义疑惑地道："什么牛为贵？"褚三惋惜地道："怪不得没听你嘴里叨啦过他，原来你不知道啊！我告诉你，我打听过，牛为贵大名叫牛福贤，是从朝廷里返回咱五台窑头老家的一个宫廷乐师，详细情况我也不大清楚。可我知道，他这几天正在窑头铜炉村培训他们本家和邻村上下的吹鼓手呢！听人们说，他要学佛祖'七处九会'讲经说法，也要搞一个'七村九会'培训吹鼓手的活动哩！人家原在朝廷里伺候皇上，那相当于当年晋悼公手下的师旷啊！对了，就是你们阳白村演奏了上古雅曲《阳春白雪》的那个师旷！依我说，你俩今天不要走了，就住在我家，明天一早赶到窑头去看看听听，那对你来说是大有裨益啊！"田德义喜出望外，却又有些犹豫。褚三早看出了他的心事，一语道破："咋了，你觉得住在我家丢人吗？"田德义赶忙否认，连连道："不不不，可不是……"褚三道："那你犹豫什么？怕甚？就这样定了，今夜住在我家，也省得返回城里明天再路过松台到窑头！"

当下，褚三又领着田德义和瘸四回了他俩酒醉后睡觉的屋子，立即吩咐那个忘八小女子准备晚饭。饭菜是现成的，就是将晌午宴席后所剩的菜肴重新整治了一番，又安顿了个四盘一海碗的席面，在炕上安了一张炕桌摆好，又放了一壶酒。田德义忙推诿说不能再喝了。褚三道："晚上喝酒又不怕醉了。"边说边斟出一盅酒来，用硫黄麻秸火点着，又拎起酒壶悬在火上，烧滚了壶里的酒。泼了残酒，给田德义和瘸四各斟了一盅，又给自己也斟了一盅，端起酒来，邀他两人喝酒。田德义见褚三实心实意，便也不再说什么，只是告诫瘸四再不敢喝醉。瘸四倒也喝了一盅便不再喝。酒过三盅，忘八小女子就端过糕来。五台俗语："东冶的馍馍大兴的糕，槐荫的闺女不用挑。"其中就指出用大兴一带出产的黄米做成的糕又软又筋又有咬劲儿，特别好吃。又道："现糕不如熘糕香，送糕馋断食道肠。"说是油炸糕再放在蒸笼上一熘，黄米糕的软筋和香味就体现了出来。自家或者事宴上做的糕多，糕再香再好吃，肚子终有个吃饱的时候。若是别人家送来的三五个糕，一动筷子就没了。香气在口里盘游，就是没有糕吃，岂不是会把食道馋断？夸张是有些夸张，但五台大兴一带二三十里的糕好吃却是出了名的。

田德义看那忘八小女子手脚灵快，一会儿送过这菜来，一会儿端过那饭来的，知道有人或许就是那个弹了琵琶的女子帮着做饭。别的男人，一后晌各奔前程，全都走散。这两个女子却不知道是褚三的什么人，田德义怕犯忌讳不好相问。说话间晚饭吃罢，小女子过来收拾了饭桌上的盘碗盅筷，又送上灯来出去了。褚三朝外一努嘴："兄弟你看我家这人咋样？照以往的规矩，但凡来我家的贵客我们都要安排我家最美的姑娘媳妇儿陪着……"话音未落，田德义急了，急忙道："这可不行！要这样，我只好走了！"急招呼瘸四下炕。褚三急拦道："看你也是个急脾气的人！我说的是以往，自雍正爷后我们就把规矩改了：来我家的贵客，一律以歌招待。兄弟你是个立鼓房的人，有人为你唱一支歌，你大概不会嫌弃吧！"田德义恍悟，原来是还要叫那个小女子给他唱歌，忙道："听歌我当然不会嫌弃了，只是累了人家一天了，我看就不要麻烦了！"老忘八道："你以为还是那登台秧歌二人台，上路调外呀▮呼儿咳？这是我们褚家当年在五台山给乾隆爷唱过的'朝圣曲五台天花歌'，今日让我的小妾姐妹俩给兄弟你唱一唱，也不枉咱俩交往一场！"话音刚落，小女子就和晌午宴席上闹红火弹了琵琶的女子抱着琵琶走了进来。小女子递给褚三一副檀木梆子，自己两手夹了两副铜三角。弹琵琶的女子拉过一个凳子，抱着琵琶叮当了两声，调了调音。老忘八道："咱们今天侍候的这位可是我的救命恩公，你俩可要用心了！"说罢，就用梆子"叭叭"击了两下，接着就加快速度叭叭叭地敲起来。几乎就在同时，小女子双手舞动，四块铜片翻飞；抱琵琶者五指扫琴，勾抹弹挑，霎时叮叮当当叭叭啪啪啦啦，犹如天上下了急冰雹击打在钟磬铜锅荌箭拍拍锹镢箩头上。激烈的音乐让田德义气都喘不过来。少顷急冰雹稀疏了，退远了，田德义这才长长地喘了一口气。小女子唱了起来，声如银铃。只听她唱道：

> 皇上吉祥啊牙呀，皇上吉祥啊呀呀！
>
> 君不见，五台山上产灵菡，山人目之为天花。
>
> 多在巅崖深险处，枯木云蒸抽菌芽。
>
> 厥色浑如玉，厥味薄如瓜。
>
> 樵牧得之如获宝，持来献入司公衙。
>
> 烹羊宰鹅不足美，必得是物充珍佳。

在上欲得索其下，公使辗转来山家。

僧吏鸣钟告其众，众闻官令惊复嗟。

裹粮探求入深谷，岂辞猛兽及毒蛇。

求之不得须贸易，归来典却佛袈裟。

昔谓人间苦尘役，偷闲学道归烟霞。

岂知寂寞寒岩下，营营公事数如麻。

异物有时尽，人欲自无涯。

我愿君王心，如月绝疵瑕。

清光遍照饥寒屋，肯令一念恣骄奢？

　　乾隆皇帝还有他爷爷康熙皇帝来五台山朝台的故事，田德义早就听老辈子的人们讲述过。那年，五台山"六月骡马会"，田德义伙同村里几个人上五台山买牲灵，顺便把五台山也好好游玩了一番，还见过五台山皇城、白云寺、台麓寺等乾隆皇帝住过的行宫，只是都有兵丁把着，不能进去游玩。却没想到他们褚家当年竟在五台山给乾隆皇上唱过这么好听的歌曲。这歌曲三回九转、莺啼燕吟，绝非村里那些庄稼汉的吼塌天爬山调。想人家九五之尊、至高无上的皇上都不小看松台褚家，偏有些村乡里的老百姓对松台褚家，死不撒放了。几百年前两个朝代的事了，仍还是忘八家忘八家地叫着，翻白眼斜瞥着看人。往小里说是习惯成自然了，很难往回改了；往大里说还不是违抗圣命？想自己一个土脑壳蛋子，只是感到受苦艰难，想另走一条发家致富的艺术之路，以前还自以为自己识工尺谱，能吹响唢呐，是这方面的才；今儿来到褚家才知道，自己可实在差得多哩，人家是高山，自己为平地，走这条艺术的路子更是难啊！褚老忘八就是高师，还不拜师等什么？待那小女子歌声一落，田德义扑通一声向褚三跪下道："褚老，我田德义拜你为师了！"慌得褚三扔了梆子，两手扶住田德义没让他叩下头去，道："我们是什么人家你怎能胡乱拜师？再者，所以能够为师，必须对弟子做到传道、授业、解惑，在下学业平平，实在当不起个为师者也！恩公的真正老师，就是在下给你说过让你明天去找的窑头牛为贵啊！恩公快快起来！"田德义哪里肯起，褚三只得受了一礼，道："好吧，我就算个半拉子师父吧！既然为师，就得传艺。贤契等着，我取样东西去！"随即招呼弹唱了的二女子跟他出门。

瘸四看老忘八出了门，轻轻地问道："师父，你拜了他为师，那我该称呼他什么？"田德义道："师父的师父，自然是叫师爷了！"瘸四点点头。不一会儿，褚三拿着一个小包袱进来，向田德义道："这个东西，今传给贤契，或许对贤契日后有所帮助。"喝了一声，"贤契跪下接取！"田德义跪下，双手接过。褚三道："这个东西，回家后慢慢看不迟；今晚好好睡觉，明早好一早上窑头去见牛为贵拜师！"田德义躬身答应。褚老忘八又吩咐了一声"早些睡觉"，转身出门。瘸四想看看是什么东西，将手探过去摸那个小包袱。田德义轻轻喝道："睡觉！"呼地吹熄了麻油灯。

一宿无话。第二天一早，田德义和瘸四就在褚老忘八家吃过早饭，与褚老一家相别，直奔窑头而去。

第九折：
牛为贵传艺铜炉岩

　　说起这五台窑头，本非一个村镇之名，指的乃是五台维坮山中的东西约五十里长，南北约三十里宽的一个椭圆形盆地。盆地里丘陵沟壑立崖陡坡的却从西到东有西头、南头、石坡、野场、乱道子、寨里、白家庄、中庄、沙岩、南庄、铜炉岩、南窑、兴元、维坮上、维湾、铁厂等大大小小二十多个村庄。每个村庄相距远者二三里，近者一里多，往往是坡头一个村，坡底又一个村，显得很是拥挤。张王李赵刘，阎罗杨白牛，什么姓氏都有。所以然者何？此处有煤炭之故也！在此居住为生者，不是开煤窑的窑主老板，就是掏煤的小伙计；不挖煤的就垒个烧窑，烧制一些瓷盎、缸瓮、盘碗、砂锅来卖。这里的煤炭极好，灰粉很少。烧炼的焦炭不仅白亮似银，鼓击起来也是叮叮如银。吊上釉子烧制出来的砂器如砂锅子、砂吊子、砂壶、夜器也银光闪亮，好似也是银子做的。尽管砂锅子捣不得蒜，但熬制的小米稀粥却是人间美味极品。过去，五台女人坐月子都是用这里产的新沙锅子熬稀粥喝，可见其器皿不凡。

　　窑头从元代发现煤矿，到明代其生产达到了高峰，成了忻代二州五县富得流油的地方。明代地理学家徐霞客曾考察过这个地方，发现这个地方好像是朝西南方向斜放了的一个大元宝。东西维垴山犹如元宝的两翼，周围山脊便是元宝的边沿，赞道："难怪这里能发财，这里的人们是住在元宝里的啊！"这个元宝的两翼，东维垴山略高，顶峰维垴尖地势平缓，如人脑顶，植被为高山草甸，与五台山相同。夏日登临维垴尖采集与五台山蘑菇齐名的垴蘑；除与五台山平视外，五台县所有山川村落尽收眼底。这里又有大智文殊菩萨上五台山时留下的足印。昔有僧人建塔纪念。因遍山都是盛开的黄花，所以人称此塔为黄花塔。有人曾作打油诗《西江月》笑话窑头人道：

维那说成维垴，窑头人嘴真笨。
若非文殊留足印，谁还念诵佛经？
金莲误当黄花，村汉大材小用，
幸亏佛塔叫其名，才知不是凡品。

西维垴山峰和东维垴比起来略低，西南方的山根部却直插到由西而来的滚滚滹沱河畔，故显得异常陡峻。东冶地区宏道、定襄和阳白小银河一带老百姓要到窑头驮炭，从这里上窑头最近，于是便有了以险陡而著名的十八盘驮炭道。道光年间朝考第一名朝元，曾任福建巡抚，代理过闽浙总督，被人诬陷罢官十五年后复出又任总理各国事务衙门行走兼同文馆总管，世界第一部地理志书《瀛寰志略》的作者，五台第一大才子，五台东冶镇东街人士徐继畲松龛先生，告官回家赋闲时目睹家乡百姓驮炭的辛苦，写过一首著名的《驮炭道》诗歌，至今脍炙人口，五台百姓人人传诵不衰。诗曰：

隔巷相呼犬惊忧，夜半驱驴驮炭道。

驴行黑暗铎丁东，比到窑头天未晓。

驮炭道，十八盘，羊肠蟠绕出云端。

寒风塞口不得语，启明十丈光团栾。

窑盘已见人如蚂，烧得干粮饮滚水。

两囊盛满捆驴鞍，背负一囊高累累。

驮炭道，何难行，归时负重来时轻。

人步伛偻驴步碎，石头路滑时欲倾。

日将亭午望街头，汗和尘土面交流。

忽闻炭价今朝减，不觉心内怀烦忧。

价减一时犹自可，大雪封山愁杀我！

　　有人评价：此诗比起大唐诗人白居易的一些忧民诗来也毫不逊色！徐公还有一首单道五台人吃糠度日的诗叫《啖糠词》。此诗一样脍炙人口，五台人亦都能背诵。词曰：

富食米，贫啖糠。

细糠犹自可，粗糠索索刷我肠。

八斗糠，一斗粟，（俗称"八兑一"）

却是挬来沙一搊。

亦知下咽甚艰难，且用疗饥充我腹。

今年都道秋收好，囷有余粮园有枣。

一半糠秕一半米，妇子欣欣同一饱。

昨行都会官衙头，粒米如珠流水沟。

对之垂涎长叹息，安得淘洗持做粥？

吃糠咽菜是平常五台人普遍的生活，大户人家亦不能免。然而，窑头人因为有煤炭，不但老板窑主们不吃糠咽菜，就连进窑掏煤背炭的小伙计们也是想吃肉就吃肉，想喝酒就喝酒。

窑头维垴山脊元宝的正南边沿有一处裂口，汇聚了盆地的风水流向，人们称为峨沟。通过峨沟，可达维垴山外的胡家庄、罗家庄等地方。这峨沟地势极为险峻，虬松曲柏挂满了如刀削斧劈的山崖上，阴暗的沟沟湾湾里尽是笔直的苍松翠柏。阳光照射到这里，色彩斑驳、光怪陆离。窑头著名的黑风洞和二龙洞就在这里。黑风洞冬天往外吹热风，夏日往外吹冷风，你若到洞口寻风吹，不一会儿就染一层黑尘。初时人们以为怪，后来人们才知道这里因为冬至一阳生，夏至一阴生，洞内阴阳之气流动，夹裹了煤尘吹出来。旦是如此，却也够奇，二龙洞名为"二龙"，里面却供有五龙，而以中间黑龙王最为灵应，也最为凛然不可冒犯，酷似五台山五爷庙里的五龙王五爷。据传，当年文殊菩萨从尼泊尔来到大振那（大中华）清凉山开辟演教场，最初来到的是维垴山。在这里，他刚跟随来的一万菩萨众效法佛祖释迦牟尼在天竺国"七处九会"讲经说法的故事，在窑头的七个地方举行了九次佛法讲座，指派了维那总管这一万菩萨众的一切修行事务，准备在这里住下来修行的时候，忽又发现了五台山。因文殊菩萨降生时头上留有五髻，代表着五行大智，号称为"五髻童子"。五台山的五个台顶便与此暗合。更加认为五台山大孚灵鹫山与佛祖释迦牟尼在印度的修行场所一般无二，文殊菩萨便又率众到五台山开辟了道场，维堷山成了文殊菩萨初来大振那（大中华）清凉山的歇脚行宫。因这里举行过"七处九会"小规模的讲经说法和谋划过修行事务，后来的僧人们便在此建起了以此含义名称的小算寺，以作纪念和祭祀。跟随文殊菩萨修行的东海龙王五位太子，便也在这里留有化身，协调这里的雨水运行。再后来，道教界也看上了峨沟的风水宝地和优美的风景，在这里又塑立了三清四帝加以祭祀。再往后又发现了煤炭，经营煤炭生意和生计的人们又在主要出产煤炭的场所村落添加了"窑神"祈求保佑。佛家始创的窑头"七处九会"法会，渐次演变为"七村九会"的乡村庙会。佛道社稷山神龙王大仙地府阴曹各类门派的神鬼仙佛，都在人们祭祀或者迎神赛会之列。红火状况自然可知。

田德义小时候曾跟父亲赶上毛驴来窑头驮过几次煤炭，松台路和"十八盘"驮炭道都走过，对窑头各村舍自然很熟，领着瘸四迈开大步很快就来到窑头。但见身着一新、骑着毛驴的窑主们和被煤炭擦抹成黑墨棒槌只显个眼睛和牙齿的掏煤背炭的"窑黑子"们，急匆匆地往铜炉岩走，好像是赶什么会看什么红火似的。他赶忙问走近身边的一个"窑黑子"道："哎，伙计，你爷们是咋圪呀？"那"窑黑子"道："咋圪呀？听人家响打圪呀！哎呀呀，真是好听哩！"他指了指前后又问道："这么些人都是去听响打？"那"窑黑子"道："可不是，比庙会还红火哩，窑主专门给我们这些窑黑子放了三天假叫听圪咧！"说完后有些不耐烦田德义再问的样子，加快了脚步朝前而去了。

看来松台褚三老忘八说得不错，在窑头铜炉岩确实有个从京城皇宫里回来的宫廷乐师牛为贵在培训响打的，牛为贵确实吹打得超人一等，否则，怎么会有这么多人去看，而且煤窑里的"窑黑子"还放了假呢？田懲义这么想着，脚下却慢了起来，把个瘸四急得什么似的，跑到前头扭回头来喊："师父你快些呀！你不看人家都超前咱们了？"田德义一笑，向瘸四喊道："瘸四你站住等上师父！"瘸四只得站住，田德义走上来道："瘸四呀！你不听人家常说看红火，会看的看个门头夹道，不会看的看个红火热闹？他们这些'窑黑子'省得个什么？再说了，响打是靠听咧，看能看出个什么来？不是吹，师父这两只耳朵灵着呢！"这一说，瘸四也放下心来。师徒俩走着，路过南庄，踏上到铜炉岩的路。就在这时，铜炉岩村里突然响起来三声冲天雷黑铁炮。这炮声如同号令，路上到铜炉岩越来越多的男女老少闲散人和窑主老板"窑黑子"们不约而同地跑了起来。就在这时，村里传来了唢呐乐曲《大得胜》的大安鼓声，紧接着，唢呐就"嘟儿哇，嘟儿哇"地吹了起来。把田德义惊得叫了一声"好怪！"，就再也合不回嘴去！

　　田德义吃惊什么？却原来，田德义听了出来，这高亢激昂浑厚有力的唢呐声中，夹杂着随着唢呐高低起伏的一种"嗡嗡"的声音修饰衬托着唢呐，使唢呐音色免除了干炸涩的感觉，变得水润好听了起来。唢呐一口气吹完一声即将要换气的时候，这声音正好弥补了唢呐要断气的空子，使人感到唢呐的吹奏连绵不断。有时唢呐停顿显露锣鼓的时候，这声音又与锣鼓相配起到过门的作用。有这种声音相扶相衬，吹唢呐就会省力不少，更能蓄势再发下一句的吹奏。这是种什么声音？是一种什么乐器与唢呐合奏加伴奏，起到绿叶扶红花的作用？田德义急切想知道个究竟，加快脚步小跑起来。瘸四一边加快脚步，一边不满地嘟囔道："少见这人，人家说你快些你不听，人家慢了下来你倒跑了起来！"

追着田德义进了铜炉岩村。

铜炉岩当村口大槐树荫下黑压压地围了千儿八百人。田德义拉着瘸四挤上前去,只见人圈中间正中一个板凳上端坐着一个汉子,双胳膊平端,鼓着腮帮眯着眼睛在吹唢呐,头上的辫子油光发亮,在脖子里绕了一圈朝肩头顺胸脯搭了下来,显得很是俊逸潇洒。他想,这一定是牛为贵了。让他没有想到的是牛为贵的左右还有两个小后生双手捧笙在为牛为贵伴奏,这让他大为惊讶!原来,唢呐从西域传来我大中华(大振那),因是外来的乐器,在民间一直单独使用,后虽与锣鼓合奏,称为吹打,唢呐也是单吹独奏。而笙,人们习惯上是与管子、枚、萧在一起吹奏一些优雅曲子和庙堂音乐的,牛为贵却将它作了唢呐的伴奏!怪不得唢呐声音变得这么从容不迫,变得这么好听!可以前的艺人们还有松台褚家忘八怎么就不知道不懂呢?田德义正因惊讶而胡思乱想,却听堂鼓一声"崩咙",接着打了乱锤"咚咚咚咚……"这是终止唢呐再吹的鼓令。却原来,民间鼓乐戏曲、秧歌等,鼓声是号令,掌控着表演的音乐类别和快慢速度。从民间鼓乐来讲,鼓声不改唢呐吹奏曲的鼓点,唢呐就必须一直吹下去,吹到曲终鼓声仍不改,唢呐吹奏曲便从头再来。什么时候打了终止鼓令,唢呐吹奏曲什么时候终止,即使曲子吹到中途也要终止。要改换唢呐吹奏曲必须得重新安号令鼓,安什么号令吹什么曲,不能乱来。唱戏也是同理。田德义正等待牛为贵唢呐的第二支吹奏曲,鼓声却"咙崩咚,噔"。只见牛为贵放下唢呐,早有人将沙茶壶里滚好的熬得酽酽的砖茶水倒在青花大茶碗中,晾得不热不凉的双手捧给牛为贵。牛为贵喝了两口放下茶碗,又有人双手递上翡翠玉烟嘴乌木烟杆白铜烟锅里装了满满一锅五台小兰花旱烟末的旱烟锅子，接着就有人递过专门用来点烟使用的燃着了火的小指粗细的艾草火绳为牛为贵点旱烟。牛为贵解乏放松，默默地吸着旱烟锅里的旱烟。周围人都静悄悄地看着，无敢有哗者。少顷，牛为贵吸完一锅儿烟，又喝了两口茶水，方才抬起头来，向周围的人们问道："刚才，大家听了我吹的《大得胜》，觉得怎么样，好不好？"周围人们连同围观的"窑黑子"们一哇声如雷鸣地回答："好！"还有个人跟着补充了一句："好得很，好像就是千军万马打了胜仗凯旋似的，可比他宏道北社东外史家吹得好！他外寡板板的，哪有这好听？"牛为贵微微一笑，站了起来，高声道："大家听好了！今后，凡是拜我为师的弟子，凡是我牛家的牛氏鼓班，所有吹唢呐者，都需两副笙相配，形成一梁两柱的格局，无笙相佐配而吹唢呐者，不是我牛氏门派中人！大家记住了没有？"大家又是一声暴雷般地回答："记住了！"就这一声回答，确立了晋北鼓吹的风格和艺术特点。从此以后，整个五台、二州五县以迄晋北及内蒙古一带，南下太原、晋中一带，凡是以一梁二柱两笙作为伴奏，唢呐和管子是主乐的八音会班社，均出自五台牛氏门派，这就是赫赫有名的"晋北鼓乐"。田德义却看出来，喊得最凶的是那些看红火的"窑黑子"们。他们是急于想听牛为贵的再一次吹奏。

牛为贵坐了下来，又喝了一口茶水，却没去拿唢呐，向围在他身边坐着板凳的一伙子人道："刚才有人说了，《大得胜》就是千军万马打了胜仗凯旋了，说得很到位！吹好《大得胜》的关键不是你吹得多高、多嘹亮，而是你要吹出队伍的行走步伐节奏，关键全在这里！大家注意，关键全在四一合工、尺工上工、尺工合工、尺工上工、尺工尺上、合工尺上、尺工尺上、尺工尺上……"他用手在自己的大腿上打着节奏，看大家也都拍上节奏，嘴里哼念着四一合工、尺工上工，便道："大家感觉，这是不是队伍踏着整齐的步伐哐哐哐哐地走？对了，只有打了胜仗回来的部队步伐才会整齐！这就要求我们无论是锣鼓还是唢呐，一定要演奏得干净利索、节拍分明，要有铿锵铿锵的感觉。决不能有拖泥带水不利索的现象，哪怕是一丁点儿！这才是吹好《大得胜》的关键！"

牛为贵的这一番讲论，直教田德义听得如雨露润田、醍醐灌顶、茅塞顿开，心里暗暗赞叹道："真是好先生啊！"只听牛为贵又道："这《大得胜》乃是一组套曲，就像咱们窑头，哪个村子叫窑头？哪个村子也不是啊！这原是朱明王朝皇宫为迎接凯旋的将士们吹奏的。除刚才吹过的首曲《出队子》外，另有《过街》《吵子》《耍娃娃》《吊棒槌》《扑官帽》《朝天子》等十几个唢呐曲子组成，开首的第一支曲子《出队子》，人们习惯叫《大得胜》，主要使人感觉到有千军万马，提着刀枪，踏着整齐的步伐，浩浩荡荡地凯旋回来。第二支曲子应该是《过街》，这是要表现立了战功的将军们喜气洋洋非常得意癫狂的感觉，因为轿子是忽颤忽颤的很有节奏，那么这支曲子也要吹得很有节奏。癫狂得意有节奏，是吹好这支曲子的关键，大家听了！"说着从身边拿起唢呐来，向打鼓的道："注意压住板眼尺寸，不要性急！"

打鼓的汉子点点头，扫了身边敲锣拍镲的一眼，往鼓边"啪"地一磕鼓箭，懒起了乱锤："咚咚咚咚，咚咚崩咙咚咚……"看牛为贵准备好了吹的架势，鼓声一改安了《过街》："咙咚得咙仓衣，仓才衣才仓才衣才衣冬衣……"放慢了速度，

"仓咚仓咚仓衣！"牛为贵满意地笑了笑，唢呐一举吹了起来："嘟儿哇嘟儿哇呐儿……"一句帽子好似将军们上轿，接着便忽颤开了轿子，"滴滴大滴，大大大滴，啦儿滴，大大大滴……"果真是惟妙惟肖。这个忽颤轿子吹到中间又有了变化，与锣鼓还有伴奏的笙形成了一问一答，越发感到将军们坐在轿子上的兴高采烈。田德义听着听着，不由得跟着节奏手舞足蹈起来，心中佩服得五体投地。正享受陶醉间，锣鼓又打了"崩咙"，终止了唢呐的吹奏，接了乱锤"咚咚咚咚"，一声"咙崩咚，噔"，停住。还是照前，递水的递水，点烟的点烟。

田德义看到这个牛为贵架子派头很大，心里有些不以为然，但转念一想，人家既然是从皇宫回来的宫廷乐师，懂得自然很多，讲得也很透彻明白，再看人家这吹的技术也是绝好的，谁能比得上人家？摆个架子派头倒也是应该的，以前自己在本村田家岗张氏鼓房认的师父，倒是没架子没派头，却也没有本事！跟上他自己就学了个工尺谱爬坡栽坡，大壳老小和尚泪汪汪，唢呐吹成杀鸡声！心里这么想着，捉了这个牛为贵抽烟喝茶的空儿，轻轻问身边一个老汉："老哥，这几个递水点烟的是牛为贵的徒弟？"老汉道："这也说不上是不是，反正都是他牛氏本家的人！眼看铁厂里四月二十二日大仙爷的庙会来了，松台褚家忘八今年也不来演赛了，他们牛氏家族的响打就把庙会的红火揽下了，牛为贵要大吹三天！三天不翻熟地，除过每天用《大得胜》开奏，《大得胜》结完外，中间的乐曲不能重复！"田德义吃惊地道："那得吹多少曲子啊！"老汉道："人家是从皇宫里回来的宫廷乐师，侍候过皇上的，还怕没学过多少曲子？"田德义羡慕地问道："咋他就能到了皇宫里？"老汉叹道："人走时气，不用早起！一切都是时也，运也，命也！"刚说到这儿，只听牛为贵咳嗽了一声又要开讲，两个便停了窃窃私语静听。

只见牛为贵站了起来，道："关于这个《大得胜》套曲，刚才只给大家讲了讲《出队子》和《过街》，后边的那几个曲子，如《吵子》《耍娃娃》《吊棒槌》《扑官帽》等，这是几个闹红火的曲子，原来大家也会，有的也听宏道里史家吹过，只不过有的人吹起来板眼尺寸有马里打虎的感觉，下去练就行了。咱们都是一个牛爷爷的子弟，谁也不要保守，发现毛病互相指出改正。我今天是想传给大家一支新的曲子，这也是《大得胜》套曲中的一支，而且还是个不亚于《出队子》的曲子，是整个《大得胜》套曲中的主曲！没有这个曲子，《大得胜》就不完整，不够个大得胜了。这个曲子，是我从皇宫乱纸堆里捡到的。按理，这是一个明朝的曲子，宏道史家应该知道，可谁也没听他们吹过，也许他们不需要吹这个曲子，多少年来也就忘了。现在我传给你们！这个曲子叫——"

田德义一听牛为贵要传新曲，立刻振奋起精神，集中了注意力，生怕有一丁点儿的遗漏。只见牛为贵拿起一块白土块子，转身看了看，在身后一块木板上写下了"瞭单于"三个字。田德义和那些领受牛为贵传艺又略认个字的人们不约而同地念了出来道："撩单子！"牛为贵正端起茶来喝了一口，不由发笑，把茶水喷了出来，笑骂道："看清楚了再念，张三念成李四了！"大家一愣。田德义这才发现牛为贵写的字好像是和他念的不一样。只听牛为贵道："大家记住，这叫'瞭单于'，不是'撩单子'！得胜还朝撩什么单子？撩轿帘子还差不多！"大家虽感羞愧，却被牛为贵说笑了。田德义也感到自己出了丑有些脸红，好在挤在人群里谁也看不出来不知道罢了。又听牛为贵问道："大家有谁知道甚叫'单于'，为什么要'瞭'吗？"见没人回答，又道："单于就是敌人的首领头子大王，就是咱们所说的北鞑子家的大王！咱们吹的不是《大得胜》吗？就是把北鞑子家的大王抓住了，俘虏了，用囚车押回来了。沿路的老百姓一直到京城里的老百姓都争抢着瞭这个单于，控诉这个单于。就是他带领上他的人马杀进关里来，抢了我们多少东西，杀了我们多少人！今天人们见押回他来，对他的仇恨、悲愤一齐涌上心头！大家就争抢着上前瞭这个单于，看看他是人是鬼还是魔，往他身上头上扔东西打他，控诉他杀人抢掠的罪行！这个曲子的情绪就是人心激动、喜极欲泣、激愤控诉，还有争挤着上前！这个曲子变化很大，一共要翻六次，次次情绪各异，最要功夫，最要技巧！这个曲子，哎，打鼓的一定要注意牢记，只能放在《出队子》《过街》后面，放在其他由子后面也可以，但绝对不能放在开场，不能放在《出队子》前。现在，我念一下安《瞭单于》的鼓点儿，大家也跟着念！"接着念了起来："打嘟儿且且仓，大嘟儿且且仓，得咙仓仓仓，咙咚咚仓咚！"

大家跟着嗡嗡地念了起来。那个打鼓的后生还用鼓箭在鼓上轻轻敲了敲。牛为贵点点头，伸手止住大家，道："大家注意，这个曲子是由慢到快，起首第一翻是一板三眼，余下的五翻都是一板一眼。起首第一句一定要有老百姓乍一下发现了囚车里的北鞑子单于，有些不相信自己的眼睛，有些疑惑，又很快知道这是真的感觉。将人心激动一拥上前去瞭的这种状态和心情一定要表现出来！注意此曲的第一句：工尺工上合一四——"拿起了唢呐吹了起来，由慢到快，真个吹得群情激动，表现了人们互相告诉传说，一拥上前要看囚车，直到"合四合四合四凡工合"人们围住了囚车的样态。才停了唢呐。又向打鼓的道："这是第一翻结束，这里应该打'咙咚咚仓'，再起第二翻。第二翻结束，再打'咙咚咚仓'"起第三翻，以此类推，直至第六翻结束，这个《瞭单于》就全部吹完！"接着牛为贵自言自语惋惜地道："哎呀，这么个《瞭单于》曲子，真是惊天地，泣鬼神啊！怎么宏道北社东史家就没有从明朝皇宫里带出来呢？或者是带出来不吹了呢？哎呀，这个曲子，少传了二百多年啊！"

田德义忽然灵光一现，不由得猛然出口叫了起来，道："牛师傅，这个道理我知道！"很安静的场子里突然高声来了这么一声，把大家吓了一跳，也吓了田德义自己一跳。大家把头一齐扭向田德义。牛为贵也发现了他，惊疑地道："戚人你知道？你……你试说我听听！"田德义的脸一下红了道："我也可能说得不对，凭感觉也应该知道这个曲子确实跟《大得胜》是一对曲子，就像是一双鞋，一副镲一样，有左就有右，有上就有下，有阴就有阳，这才完整。既吹《大得胜》就得有《瞭单于》才完整，没有抓住敌人的单于，还能叫大得胜吗？北社东史家原先肯定会吹，只是后来他们不传撂了！"牛为贵一时没转过弯来，问道："这么好的曲子，他们史家为甚不传，为甚撂了？"

田德义道："道理是很明白的，就是北社东他们史家用不着吹这个曲子！他们史家的主子北社东李家是为李家婚丧庆典才让史家吹奏的，《大得胜》变成了红事宴上的红火曲子，没有单于可瞭，哪里用得着吹《瞭单于》？因为长久不吹这个曲子，就这样一代一代地丢了，不会吹了。"牛为贵恍然大悟，道："对！

戚人你说得好，有见地！"周围人们也不由得点头。田德义见得到了牛为贵和大家的肯定，向牛为贵道："就这个《瞭单于》，我有句话还想问问师傅！"牛为贵道："什么话尽管问不妨！"田德义问道："牛师傅你在皇宫里吹过这个曲子吗？"牛为贵道："没，从来没吹过这个曲子。"田德义道："这就对了。"牛为贵反问道："对什么？"田德义道："因为这是个犯忌讳的禁曲！牛师傅你想，咱们的皇上，人们背地里骂朝廷，还不是骂他们是鞑靼吗？人们常说，东夷西戎，南蛮北鞑，他们的首领才是单于呢！怎么能叫你吹《瞭单于》？"牛为贵大吃一惊："这些你……你怎么知道？"田德义道："我这只是按你讲的那个《瞭单于》察理详情啊！要是不对，师傅你得多包涵原谅点儿，就当我是胡说八道罢了！"牛为贵道："什么胡说八道，你说得很对，就连咱们东冶的那个告老病还乡的徐松龛老爷都骂过他们皇家'后金茶鞑子'哩！怪不得皇宫里不吹这个曲子，原来他们心里有鬼！"忽然想到什么，向他面前跟他学艺的侄儿男女家人父子们道："你们不是说这个曲子是'撩单子'吗？对了，就是叫'撩单子'！以后，咱们就叫这个曲子'撩单子'，不要传给外人，大家记住了吗？"大家早从他俩的说道当中感觉到问题的严重性，赶忙回答："记住了！"

就这样，一代名曲《瞭单于》在五台传成了《撩单子》，一百多年来艺人们口传心授，谁也不知道"撩"什么"单子"。五台吹唢呐的艺人们却人人会吹，这曲子成为五台民间鼓吹的拿手绝活儿。而一过滹沱河或到了宏道、定襄，就再没有人会吹了，二州五县更不用说。

牛为贵见田德义很有见解，感到遇上了知音，心情异常兴奋，招呼田德义过他身边，亲热地问他是哪里人，来窑头做甚。田德义心中高兴，以为这拜师一定能成，猛然跪倒，叫了一声："师父在上，我田德义拜你为师，请你到我阳白村鼓房传授响打的技艺，请师父答应！"一头叩了下去。牛为贵大为惊喜，向听他讲授的家人父子侄儿男女激动地道："看看有人拜我为师了，不过大家放心，我过了咱窑头'七村九会'才走，大家一定要抓紧时间练习！"见大家答应，又向田德义道："好，我答应当你的师父，按规矩，拜师三年，到你阳白鼓房传艺！不过，你得先付我束脩。每年银子五十两，总共三年一百五十两。你一付银子我就去，好吗？"便伸手去扶田德义，却感到此人身体僵硬死沉，眉眼也抽搐了，怕有什么疾病发作，急问："你咋了？你咋了？"慌得瘸四挤了过来，听牛为贵讲授的牛氏家人父子侄儿男女也围了上来。却听田德义口发悲声，道："师父，我哪有那么多银子啊！"

人们一听，全都笑了。牛氏家族中的几个汉子火了，骂道："想拜师，拿银子来，没银子你拜什么！"一把拉起田德义来。来看吹打的"窑黑子"们也火了："怪不得半天嘀嘀咕咕磨磨蹭蹭不吹打了，就是因为你这个灰锤。"一起扑过来不容分说把田德义架起来推打出了村外。牛为贵喝了两声也没喝住，长长地叹了口气。

第十折：
为乐师牛家有来历

牛为贵为何叹气？却原来，心怀抱负的男子汉，常感灵魂很孤单。今日他遇上了田德义，似乎感到俞伯牙遇上了钟子期，可以实现他的梦想了，不想刚在悬崖里攀缘踩到落脚处，未曾踏实着力踩，被踩之处垮塌了。这怎能使他不叹气啊？

据老辈人传说，牛为贵的老祖宗乃是南宋抗金名将岳飞的结拜兄弟牛皋。岳飞被南宋高宗赵构和奸臣秦桧以"莫须有"的罪名杀害后，牛皋率岳家军属部疏散到太行山一带打游击，终因南宋朝廷断绝了粮草军饷供应，完颜氏金国朝廷又派兵拼命地征剿而失败。岳家军散兵游勇隐姓埋名逃到现在山西忻州定襄原平一带为农。农闲之时，难免手痒脚痒，把在岳家军学会的"岳家跤"比画比画、摔打摔打玩儿。代代相传，遂使这一带成为全国闻名的跤乡。牛皋老迈，又名声影响很大，不敢在忻定原落脚，逃亡到现在的保德一带圪梁圪凹荒无人烟的地方苟延残喘。岳飞和岳家军的下场让他伤心到极点，临死时让儿子跪在他面前发誓，再不让后人学武报国。牛家人忠厚老实，认死理，为人一根筋，在金、元两朝一直贫困交加、饥寒交迫。直到大明朝的朱洪

137

武年间移民时，才被官府强迫着从保德州迁移到忻州定襄，在待阳村落了户籍。

待阳村一马平川，不像在保德圪梁梁沟凹凹还能刨个笸箩多养种些糜麻五谷。尽管"河曲保德州，十年九不收"，当时口外是元鞑子所占，边防很严，虽不能"男人走口外"，但总是能"女人挑野菜"，尚可勉强度日。在定襄待阳村，牛家人就只有插草圈地占下的那么点儿田地，再无扩展前景，养种庄稼全凭精耕细作。在圪梁梁圪凹凹跑跶惯了的牛家人受不了这种偎脓哂血劳作的拘束和折磨，又且也多打不下几斤粮食。或听说五台窑头出产煤炭，是个养活人口发财的地方，牛家的一些人就从定襄待阳村迁移到了五台窑头的南庄和铜炉岩村，开始了当"窑黑子"的生涯。然而，"窑黑子"的生涯用窑黑子的话来讲：吃的阳间的饭，干的阴间的活儿；四块石头夹着块肉，可不是好干的。开煤窑的都是有钱的主子，没钱的只能受雇于有钱的窑主进煤窑挖、背煤炭。煤窑的高低由煤层的厚薄决定。"窑黑子"进窑挖煤背炭，或立或猫腰或爬跪，这由煤窑的高低决定。窑头的煤炭层大多只有二三尺高，这决定了"窑黑子"们在煤窑的巷道里只能是爬跪着挖煤，爬跪着往出背煤。煤窑里黑得看不见。窑黑子们往粗瓷烧制的叫作"油鳖子"的油灯里倒上蓖麻油，插上用棉花搓成的油捻子通到油里点着；"油鳖子"倒油的开口处绑上筷子或者小木棒含在嘴里用牙咬住，用这个东西照着。屁股蛋上挎一只用柴荆条编好的人们叫作蛋壳子的篓子进窑劳作，往出运煤炭。窑里又闷又热，穿衣服干活儿是既浪费又累赘，干脆脱掉不穿，只是在腰里紧一个烂布片子挡住自己两腿间起个遮挡保护的作用。"窑黑子"们成年累月光着身子像狗一样爬进爬出。窑主们只在洞口收煤，丝毫不管煤窑里的事。"窑黑子"们随着煤层的走向势态忽上忽下忽左忽右前进着，如同蚂蚁似的在这地下迷宫里活动。一旦迷了路，背不出煤炭来挣不下钱事小，万一丢失了性命可就事大了。有时，"窑黑子"们起了冲突，活生生的一个人凭空就失踪了。到了哪里大家心知肚明！"窑黑子"身上的皮肤常跟煤炭接触摩擦，也变得跟煤炭一样墨黑，洗也洗不掉。"窑黑子"们一年到头，累死累活两手空空，却肥了窑主。

牛家人实在不愿干这钻地打窟，不知白天黑夜累死累活挣不下钱不能养家的营生，开始寻找其他的活路。一个牛家的后生流浪到了国门燕京。虽然在燕京城里近乎乞讨，但"京讨乞子胜过土财主"，一个偶然的机会让这个牛家后生发了迹，也让后来的牛家人改变了观念。

他在一个高墙阆阆巷子胡同里走动。他知道两边都是大户人家，万一遇上有人家召呼个什么掏茅坑、铺甬道、异轿子、种花草等的营生让自己去做，就有白花花的银子去挣。这种人家一般出手阔绰大方不小气，只要你敢要，他们就敢给。为了让人知道自己的存在，他做了只小口噙含在嘴里，有事没事就吹一两声。有时高兴了，学鸟儿叫，吹吹五台的民间小曲儿，反正是"二小子敲镰刀，图个自乐陶"，找营生耍乐两不误。也是他流年大吉，命该发迹，突然长长的一堵高墙后传出非常响亮的娃娃哭声。他不觉动了好奇之心，这是谁家的娃娃在哭，有这么大的劲儿！便用口噙子学起这个娃娃哭来。说也奇怪，他一吹，娃娃就不哭了。他不吹了，娃娃就又哭起来。他又一吹，娃娃就又不哭了。他感到很奇怪，隔墙跟这个娃娃玩起来：反正是你要哭我就吹口噙子，学你哭，不让你哭。正得意间，忽听身后来了些人，扭头一看，来人衣着光鲜，却是统一的制服，一看就知道是官府里做事的。他正欲离开却被为首的叫住："小子，我们燕王爷叫你进去，记住见了燕王爷叩头！走！"不由分说把他挟持起来返身就走。

他知道好买卖营生来了，倒也毫不慌张，跟着他们进了大门进二门，进了二门进三门，穿堂屋，走天井，曲里拐弯转得他头也晕了的时候来到一个所在。上面坐着一对衣着华丽的夫妇，围着他俩站着的是一群丫鬟老妈子。黄袍面前的童车里有一个打扮得花团锦簇约有五六个月的婴儿在耍。他知道，刚才哭的就是这个娃娃。他记着那个带他进来的人的吩咐，跪下给那个王爷叩头，道："王爷在上，小民给王爷叩头啦！"王爷笑了笑，问道："刚才就是你在墙外吹那个什么东西吗？"他正要回答，那个娃娃却不知怎么了，"哇"的一声哭了起来。慌得那些丫鬟女老妈子一拥上前又不知所措。穿黄袍的赶忙向他道："哎哎，你吹呀，咋不吹了呢？"他急忙撕拉开嘴吹了起来。娃娃一下又不哭了，反而嘎嘎地笑了起来。穿黄袍的惊奇地道："好灵啊！真是你一吹他就不哭了！你那个东西哪去了？拿出来我看看！"他急忙从口中取出口噙子来让穿黄袍的看。穿黄袍的看了看，又问道："你除了会学娃娃哭，还会吹什么啊？"他赶忙回答："小民还能吹几个小曲儿！"穿黄袍的道："你随便吹两个我听听！"他把口噙子放进嘴里，又撕拉开嘴唇吹了两个五台的民歌小曲儿，一个是《卖扁食》，一个是《叫大娘》。这两个民歌小曲儿是五台窑头"窑黑子"人们常唱的。他虽然是捉耳音学的，却学得抑扬顿挫、惟妙惟肖。他吹完了，童车里的娃娃快乐地嘎嘎笑着，手舞足蹈起来，还有想让他抱着玩儿的意思。穿黄袍的高兴了，道："你吹得不错啊！看来你跟我的世子很有缘啊！孤家这个世子，自从生下来，一直是哭得叫人办法使尽了哄也哄不住啊！你既然有这个本事，就哄世子玩儿吧！你平身吧！"接着向领他进来的人吩咐给他安顿一切衣着食宿事务，起身扭头走了。

就这样，牛家后生住进了王府。他喜出望外，真没想到自己凭会吹一个自己玩儿的口嚼子就睡上了不惧风雨的屋子，盖上了绵塌塌的被子，穿上了华丽而没有补丁的衣服，吃上了美味可口的饭菜，满眼都是打扮得花枝招展惹人心动的女人。在他的口嚼声中王爷的娃娃再没有出现哭声，茁壮地成长了起来。尽管那些和他一起哄娃娃的女人在没人的时候常对他说些男人女人们的疯话挑逗他，但他心里很清楚很明白：这些女人是那个王爷的，他是不能有非分之想的和不敢动的。他必须得规规矩矩，不能乱说乱动。他得珍惜现在得到的一切，不能由着本能欲望胡来。渐渐地，那些经常跟他接触的女人称之他为"木头"，再懒得搭理他。

转眼间春秋一轮，一年多过去了，娃娃长大了，懂事了很多，不需要他再用吹口嚼子哄了。先前那个领他进宫来的说是奉了王爷的旨意，又领他到了一个新的所在。这里的管事一听他是王爷安插进来的，对他毕恭毕敬，丝毫不敢怠慢。这里虽不如王府富丽堂皇，景色优美，却让他这个身上有艺术细胞的南宋抗金名将牛皋的后人真正开了眼界。他在这里欣喜接触到了很多梦也梦不到的乐器。什么鼓板锣钵、木鱼唢呐、钟磬埙枚、笙箫管笛、琵琶琴瑟、箜篌筝簧等，艰难地理解着什么宫商角徵羽，九宫十二律；咏唱着上尺工凡合四一，背诵什么曲牌子《柳叶青》

《山坡羊》；见识了真正让人心动销魂的舞蹈和歌唱。他知道什么是钟鸣鼎食，什么叫歌舞饮宴。他起初没有操弄乐器的基础和技巧，管事的只让他敲木鱼拍铰子。凭借着他的艺术天赋，他把木鱼和铰子击拍得轻重缓急恰到好处。燕王爷每次举行庆典，或者接待朝廷来的贵客，都要让他们演奏典礼乐曲。他看到，燕王爷看向他时，总要露出和蔼可亲的微笑，尽管稍纵即逝，也让他感到无比温暖和幸福。他从心底里感激着燕王爷对他的恩赐，工作更加勤奋。又一年过后，他学会了吹唢呐。他非常喜爱这个乐器，声音洪亮高亢，可以由着自己发力。

就在他当了燕王爷府里头牌演奏员的时候，有一天，他们突然被集合了起来，每人发给了二十两银子，要他们解散自行回家。这让他大感惊讶，听同行们私下窃窃，才知道燕王爷跟他的侄儿建文皇帝闹翻了，要起兵到南京跟建文皇帝理论。燕王爷知道这是凶多吉少的事情，事先绝了后路，防患于未然，免得兵败后朝廷将伺候服务过燕王爷的教坊人员打成"忘八"。他突然感到大事不好，也突然想起了离别多年的五台窑头故乡和那里尚在的背煤挖炭的"窑黑子"家人父子。他带了几把唢呐，从燕京回了家。

牛家后生回来了。他把他的经历告诉了五台窑头的家人父子。大家如同听了天方夜谭一样倍感惊讶。他亮出了他从燕京带回来的白花花的银子和黄澄澄的铜碗子唢呐，高傲地吹了几曲他从燕王府里学会的曲牌，开始了对家族维生劳作生产模式的改革计划。很快，牛家人再不从事以挖煤背炭为生了。牛家"窑黑子"的肌肤渐渐恢复了本色。牛家组建的五台和二州五县第一支八音会民间鼓乐班社，从窑头铜炉岩向外辐射活动。牛家人开创了凭着艺术在民间揽红白事宴庙会祭祀而吃香的喝辣的新时代。他在家族艺术事业蒸蒸日上的时刻也在默默地关注燕王爷的消息。他知道，自己的发迹和他牛氏家族的兴旺，都是燕王爷的恩赐。燕王爷才是他和他家族鼓乐艺术事业的祖师爷。他暗暗地求神拜佛请神佛保佑燕王爷。他终于如愿以偿。燕王爷当上了永乐皇帝，在遥远的南京登基后又迁都回到了改成北京的燕京。有人果真被打成了乐户"忘八"，那就是被从北京押解到五台松台村的褚家。褚家也搞一些吹吹打打。愚昧的五台人常把他们两家混为一谈。为跟褚家撇清关系，他在家里供上永乐大帝的神位以祖师爷参拜。对外表明，牛褚两家虽然都搞鼓乐吹打艺术，其实本质不同，泾渭分明。他们牛家是永乐皇帝的宠儿，褚家却是永乐皇帝的弃子！

斗转星移，牛家后生作古。然而他开创的家族民间鼓乐事业却一代一代地传了下来。随着时间的推移、事业的壮大，他在他们牛氏家族也成了英雄，成了榜样和旗帜。然而，从事艺术需要天赋，需要勤奋和吃苦，偶尔有个别子弟拙手笨脚偷懒怕吃苦，他们就把他拉到祖师爷永乐皇帝的牌位面前，毫不客气地鞭笞责罚。平时饭前饭后，坟头茔前，他们就给他们的后人讲述前人牛家后生在京城流浪，遇到永乐皇帝的传奇故事。随着斗转星移、朝代改换，他们头上的束发变成了辫子，连衣服也发生了变化。然而，他们的故事没有变。祖先的故事引起了又一个后人的注意和遐想，这个人就是牛为贵。在一个他认为合适的早晨，一心想创造奇迹，进一步光宗耀祖，在家族民间鼓乐事业上更上一层楼的牛为贵只身去了北京。

这时北京人心惶惶，因为英法联军刚刚洗劫了北京城，火烧了大清王朝引以为傲的圆明园。咸丰皇帝驾崩了，同治皇帝即将登基重整江山社稷。然而，皇帝登基可不是一件小事，需要举行大典诏告天下，而举行大典需要礼乐。礼，朝廷大臣知道程序程式的很多；乐，却要具体会操作的艺人们。可悲的是，大清王朝原有的皇家乐团，在咸丰皇帝往热河承德仓皇逃命时来不及随驾而往，留在北京被英法联军的机关枪打得血染皇宫，如鸟兽散。现在眼看同治皇帝登基在即，皇家乐团还不能组建完备。急得朝廷内务府和礼部所有人员都走了出来寻找能操弄乐器的艺人。就在这个时候，正在前门街吹唢呐卖艺想挣两住店钱的牛为贵被一索子套住，拉进了太和门进行现场排练。他刚说了句"们可不会"的五台话，就有人提醒他不能胡言乱语，小心被杀了头。吓得他赶紧闭嘴。不一会儿又有人过来登记了名字，发了黄马褂和红缨帽。他望着正面异常巍峨庄严的金銮殿，忽然觉得自己得到了祖宗的荫庇，又成了牛家的传奇，不免有些得意。他是个吹奏唢呐的天才，排练的时候，要吹的唢呐曲他头一遍确实不会，只好滥竽充数。第二遍排练时，他已经凭着捉耳音的记忆和自然推导的旋律，竟敢于大胆地吹奏了。以至于在间隙的时间里，挨着他的一个吹唢呐的向他悄悄地问道："你以前是皇宫的乐户艺人？"他摇了摇头，却想到这个人也是被抓来充数的。

紧张地排练了几天便到同治皇帝登基大典的吉日。这一天凌晨还是满天星斗的时候，他们便从驻地来到了大和门丹陛台阶上排列好了演奏的队形。天黑黢黢的，隐约看到对面太和金銮殿前的玉墀台阶上人影晃动，好像也在摆布什么乐器。忽然外面午门的雁翅楼上传来隆隆如滚雷般的朝阳鼓声和深沉悠长的景阳钟声。东方现出了鱼肚白。透过朦胧的夜色，牛为贵看见了整个丹陛和玉墀台阶上插满了红黄白蓝和镶红镶黄镶白镶蓝的龙旗；玉墀台阶上的乐队和丹陛台阶上的乐队一律身穿黄马褂，头戴红缨帽被遮挡在旗影里。玉墀台阶上排列的乐队叫玉墀韶乐。乐器有金编钟、玉编磬、笙竽排箫、箜篌琴筝等。他们这边在太和门里丹陛上排列的叫丹陛大乐。音器比较简单，只有锣鼓、唢呐和长号。究竟有多少呢？牛为贵探出头去看了看他们这边太和门西侧的，计有九架大鼓，三十六杆大杆子唢呐，九把长号。想来太和门东侧也有同样多的乐器。正思想之时，忽见太和金銮殿西侧的武英殿和东侧的文华殿里涌出了很多官员。他们乱糟糟地在场院里寻找着什么，瞅着场院里身穿黄马褂手持黄龙旗的仪仗士兵看齐列队站立。这时天色已亮，牛为贵这才看清，原来这些官员是按地上放好的一个个三角形的铁疙瘩寻找着自己的位置，铁疙瘩上铸写着四品、三品的字样，想来前面还有二品和一品的铁疙瘩。他猛然醒悟这就是人们所说的"品级山"，用来区分朝拜皇上的官员级别。忽然，太和门外又涌进两队带刀的黄马褂护卫，他们分左右包围了这些官员，并按一定的间隔距离面向官员们站好。一个个手按刀柄，很是威风凛凛。猛然间传来霹雳般三声巨响，却是有人抽响了静鞭。整个太和院场里顿时鸦雀无声，静得掉根针都能听见。

太和金銮殿前突然传来御前太监一声高亢的长呼："万岁升殿！"立刻，玉墀韶乐奏响了韶乐乐曲《万岁乐》。在悠扬悦耳的乐曲声中，隐约看到太和金銮殿里人影晃动，好像是一群手持豹尾枪的御林军武士，簇拥牵拉着小皇帝的慈安慈禧两宫太后出来坐龙位了。牛为贵身边的一个伙计突然浑身颤抖起来，好像很激动的样子。牛为贵心头掠过一丝鄙夷，斜瞥了他一眼：看也看不见的一个皇上，听说才是五六岁大的一个娃娃，有什么可以激动的呢？再说，你一个吹唢呐的，人家谁又知道你是个老几？忽然一股尿臊气直冲鼻孔，细一看却是那家伙憋不住尿了出来，不觉有些嫌弃地皱皱眉头。正想扭过头避避他的尿臊气，太和金銮殿前又一声高亢的长呼："文武大臣朝拜！"根据预先的演习排练，牛为贵知道是该他们丹陛大乐演奏了，立刻高擎唢呐，挺起胸膛吹起来。但闻鼓声隆隆，长号呜呜嘟嘟，唢呐嘟儿呐儿，好不乐乎！这正是有名的文武百官参拜皇上的丹陛大乐《四海升平》。只见满场院里排列的文武百官，随着丹陛大乐的节奏，齐声高呼："吾皇万岁！万岁！万岁！万万岁！"甩袖、撩袍、进步、跪爬、叩头，如是者三，正好丹陛大乐奏完。紧接着恭亲摄政王人称"鬼子六"的奕䜣宣告了同治皇帝的授命诏书。御前太监又是一声高亢长呼："礼成！皇上御驾回宫！文武百官退朝！"丹陛大乐和玉墀韶乐合奏参拜结束退朝曲《河清海晏》，意为天下太平，没有战乱，政通人和，百姓安居乐业。众文武大臣就在乐曲声中解散，分别退入武英殿和文华殿，从后门出去，再从西面和东面的宫门走出。场院里显露出几处水湿，可见有个别大臣亦如身旁的这位老兄憋不住尿了出来。牛为贵不觉感到好笑，却猛然觉得自己也有强烈的尿意，好在乐曲奏完，乐队解散。牛为贵赶忙跑到撒尿处撒尿。人们拥来挤去，丝毫没有半点儿斯文，毕竟水火是大事啊！

同治皇帝登基大典结束后，丹陛大乐吹打御乐部住进了北京城西史家胡同。这史家乃是朱明王朝的御用乐户，专职为皇家吹打。万历年间万历皇帝从中抽了一家赐给了皇亲郡马爷李楠，让其为山西定襄北社东的皇亲郡马李楠的故乡府邸举办祭祀庆典等大礼吹奏。后来闯王李自成造反，攻陷了北京，史家乐户四处逃散。清朝入关后，史家乐户又回来几人，仍住史家胡同。后又逢第二次鸦片战争爆发，英法联军攻陷北京，史家乐户又一次逃散，再无人回来。同治登基大典后，好不容易才凑齐的规模编制的丹陛大乐吹打御乐部住进了史家胡同。牛为贵在这里看到了朝廷的乐谱藏书《九宫大成谱》《曲律》《乐府词曲谱》等，还在一堆烂纸堆里见到了被丢弃的《瞭单于》。他们大部分时间就是看乐谱，读锣鼓经，学练吹打，偶尔也会被皇家的王爷、贝勒请到家里为其红白事宴、祭祀庆典礼乐演奏。其间又为同治皇帝婚礼做了丹陛大乐的演奏。牛为贵在这个艺术的天地里刻苦用功、学习勤奋，再加他本人在这方面的天赋，成了皇家丹陛大乐吹打御乐部的第一大杆子唢呐。

就在牛为贵如日中天的时候，他却突然不辞而别，从皇宫出走，返回了故乡五台窑头。乡亲们和牛氏家人父子们大为惊讶，问其原因。初时听他回答是："烂鄙朝廷，谁待要侍候它！"后来才知道，他是受了那个东冶东街告老还乡的徐继畲的影响，跟徐继畲一起从北京回来的。

第十一折：
徐继畲启示设套曲

作为清王朝道光皇帝的股肱亲信大臣，徐继畲对清王朝一直忠心耿耿、呕心沥血。然而，自慈禧太后蛮横地撤销了由他主管的同文馆后，他的心一下冷了。他知道，清王朝扶不起来了，也不需要他了。

就在徐继畲准备告老还乡的时候，牛为贵登门造访。

牛为贵原先不知徐继畲也在北京，小时候在窑头时倒是听说过东冶出了个徐继畲，在外头当大官儿，怎么怎么有两下子，用计策破了洋鬼子的火轮船等，但也只是听说而已。然而，史家胡同丹陛大乐部的伙计兄弟总是议论徐继畲的事，这让牛为贵又想起了这个名字。他正疑惑这个徐继畲跟他小时候听说的那个是不是一个人，有人忽然对牛为贵道："牛师傅你还发愣怔？那个徐继畲是你的老乡，也是五台人！"牛为贵这才知道这个徐继畲跟他小时候听说过的是同一个人。

五台人忠厚，却又生性胆小，出门在外总想找个同乡人好作照应。牛为贵自然也是如此。他听说徐继畲一家的寓所离他们史家胡同丹陛大乐部驻地不远后，便决定登门拜访。他来到徐继畲的寓所，按着当时的规矩，向守门人递上了写着自己名字、职务和家乡籍贯的拜访帖子，通报了是五台老乡来访，便有一个年轻汉子出来引他进去。他发现，徐家正匆匆安顿行装，不免有些惊疑。年轻汉子把他领进中堂屋里，向一个正在搬弄几本书的白胡白脸、老态龙钟的老人道："爹，这就是来看你的老乡！"牛为贵知道这就是人们传说的徐继畬，急忙上前打千，道："见过徐大人！"

徐继畬放下手中的书，向牛为贵笑道："啊，你就是咱五台老乡？千万不要称我什么大人，我从今儿起再不是什么官了，你就叫我松龛先生好了！"说着，便让牛为贵坐下，让那年轻汉子给他斟茶。牛为贵看这屋里拾翻倒腾得有些乱七八糟，书籍乱成一地，奇怪地问道："徐大人，您这是……"徐继畬微笑地回答道："回家，安顿安顿回咱五台啊！梁园虽好，不是久恋之地；脔肉虽香，不是常吃之食；自古无官一身轻，我何苦守着自在不自在？陶渊明不为五斗米折腰，我徐松龛就差他那几两银子？我算彻底看透了，他们真是后金茶鞑子，一伙不开化的人坐朝廷，我何苦要侍候他们？"这时，那个年轻汉子过来，向徐继畬道："爹，你歇着吧，我跟咱这个老乡叨啦叨啦！"徐继畬点点头。年轻汉子便领着牛为贵从中堂屋出来，来到西厢房。两人重新见礼。牛为贵这才知道个中情由，才知道这个年轻汉子是徐继畬的儿子徐树，并没有什么官职，明天也要跟他父亲一起回五台。他不免觉得有些失落和怅然，忽然想起什么，问道："你父亲说什么'后金茶鞑子'，好像是说朝廷？那是咋回事？"徐树脸上掠过一丝苦笑，道："牛师傅你可不要对上别人乱说，那可是犯忌的话！我父亲是气极了，对朝廷绝望了才说的！"牛为贵奇怪地道："莫非朝廷就是'后金茶鞑子'？"徐树冷笑一声，就简略地把当今朝廷的来历说了一遍。牛为贵不胜惊讶又恨恨地道："原来当今朝廷是我们老祖宗的仇人啊！我却在这里侍候他们，真是活背老祖宗的兴！"徐树道："那是几朝几代的事了，你还提这个做甚？"牛为贵道："说是不应再记仇了，可咱侍候也应该侍候个好主子啊！就他们这'后金茶鞑子'，徐大人那么一片忠心耿耿，他们却把真红血当成了苏木水！徐大人都伤透了心，我还侍候他们做甚？回、回、回，我明儿也回咱五台！我明儿早早过来，咱们相跟上回！"当下告辞而去。

　　第二天一早，牛为贵就简单打包了行李，带了些他喜爱的曲谱和他的大杆子唢呐来找徐继畲父子。徐家租赁了一辆宽棚子轿车，车里坐着徐继畲和来京照料徐继畲父子饮食起居的徐继畲的小妾谢氏和女儿松芽，还有些书籍行李。徐树骑了一头毛驴。见牛为贵赶来，徐继畲便叫轿车也把牛为贵的行李捎上。大家一起出了北京城。徐继畲看见牛为贵带着大杆子唢呐，从轿子里探出头来，道："牛师傅啊，现在咱出了京城，离开了那个茶鞑子朝廷了，你给咱吹上一曲，咱们乐陶乐陶哇！"牛为贵笑道："徐大人你想听什么曲子？"徐继畲索性从轿车里下来，向牛为贵道："由你，你想吹甚就吹甚，反正拣你拿手的！"牛为贵便把唢呐套上碗子，安上喉子，又从贴胸脯处掏出一个小布包，打开取出一个哨子放在嘴里用唾沫浸软试着吹吹，取出来安在喉子上，嘟儿呐一吹试试音色。徐继畲就像个想看红火吹打的孩子一样，好奇地看着牛为贵操弄着这一切。牛为贵回头看了远远的北京城一眼，心中忽然闪过一个念头：朝廷放着徐大人这么一个擎天柱架海梁的人才不用，还不是等着灭亡？

何不狠狠吹他一曲，哭一哭这个朝廷！一念既动，一曲《哭皇天》便冲出了唢呐。

却说艺人们吹唢呐，跟戏仔唱戏是一个道理，尺寸节拍是死的，不能乱套，吹法或唱法却是活的，快慢情感全由自己的理解掌握和发挥。既然是为死者哭，就要悲痛；既然是悲痛，就要直抒胸臆真情。牛为贵这一曲《哭皇天》真是动了真感情，感情又牵动着嘴吹的气息力度，或急或缓，或强或弱，或颤或抒，牵动着手指的运用，或缓起，或急按，或抹指，或花指，吹得真是哭断肝肠难见面，叫破喉咙不应声，千回百转，悲痛欲绝，惊天地泣鬼神啊！

牛为贵吹着吹着，自己也被陶醉进去了，忽听身后有人呜呜地哭了起来，猛悟是惹得徐大人伤心了。扭头一看，徐树哭得下了驴。赶轿车的汉子也哭得不赶车了，最可怜的是徐继畬，双手扶膝弯着腰，哭得涕泪交流。他赶忙住了唢呐，听到轿车里徐继畬的小妾谢氏和小女儿松芽也在哭。他慌了，赶忙扶住徐继畬，连声安慰道："徐大人，徐大人，我牛为贵真是对不住了，把大人吹得伤心了！"好不容易才止住大家的哭声。

徐继畬擦了眼泪缓过气来，脸上露出了笑容，向牛为贵赞叹地道："哎呀牛师傅，吹得真好！叫我哭了这一场，把我多少年来，尤其是这几天来的不痛快全倒腾出来了，胸脯里轻松了，好受了！这叫个什么曲子？"牛为贵忙道："《哭皇天》！"徐继畬赞道："《哭皇天》好！真是叫哭皇天啊，难怪让人悲从中来，控制不住，想不哭也不能啊！等我死了，你就来东冶，给我吹这个《哭皇天》来，让左邻右舍，东冶的街坊百姓哭一哭我徐松龛，我就过意了！"牛为贵赶忙安慰道："徐大人的话我记下了，只是徐大人再不要管什么国家朝廷的事，放宽心耍耍乐乐，一定能寿比南山，活他个大岁数！"徐继畲叹道："为人嘛，有生就有死，原来也没什么。我生于乾隆六十年，至今同治八年，已经是七十四了！七十三、八十四，活着是阎王爷心上的刺！自古人生七十古来稀，我这已经是高寿了，死而无憾了！"牛为贵正想再说，徐继畲想起了什么，问道："牛师傅啊，你听过咱们东冶徐翰林和马翰林打官司的事吗？"

牛为贵一下想了起来，徐继畲这是说他自己的事情啊！不过，他那时还没有出生，是小时候他父亲告诉过他的：东冶马翰林死了母亲发引安葬，雇的那些响打的尽吹了些红火热闹的曲子，害得马翰林家一家孝子孝孙都不能哭了，嬉皮笑脸起来，丧事宴办成了闹红火。可巧徐继畲初进翰林院回乡省亲，碰上了这事，认为马翰林此举有伤风化，跟大清国以孝悌治天下的理念格格不入，便在道光皇帝面前参了马翰林一本。马翰林被道光皇帝革了功名。现在事情已过了四五十年了，徐继畲今日提起来，是想说什么呢？

徐继畲叹了口气道："当时我想得简单了，把责任推给了马翰林，说他违反了礼乐；其实在咱们乡下，红白事宴、迎神赛会、起屋架梁、商会作坊开业庆贺、过生日祝寿、红火娱乐等，都离不开你们这些响打的。做什么事宴吹什么曲，全凭你们掌握啊！老百姓知道个什么，就是知道他也不会，不用你们吧，又不红火了。礼乐礼乐，礼乐是一家，什么礼用什么乐曲，这样才对啊！我看你是个很聪明的师傅，应该分门别类地选上几套曲子，按民间仪式的不同选用不同的乐曲，既有细吹细打的雅乐，也有大吹大擂的鼓乐。传给五台所有的响打的，再传给二州五县直至整个晋北山西，用礼仪音乐教化人，这是多么功德无量的事啊！牛师傅你说呢？"

牛为贵顿感醍醐灌顶、茅塞顿开，冲徐继畲一头叩了下去："草民牛为贵多谢徐大人教诲！"却被徐继畲扶住。就这一席话，犹如隆中对，致使五台穷乡僻壤的大山里产生了震撼中国音乐界的中国古典音乐经典《八大套》，使国家非物质文化遗产增加了一宝！而"始作俑者"，正是徐继畲松龛先生！

第十二折：
赵承贵慕名请乐师

　　牛为贵和徐继畬一家结伴而行，沿着当年康熙乾隆两皇帝朝五台山的路径到了直隶河北阜平县，爬过长城岭，钻过龙泉关便回到了山西五台县地面，又顺着清水河走了两天才到了石盆口，钻出石沟，路过濮子坪，翻过阁道岭，路过五台城，到了黄土坡。两人分手。徐继畬一家从茹家垴到茶坊望景岗回东冶。牛为贵从松台塔子上翻西维垴山回窑头。从北京回五台，这一路足足走了一个月。说实在话，牛为贵初时也就是个吹唢呐的。在皇宫里混了些日子，虽说也算是闯出来了，但皇宫里讲究的是技术和技巧，他也只是会吹的曲子多、手法技巧高、会换气、有功夫罢了。而今跟了徐继畬一路，徐继畬从《礼记》的高度和礼乐之间的关系方面跟他讲了一路。牛为贵的音乐理论顿时提高不少，甚至是有了升华飞跃。对徐继畬，他真有些拜见恨晚的感觉。

　　牛为贵在黄土坡与徐继畬恋恋不舍地分手后，带着满腹的兴奋，回到了他的老家窑头铜炉岩村。家人父子男女老少都感到十分惊讶：年纪轻轻的不在京城里洋气，回这个穷家里来干啥？都纷纷到他那个寒窑来看望他。牛为贵跟他们说起了要改造牛氏家族的鼓吹的雄伟计划，说要在二州五县独树牛家鼓吹的首屈一指的大旗。牛家人自然都非常响应。对改造牛家原来的吹打习惯也是非常拥护的，在他们看来成个天下数一数二的鼓吹也是威名啊！牛为贵毕竟在京城多年见过大世面啊！

　　原来，当时的忻代二州五县，能搞了鼓乐的鼓吹班子其实没几家，除过老辈子被朱明朝廷贬迁来的几家忘八乐户，永乐皇帝时期兴盛起来的就是他们牛家，还有就是万历年间来到宏道的史家，再下来就是些说多不多、说少不少的七九子、万有子了。这些人全来自民间，依老百姓们的话说，能捏响个唢呐眼子就是神天的把式了。这是因为搞这个唢呐吹奏，一要传教，学者需要有师父指导，知道个上尺工凡合四一；二要天分，学者必须有特别的音乐细胞，师父所教，一点就灵，不能棒打也不省；三要杆子，学者必须得有唢呐，否则，再有师父教，再有天分也不行。而要想有一杆自己的唢呐，就得看渐次灭绝了的忘八乐户家能不能买到。一般集市上是买不到唢呐的；自己做不是不能而是太费事了；再者要功夫。吹唢呐必须得有功夫，音乐才能好听，吹起来才能熬长时间，否则只能吹个"杀鸡"声音。另外还要不要脸。好人家的子弟一般不学这个响打吹唢呐，纵然学了也只是图个自己耍乐闹红火，绝对不会跑事宴挣饭吃，因为这是"忘八戏仔吹鼓手"下九流的营生。吹鼓手的身份比"忘八"还低，和叫"爷爷奶奶"讨吃的乞丐差不多。要想跑事宴，就得抹拉下脸来不怕人说你是忘八下九流，不怕丢祖先的脸，不怕娶不到媳妇。然而，人生在世，吃穿二字，能生活才是硬道理，故也有些穷苦人家的子弟为了生活学吹打，不过为数不多，他们反而成了想在事宴上有个响打的人家，很难争抢到手的香馍馍。这些人艺术不高，有一两个曲子就能横行乡里，会个《撒白菜》就感到了不起，把窑头牛家、宏道史家的营生抢了不少。纵有豪门大户财主人家想好好红火一下，办个像样儿的婚丧事宴，但这些搞响打的人的技术差不多，叫上谁不是一样的？况且还不一定能叫上。不见高山，不显平地，牛氏鼓吹深深感到这些七九子、万有子带来的威胁，也急速想独树一帜，成为别人赶超不上的魁首，便一哇声同意。当下，牛为贵便让人放出话去，皇家乐师牛为贵要带牛家鼓班包了全窑头"七村九会"的响打演出，一天一个样儿，不翻熟地。同时立马找各村的纠首商议，写了契约。为保演奏质量，先期培训牛家鼓班。"七村九会"牛家鼓班全新露脸的红火，从同治八年四月二十二日铁厂村的大仙庙会开始。消息一经发出，立刻轰动了整个窑头！牛为贵要的就是"树大招风"，企盼达到一箭双雕的效果：既能提振他铜炉岩和南庄牛氏鼓班的名气，又能招引到一个有钱的"知音"，好实现自己受徐继畬老先生"灌顶"的梦想。

　　培训家族鼓班的任务是繁重而疲惫的，一天到晚忙忙乱乱没有半点空闲。所幸他的侄儿男女家人父子们给他提供食物，使他能够更有精力操心这个培训。然而一到了夜晚头一挨枕头，他就不由自主地琢磨起了自己的梦。也许是因为有五台山，五台全县到处都是佛家的寺庙，五台人出家的不少，但出不了家的和不出家的五台人也非常信佛。活着的时候怕老天爷"剥夺"，对天对地不敢有丝毫的不恭不敬，为人处世不敢有丝毫的不仁不义；到死的时候又渴望着自己的灵魂能得到阿弥陀佛的接引，往生西方极乐世界，永远免除六道轮回的痛苦。在打发死者入土为安的白事宴上，响打鼓班的演奏吹打必须表达这两方面的意思：一是生者对失去死者的悲痛，特别是儿女们失去父母的那种泣血稽颡、痛不欲生的情状；二是死者对自己灵魂到西天极乐世界的心愿和生者特别是儿女们，对父母灵魂去往西天极乐世界的送别情状。非如此不能表达死者心愿和儿女们的孝心。白事宴三天为期。第一天晚安鼓送行。送行就是与死者有关系的人送死者的灵魂去西天极乐世界，邻居街坊好友前来烧纸吊唁也是送死者灵魂上西天的意思。鼓班要吹奏佛曲《箴言》《吾方悟》《五声佛》等才合乎情理。半夜时请死者的灵魂坐上轿子到五道庙或是十字路口烧化，就需吹奏佛曲《西方赞》向死者的灵魂赞颂西方极乐世界，让其愉快地跟随接引佛去西方，不要再对阳世和儿女们留恋不舍。第二天的活动分两部分，第一部分是祭奠。亲戚要按与死者的亲疏关系给死者摆上一定的供品进行哭祭，这只是一种礼仪形式，情感不需太过悲痛。鼓班仍需吹奏一些佛曲以烘托气氛。吃过饭后便进入第二部分发引送葬。盛死者尸体的棺木就要埋葬，从此往后，死者的这个家里便再没有这个人了，一别成永别，死者所有的亲人无不大放悲声。鼓班演奏就需要大悲唢呐曲《哭皇天》来烘托气氛。唢呐声音嘹亮，可以轰动全村，能让全村人都沉浸在离别死者的悲痛之中。第三天一般不用鼓班吹奏，只是死者的亲人到新坟，整理整理做最后的诀别以尽孝道。由此可见，白事宴的鼓班演奏必须将送死者灵魂跟随阿弥陀佛去往西天极乐世界的佛曲组合为一大套曲，发引为唢呐曲《哭皇天》，这样才合乎礼仪情理和孝道传统。

系统地琢磨过白事宴，牛为贵又琢磨红事宴：红事宴是娶媳妇儿。娶媳妇儿干什么？就是为了传宗接代，后继有人，说白了就是图个生娃娃！古人说过，一阴一阳为之道，道家的学问和修炼也全在阴阳方面。既然如此，那么这个红事宴的根本就是宣示阴阳相配运行之道。鼓班在红事宴上的演奏，就要符合此理。这就需要在道家宣示教义的道情乐曲上做文章。

一般来讲，五台人娶媳妇儿的红事宴也是三天为期：第一天晚为安鼓，需要吹奏一些道家的道情乐曲，如《扮妆台》《柳摇金》《进兰房》《月儿高》《茉莉花》等。第二天是娶媳妇儿拜花堂入洞房的正日子。古人讲过，金榜题名为大登科，洞房花烛是小登科。鼓班吹奏就要突出这个喜庆的气氛。一般来讲，鼓班随同男方娶亲的队伍到了女方家，照样是要吹道家的道情乐曲。娶媳妇儿回来，对男方来讲犹如得胜还朝，一进村吹奏《大得胜》之类的唢呐曲表示喜庆，同时用唢呐鼓乐嘹亮的声音告知全村：男方娶回个值得全村庆贺的美娇媳妇，传根在望，欢迎大家前来看看！拜完天地花堂新媳妇儿入了洞房后，男方家大摆筵席招待女方送亲的大戚人和男方家所有前来庆贺的亲朋好友，俗称是摆家筵席。安席时鼓班需吹奏笙管雅曲《劝金杯》《绵达絮》。安完席吃酒时最好是吹奏上路调戏曲，选红黑生旦丑多角的戏曲为佳，表示是宾客们一边吃酒一边听戏，一派祥和欢乐的气象。以坐完席为终止，吹到哪里就在哪里散场。第三天为新媳妇儿上坟拜茔日，表示新媳妇认祖归宗，需不需要吹打完全看东家的意思。若要吹奏也只要些祭祀曲子如《青天歌》《万年花》之类。由此可见，红事宴的鼓班响打吹奏须以道情曲为一大套曲，迎亲回村加以唢呐乐曲《大得胜》，坐席时吹奏戏曲为好。

牛为贵越琢磨越兴奋，越来越感到自己在徐继畲老先生启发下，想出的这个分类套曲的费脑筋是非常有重大意义的。有时半夜灵感一来涌现出了一些想法或者是曲调，生怕第二天起来忘到九霄云外，常要起来用荙秸硫黄在艾蒿火绳上点着火，点亮大油灯，再从灶火膛里摸一些木炭，在屋里墙上做一些记号，方才敢睡觉。那时，纸墨笔砚文房四宝，只有富贵念书人家才有。一般庄户人家全是些两眼墨黑之辈，哪里能有这等奢侈品？牛为贵也只是个揣摩着认下几个字的艺人，家中纵有也只是秃毛笔，半截墨，半块砚台半张纸，被视为宝贝，不到万不得已绝舍不得拿出来用的。幸亏当时牛为贵家里就他一人，没有人阻止他在窑洞屋里墙上写画。

牛为贵把白事宴和红事宴的响打鼓吹次序折套想过，又琢磨民间的祭祀。这个民间祭祀又分公共祭祀和家庭民间祭祀。公共祭祀主要是迎神赛社、安神作会，以前全由松台褚氏忘八家承揽，没有哪一家响打的鼓班子敢与人家争锋。家庭祭祀，最普遍的就是过大年敬神祭祖以后的正月初二接财神、初三接毛鬼神、初五撵穷神、初十耗子娶媳妇、十五元宵节敬奉一切诸神、二十和二十五过添仓节敬奉仓廪神等。因为家家都在过，过去都是松台褚家忘八全家出动串四乡，逢门就进，吹打一两声就走，借以讨要个吉利彩头钱财。老百姓们称之为"聒门"。这些年来，忘八家的人懂戏曲艺术的都走出四外搞了什么戏班。家乡便人少户稀了，且留下的人又不大会吹打，便也很少在正月里串四乡"聒门"了。四乡的一些能吹打的光棍穷汉，七九子、万有子便趁机填补了这个空。这确实是一个能发财的荏口，但牛家鼓班却不应该跟这些穷打急闹的光棍穷汉争抢。牛家鼓班应该注意的是大型的活动，比如财主人家娶了媳妇儿，大年初一的拜茔，还有为死者过三周年，这都是喜庆的祭祀，能吹打多半天，牛家鼓班应揽这些才对，当然也需要有的雅乐乐曲来支撑。还有的，就是村乡里正月里闹红火，演社火、扭秧歌、舞狮子、耍龙灯转九曲、撑旱船、挠阁抬阁等，这倒好说，一般取个红火热闹的意思，有《大得胜》唢呐套曲就行，没人敢跟牛家鼓班争锋，就是宏道史家班也夺不了牛家的吉利彩头，根本不愁揽这个营生。关键的还是民间的大型祭祀，要独树一帜，打出牛家鼓班的天下，又该用些什么？

人，确实是天地所生的精灵。你若做顺天地之大势运转的事情，神鬼也要给你让路；反之，喝凉水也会塞牙缝。牛为贵苦苦等着能有知音合作，帮他搞这个能与天地表情达意沟通的响打音乐。田德义来了窑头，虽然就那么一瞬间，他却看出了田德义的聪明颖悟。他隐隐感到，他和这个田德义还会见面，或许两人在一起能成就一番响打鼓吹的大事业。俗话道："想啥来啥。"过了两天，果真来了一个人，不过却不是田德义。

这天，他给大家讲授管子的吹奏。这管子大家都知道，一般由檀木、柏木或竹管做成，长约六七寸。管身开有前七后一八个音孔，上端装有管哨。哨口宽约两个唢呐哨口，长约一寸。看似构造简单，吹法却很复杂。哨子含在嘴里的深浅不同，不仅决定音域高低的变化，还决定着音色清浊的不同。从音域高低来讲，一个音孔两个音，连上管筒音，可达七音阶的两组半。从音色清浊来讲，低音呜咽哀伤，如泣如诉；中音嘹亮清脆，如歌如吟；高音尖锐清丽，恰似莺语燕言。其技法比唢呐复杂得多。如果说唢呐凭的是功夫，那管子就不光是功夫，更凭的是技巧。行里人常说：千日管子百日笙。没有三年时间的苦练，嘴唇上摩擦出顽茧，是吹不出理想的音乐效果来的。管子是笙管演奏中的主奏乐器，演奏起来最是优雅动听、庄严辉煌，别有一番令人感慨之风味。一般在五台山佛乐中常常使用，五台松台褚家忘八的赛戏开场，间歇中也常用到。然而，在牛为贵借"七村九会"培训牛家响打鼓班之前，牛家鼓班却混同于一般的七九子、万有子，胡萝卜、圪朽子民间鼓班，不大用管子演奏乐曲。何也？一是因为管子太难学了。二是能哄过事主挣了钱就行了，谁待要下那功夫？再说，能捏响个唢呐眼的神天把式，除过他们窑头牛家、宏道史家、松台忘八家，根本没有几家，谁也不竞争。大家都是香馍馍，还怕没人吃？

牛家鼓班的状况牛为贵当然知道，但他更知道牛家年轻人争强好胜的性格，他略讲了讲管子的吹法，又向身边两个给他用管子伴奏的侄儿讲了讲笙伴奏的注意要点，便拿起管子双手抱拳，向周围看红火的人们做了一个罗圈揖，朗声道："列位高邻，邻村上下的亲戚朋友们，自古看红火看把戏，会看的看个门头夹道，不会看的看个红火热闹。今儿我牛为贵给大家献上一曲笙管名曲，大家觉得好听，就给咱铜炉岩、南庄的牛家鼓班传个名，觉得不好听，也请多多包涵点儿。我们牛家吃这碗饭也是实在不容易咧！"便吹了起来。

却说这牛为贵吹的这笙管曲子乃是南曲中的名曲《柳摇金》，属仙吕调，在清乾隆时被纳入寺庙佛曲，收入《九宫大成谱》，属于"细吹细打"的笙管乐曲。牛为贵在皇宫时可没少下功夫练习，是凭本领演奏的。皇宫丹陛大乐演奏部的同行们无不佩服。大家瞪大眼睛看，支棱起耳朵听。只看见那管哨在牛为贵嘴里擩进拉出，拉出又擩进。十个手指在管筒上你低我高，我低你高地跳动。初时速度很慢，只听见如窑头二龙洞峨沟里的山泉流水，叮叮咙咙又连绵不绝的潺潺之声；继而加快了速度，好似飞来一群百灵鸟儿前来喝水，呢呢喃喃、叽叽喳喳，又间杂着流水之声；忽又像有人摇动了摇钱树，金银钱币从树上落下，掉在潺潺流水里，掉在岸边石头上，丁零当啷地时而紧时而缓；最后速度急快，一时间，水流鸟叫摇铃声和金银币落地声响成一片，把听的人们紧压着气都喘不过来了；突然，管子回归了原速，悠长舒缓地结束。看时，牛为贵把管子从嘴里拉了出来，一脸自我享受陶醉地闭了眼睛微笑着。大家如梦方醒，情不自禁地一声高呼："好！"

就在这一声喝彩中，只见一个后生闯进了场子，冲牛为贵深深地一揖道："请问，你就是从皇宫回来的牛师傅吗？你才将将儿吹的可是佛曲《柳摇金》？"牛为贵正闭目享受陶醉自己所吹的曲子，忽听有人过来这么一问，急睁眼相看，但见来人二十五六岁模样，生得眉清目秀，身穿一领蓝衫，外套青缎马褂，一条乌黑油亮的辫子垂在脑后，好一个儒雅的富家公子哥儿模样！忙抱拳回答道："在下正是牛为贵！请问公子哥何方人士，尊姓大名，又咋知在下刚才吹的是佛曲《柳摇金》？"公子哥儿道："我乃槐荫村赵承贵也！实不相瞒，我自小喜爱音乐，才从五台山殊像寺、显通寺、清凉寺采访了一些佛曲回来，其中就有《柳摇金》一曲。路经黄土坡松台村时，闻听人言，说窑头有从皇宫回来的牛为贵师傅为'七村九会'庙会培训牛家鼓乐班社，技艺超群，故而折道前来领教！"牛为贵心中顿生疑惑道："我吹的就是《柳摇金》，却不知赵公子有何见教？"赵承贵道："在牛师傅面前，岂敢称见教二字？牛师傅吹得绝好，只是和五台山佛曲《柳摇金》又有差别，待在下给众乡亲演奏一番便知！"朝周围看红火热闹的人们作一个罗圈揖，陪笑道："谁家离这近些？可取二三十个好瓷碗来，有好筷子也拿一两双来，且看我给大家献丑，以博大家一笑！"当下便有人回家取碗筷去了。

牛为贵松下一口气来。他不怕有人来跟他比高低，就如武林之人，常借领教之名与对方比武，就怕有人借种种原因要拿他的吹奏乐器使用。却原来，响打鼓吹之人有一个俗定的忌讳，自己使用的吹奏乐器如唢呐、管子和笙，只能自己使用而不能让他人使用，一防有所损坏，二防传染疾病。忽见赵承贵是这个举动，却也心生好奇。只见有人已将碗筷拿来。赵承贵将碗摆放在地，挑选了一双筷子逐个叮叮当当敲击起碗来。牛为贵知道他是在寻找高低音阶，知道这也是个会家。自古道，会家不忙，忙家不会。只见赵承贵不慌不忙地敲击了几下便找到了音阶排好碗。不过牛为贵却听出来，有几只碗排列的位置不对，而且音也不准。却没说破，且看他如何调节。只见赵承贵从滚茶水的炭火堆旁拎过铁蛋子茶壶来，往那几只音准不对的碗里倒了点水，又叮叮当当试敲了几下，笑道："好了，可以献丑了！"又扭身向牛为贵道："牛师傅可让你的这两侄儿用笙给我伴奏否？"牛为贵道："这还用说，当然可以！来，我打二棒！"

说起这二棒，行里人也叫木头，又叫梆子，是一种木制的打击乐器，一般由檀木、枣木或者梨木所制的两根长约七寸的木棒所组成。挨打的一根稍粗为扁圆形的叫"梆底"。看似简单，却是"梆子戏"和一般管弦乐曲牌的主奏乐器，而且控制着整个乐队的演奏速度。赵承贵一看牛为贵要为他演奏打梆子，心中自然高兴。牛为贵见赵承贵准备好了，"叭叭"两声击了号令。赵承贵立刻用筷子敲击起碗来演奏《柳摇金》。叮叮当当再加笙"嗡

嗡儿嗡，嗡嗡儿嗡"的伴奏，果然别有风味。不过，会看的看个
门头夹道，牛为贵从赵承贵演奏的灵气上来看，却也很是惊讶，
想不到这个赵承贵的音乐天分竟是世间少有之高！开头两个乐句
还稍有些紧张羞涩，后来马上就沉醉在其中了，筷子落在碗沿
上，竟是那么优雅舒展大方，其音浑如编磬。若说不足，乃是赵
承贵太拘泥于五台山佛曲之所涵了：一曲《柳摇金》丝毫不敢加
花字，乐句的拖音显得短促，全凭笙来填补。不过，能演奏成这
个样子也是旷世奇才了！不免惺惺相惜。赵承贵演奏一完。牛为
贵带头叫好。

　　牛为贵的叫好声带动了大家。只听"窑黑子"群伙里有人领头
众人和地呼喊起来："好不好？""好！""妙不妙？""妙！""再
来一个要不要？""要！要！要！"紧接着就是一片哗啦啦的掌
声。赵承贵见大家还要让他演奏，却也毫不谦虚，冲大家作一
个罗圈揖道："既然大家还想听在下演奏，在下便再给大家一
乐！"说着便敲击起来，却是登台秧歌《借毛驴》。不少人哗地
一声笑了。却原来，在五台石盆口下，黄椿坪东耿家庄东南沟
掌爬起山，有七八个各有十来户人家的小山村，叫三和四合南塔
子村，地势极偏僻崎岖。用他们的话说是鬼也不去的地方，自然
也没有什么红火到他们那里去。然而，南塔村却有一个叫张六九
的艺术天才，利用下山到陈家庄、柏兰镇、建安村、东冶镇打工
的机会，把这些地方扭秧歌表演的场子秧歌小戏学到了手，传到
了他们山上。因为三和四合南塔子村没有一处够二分大平坦的地
方让人们扭秧歌，又且也没有那么多人能参与扭秧歌，便干脆只
唱秧歌小戏而裁减了扭秧歌，也学着那平川之地用枚和胡琴来伴
奏，用锣鼓击打招人来看和让演员出场。居然也别有风味。他们

也要在正月里下山给山下的平川大村演出，图挣个吉利钱财。因为总共也就是七八个人，人少好招待，花费也不多，故也很受平川大村的欢迎。窑头有钱是个元宝窝子，是他们年年都要来的地方。又因他们把场子积歌变成了上台表演的秧歌，人们便又叫他们表演的秧歌为登台秧歌。他们表演随意性很大，反正只是为逗人取乐罢了。又且秧歌小戏的角色通常就是一男一女，而女角也是男扮女装，表演起来便也无所顾忌，常把人逗得笑倒在地。如这个《借毛驴》讲的就是姐夫来小姨子家借毛驴，连襟又不在家，两人打情骂俏了一番。很多唱词儿连"窑黑子"们都知道。今见赵承贵敲打起来，不少"窑黑子"们就笑着和唱了起来：

> 我老汉所生呀就两呀么两呀么两个女，
> 一年那个四季呀就常住的呀么柳叶青。
> 直愣愣苗苗柳叶青，柳叶青呀么柳叶青，
> 哎嗨哎嗨常住的呀么柳叶青。
> 大闺女名字叫个气呀气呀么气门芯，
> 二闺女名字叫个不省心呀么柳叶青。
> 直愣愣苗苗柳叶青，柳叶青呀么柳叶青。
> 哎嗨哎嗨不省心呀么柳叶青……

大家正在兴头上，赵承贵猛地停住了敲打，笑叹一声道："这是敲打了个甚？不敲了！"把筷子一扔。一脸发火不高兴地站在一边。"窑黑子"们哈哈笑着起哄道："敲哇，敲哇，咱们再唱哇！"赵承贵就是不屑搭理。

牛为贵见状，赶忙伸手止住这些起哄的人们，向赵承贵道：

"戚人请借一步说话！"领赵承贵来到僻静处，问赵承贵来此有何事干。赵承贵道："我是从五台山回来的路上听说了先生的大名，特来看先生吹奏，果然名不虚传！实不相瞒，我在家里兴办了一个八音演奏学堂，召集了一些子弟操弄乐器。今日看了先生演奏，萌生了一个想法，聘先生前去教授，不知先生意下如何？"牛为贵道："让我前去教授也行，只是要把丑话说在前面，一是要等窑头二龙洞庙会完我才能前去，二是束脩年薪五十两白银。若教三年，三年一百五十两一分不少。不知赵公子以为如何？"因为前田德义之事，牛为贵心里也在打鼓。不料赵承贵一口答应，道："某虽家财不丰，一百五十两白银一次往出拿确有困难，但按年结算，每年往出拿五十两银子也是有的！不知先生能否答应？"

牛为贵心中大喜，道："就依公子所言。"赵承贵道："一言既出，驷马难追！男人说话就如写约，我这就下山回家，三五天后先给先生送来第一年的束脩，写好教授契约。盼望先生如约光临蔽舍！"牛为贵一口答应，当下两人揖别。牛为贵送赵承贵出来，这才发现赵承贵是领着伴当小伙计骑着毛驴来的，确是个有钱的主儿，又且精通音乐，胜田德义多了。心想借教授鼓吹，实现自己的梦想，不觉踌躇满志。谁想后头却又生出无限是非，可见人生之坎坷。

第十三折：
孟海生创业领戏班

再说田德义被人戏弄讥诮了一顿，赶出窑头铜炉岩，一路上长吁短叹、面带愁云很不高兴，自言自语道："从哪里寻这一百五十两银子？从哪里寻这一百五十两银子？"眼看天色将晚，快到松台村的时候，瘸四忽然灵机一动，兴奋地道："师父，我有办法了！"田德义不由惊喜，忙问："你有什么办法？快说！"瘸四道："这松台村的老忘八不是跟师父很相好吗？你救过他，又拜他为师父，看他家大宅大院的，肯定有钱！你问他借这一百五十两银子不就有了？"田德义长长地叹了一口气道："好我的娃哩！人家白送咱们那么些响器，又送给了咱那么一本书，对咱来说就是恩同再造了，还好意思再向人家借钱！"瘸四道："师父你不好意思张口，让我来说！"田德义嗞地喝了一声，道："你要敢胡说，小心我不要你这个徒弟！告诉你，你把嘴给我闭得紧紧的，一切对答由我，哪能轮上你的嘴唇忽塌？面相上也不能给我带出来！记住了没有？"瘸四见师父发火，只好点头答应。

回到松台村，阳婆已经偏西。褚三在村口接着。田德义便向褚三谈起了窑头的所见所闻，着重谈了牛为贵和他们家族笙与唢呐搭配吹奏的事，说是他感到那是绝配。却也奇怪，为什么他以前就不知道，还有所有村乡里的那些七九子、万有子烂吹打的也不知道呢？老忘八褚三哈哈大笑，道："以前咱们都太保守拘泥了，省不得改革旧习惯，也无人传授嘛！可也不要慌，咱家也有几把笙，你拿几把回去配你的唢呐就是！"田德义道："可惜，我还不会吹笙。"褚三道："这有何难？我看你也是个一点就灵的人，我告你说一说，你拿回去练习一下就行！"两人叨叨啦啦，回到褚家。褚三吩咐那两个忘八女子做饭，便又领田德义到他家的那个放乐器的屋子里来挑选笙。

褚三从乐器架上取下一把笙来，褪下笙套，指着各个部位给田德义讲解了一遍，又从最短的没有笙字只起个固定作用的笙管顶端，拔下一把小指指肚大小，状似割纸刀的小烙铁刀，向田德义道："贤契啊！行里人常说'传笙不传刀，师父没头脑'，师父还得传你这个点笙刀！这点笙刀是用于点笙字簧片用的。在吹打时发现哪根笙管上的笙字音不准了，就用这点笙刀放在火上烤热，根据所需要音的高低，来加减笙字簧片上的黄蜡。千万注意黄蜡的用量，有小米粒大小的黄蜡就会使笙字音发生很大的变化！再一个千万注意的是不要把黄蜡涂抹在笙字簧片边沿，那会使吹奏变得费劲儿！需要添加点儿黄蜡时，黄蜡就在这儿！"褚三又指了指笙斗上笙管围插着的圆圈里让田德义看。那里果真黏着一小块大豆般大小的黄蜡。他褪松了箍笙管的竹圈儿，拔出笙管露出笙字簧片让田德义看那上面点着的黄蜡，又道："行里人好说'吹笙容易点笙难'，点笙实在得有个好耳朵才行，切实得能够听出音准来！还有就是好的点笙师还能把原来的笙字改了调。比如说这宫调笙，他就能改成商调笙或者是角调笙。不过贤契啊，你可千万不要舌_改，咱这笙都跟咱们这一带的唢呐、管子是合调的，根本用不着改。师父我年轻时试着改了一把笙，结果改成个角调笙，跟大家的响器不合调了，只能自己一个人吹着玩儿。最后罢罢罢，又费了九牛二虎之力改了回来！唉，真是！"说完，笑了。

田德义也不由得笑了。他忽然想起，怪不得人们常好骂那些想法做法跟常人不一样、不普通的人叫"角调货"，却原来如此！他忽然觉得自己的这个"忘八师父"的本事并不亚于那个皇宫乐师牛福贤为贵，便道："师父，要不你跟上我到阳白闹鼓房吧，我好好侍候你，怎么样？"褚三笑着摇摇头，道："你不听街上娃娃们玩耍散伙时念：'走的走，散的散，谁不走是忘八蛋？'我现在就是不能走不能散的忘八蛋了！我们褚家的人有的隐名埋姓去了他乡；有的外出搞了什么戏，唱什么上路调梆子戏了；我要再走，我们褚家这产业谁来看管？更何况我的这两个女人还得靠我来照料，不行啊！"田德义想想也是，只好有些不如意地叹了口气。褚三道："其实，你也不要把这响打鼓吹看得太神秘了，除过天分，全靠工夫。依我看，你天分够数，缺的是工夫，回去好好练就是了！"当下，从乐器架上取下三把笙来，连同才看了的一把一共四把笙交给田德义。田德义原估计拿一两把就心满意足了，不想褚三师父一下给了他四把，正要说什么，褚三笑道："贤契啊，我知道你，你的鼓房办大了，遇上好日子，一出场就得分两班，一梁二柱是死折套，四把笙正好使唤！再说，你不拿，我那些忘八蛋弟兄们遇上缺下家具的时候回来照样拿！你是我的恩公，又是我的徒弟，我褚三还能没有些偏心吗？"接着爽朗地笑了起来。田德义大为感动，只得拜谢而受。

一宿无话。第二天吃了早饭，田德义把忘八褚三送给他的鼓吹响器用布袋装好扎缚停当准备回家。临走时，把钱袠里所有的铜钱都给褚三倒下。褚三高低不要道："你既拜我为师，咱们就是一家！一家人就要互相关照，你比我贫困得多了，我能要你钱耶？"田德义急急道："弟子拜你为师，有道是'一日为师终身为父'，弟子不说其他见外的话，这点点小钱，自然不算报答！只当是孝敬师父的一点点心意，就算是给师父割了几斤羊肉，称了几斤莜面白面，作为弟子不应该吗？"跪了下来，定要褚三收下。褚三只好收下，又忙叫那两忘八女子包了几个白面馍馍送了出来，道："你俩到了东冶还得打尖吃饭，现在你把钱全给我留下了，还能在饭铺里吃饭吗？把这几个馍馍带上在路上当干粮吧！"田德义见此，只得答应。褚三一直把田德义送到黄土坡头，两人方才相别。

田德义领着瘸四，背襻着鼓乐响器，一气栽下黄土坡路过茹家垴，穿出古义沟，来到茶坊上。此时正是农历四月干热的天气，人体水分很容易蒸发，又且在古义沟穿行时让两边光秃秃的山石片子炙烤了一气，不觉就有些口渴难耐。忽见路旁有人搭了一顶破席棚子在卖茶，瘸四舔着嘴唇朝那里愣看。他不由伸手去摸钱袠，猛悟没有钱了，一把将背在瘸四身上的响器拉下来襻在自己肩上，向瘸四道："走，咬咬牙到了东冶再吃喝打尖！"便在头里大步走了。惹得那个卖茶的汉子嘲骂了起来："看什么看，宁把娃娃渴得爆角了也舍不得买碗茶喝！发不了愣财！你不知道这里因为甚叫作'茶坊上'？"田德义不理，继续低头走路，忽听身后有人喊道："那不是田师傅德义先生吗？"扭头一看，茶棚里有三个人在喝茶，中间一人站起来向他打招呼，道："哎呀，田师傅，快过来喝茶！"田德义却不认识此人，但也不好意思装生，指了指钱袋摆摆手，意思为没钱了。那人却大步流星地过来，一把拉住了他，道："你没钱，我有啊！你不看这天气有多干热？"田德义不好意思地道："我又不认识你！"那人道："你不认识我，我可认识你！"硬把田德义拉到座上。瘌四见有茶水喝了，早抢先一步来到茶桌，见师父坐了才坐。逗得挨他坐的一个满脸胡茬的汉子扑哧一笑，用上路调青衣戏腔道："喂呀，你这个孩子真逗人啊！"却把瘌四和田德义吓了一跳。田德义又忙问拉他来的那人道："你是……"挨他坐着的又一个汉子却向田德义双手一拱，打着上路调花脸戏腔道："客官莫非不晓？此乃贵县大名鼎鼎的仁义班梨园班主，小圣人孟夫子后人孟海生先生啊！"田德义这才恍然大悟，依稀认出，赶忙抱拳见礼，道："啊呀呀，你是大林村的孟海生先生，我这真是有眼不识泰山了啊！"

却原来，这个孟海生原先也是东冶北沟阳白村孟氏后人。其父好赌，输光了家产。全家便移居到阳白村东北十五里远近的大林村开荒种地，养家糊口。大林村原名大天池，原先是方圆千八百亩大小的一泓哥峡平湖，四周由五座山峰围着。却不知何年何月何日西南方向突然缺口，大天池湖水泄出，冲出了一条人们现在仍称为天池沟的山沟。大天池湖水退尽，变成了一口西南方向崩裂到底的大锅。锅沿的东西各有一个锅耳。东锅耳就是叫大天池的大林村，西锅耳是叫榆林村的小村子。两个村子都在锅沿内壁上挂着，住户人家根本没有院落，出了屋门就是崖头。人们揶揄：手一松开风箱辅杆就跌到崖里去了。可见人们居所之崎岖，生活之艰难！虽然如是，大天池却是五台山佛教界非常有名的地方。据说，当年印度僧人释摩腾、释法兰白马驮经，来大汉朝花花世界，印证佛祖释迦牟尼在佛经所言"有文殊师利菩萨率一万菩萨众在大振那（大中华）东北清凉山讲经说法"。征得汉平帝同意，先在洛阳建了我国第一座佛寺白马寺，就向东北方向的清凉山进发。那时的五台山就叫清凉山。他俩来到大天池后看到这里五峰并峙，极像文殊菩萨修行和讲经说法之地，便在这里建了一座天池寺以资纪念。天池寺建成后，他俩准备回返洛阳汇报汉平帝，却又听说在大天池的东北百余里有叫清凉山的五峰山。他俩便又赶去朝拜，这才发现了咱们现在的五台山。更加中台有一支脉龙山跟佛祖释迦牟尼出家的大孚灵鹫山一模一样，使得他俩大为惊异，遂把五台山正式定为佛母七佛师文殊师利菩萨的演教道场。而后各代才在五台山大兴土木，修建寺庙佛塔。然而，天池寺却并未因此而香火衰落，历代皆为重视，直至大元至正年间仍有重修碑记。五台百姓传言：先有天池寺，后有五台山。明朝以前，佛子朝台，务必先到天池寺拜谒。

借天池之钟灵，孟海生就出生在这里。却说这人，原本是万物之灵，虽说是父母所生之骨肉，毕竟是老天造化之精灵。每个人的本领才干，无不是老天的赐惠。故而人们常说"天生的""天才"来涵盖人的才干本事。一个人能否成事，成多大的事，全由"老天爷"安排。父母的心愿、师长的教诲、本人所处的环境的影响等，干涉左右其发展的效果微乎其微。所以然者何？概因父母只是这个"天生的"精灵出生的借助体。一旦这个精灵出生，他身上的信息密码便开始按演化程序工作，任何人都无可奈何。给人类社会带来吉祥幸福的圣人伟人自不必说，给人类社会带来劫难灾害的恶魔暴徒也是如此。就是普通百姓芸芸众生，也各自遵循着自己的信息密码生活。

孟海生幼时好哭，父母百般哄不住，很是烦恼。忽一日其父敲了一下碗，其便寻声不哭了，以后屡试不爽。再后便要自己敲碗耍，不给敲便要哭闹。父母无法可想，只好让其敲碗。其叮叮当当，敲击得不亦乐乎，直累得气喘吁吁方休。其父不喜，认为其长大肯定是个讨吃货，便给他起了个"海生"之名，意为"众人养活"。孟海生五岁时，阳白村里褚家忘八演赛戏，父母领孟海生看赛回来，孟海生便又在嘴里一天价"咚噔、咚噔"不住，学褚家忘八擂鼓筛锣，要不便邀几个同年仿岁的小孩跟他一起耍，学忘八演赛，行"扯娄子"礼。其父叹道："完了，完了，想不到孟子圣人之后竟然成了个忘八！"再长大成少年，父亲也让其在村里私塾读书，不指望成事，只求能认个糜麻五谷。孟海生读书却也聪敏，只是一听说阳白、善文、南头、红表等村有褚家忘八演赛迎神作会，便要去看。先生不准假，父母不允许都阻挡不住，也只好由他。十六岁时竟玩起了失踪。初时父亲以为他被松台褚家忘八女人勾引去了，急忙赶去追寻却是不见。过了将近一年才接到信息，说是在平阳府跟了一个戏班子学唱蒲州梆子上路调去了。

对普通老百姓而言，看待戏曲班社的观念，全是"忘八戏仔吹鼓手"一脉相承的下九流和下贱人。好人不唱戏，唱戏没好人。孟海生的父亲一听儿子学了戏，一口气翻不过死了。母亲一看塌了天，也一头扎了水瓮。是天池寺的和尚捐了两口薄皮棺材，让乡亲们帮忙把孟海生父母埋葬了。三年后，孟海生回来了，一看家里发生了这么大的变故，呼天抢地大哭了一场，给父母亲过了个三周年。为弥补对父母的愧疚，特地请了寺庙里的和尚做了三天超度法会，请了当时田家岗的张氏鼓班来吹打了整整一天。田德义那时刚进了张氏鼓班学艺，是个拍镲子的。他真真切切记得有人质问孟海生为甚一走三四年，连爹娘死了都不知道。孟海生说是跟戏班的班主师父写下了死契约：学艺三年不能回家，有什么生灾害病、投井上吊、狼吃鬼叨与班主师一概无关；学艺期满才允许回家看一看，但还得谢师三年，把自己所挣的钱一分不少全给师父留下。大家忽发现孟海生说话很喑哑，问询之下才知道是孟海生的师兄见他的嗓子好，生了嫉妒心，偷偷给孟海生喝的水里放了耳屎，坏了孟海生的嗓子。田德义当时心里就发了誓：想不到学唱戏还有这么些妖魔鬼怪的说法，宁死了也不唱戏！

作为一个戏曲演员，就凭的一个哼哈，一个蹬打。没有了嗓子，哼哈是完了。蹬打得再好也只是个半身不遂不十全了。孟海生谢师谢了一年半，师父就把他撵出了戏班。以后怎么维生呢？孟海生思来想去，决定当班主领戏。那个时候领戏的真多。有道是：乱世英雄起四方，忘八转生草台班；只要人把红火看，就能挣得两铜钱！就五台县自大清道光年间以来就有二如意班、三顺园、源胜班、四盛班、成福班、长盛班、仁义班、同盛班、宝和班、三义园、福盛园、五梨园、同梨园、明盛园、天泰班、段玉川班、金钱豹班等三十多个班社。领戏的大多是爱好戏曲的大财主或是称霸一方的好汉恶棍地头蛇。或许山西地方戏曲上路调起源于山西南路蒲州一带的缘故，上路调戏曲非常注重蒲州戏腔道白。办戏班的方式不外乎两种：一是从南路蒲州一带收买穷苦人家的娃娃学唱戏，请精通戏曲的师傅执教，俗称"打娃娃"；二是办十方堂戏班，收容招聘在江湖上流散的戏曲艺人，组班子外出唱戏。不管用何种方式，钱是第一位的。孟海生要钱没钱，要人没人，自己嗓音又不行，教戏也没人要。况且那时当老师的，大多是闯荡江湖几十年，肚子记了几十本戏的老戏仔。像他一个二十浪荡的后生，你就天鹅说成扁嘴也无人用你当教师教戏。孟海生置之死地而后生，心头一亮，办起了仁义班丐帮剧社，网罗了一把子乞丐学戏，拣那走投无路、冻饿街头的老忘八戏仔收留起来当师父，由徒弟们讨饭供养，居然也能调动起大家的积极性。没有行头，他出去租赁借用。因为没钱，人家只给他一些破烂流丢的行头。唱戏讲究："宁穿破，不穿错。"在戏曲舞台上，如果一个没有特定故事情节的，身穿丫鬟院公龙套把子服装的指使着什么身穿员外夫人官员将军服装的，看戏的百姓肯定感到很不合情理、很不可思议。科班出身的孟海生自然知道这个常识。但因为他的戏班孓穷，服装行头的来源渠道不统一又不顺畅，戏仔们所扮角色亢需要穿的服装行头又不能不穿戴。这就使得孟海生戏班在戏曲舞台上，有时便出现这样的状况：衣着穿对了，然而衣着褴褛破烂不堪的官员、员外、夫人、小姐，指使着一些衣着鲜亮干净整齐的衙役、院子、丫鬟，也让人看得感到非常滑稽可笑。演唱得如何权且不论，破烂而又不公平的行头就成了要写他们戏请他们唱戏的乡村纠首们的心病。

有一次，槐荫村里的人想看戏了，哪里也寻不下戏班子。孟海生找上门来。村里的纠首担心地问："你们的服装行头咋的个？"孟海生大言不惭地回答："以往不行，这次换了，齐是新的！"村里纠首们放下心来，道："庄户人看戏，图的就是个红火热闹，演唱得好赖谁知道？服装行头好看就行了！"就放心地跟孟海生的戏班写了唱戏协议。是日，孟海生带领着他的戏班人马，让毛驴驮着戏箱子，打着崭新的字号大旗来了。是夜开戏，戏场里人们熙熙攘攘，人头攒动，但见戏台楼明柱檐下白底黑字红火焰大旗高飘，上书："孟海生仁义班。"纠首台下暗忖：看着新铮铮的字号旗，戏管保错不了！不想戏一开，戏仔们还是穿戴着肮脏破烂不堪的服装行头出来了！看戏的人们笑了个东倒西歪。纠首气急败坏地跑到戏台上寻孟海生理论："你不是说齐是新的，咋齐是破烂的？"孟海生指了指字号旗道："你看，我那旗不是新的吗？"纠首恍然大悟，道："啊，好好好，算你小子聪明，且看你唱得如何吧！"却原来，五台人讲话，"齐"和"全"有时是一个发音，这就让孟海生钻了空子，当然也怪纠首没有在协议上写清楚服装行头。孟海生不管好歹，反正这戏是唱定了！他给他的戏仔们打气："拼出命来好好唱，服装行头他们村里没话了，决不能让他们在戏的蹬打哼哈上再寻出毛病来！"众乞丐戏仔见班主下了命令，谁敢不努力？那么这一台戏究竟唱得如何？有留下的五台古话为证：

孟海生的戏，破锣破鼓破铜器；

一壳子水镲墙上戗，三只靴子来回替；

踢一个飞脚放一个屁，放一个趴叉要一条命（读音：mì）；

行头一动露了肉，旗（齐）是新的！

就因这一台戏，孟海生的戏班子在五台彻底砸了锅，十年不见踪影。就在人们快要忘记了他的时候，孟海生又回来了，带着两个上路调戏仔在五台茶坊上喝茶！

　　孟海生见田德义带着两个包裹从古义沟里出来，便叫他过来喝茶，随口问道："田德义你从哪里回来，带了些甚东西这么鼓鼓凹凹的？"田德义是个老实人，便将去寻松台褚氏忘八家，正赶上他们金盆洗手散班歇火的事说了一遍。孟海生急忙问道："那田师傅你从他家走时，他家里还有谁人？"田德义回答道："就是褚三师父还有他的两个女人了，你问这些做甚？"孟海生忽然有些气急败坏起来，向那两个戏仔道："完了完了，看来那个褚二和师父又赶回平阳府去了，我们这次来跟他学戏是不行了，只好等阳白村里唱完戏再说了。咱先回阳白村吧！"那两个戏仔顿时也觉得有些失意，只好点头答应。田德义问起褚二和，才知道前日唱了《抠山药》和《程咬金劈殿》的那个比褚三还大几岁的忘八。是个戏曲专家，什么戏都能演出来。他常好说："诌书演戏耍社火。书是诌出来的，戏是演出来的，社火单说耍得好与不好，谁知道个真与假？红火了就行了，越红火越好！"就是褚二和胡乱编胡乱演的戏，戏仔们学了后都当成自己的至宝，再不肯轻易传授他人，怕的是"教会徒弟，饿死师父"。他们"宁舍二亩地，不教一出戏"，不教授一招一式、一句两句。徒弟只好在背后学师父的表演架势，唱师父的戏词儿发音，只求其然，不求其所以然，以至于弄出不少笑话。现举两例，以飨。

　　戏仔某甲见其师唱《董洪下水牢》甩稍子很有特色：双手前探蹲马步，头甩稍子足蹐踞；跟跄一闪忽有悟，扭回身来复如故。人们每看戏必叫好。某甲便刻苦练功，终于达到如师一般水平，有时替师父出台演出，常被观众误当作其师，某甲不免心生得意。一日人们点其师的《四郎探母》，这也是一折亮甩稍子功

177

夫的戏。其师不在,某甲救场,扮四郎出场。演到拜母甩稍子,某甲亦用《董洪下水牢》之甩稍子演法甩稍子。演毕回了后台,正逢其师回来。某甲迎上去欲表功,脸上却被其师火辣辣地扇了两耳光。其师骂道:"们忘八家再胡闹也不抓挖自己的母亲!"某甲费了好长时间才醒悟过来:董洪甩稍子是表现探索水牢里的情况:水牢又黑又矮,直不起身又不能坐下去,只能蹲马步伸手探索,踉跄之步是脚下踩空打滑的表现;而四郎甩稍子是给母亲行礼以表达十五年思念之情和内疚悔恨。故只能是跪着甩稍子。两者根本不能等同而语。若采用面向要拜的母亲佘太君蹲马步前伸手的架势甩稍子,再加踉跄一步,确有要"抓挖母亲"的嫌疑。

戏仔某乙出师后演唱老师教授的戏曲《哭灵堂》。他扮演刘备,出场一段唱:"汉刘备进灵堂泪流马面……"声情并茂,人们叫好不迭。偏有一个秀才上台来说他唱错了,应该是"汉刘备进灵堂泪流驴头"。某乙道:"们师父教们唱的就是'泪流马面'!"秀才道:"你那个师父教错了,肯定是'泪流驴头'!"某乙不服气,又请教了一个私塾先生,问"汉刘备进灵堂"究竟是"泪流马面"还是"泪流驴头"。私塾先生回答道:"都对,既然汉刘备的泪能流到马面上,便也能流到驴头上!"某乙大疑,世上哪有这样的道理?便寻师父一问究竟。师父大怒,劈脸一耳光,骂道:"汉刘备进灵堂哭他死去的结义兄弟关羽张飞,泪不流到自己脸上,还能流到马脸上驴脸上?你家死了人的灵堂里还拴着马和驴啊?"某乙这才恍然大悟,连声道:"该打,该打!"原来,师父唱的是"泪流满面",因口音,自己听成了"泪流马面",也不动脑子想一想,一味模仿,难怪被人骂成

"泪流驴头"。

当下众人起身，来到东冶，寻一饭铺，每人喝了两碗大肉面，便往回返。路过南大兴、北大兴、郭家寨、泉岩、郭家庄，方才到了阳白村。此时阳婆早已西斜。大家先来到福田寺。田德义回了自己一家的住处，放了东西。孟海生寻见那个实聋子老和尚收拾开两间闲房安顿那两个戏仔住下。两人相跟着来到孟兴元老族长家。田德义汇报了见了褚家忘八的情况。孟海生提出了要为阳白村唱上路调梆子戏的建议。孟兴元一脸失意的神情沉吟半晌，方才长长地叹了口气，道："唉！想不到一直迎神赛社挺红火的忘八赛戏再也看不上了！这可咋敬神呀？"孟海生接住话头，道："看你说成甚了，兴元叔！人们自古以来好说'糠窝窝敬神，一点点夯心'，敬神主要是看你的心诚不诚，神哪里就责怪你给他演了场什么戏？再说，人家蒲州、河东、平阳、潞安，早就是敬神庙会唱大戏了！忘八们早改行了，全改行了，没人演赛戏，人家照样是五谷丰登，六畜兴旺！"

田德义见孟海生说话咄咄逼人，生怕惹得孟兴元老秀才不高兴，正要打圆场，孟兴元老秀才却笑了，向孟海生道："海生子，你是不是又以为谝你兴元叔来了？"孟海生大叫道："哎呀，兴元叔，你冤枉俺侄儿了！我要谝，谝谁家不行，还非要来谝你兴元叔，谝咱阳白村？我祖宗的坟还在咱阳白岗上埋着呢！实话说哇兴元叔，我是回咱阳白挣名誉来了！你还当我还是十年前的孟海生啊？我要给北沟里所有的村里都送上海报张贴起来，让他们来看戏！只要有人说唱得不好，我头朝下走三遭，所有的开销都是我的！"孟兴元诧异道："你敢吹这牛？"孟海生道："这有甚不敢吹的？"孟兴元老秀才一拍桌子，道："行，今年四月十五的会戏就是你的了！唱得好，照往常给忘八家的戏价，一文不少，明年四月十五还是选你的戏；唱得不好，你娃娃家招架着哇！"孟海生道："行！"伸出巴掌跟孟兴元老秀才拍掌为约，顺便提出，要孟兴元老秀才把赛台东西两边砌起山墙，做成戏台样式。孟兴元老秀才一口答应。田德义这才省悟，原来孟兴元老秀才并不顽固，他只是故作姿态，以激孟海生罢了。姜，到底是老的辣啊！

第十四折：
王奋修东冶走亲戚

或许有人会问：唱戏不就是戏仔演员们登上台子哼哈蹭打嘛，为什么还要将原来的赛台东西两边再砌起山墙，莫非赛台就不能唱戏？确实然也！

古代迎神赛会设在神圣庙院里的庙会赛台建筑，一般分前后两个部分：前为表演区，人们称为前台或是赛台，基本上呈正方形，三面通透，东西两面歇山檐下的口面与朝北正对神圣庙宇正殿的口面大小差不多，可供人们男左女右分两边看赛戏表演。忘八女子也在赛戏表演的间隙里来到左边坐台，与台下的男人们调情。表演区前台的后面为休息化妆区，人们也叫后台。挨着前台的一面用木隔扇隔开。左右设两门，东为上场门"出将"，西为下场门"入相"。后台进深八尺，取"忘八亦有八"之意，供忘八戏仔扮相化妆，存放服装道具和临时休息使用。与戏曲所不同的是表演方式：赛戏，过去人们俗称"道诗戏"，乃是忘八戏仔演员在大锣大鼓的伴奏下吼喊道白和吟念"剧诗"。其特点是声音洪亮响度大，振动性强，没有共鸣人们也能听得清楚。而戏曲，除过道白与赛戏差不多外，是演员们在丝竹的伴奏下尽量用优美的抑扬顿挫之声歌唱"剧词剧诗"。特点是响度一般不大，振动不是太强，音调富有高低粗细多彩的变化。要想让人们听得清楚听得好，就得使声音有所共鸣。而赛台由于三面通透，很难形成共鸣，故只适合赛戏道诗道白的吼喊而不适合戏曲的歌唱。补救的方法就是将赛台改良一下，把赛台左右两面砌起山墙，使赛台形成一个共鸣音箱。演员在共鸣箱里唱，自然响亮好听多了。再到后来，由于"赛戏"失传，戏曲独大，农村里再搭建起来的就是能产生共鸣的戏台了。随着时间的推移和时代的变迁，赛台已经不见，改良赛台或许有之，大量存在的就是戏台。只不过这里有个问题：过去人们看赛戏时，男女分左右观看，以示男女有别，授受不亲；看戏曲时，人们只能从正面观看。男女如何防止混杂？却也有办法：将戏场院分成前后上下两部分。低的前场院称为日场，高的后场院称为月台，分别供男人和女人看戏。盖因日为太阳星，月为太阴星，男人属阳，女人属阴也！再到后来五星红旗迎风飘扬，便逐渐没有了这个分别。至于说人们阻挡了庙堂殿里神圣们看戏的视线，那就只好对不起了。好在神圣们都知道"娱神乐人""人神共乐"的道理，便也不追究人们的不恭了。

时间正是农历四月上旬，有人家准备盖房或者粉刷住房，新淋了石灰，新买了砖瓦。孟兴元老秀才便叫他们来商量，要借他们的石灰和砖使用，准备改装戏台。那几户人家知道四月十五庙会不演赛改唱戏了，自然感到高兴，毫不犹豫地答应。村里匠人有的是，立刻搬砖弄瓦，撅灰和泥，按孟海生说的样式在原先的赛台上砌起山墙来。村里人也知道了要唱戏的消息，这可是立村以来头一遭的事，肯定要红火热闹个不可开交。真是人人兴奋，个个激动。家家户户忙着压糕面、蒸粘卷、做豆腐、做糜谷凉粉，准备招待邻村上下前来看戏的戚人。大一些的娃娃们就到邻村亲戚家去请亲戚到时来看戏。整个阳白村立刻笼罩沉浸在一片节日的气氛之中。孟海生这几天忙乱得头上一把脚上一把的，除了监督指导改良赛台，还要接待陆陆续续赶来的戏仔演员，在福田寺里安排他们的食宿。拐三和瘸四被临时抽调出来当了孟海生仁义班的人，忙着在整个村里借锅灶碗筷、盆盆缸瓮，收集柴炭，供戏仔们开伙使用。孟兴元老秀才也忙乱了起来，在家挖了点儿锅底烟黑，兑了点化开的胶水，要给戏台楼明柱和神棚门上写对联。这是全村最神圣的大事，马虎不得，必须自己亲手去做。又见孟海生有他戏班的事就够忙乱的了，哪里还顾得上写海报？便以阳白村纠首的名义写了二十来张海报，看有谁能顾得上到邻村张贴。

这几天，清闲的人就数田德义了。他从松台村褚三忘八家带回来的唢呐笙等乐器，让孩子们很是兴奋。田德义很威严地告诉孩子们，现在想弄这些乐器还是不行，必须继续吹水碗练功。练好了功，终有他们要弄乐器的时候。谁先练好功，先给谁乐器。孩子们的积极性被充分调动起来，每天钻在屋里练吹水碗换气不止。田德义便带上他的大杆子唢呐，还有褚三忘八送给他的那本秘籍，到阳白村外小银河边的柳树林子里，一边练吹唢呐，一边看那秘籍。这一看，几乎让他激动得晕了过去。两指厚的麻纸书里，密密麻麻的全是小楷字记的唢呐笙管音乐曲牌和锣鼓经。除过他所知道会吹的《撒白菜》《走西口》《借毛驴》等民歌，《八板》《西方赞》《五声佛》等佛曲，更多的是《黄莺亮翅》《青天歌》《骂渔郎》《扮妆台》等他听也没听说过的古曲牌子。锣鼓经也很复杂，有什么大家具锣鼓、小家具锣鼓、乱家具锣鼓。《虎跳子》《披头子》《滚头子》《吊锤子》《突辘子》《乱劈柴》等，看得他心惊肉跳、眼花缭乱。他禁不住跳起身来，狂喊一声道："褚师父啊，徒儿给您老磕头了！"冲那松台村方向扑通跪倒，砰砰砰磕了三头，这才觉得心里平静了些。他知道，贪多嚼不烂，饭是一口一口吃才行。他翻开秘籍，挑拣了一个短一些的《大十番》，定下心来，看着那所记的工尺谱和节拍拼唱起来。因为太过专注了，眼前突然掠过一个黑影把他吓了一跳。就在这一吓中，他手中的秘籍被人一把抓去。他猛吃一惊，急要去抢时，却发现拿他秘籍的是孟海生。

孟海生哈哈笑着道："田师傅好用功啊，我在你身后站了半天你都不知道；实在等得我不耐烦了才抓你这本书的！"田德义也有些不好意思地笑了，道："不用功不行啊，你不见我那老婆和三个娃娃，还有我为了能在阳白村里能立住鼓房子，认的那拐三和瘸四两个徒弟，连我整整七口人哩，都得靠我跑事宴挣钱养活他们哩！"说完，便把手伸出去，要从孟海生手中取过那本秘笈。孟海生一闪身躲过，道："借给我先看看，这里有没有我戏班里需要的。"田德义一下急了，变脸失气地道："不行，就是同治爷要借也不行！谁要想借，我已经对老天爷和褚三师父发过誓了，除非等我死了以后！"将手再次伸出去，厉声道："拿来！"

孟海生一看田德义是这么个态度，急忙把秘籍递给田德义，发笑地长舒叹了一口气，道："好厉害，像咱五台棒子！"田德义道："你来寻我做甚？就是为了来借我的书？"孟海生笑道："哪里，哪里，我来寻你，是请你参加我那个梨园仁义班，你看如何？"田德义道："我既不会蹭打，也不会哼哈，你是见我好看还是咋？"孟海生叹了口气，道："唉，该咋说哩？才从南路上来的那个师傅跟我说，原先要跟他一起来的那个拉二弦又兼带着吹唢呐的那个郭师傅因为摊上官司来不了啦，这可把我愁坏了！我突然想起你来，想请你替我顶上这个卯卯子，你看咋样？"田德义奇怪了，道："你这是胡闹吧？我既不会拉你那二弦，又吹不了你那唢呐，咋能顶了你那个卯卯子？"孟海生道："二弦倒不用你拉，那只是个吱吱扭扭的配音。我要没事，我也能拉几下，只是没人能吹了唢呐，非得请你不可！"见田德义又要打岔，紧接着道："吹的唢呐曲牌也不难。阳白村里的这三天五场戏里，吹的唢呐曲牌就是个《五月花》《西月楼》《水龙吟》《一枝花》《九莲灯》，啊，对了，每场戏完了吹个《散场》。这些曲牌，褚三忘八师父给了你的这本书里保不定就有，要没有也不怕，我回去就把这几个曲牌谱子给你抄出来。像你这把式，一天就学会了，你的唢呐口音又好……"田德义冷笑一声，道："孟班主你快不用给我戴高帽子了，你就是天鹅说成扁嘴也不行，我还有我的事哩！"孟海生一下火了，道："你这人是咋啦？说九说十无非是怕在我这里不如你单干能挣下钱，怕养活不了你那几口子人吧！这样吧，你挣我两个，不，三个头等把式的股子工钱还不行？你想看你那书，练你那功，我那戏班里正是你看书练功的好地方啊！我再告诉你句话，今大早我也跟兴元叔说了，拐三和瘸四跟上你其实甚也学不下，只能是你的累赘，你能养活了他俩一辈子？让他俩跟上我烧茶炉子吧，反正有我吃的喝的就有他俩吃的喝的，也能穿个四季衣裳，你看怎样？救场如救火，算我求你了还不行？莫非你想硬生生地看我的笑话，看我的难堪？你这不是箍迫我，你这是跟邻村上下和整个北沟小银河一带二十多个村里的亲戚朋友们过不去啊！"

田德义一听孟海生这么说，倒也句句在理，不觉软了下来，放缓了语气道："我是怕我揽不了你那买卖啊！既然如此，我也把话说清楚：第一，我不跟你订生死契约，说什么投井上吊狗啃狼吃的话！第二，我帮你过了阳白唱戏这一关，我在你戏班里去留由我！第三，我肯定是尽十二分的力好好干哩，但究竟你和你的戏班满意不满意我也不敢肯定，你不能借这个由头克扣我！还有，唱戏的时候，什么时候吹，什么时候停，你可得告我说哩；要不，误下你的事可与我无相干！"孟海生见田德义回心转意，心中大喜，连连答应。田德义也不倔气了，笑着问道："你咋知道我在这儿，莫非有人告你说了？"孟海生道："这是碰巧遇上你了，顺便就说了。我原先准备到了晚上拿上二斤代州黄酒上你那去请你的！"怕田德义不信，接着道："我这是到王家庄送海报，碰巧碰上你了！"田德义这才注意到孟海生的手里还拿着卷起来的半张红纸，奇怪道："你是班主啊，总领一摊子的事，像这号送海报的事还用你做？"孟海生道："没办法啊！戏班里的人有他们的事，阳白村里的人，你也不知道谁去哪个村安戚人看戏，什么时候走，只好是碰上了就叫他们捎上，碰不上了我抽个空儿送！"

正说到这儿，远远地听到有人喊："孟班主，有人嚷架了，你快回来！"两人忙扭回头去看。这四月天的阳白村外河滩地养种了庄稼没几天，出土的禾苗不够一拃高，没有一点遮掩，天气又很晴朗，能见度很高。只见阳白村村口有几个人冲他们这里挥着手喊，还有几个人乱跑，好像发生了什么事。孟海生嘟囔了一声："这真是应了谁谁的说了，'想撩气，领班戏'！"向田德义道："只好麻烦你到王家庄走一走，把海报递给王奋修就行了，我回去看看他们！"将手中的海报递给田德义，转身就向阳白村里跑去。

田德义便往王家庄才走去。出了柳树林便来到小银河边。清亮透彻的河水里小鱼儿和蝌蚪游来游去。他脱了鞋挽起裤腿涉水过了河，正要爬河坡，却见一伙人从河坡上下来。走在前面的一个汉子赶着两头驮着篓架的毛驴，再后是一乘二人抬轻便小轿，最后是衣着打扮光鲜的王奋修骑着马。田德义闪到一边站住，待王奋修骑着马过来，忙抱拳问讯："王财主要到哪里去？"王奋修勒住马头，一看是田德义，也拱拱手道："我要到东冶走走，你来寻我有事？是不是你请下高师了？"田德义心里咯噔一下。他原以为姜子牙殿里打卦时与王奋修相遇，王奋修说了的那几句话是一般财主们故意显能的粗话，就如酒桌上的吹牛，早就当了耳边风不理会了，不想王奋修不仅记得，还问了起来。他故意反问道："王财主你是不是骗我？"王奋修有些不高兴地道："看看田师傅说的，我王发荣甚会儿做过这个？男人说话如写约，莫非你田师傅是前说话后拉钩的人？"田德义一下脸红了，急忙道："不不不，我不是这个意思！我确实遇到一个高师，人家的本事就是高，可人家要的价码也高得很呢，我没敢答应人家！"王奋修道："噢？原来你是寻我商量这事来了！好，我今儿先去丈人家走一走，你明儿来吧，明儿咱俩再商量！"忽看见田德义手中的一卷纸，又问道："你手里拿着什么？"田德义忙把海报递了上去。王奋修看了，道："那咱们索性等阳白唱完了戏再说吧！"田德义忙连连道好。王奋修看前面牲灵和轿子已过河去

187

了，便与田德义在马上拱拱手，拿着海报追赶去了。田德义也急
忙回阳白村习练那些戏曲唢呐曲去了。

在这个阳白村里眼看要唱戏的时候，王奋修急急忙忙到东冶
丈人家去干什么？莫非是接老丈母住在他家，方便到阳白村看
戏？其实不是，王奋修这次到东冶主要是想看望他的叔伯老丈
人。这个叔伯老丈人不是别人，正是刚刚辞朝退休回来不久的徐
继畲松龛老先生。尽管徐继畲松龛老先生是悄悄地回到家里的，
但散布在四乡的远近家人父子和亲戚六人很快就知道了，又惊动
了县州府一些仰慕其学识名望的官员。大家纷纷前去探望。王奋
修的老丈人徐继埙跟徐继畲是没出五服的弟兄，在徐继畲出任福
建巡抚和后来代理闽浙总督时，当过徐继畲的管家。徐继畲无有
亲生儿子，过房的儿子徐树也是徐继埙的亲生儿子，跟王奋修的
妻子徐氏是亲姐弟。正因为是这一层关系，王奋修便格外上心去
探望他的这个堂叔伯老丈人。作为一个庄户土财主家没有什么特
别的好东西，王奋修便在村里出产的土特产方面下了一番心思和
工夫。

王家庄村的土特产跟邻村上下的都差不多，相比较而言，枣
和梨果无论是数量还是质量上要好一些，而且种类也多一些。枣
有醋枣、沃地枣、老绵枣、木枣，果实形态如辣椒的辣子枣和圆
颗子的比酸枣大的团枣。枣树也很多，沟崖坡梁还有地埂垴上，
到处都有。一般穷苦人家把枣等同粮食类口粮，在刚红圈了的时
候就吃开了。生吃，蒸熟吃；煮熟了以后和上谷糠在石碾上连同
枣核一齐碾压成"枣糠"，晒干后再磨成面，蒸成"枣糠窝窝"
还是吃。再加也没多少枣树，打不下多少枣儿，一个春天下来家
里就没有枣儿了。稍好一些的人家，除过吃枣吃"枣糠窝窝"

外，在打枣儿的时候还能挑选一些枣儿用麻绳穿成"枣串"，用小谷穗子穿成菱形、三角形、心形，甚至是猪羊马牛形的"枣牌"，挂到屋檐下或者墙上欣赏，同时也等着风干，以备不时之需。和大门家是大财主，枣树也特别多。秋天打回来的枣儿有专门的"枣楼"进行通风阴干。阴干的枣儿又特别好吃。和大门家的枣儿除过生吃，更多的是和蒸窝头的面和在一起蒸窝头吃，炸年糕时包在糕里，蒸白面馍馍时包在馍馍里吃。偶尔也用细糠和枣压成"枣糠"，磨面蒸"枣糠窝窝"吃几顿稀罕。家里人也爱穿一些"枣串""枣牌"，挂得满院都是。枣儿很好吃，但想整年保存却很难。每到夏天就会生灰蛾虫子啃吃枣儿肉。和大门家却有办法保存，每到清明寒食节前后，把那枣楼里阴干的枣儿挑选一番，拣好的存放在大瓷缸瓮里；装满后上面再放一张纸，撒一些小兰花旱烟末，用红胶泥把石缸瓮盖与相扣盖的缸瓮抹严实，不透气；然后再把装满枣儿的缸瓮放到地窖子里，可保缸瓮里的红枣通年不坏。在梨果方面，和大门家还能把油梨和槟果保存到夏天芒种时节。事先摘梨果时，就把要保存的梨果选好，确保没有磕碰，再存放在铺了用高粱秆新穿排的专用梨窑里。梨窑就在村外前沟里，靠着十几丈高而直立的黄土南阴崖掏的。每年的冬春，整个前沟里浓郁的梨果香味令人神清气爽，尤其是油梨和槟果特殊的能抗病毒的香味更是沁人心脾。这让居住在前沟里负责给和大门看护梨窑的几户人家讨了很大的便宜，一冬一春都不会伤风感冒。

王奋修知道，东冶人不缺的是文化，再贫寒人家的子弟也要上几天冬学，学《三字经》《百家姓》《实用千字文》，背小九九，学打算盘，以图日后能做个小买卖，当个小掌柜，发点儿小财。一般殷实人家的注意力就全放在读书做官和做买卖发财上。不同程度的念书人比比皆是。东冶人最缺的却是物质资源。有的人家甚至连做饭用的柴火都得买。王奋修用了一整天的时间，动用了几个长工老妈子，精选了红枣、油梨、槟果、小米、黄米、糕面、黄豆、黑豆、绿豆、白小豆、红小豆、芸豆、干金针、干刀豆、干葱芒花、干地衣等满满地装了一驮子。本来可以多拿些，但王奋修的妻子徐氏却强调多拿不如勤拿。给他们多拿，只能让他们把好端端的东西放坏了，还是勤拿比较好些。他们放不坏东西，咱们也显得亲热些。王奋修深以为然，但又觉得只赶一头毛驴不好看，便又叫长工用发火耐烧有油性的枣树枝劈剁成尺余来长短的烧火柴，也装了高累累的一驮子。本来还可以再安顿一两个驮子，再给老丈人家点儿东西，也显得人前头好看些。但徐氏反对，说是刚给过不久，再给也没用，只能是浪费。咱这人家讲的是实用，而不是看好看。王奋修只得听从。第二天，夫妻俩骑马坐轿，押着两个驮子，向东冶镇走去。

说起东冶镇，据说在商周时期就是一个冶铜之所。槐荫龙山和郭家寨西河里山上现在仍见有铜矿残洞可以佐证，两处都与东冶相近。大概古代"东"和"铜"可能读音相同，"铜冶"便被后来人写作了"东冶"。在北魏六镇时期，东冶因地理交通，也成了一镇，驻扎上了镇兵，故又被称为东冶镇，后来又演变成为四乡的集镇，但类似城门的镇门，类似城墙的镇墙，至今仍见其残迹。可见东冶镇历史的久远。

王奋修夫妻乘马坐轿，押着两个驮子，从刻写着"东冶镇"的北街门洞进了东冶，浓郁芳香的梨果和红枣的气味立刻引起了大家的注意。有投机之人试探着想打问价钱，骑马的东家和赶牲灵的伙计都高昂了头懒得搭理。进了北街口，往东一拐就是东冶镇的东街。再往东走五六十步便见一棵巨槐，如伞似盖，槐下便是徐家有名的"朝元"阎闾。阎闾口是一座木牌楼，刻有当年徐继畲的父亲徐润第喝酒带醉，忽闻儿子徐继畲朝考荣获第一名时狂喜醉写的"朝元"二字，书法确有一股雄傲的气势。因为有了这个牌楼，东冶东街的这个徐家阎闾便自然而然地被称为"朝元阎闾"。王奋修下了马，牵着马跟在轿子的后头进了"朝元阎闾"。一左一右的青砖瓦舍都是徐氏二股家人父子们的房舍，显示出徐家赫赫不凡的气势。徐继畲的府第在"朝元阎闾"的尽头。徐继畲府第的雕花大门顶上，镶嵌着"恪守家风"四个砖雕细磨的大字，这是徐继畲的父亲徐润第先生重新翻修家宅时写的。门前的旗杆和石狮威风凛凛，令人肃然起敬。门前空场地里，轿子马匹和一些官员财主与他们的仆人挤得满满的，等待着老病退休回家的徐继畲的接见。

王奋修一看这个架势，不觉心有些发凉：见到徐继畲这个叔伯老丈人，那得等到什么时候啊！正思谋要不要先到自己的老丈人家休息一下再来，只见一个后生陪着一个官员从大门出来。徐氏突然一掀轿帘出来，高喊一声："树树！"那后生回头发现，高兴地也叫了一声："哎呀，姐姐！"忙向那个官员拱拱手奔了过来。王奋修认出，这后生就是自己老丈人过继给叔伯老丈人徐继畲的儿子，自己妻子的亲弟弟小舅子徐树，便忙上前见礼。很快，徐树便将他们连同轿子和卸下来的驮子都领了进去。

徐继畲的府第是一个以仪门花栏墙分为上下两院的大院落，遵循着二州五县传统的格局，只是正厅是一座二层楼房。顶层是"奉先堂"，供奉着徐家先祖的神位。平时一般是不开门的，只在大年初一、寒食节、七月十五盂兰盆节、十月初一寒衣节和徐家红白事宴时才祭祀开门。这个有二层楼的住宅，整个东冶地区只有两家，其中一家就是徐继畲家，那是根据徐继畲赶考时所获的功名和后来的官职盖的。

　　徐树将姐姐和姐夫迎进奉先堂楼下的中堂，泼了刚待过客人的残茶，续上新茶。徐树的姨娘谢氏领着女儿松芽也过来相见。大家相互见了礼。相询寒暄之下，王奋修才知道徐继畲自从"老病退休"回来，除偶尔出去散散步，练练太极拳、八段锦外，平日就在自己的书房看看书、写写字。凡属朝廷来人衙门官员一律不见，全由徐树应酬，只有自家的亲戚上门才出来见面。话说到这里，徐继畲的小女儿松芽便道："爹爹还不知道姐姐和姐夫来呢，我叫爹爹去！"说着就出了中堂。徐氏急忙叫道："妹妹等一下，姐跟你一块儿去！"也追了出去，王奋修也忙整衣正冠，走出中堂准备相迎礼拜。他习惯性地朝东相看，却瞥见妻子朝西去了，狐疑地转过头来。古人认为东为青龙，西为白虎，讲究文东武西以东为上。念书人家为讨吉利，大多把东耳房设为书房，徐家也是如此。只是东耳房原先是徐继畲的父亲徐润第的书房"敦艮斋"。徐润第乃是乾隆年间进士，在河南任过州府同知，却因生性豁达，见不得官场上的拘谨沉闷迂腐，便辞职回家，纵情山水田园，钻研周易堪舆，在二州五县很有名气。为表孝敬与纪念，徐继畲在父亲去世后仍保留着父亲的书房，照原样设置。每逢时节，只要在家，便来书房静坐，与父亲进行心灵的对话，旁人不得打扰。这样一来，自己的书房"退密斋"便设在了西耳房。

　　王奋修正疑惑间，就听西耳房有一老者呵呵笑着，接着是关门声。呵呵的笑声一直传到天井，就见妻子徐氏和松芽搀扶着一个苍颜白发身穿便服的老者出来。王奋修知道这便是天下闻名的叔伯老丈人徐继畲了，赶忙上前口称伯父趴倒磕头。徐继畲连连说着免礼，伸手要去搀扶，却被徐氏拽住了手。徐氏笑道："伯父不要便宜他，让他多磕几个；他在您面前亏欠的头可多了！"徐继畲笑道："茶娃了，哪有这样补礼的？快起来！"王奋修方才起来，接替妻子徐氏搀扶住了徐继畲。徐氏便吩咐在仪门外下院喝茶休息的伙计们拆解开驮子，回身向徐继畲道："伯伯，给您老人家带来一点儿王家庄村的出产，也不成个孝敬，您老人家就笑一笑收下吧！"

这时，拆解开的驮子里冲出了梨果红枣特有的浓郁芬芳香气，弥漫了整个徐家大院。黄梨紫果红枣在阳光下光彩夺目、分外诱人。徐继畲来到下院，惊叹道："哎呀，这个时候你们还有这梨果和红枣？真是神品，神品啊！"王奋修顺手拿起一个大油梨，凑到徐继畲的鼻尖下，有些夸耀地道："伯伯你闻一闻，咬一口尝一尝！"却发现徐继畲的牙几乎全掉光了，急又拿起一个槟果，啪的一声捏开两半，露出了雪白而闪动着针尖般光点的沙果肉。果香味越发浓烈起来。王奋修把捏开的槟果递在徐继畲的手里，道："伯伯，这个沙，这个您能吃！"徐继畲也不客气，把槟果塞进嘴里，咀嚼了几下，连果籽都吞下了肚。王奋修又拿起一个红枣儿递到徐继畲的手中，道："伯伯，这个您也能吃！"徐继畲把枣儿塞到嘴里，咀嚼了几下吐出来枣核，一边惬意地咀嚼，一边连连点头，含混不清地道："好，这枣儿好！"咽下去又道："人人都说咱下五台'东冶的馍馍大兴的糕，槐荫的闺妮不用挑'，叫我说后头还得加一句：王家庄的梨果红枣世

上好！"王奋修见徐继畲高兴，接口道："们王家庄有的就是这
些东西。伯伯要是喜爱，我就给你包了！"徐继畲笑道："那敢
情好啊！"又看过王奋修夫妻给他带来的豆类黄米等小杂粮，劈
剁捆扎得整整齐齐的枣枝干柴，高兴得连连点头赞叹："都是好
东西！都是好东西！"当下吩咐徐树，把门外那些求见的官员乡
绅统统打发回去，有甚事以后再谈；又吩咐谢氏和松芽，把这些
东西收好，记着晌午做饭时让老妈子给他蒸馏几个油梨。这油梨
生吃清肺热，生阴津止咳嗽；熟吃又是润肺利痰、平喘止咳，实
在是天地间生成的宝物。他还跟松芽说，这些东西平时想吃就
吃，只是不要贪吃，吃多了反而不好，也会生病！乐得松芽拍手
道："谢谢爹爹！"盖因徐继畲自大女儿漳生死了后，亲生骨肉
只有这么个十来岁的小闺女松芽了，自然免不了宠惯。徐继畲哈
哈一笑，拉起王奋修道："贤婿请，咱们再叨啦叨啦家长里短、
农家桑麻！"王奋修正有心事要向徐继畲请教，连连点头，随徐
继畲再进中堂客厅。不等徐继畲落座，便道："伯父大人，小婿
有一事请教。小婿想在自己村里办一所女子学校，专教女娃娃们
读书，不知道伯父大人以为如何？"徐继畲猛然一怔，愣了。

　　王奋修以为徐继畲年岁已大耳朵聋没有听清，一边搀扶徐继
畲坐上座，一边又提高了声音重说了一遍。徐继畲没有回答，略
有些吃惊地瞪大了双眼盯着王奋修，连颏下苍白的山羊胡子都撅
起颤动起来。那目光如炬，逼人心底，好像要照亮人心的角角落
落。王奋修不禁感到有些窘迫发毛，心中忙检查着自己刚才的所
问，莫非有什么地方错了不成？徐继畲却发问了，道："他姑
爷，你咋就想起个办女子学校来？"王奋修忙将自己看了《瀛寰
志略》，见欧罗巴英吉利法兰西等国有女子学校的事说了一遍。

徐继畬点点头却长长地叹了口气，道："人家是人家，咱们是咱们，咱五台又是咱五台！贤婿想办女子学校，试一试也好！只是依我看来，不必念什么四书五经，应以识字为主，念念《女儿经》《弟子规》《千字文》为好。懂了其中之理，便是淑女贤妻，日后教养自家的子女也是好的！此乃功德之事啊！"王奋修赶忙称谢指教。

　　这时，门外进来一个老者。王奋修一看，却是岳父徐继埙，赶忙上前见礼。徐继埙句徐继畬道："我听说闺女和女婿看哥你来了，又知道哥你今儿来访的客人多，怕给你增添麻烦不方便，便来叫他夫妻俩到我那头吃饭，哥你就不用麻烦了！"徐继畬道："你这可是多心了！你闺女和女婿今儿可是专门看我的，正是我的戚人，你怎能打劫了去？再说，那些来访的，我已给树儿说了，一律赶走，哪能让他们打扰咱们的天伦之乐？你来得正好，省得我叫树儿再去叫你，今儿晌午，咱老弟兄俩，还有他姑爷和树儿，就咱四人简简单单一个海碗四饼子席，好好喝上一壶！"徐继埙见是如此，只得答应；又习惯了给徐继畬当管家，立马出去喊家人准备饭菜。

第十五折：
阳白村初唱上路调

　　田德义返回阳白村，猛地发现孟海生原是一个狠角色。那两个约莫就是打了架的戏仔，被他吊到了刚改良成戏台的二梁上用藤条责打。一边打，一边骂。那两个戏仔每挨一下打就惨叫一声。周围那些戏仔们全都冷心冷面冷眼地看着，没人相劝。田德义哪里看得下去，一跃上了戏台，猛地夺去孟海生手中的藤条，叫道："哎呀呀，打死人了！"孟海生正要发作，一看是田德义，余怒未息地道："田师傅你是不知道，这领戏真是难哩！你好心好意地为他们谋生路咧，他们却你这我那地尽是他们的说节！自古以来，兵不斩不齐，戏不打不演。打戏打戏，戏仔不听话不守规矩就得打！打死了，咱有契在，怕什么！"田德义道："那你也得看是在哪里吧！在阳白村里唱戏，面对的都是你的家人父子亲戚六人，脸上好看？"孟海生见好就收，借坡下驴，向那两戏仔道："既然有人替你们说情，我就暂且饶过你们。再若有犯，打死不饶！记着谢谢替你们求情的田师傅，学会如何做人！"说罢，跳下戏台，悻悻而去。田德义和众戏仔忙把这两戏仔放了下来。两戏仔忙向田德义叩头谢恩。田德义劝诫了几句，也忙练习他的唢呐由子去了。

赶到四月十三晚，孟海生的仁义班梨园戏班的人员，走路的、租驴骑的，都到齐了。人人都背襻着行李。这行李的打包又很特殊：一卷子铺盖，外面所包裹的粗布包皮颜色补丁各异，粗细各别，但有一点是相同的，就是用一条绳子把两端勒住，顺竖里绕襻一周后拉到中间，再左右一分将竖里绕过来的绳子扯拉成菱形形状后系好疙瘩。这些戏仔们，除了几个住在戏台的后台照看衣箱外，其余的都住在福田寺里，跟田德义一家做了近邻。田德义初没注意，后来看大家的行李捆法都一样的，便问这些戏仔。得到的答复是：这是戏班的特定捆法，万一有人丢失了行李也好寻找。中间的菱形表示是戏仔的嘴，指的是行李的主人是靠嘴吃饭的。田德义方才明白。

四月十四是初唱日，按规定晚上才开戏。戏班里的人上午就把戏台装好了。跟以前的忘八赛戏装台一样，分别前后台的木隔扇上挂了绣有"二龙戏珠"的守旧，上场门和下场门分别挂了写着"出将"画着白虎和写着"入相"画着松鹤的门帘。两面红火焰边三角大旗挑挂在戏台两边柱顶上，分别写着"孟海生仁义梨园戏班"。楼明柱顶起的中间横梁下，铁链吊起了三个称之为"满堂红"的如和面盆大小盛满了蓖麻油的灯盏。如娃娃胳膊粗细的用新棉花搓成的灯芯，十字交叉扎到灯芯盏底，四个头翘出灯盏外。孟兴元由组织庙会事务的纠首们簇拥着，指点张贴戏台上和庙门的楹联。楼明柱顶前檐横梁上贴了一溜用斗方字组成的拱形标语："王台县善泉都阳白村酬谢神恩大祝场。"楼明柱上一副对联：

赛台改戏台一样风调雨顺；

道诗变歌舞俱是酬谢神恩。

戏台两边的柱子上也是一副对联：

拜将封侯虚富贵煞有介事；

洞房花烛假姻缘好像是真。

一人来高的戏台下是一片沙石干河滩，这就是人们看戏的场地。往北是一条多半人高的石坝。石坝后面台子就成了女人和娃娃们看戏的月台，月台上两棵巨槐遮蔽着福田寺的山门。山门前槐荫下迎着戏台的乃是护法伽蓝神关帝圣君的庙堂。关帝圣君护法护佛护寺庙，更是村庄的守护神。孟兴元老秀才写了一联，贴在开了庙门的门柱上：

护佛护法护僧侣更护阳春白雪好村；

降妖降魔降鬼怪也降馋婆懒汉赖人。

关帝庙堂旁又有一座庙堂，里面塑着龙王龙母，墙壁上彩绘着龙王行云布雨图。这才是阳白村四月十五庙会正式祭祀的神圣龙王爷。孟兴元老秀才饱含深情地写了一联，也贴在了大开了庙门的门柱上：

恩施田园甘露雨户户受惠；

情悯百姓温和风人人承恩。

　　看着这端庄秀丽的隶体大书，读着这各有精妙含义的特定楹联，众纠首无不叫好。孟兴元老秀才得意地摸摸山羊胡子，吩咐了纠首几句，一定要让村里人和邻村上下的亲戚六人们看好戏、祭好神，便自回去休息了。这时，村民们也陆陆续续前来祭祀。穷苦些的受苦人磕几个头表表心意，富裕些的就不免蒸了馍馍前来摆供，敬献香烛纸马，啪啪啪地燃放几声爆竹。爆竹声又惊动了准备祭祀的人，前来祭祀的人便越来越多。月台上熙熙攘攘，充满了庙会的气氛。

　　其实，东冶北沟小银河一带的人们也早就听说外地庙会有唱戏的事，但阳白村唱戏还是第一次，唱的还是孟海生的戏，加上孟海生刻意地宣传，东冶镇里的商贩店铺们知道要看戏的人很多很多，商机很大很大。商人们驴驮车拉，纷纷前来在戏场外围搭架商铺，小商贩们也㲏地摆开了地摊。炸油条麻叶的、开饭铺的都垒起了简易锅灶。一时间，油香味混合着烟熏味在戏场四周弥漫开来。"抓瓜子！""吃大豆！"叫卖声此起彼伏。沙石干河滩戏场里，一些人就地取材，搬一些石头垒衬抢占座位。怕标记不够显眼醒目，还在垒衬好的石头上加放一些自家的草拍子、草墩子、小木凳、破烂了的草料兜子，显示石头有主，旁人不能乱动。今天虽然是庙会初日，晚上才有戏，但邻村上下那些沉不住气的人也陆续来了。㲏戏场里占空的，戏场外游走赶集的，还有阳白村里的人往家里拉戚人的，这里很快红火开了。

　　福田寺里，孟海生把他仁义梨园戏班的戏仔们连同田德义、拐三、瘸四都集合在一起训话，做开戏前的动员报告，说："阳白村是我孟海生的故乡，看戏的都是我的家人父子和亲戚朋友，希望大家一定要给我面子，把戏唱好。我把丑话说到前头，谁要不给我面子，我也不给谁面子，孰好孰赖自己考量着！拐三和瘸四负责给大家烧水送水喝。大家也看见了，他俩身体有些问题。但实话对大家说，他俩也是我孟海生的家人父子，谁也不能欺负他俩，欺负他俩就是欺负我！还有田德义师傅是我请来给咱们吹唢呐的，初来乍到不大懂，大家提醒着点儿！出了事故我不追究田师傅，我追究的是你这个唱戏的主角儿还有打板鼓的班主！为避免不好看，点出戏来时，戏主角儿和班主要主动和田师傅联系，什么地方该吹，该吹什么曲，要事先告诉田师傅，免得到时候卡了蛋壳子！还有，今晚的戏纠首们也定了，今晚是给关老爷唱的《斩颜良》，扮老爷和颜良的临上台化妆前记着到老爷庙堂叩头许愿，把戏唱好！告大家说，阳白村里的关老爷可是非常灵验的，邻村上下的赖小子们到阳白就绵虫了。他们不是怕阳白村人，是怕关老爷！不信，你试着暗地里骂一骂关老爷，立地就给你个肚里疼！还有，阳白村里挣下的戏钱，该我孟海生得的，我一文都不要，全部奖励给在阳白村唱戏出了力的人！另外，我和纠首们商量了，从今天晌午开始，每人每天两个敬了神的馍馍，每天三顿黄米油糕尽饱吃！四五月里正是缺菜的时候，但阳白村里有酸菜，还有几家财主家有些生了芽的旧山药。咱每天的菜就是炒酸菜和炒山药丝丝调替着吃；夜戏完了还有绿豆熬的稀米汤，保证大家解乏又下火！饭菜好吃又是尽饱吃，我可要强调一点，谁要因为吃多了不能唱戏上台了，我就把你打得吐出来叫你上台！你看我能不能做得出来？最后，咱唱戏的说了，救场如救火，真有个别人事先出了事故，叫谁顶替谁就立马顶替，绝不允许停戏罢演！上了台后再有事故就不行了，你就是得了要命的病，死也得给我死到台上去！大家能不能做到？"

戏仔们一哇声答应。田德义也情不自禁地跟大家叫了一声："能！"他忽然有些佩服这个孟海生来了。人们常好说：买卖人种不得地，凉壶子领不得戏。孟海生绝对是个领戏的好手！跟上这样的梨园班主，闯打个三五年，绝对能成个好艺人，以后也能成个好领戏的！看这一通话说的，真是头头是道、滴水不漏、恩威并济、责任分明：让人既感到威严，又威而不怒地有些亲切。这时，油香味飘拂而来。福田寺院里给戏仔们做饭的伙房开始"哧儿啦，哧儿啦"地炸起糕来。孟海生说了声"快吃饭了"，宣布散了会，转身出去。戏仔们也随即到自己的行李边取上随身带着的碗筷，往伙房走去。田德义也正准备回家取碗筷跟这些戏仔一起吃饭，却被人叫住。一看，原来是戏班掌板的郭师傅，还有那天从松台村回来，在茶坊上就认识了的黑头花脸，人称"锅底黑"的安师傅。另一个是前两天来的一个二花脸，大家都叫他"踢打黑"的刘师傅。三人围了上来。田德义吓了一跳，忙问道："你们找我有甚事？"掌板的郭师傅歪着头打量着田德义，道："田师傅你就真的一天也没在戏班待过？"田德义道："真的啊！"郭师傅道："那就什么也不用说了，上了戏台你就挨着我坐，到时我给底号与你。"田德义大疑，赶忙问道："什么底号？"郭师傅道："底号你也不知道啊？就是，就是……"安师傅忙接口道："就是郭师傅给你敲打唢呐曲子的锣鼓帽子，他安什么帽子你吹什么曲子！"郭师傅道："对，就是这个意思！"田德义一想，这里还有问题，要是他安起来的唢呐曲子自己不知道不会吹呢？他想起了孟海生请他来戏班吹唢呐说过的事，忙道："孟班主告诉我这三天就是吹《五月花》《西月楼》《水龙吟》《一枝花》《九莲灯》这五个曲子，莫非又不对了不是？"郭师傅一怔道："原来孟班主掌柜子早就告你说了？对对对，对对对，这就好说了，我的任务就轻松了，记着上了台子咱俩挨在一起就行了！"扭头正要走，忽又想起什么，问道："田师傅你会今儿夜戏《斩颜良》的开场唢呐曲不会？"田德义茫然地摇摇头。郭师傅道："这是为了给关老爷上场造一种雄壮的气氛，打锣鼓的时候你也同时吹，就一句，好吹又好记！"接着唱起锣鼓的字谱节奏来："仓且衣且光且嘟咙……你看，好记好吹吧？"田德义点点头，"嗯"了一声，早捉耳音翻译成曲谱记在了心里："四上合四上一四……"便问："还有什么？"郭师傅道："其余的以后再说吧，可多咧，今儿的就没有了！你看他俩还有甚？我吃糕去了，饿坏了！"转身寻碗筷去了。

安师傅扭头看了眼郭师傅的背影，向田德义笑了笑，道："轮大排小，轮到我了！我问田师傅，你会吹吹腔吗？"田德义哪里听过"吹腔"这词儿，摇摇头。安师傅一下急了，道："啊？吹腔你不知道？就是昆曲啊！昆曲你知道不知道？"田德义又摇摇头。安师傅一下变得有些气急败坏了，道："这下完了，我这个关老爷演不成了！"田德义也有些发急了，道："关老爷非得有什么吹腔昆曲啊？"安师傅道："表现关老爷的威风啊！没有吹腔昆曲，关老爷便成了挠号号跑龙套的了，还叫关老爷？"田德义道："这个吹腔昆曲到底是个甚东西你不能说出来？"安师傅道："那咋能说出来？那是唢呐伴奏我这个关老爷唱哩！"遂即唱道：

赤兔马青龙偃月刀，美髯公身披绿战袍。

战颜良只为把曹公报，俺关某义在桃园保汉朝。

田德义道："我还以为是个甚东西呢！就这？"立刻上尺工凡合四一地唱了出来。安师傅惊讶地道："哎呀，田师傅是个天才啊，听了一遍就会了！那我还忧心甚哩？走，吃饭，吃饭！"刘师傅赶忙道："田师傅慢走，还有我哩！"田德义道："刘师傅你叫我吹个甚？"刘师傅道："人家今儿黑夜演的是关公关老爷，咱是个配角儿被斩的颜良！田师傅会吹马叫吗？"田德义疑惑道："吹马叫干什么？"刘师傅道："你看，是这样！我被关老爷追了出来。"边说边就比画着动作起来，"仓仓仓仓……咙咚仓！一个马失前蹄，我就这么咚仓！咚仓！咚仓！持刀抖缰想起来，这个时候田师傅你就给我吹马叫！田师傅你会吹吗？"田德义恍然大悟道："原来如此！马叫好吹，全凭耍花指哩！我们这里吹《大得胜》开头安帽子就是马叫。我给你吹上两声，吹得急促些，因为马也着急地想站起来逃命啊！"刘师傅喜道："田师傅说得对！你只要把马叫吹好了，我就把颜良演好了！田师傅我不是吹，就连他们蒲州平阳潞安府也没咱这个踢打黑！不是因为孟班主讲义气，我才不来呢！到时你看的！哎呀，不早了，咱快吃饭吧！"就要拉田德义往伙房走。

田德义正要迈步，猛想起自己还没拿上碗筷，便回自家一家人住的地方去取，一推门，发现老婆和三个儿子正吃饭，也是炒酸菜和油炸糕，不觉大疑，问道："咱家早就没油和黄米面了，你们咋也是吃糕？"老婆回答道："是孟海生送来的！他还说这三天就不用做饭了，就上戏班吃吧！"小儿子田富宽接过话头道："那个孟海生还说了，白面馍馍是给阳白村里老爷庙龙王庙上供的，纠首们给戏班散了福，按人头一人一个；要不还能给咱家送来白面馍馍来呢！"田德义训斥道："什么孟海生孟海生的！学着对人恭敬些，你们得叫人家伯伯，叫孟伯伯！记住了没有？"三个儿子急忙回答："记住了！"田德义这才取上碗筷出去吃饭。

阳白村四月十五庙会，本来不是佛家的节日，况且佛家的节日是叫法会，是僧侣居士们聚集在一起讲经说法演礼，也没有演赛唱戏的说法。然而，一般老百姓都盼望能得到神圣和佛爷多方面的保佑和关照，有逢庙就烧香磕头上布施的习惯。福田寺便也红火热闹起来。实聋子和尚在四月十四这天就把福田寺正殿打开，自己端坐在供桌旁微闭了双目念诵着阿弥陀佛。瞭见有人往功德箱放钱叩头便敲响供桌上的铁磬，表示已告知了佛爷。人人都知道这功德箱里的钱都养活了实聋子和尚，但供养和尚也是五台人的传统，大家都乐此不疲。到了晌午时分，敬香布施的人越来越多。还有些别有用心者，知道戏班在福田寺住，以为戏班也和忘八家一样，便来寻找女戏仔，却不想孟海生戏班清一色都是男人，全然不是忘八家赛戏的模样。

田德义拿着碗筷绕弯躲闪着庙院里的人们，来到伙房。管事的给他挖了一碗炸糕油炒的酸菜，递给他一个供神后散福的馍馍，指了指炕上的糕盔子让他随便夹。他突然发现，先他一步过来的掌板郭师傅和"锅底黑"安师傅都已吃完饭不在了。"踢打黑"刘师傅也吞下了最后一口饭要走，见田德义正在夹糕，笑了笑道："田师傅慢慢吃吧，这糕可好吃哩！我是顾不上了，还得到戏台上剃这个前脑门子准备化妆，还得准备香烛到关老爷庙给关老爷敬香叩头。颜良的这个花脸很难画，足足得画一个时辰！田师傅你没事，慢慢吃，我走了！"不等田德义回答便出伙房门而去。

酸菜的酸香味和油炸糕的油香味直冲入鼻，田德义忍不住咽了口口水，正要下口，却想把这个雪白而暄腾腾的白面馍馍剩下给老婆和三个儿子分着吃，便端起碗来回了自家的住处。原来，五台很少产小麦，白面自然就显得很贵重。徐继畲编的《五台新志》曾说："世人鲜有食白面者，偶食白面，人皆以为不祥。"白面主要是用来蒸馍馍敬神，或者是给快要咽气的老人病人做点儿面条猫耳朵吃，平常是绝对吃不上的。田德义把馍馍掰成四瓣，交给妻子，让她和孩子们吃了。自己也三把两下把油糕和酸菜吞下肚，襟上自己装有唢呐的衩袋子，想找个背静些的地方练练唢呐，准备晚上不求有功，但求无过地完成自己的任务。一出福田寺山门，好家伙，但见戏场里和月台上，人们已经把位子占满了。戏场四周，财主人家男人骑的牲灵和女人坐的轿子都把地方占得满满的。戏台后的村外树林里，人们一滩一滩地坐着乘凉休息，准备晚上看戏。更多的人在小商小贩的小摊前，街上和庙门前走动，买东西的、拉戚人的、敬神的，还有走来走去看红火乱窜的，满耳呼爷唤娘、喊儿叫女，商贩叫卖，实在嘈杂无比。看样子，好像整个东冶北沟里的人都聚集到此了。以前忘八家在阳白村和郭家庄演赛又哪里有这么红火的气概？

田德义正暗自赞叹，忽见孟海生和村里几个纠首喝得红头胀脸地走来，听其言谈是刚从孟兴元老秀才家吃酒出来。只听孟海生跟那几个纠首道："兴元叔到底考虑得周到！你们看看，这么些人，万一有个争吵打架就不好了，还要叫大家一定要小心火烛，留人在家，不可全出来看戏，万一有个失火失盗也就坏了！"一纠首道："这是我们的事，不用你管！有人写告示去了，前街、后街、枣间里、狐子阊阓，还有咱这戏场里都要张贴。到临开戏时，我再上台吆喝上一声告知大家！至于人们听不听，听了顶事不顶事，那是另外一回事了！"另一个纠首笑骂道："你怎么话这么多，快该做甚做甚！"那个纠首还要争辩，孟海生却一眼看见了田德义，紧走两步过来问道："田师傅见拐三瘸四没？"田德义道："大概在福田寺正烧水吧？我一吃了饭就出来没见他俩。"孟海生一把拉住那个带了酒意的纠首，用手朝戏场划拉了一下，道："你看看，这么大的场子，你让拐三和瘸四提溜上滚圪嗒嗒水的铁蛋子茶壶往戏台上送水，烧烫着他俩或别人都是麻烦！我看你还是叫几个人趁早把烧水锅垒到戏台后，省得麻烦！你要是不能，我找兴元叔商量！"那人一听，急忙道："能、能、能，我保证完成任务！"转身飞也似的去了。

田德义忽灵机一动，向孟海生道："孟掌柜，我有个建议，不知该不该跟你说！"孟海生道："这还有该不该？你试说来我听听！"田德义便道："孟班主你这是第一次带戏班回老家唱戏，也是第一次给老家的关老爷唱敬神戏。我不知道你以前是咋开戏的，但我感觉你在阳白村的第一场戏应该得吹打《大得胜》开戏，取个大吉大利的意思！"孟海生一怔，猛地抓住田德义，道："田师傅你能吹了《大得胜》？"田德义笑了笑，肯定地点了点头。孟海生兴奋地道："这一下闹好了，咱今晚这戏就用《大得胜》当打通用！《大得胜》红火热烈，肯定能拿住场子，又很符合咱今儿的戏，是再好也不能的了！说实话，咱们这上路调梆子戏，全凭武场打通锣鼓赢人，戏仔们也是跟上锣鼓梆子唱呢！行里说话：一台锣鼓半台戏啊！南路戏班子非常注重武场，开场前的打通都是打锣鼓经《元宝通》或者是《绛州通》，打得实在红火热烈激荡人心理！咱这个掌板的郭师傅敲打戏还行，但打通却来不了，胡闹哩！"

田德义猛地想起了什么，道："你说的《元宝通》《绛州通》是不是这个东西？"从装唢呐的袋衩里掏出忘八裰三师傅送给他的秘籍翻了几页让孟海生看。孟海生看着，嘴里又"大巴拉大仓仓七七仓其台其光来台来"地念诵了几下，激动地道："哎呀，就是这个东西，就是这个东西！"忽又有些好笑地说，"那天我说看看你的书吧，你不但不给我看，还想和我打架！这会儿咋主动掏出来叫我看了？"田德义不好意思地笑了，道："也许，这就是人们好说的'彼一时也，此一时也'吧？"

两人哈哈大笑，来到戏台上。掌板郭师傅正给梨园戏班祖师爷"老郎爷"点灯上香。这个"老郎爷"，戏仔们传说是唐玄宗李隆基。唐玄宗李隆基在他的御花园上林苑梨园创办过皇家戏班，成为戏曲的开山鼻祖。最初的皇家戏班：唐玄宗李隆基是总指挥兼作曲，李白负责作词填词，杨贵妃舞蹈，李龟年歌唱。但唐玄宗还嫌不够娱乐，下令扩大了戏班队伍，让宫女们充实进来扮各种人物，他扮成小丑穿插在其中插科打诨。因他是皇帝，身份最高，行为随便，故以后戏班中也数唐玄宗演过的丑角行当地位最高，行为也最随便。在后台想休息了，随便哪个衣箱上躺坐都行。其他行当就没有这个特权。大衣箱只供须生青衣花脸唱累了戏稍坐一下休息休息。要是别人坐了，管衣箱的一定会破口大骂，骂得你体无完肤，就是戏班的班主也不行。不过，作为戏班里供奉唐玄宗李隆基的形象"老郎爷"却有些怪，乃是一个婴儿木偶。戏中如有青衣需要抱个婴儿，那就抱"老郎爷"演戏，抱完了再供上。为何称之为"老郎爷"？据说是唐玄宗李隆基小名叫"三郎"，"老郎爷"原先是叫"三郎爷"的。后忘八家的人进了梨园戏班，说直接称呼开山鼻祖的小名是大逆不道的，便又改称为"老郎爷"。"老郎爷"由管衣箱的从衣箱里请出来后，演几天戏就在后台里供几天。每有主角上场，就给"老郎爷"点灯上香祷告，祈求保佑，大吉大利。

　　田德义看见安师傅和刘师傅，还有几个戏仔围坐在一起化妆，他知道，今晚《斩颜良》戏里花脸不少，除关公的大红脸、颜良的豹花脸外，还有曹操的大白脸、袁绍的红勾白脸红三块瓦，另外徐晃、许褚、文丑虽不是主角，却也得勾脸。管衣箱的把衣箱打开，插起了衣架，将每个角儿的蟒袍官衣或者靠背战袍，还有他们的头戴、靠旗、髯口都挂在一起，准备让戏仔们穿戴。一旦装成，戏仔们便不能再下戏台，水火之急事也只能在后台解决。后台的后墙中央墙根设一斜下通到戏台外的石头打造的石槽滴水。戏完后再把卸妆水尽情地往这里倾倒冲刷，消除一场戏集聚起来秽物和臭味。

　　掌板郭师傅给"老郎爷"叩罢头起来，发现孟海生和田德义进了后台，便走了过来。孟海生向郭师傅道："今晚的戏前打通，让田师傅给咱吹《大得胜》，你注意把鼓打好！"郭师傅冷冷地道："我不会打！"孟海生一下火了，道："不会打，《出队子》你也不会打？"郭师傅一下愣了，原来《大得胜》唢呐曲在戏班又叫《出队子》，一般作摆队迎送用，且只吹一曲，亦不作反复，更不后接什么《过街》《耍娃娃》等，便也显得单调。郭师傅却不知道《出队子》就是《大得胜》！掌板郭师傅道：

"既然如此，我打就是！"田德义见掌板郭师傅有些含糊，便道："郭师傅你安起帽子鼓我就吹，我吹在哪里你打在哪里就行！"掌板郭师傅不服气地哼了一声。因为吹打唱戏，从来都是以鼓为号令，咋能反其道而行？正欲反驳，孟海生道："郭师傅，你别小瞧我们田师傅，这可是行家！你不是想学《元宝通》吗？看，田师傅给你带来了！"把那本秘籍拿了出来让其相看。郭师傅一看，激动了起来，扑翻在地，朝田德义低头就拜，道："田师傅啊，你可解了我的大难了！我要拜你为师！"反把田德义弄得不知所措。

是夜，月明星稀，满堂红灯高照。孟海生的戏班里田德义大出风头，一曲《大得胜》让满场的观众叫好不迭；为颜良吹奏的那两声马嘶让整个戏班里的人惊讶："马嘶的前后还夹着马呼呼的喷气声呢！"

第十六折：
弟兄俩争抢老好人

天下没有不散的筵席。阳白村四月十五龙王爷祭祀的三天庙会戏，在人们还没有来得及好好品味一下就来也匆匆、去也匆匆地唱完了。龙王庙门关了，关老爷的庙门也关了。前三天人山人海的戏场子只留下一地乱石头和随风飘飞的爆竹皮屑，一下变得冷冷清清，应上了人们所说的四大失落扫兴话："发完引，唱罢戏，嫁了闺女，过完会。"但还有一些人，恋恋不舍地上了孟海生给他们把赛台改成的戏台上，追寻戏班曾经给他们带来欢乐的蛛丝马迹。戏台山墙上赫然出现了孟海生留下的墨迹。有识字的念出声来：

孟海生仁义班梨园在此一乐也！四月十四初日，夜场：《斩颜良》；四月十五正日，日场：《龙凤呈祥》《骂鸡》；夜场：《柳毅传书》《小牧牛》；四月十六末日，日场：《千里走单骑》；夜场：《取成都》。大清同治十年四月十六日记。

人们就纷纷议论起来，正是"大风吹倒梧桐树，自有旁人论短长"：有的说："还是孟海生的这上路调戏班唱的戏好，有唱有动作，文武带打，可比以前的那赛戏强得多。赛戏只说不唱，动作也僵脚笨手的，三年就是个《调鬼》《斩旱魃》《孟良盗骨》《夜断三国》，人们背也背过了，锣鼓也就会个'咚噔、咚噔'，跟人家孟海生的上路调戏比起来，简直没得看！"有的马上反驳："还是人家忘八家的赛戏好！人家赛戏是正儿八经的敬神的戏，孟海生的上路调戏顶多是个闹红火，爷爷家领情不领情还不一定！还有，人家赛戏开戏前，还有忘八闺女出来坐板凳。孟海生的这戏叫什么？开戏前出来个老汉，要不就是个耍丑的坐板凳，嘴里烂讪八爻地不知道说些甚，哪有人家忘八闺女坐板凳好！"有人接口表示赞同："不说那事，就是他们这男人扮装上青衣花旦唱，老声隆气又故意捏住嗓子吱吱扭扭的，我就听着难受；再看他们的表演动作，扭扭捏捏地真是逗人发笑！"人们你一句我一句地"抬杠"，各不相让，这也是五台人性格上的特点。最后，有一个人的一句话让"挺"赛戏的人们一下子把嘴儿扎到屁眼里了："你们再觉得赛戏好也不顶了。今年正月郭家庄村想赛就没赛成，忘八家的赛戏彻底塌班垛箱了。以后四月十五庙会想叫神圣爷爷家看戏，箍住你也得叫上路调戏班来唱戏！"

这些人转了戏台，又转到福田寺里。福田寺里也是冷冷清清的。前两天还拐着腿颠架着胳膊，兴致勃勃地忙乱着给戏仔们端茶递水的拐三和瘸四也不见了，跟着孟海生的戏班走了。来阳白村里立鼓房的田德义也走了，田德义的老婆还有他的三个儿子也不见了，据说是天一亮就被田德义安顿回田家岗村了，看来阳白村里这鼓房是立不成了。往常一早一晚，福田寺里就会传来田德义呜里哇啦的唢呐声，和拐三瘸四还有他三个娃们的拍镲镲与敲打木鱼梆子的声音，要不就是田德义教一句他们唱一句"尺合凡合尺工合四工尺上四尺尺合工尺"，很是红火热闹。这一下静悄悄的了。大家有些留恋依依地来到已经锁了门的给戏仔们做过饭的伙房门前，门缝里依稀飘出的一丝油香味让大家直抽鼻子。他们来到实聋子和尚住的僧房，隔着门就听到实聋子和尚"嚓嚓嚓"地数制钱的声音。他们推开门走了进去。专心致志数制钱，突然感到眼前有了亮光的实聋子和尚吓了一跳。抬头一看是村里的几个老熟人，没等有人发问就笑着道："你们问我今年这布施多不多？比忘八家演赛戏时多得多哩！今年外村看戏的多，进寺庙上布施的也就多；还有这戏比忘八家的赛戏好！"惹得大家都笑。有人提高了声音趴在他耳朵旁拼命狂吼，问他看戏来没有，看了出什么戏，戏好也不好。实聋子和尚总算是明白了大家的来意，认真地想了想，道："反正就是个鬼支架吧！像那红脸打了黑脸一棒子，白脸因为甚就不依了？可见人生在世皆无常啊！"大家见实聋子和尚又要给他们"讲经说法"上佛课，哪有什么心情听他诌，哗地一笑一哄走散。

忙完了庙会的纠首们也聚集在老族长孟兴元老秀才家，一边喝着大碗茶，抽着小兰花烟，一边就诌嗒起来，回忆唱戏的盛况，表一表自己为庙会付出的辛苦，谈一谈认识感受，看一看还有什么需要善后的事情。这也是阳白村多年来四月十五庙会的习惯了。孟兴元老秀才笑微微地接待着他们，招呼他们喝茶抽烟，回答他们的问题，评判一些是非，展示出一个儒雅的长者族长的风度。

大家谈论来谈论去，都觉得今年这个四月十五的庙会，就唱的孟海生的戏来说，确实比往年忘八家演的赛戏好得多，文武带打，有说有唱，轰动了整个善泉都，戏场里人挤得满满的。甚至有上下红表、殿头土集、南北大兴的一些人，看完夜戏干脆懒得再走一二十里地回家，就在街头戏场里随便躺着睡一觉，或是到耍钱场上掏宝丢骰度过一夜，第二天再到饭铺摊子上喝上一两碗面或是粉汤，吃上几根油条麻叶再接着看戏。这是以往从来没有过的，就是觉得在敬神方面有些欠缺。以往忘八家的赛戏班进村时就很红火：鼓乐开道，老忘八举着扎着红绸花的竹笈扫帚领头，众忘八装扮成七鬼八仙四值神，披红挂绿地踩着鼓点儿扭着，到了关帝庙赛台卸装，安顿吃饭，准备晚上的《调鬼》演出。而孟海生的戏班人员来的时候就是零零碎碎、陆陆续续，来了以后也不敬神，只是十四日开戏前扮老爷的戏仔和其他扮了装的戏仔才到老爷庙里给老爷磕了头，求老爷保佑。以后也是唱老爷戏的时候，扮老爷的和扮被老爷杀的那几个戏仔，才在开戏前进庙给老爷磕头。他们当然是为讨吉利，却不知对村里好还是不好。因此大家心里也有些担忧和忐忑不安。

孟兴元老秀才沉吟半晌，问村里在庙会期间可有对老爷龙王和其他的神圣不恭敬和草率了的地方。众纠首都摇摇头表示没有。孟兴元老秀才便道："这就对了！人们常说，敬神如神在，不敬也不怪。我们都是知礼的，只要我们依礼敬神就行了。至于孟海生的戏班如何敬神，那是他们的事，与我们无关。再说了，敬神也是一个地方一个样，一伙人一个样，一个朝代一个样！就比如咱们穿衣打扮，前朝的时候，我们都不是长袍马褂瓜壳子帽，也不留辫子；大清以来，都变成了这个打扮，神圣爷爷也没因为我们穿戴不对了，就觉得我们进庙敬神就不恭敬了，就不保佑我们了。反正做任何事，只要跟上朝代变化走，跟上大形势走就行了。"大家便也就释然。当下商定，明年四月十五照样唱孟海生的戏。

孟海生的戏在整个东冶北沟里引起了轰动。阳白唱完戏后，小银河两岸村庄的田间地头、街口饭场，一时间成了人们议论叨啦孟海生戏的地方。最典型最具有代表性的则是王家庄村，人们不仅田间地头和街口饭场上议论叨啦，而且专门召开了家族代表会议确立了具体的应对措施和行动口号：今年盖戏台，明年唱大戏！

说来有些惭愧，王家庄自明洪武移民立村以来，村里都没有搭建个能够供迎神赛社活动忘八家演赛戏的赛台，自然也不能像阳白村一样把赛台改成戏台。其原因是王家庄村里坑坑洼洼崖崖畔畔的，每年暑伏天气下大雨时，分岔道枣沟坡上的雨水顺坡而下，把村里的坑坑洼洼灌得满满的，形成一个个人们称之为老池谷囤的池塘。按风水说法，水是财，留住了水就是留住了财。这确实也是。每当村里有了老池谷囤后，有地的人家就把蒿草割下来压到水里沤绿肥，有了肥自然也就多打些粮食。另外还有一个好处：老池谷囤截留了雨水，也减少了顺坡而下的雨水冲垮河坡的概率。有这两个好处，自然为村里无形之中产生了财帛。然而，地无三尺平，想寻块能供全村人迎神赛社活动的地皮也实在是太难了。却说这五台农村迎神赛社所敬奉的神圣，大多是跟老百姓生活息息相关的龙王爷、送子娘娘、药王爷、后土娘娘等，而又以龙王爷祭祀更为主要频繁。五台县境地形复杂，龙王爷众多，各有其关照的地盘。王家庄村的风雨属于尧岩山的龙王管辖。每逢天旱要祈雨时，邻村上下都要举行迎神赛社仪式，请松台褚家忘八表演赛戏。唯有王家庄村进行礼牲：村里的纠首们买一只山羯羊牵到尧岩山龙王庙龙王爷供桌边，大家给龙王爷点灯上香敬奉了香烛纸马后，跪求祷告龙王爷爷布雨救生，敬献山羊一只请龙王爷笑纳。然后从龙王庙地洞里舀一瓢冷水淋到羊的身上。羊若打了个哆嗦就说明已被龙王爷领受笑纳了，否则就继续淋水，直至羊终于打了哆嗦被龙王爷领受笑纳了为止。然后将羊牵出殿外一刀杀死，剥皮剖肚，将带骨的羊肉用事先带来的铁锅舀上水，放上调料食盐等煮熟，象征性地供供龙王爷后大家便狼吞虎咽地吃掉。头蹄杂碎羊皮则扔到山坡里做野兽鸦鹊的口粮。几百年来，王家庄人都是这样礼牲祈雨的，而年景也跟邻村上下差不多。再说搞一次请忘八家参与演赛戏的迎神赛社请龙王活动，花费很多，而且忘八家的赛戏年年也就是个死套套子，无非就是《调鬼》《斩旱魃》《苏东坡误入佛幽寺》等，人们把戏文都快背下来了，习惯了以后便感到很没意思。但邻村上下请忘八家演赛戏迎神赛社请龙王也养成了习惯，感到没意思也得硬着头皮搞；否则村里遭了光景出了问题谁能担待负责？反倒羡慕王家庄村的人会省事。王家主村的人也不免暗自得意，反正邻村上下远近二三里，邻村搞迎神赛社请忘八家演赛戏简直就跟在自己村里一样，村里不用掏钱也能享受到红火热闹，何等乐也！然而，阳白村唱了孟海生的上路调梆子戏让王家庄村里的人有了新的想法。

最先提出新的想法来的是王奋修，说得更准确一点来说是王奋修的妻子徐氏。阳白村三天戏夫妻俩一天不落地全看完了。末日夜戏唱完夫妻俩回家后，兴奋得没有一点儿睡意，索性叫老妈子熬了一砂锅子小米绿豆稀饭，切了点儿老腌芥疙瘩咸菜，端到他俩住的房间来。两人一边吃喝一边叨啦。王奋修先是惋惜田德义跟上孟海生的戏班走了，以后东冶北沟连个响打的也没有了。假如请不下宏道北社东史家的响打的，很多人家的红白事宴就是黑塌糊，连个响动也没有。接着又这个唱得好啦，那个演得赖啦地评论了一气戏仔们。徐氏却说："这都是小事，有没有响打的和戏仔们演唱得好不好对王家庄来说都不是什么大事。真正对王家庄来说的大事是，以后邻村上下的庙会看来都是要唱戏了，不唱孟海生的戏也要唱别的戏班的戏。故事不一样的戏，人们看的是故事；故事一样的戏，人们看的是把式。看看阳白村里唱戏人山人海的，就知道唱戏不仅是过庙会，更是村里的旺气，媳妇儿也好问好娶的呢！可是咱王家庄连个庙会也没有，求龙王爷祈雨老是尧岩山里礼牲，也不像别的村搞迎神赛会把龙王爷请回村里来给龙王爷唱一唱戏。先不说龙王爷高兴不高兴，就村里来讲，永也不唱戏就显得不旺气。不知你认为我说得对也不对？"

王奋修一想，可不就是老婆说的这个理。激动地道："哎呀，老天爷可真有眼呢，让我娶了徐家的你。等一会儿，我可得好好谢一谢你咧！"第二天一早，王奋修便找他的亲叔伯哥哥王奋坚，把他老婆夜里给他说过的话以他的认为和思想说给王奋坚。王奋坚一想，可不就是这个理。可在哪里盖戏台呢？弟兄俩一商议，只有大和寺下院有个地方：把大和寺下院的所有房舍拆掉，便可腾出一个很大的场子来，南面便可以盖一个不亚于阳白村戏台的戏台，北面上院可作女人们看戏的月台，把烂落不堪的正殿献殿整理一下可当神厅。这样，村里便可春夏无雨时牵只羊到尧岩山礼牲，立秋或者是秋收后选个黄道吉日迎神赛社一番，把龙王爷从尧岩山里请回村里看戏。如此一来，村里不是有了旺气了吗？或许能改变了村里男人们念不成书、成不了大事的风水了呢。

弟兄俩越说越兴奋，越谈越激动。王奋坚立刻提议让王奋修挂帅，他当副帅或者是先锋，召集东南西北四股的代表前来商议，反正费用和大门捣大头就是了。王奋修却摇摇头，说盖戏台肯定是全村人都拥护的公益事，挂帅之事还是让王奋坚挂帅为好。至于他，还想办一件只赔不赚，甚至是贴钱挨骂的营生，真正得益沾光的也不知道是哪一户人家，但肯定是一件大大的公益事情。王奋坚便有些惊奇诧异，天下哪有这样的事情？再三追问，王奋修才说他要办一所女学，让村里家人父子们十岁以上的女娃娃都来读书。教书的先生他贴上钱请，女娃娃们读书的笔墨纸砚书本和初学写字的石板石笔他贴上钱买，他甚至还可以贴上钱给女娃娃们制作统一的服装。他说他已经想了很长时间了，就准备行动了。

王奋坚听呆了。他突然感到他的这个亲叔伯兄弟实在有些陌生和不可思议：当初学武考武秀才的时候，他是凭真实本领考中的武秀才。而他的这个亲叔伯兄王奋修，曲武师摸过他的筋骨后让他每天练举抱牛犊子，结果在考场上他拳术器械虽不如人，却因举起了谁也举抱不起的石狮子拿了个全代州第一名。好像也就是从这一次开始，他开窍了，做什么事都讲究俏点子，想法也跟常人不大相同。以前邻村上下迎神赛会请忘八家演赛时，村里家人父子眼热；有人提议村里搭建个赛台，也年年把尧岩山的龙王爷请回村来，请松台的褚家忘八来赛一赛，红火红火。他极力反对，说给尧岩山的龙王爷礼牲就好，省钱又省事。想看迎神赛会的红火热闹尽可以看他们邻村的，小银河的水再大还能拦住咱王家庄的人？这是叫别人花钱咱吃面，尽是占便宜的事。结果是他的反对成了村里的共识。现在阳白村的四月十五庙会改为唱戏了，他却又提议村里要盖戏台，以后也要在村里搞迎神赛会唱大戏，提高村里的旺气。他这个当哥的觉得有理，想让他挂帅领头干这件大好事，他却让他这个当哥的挂帅领头。而他却要干整个五台县或许是全代州全宁武府全山西省见也没见过，听也没听过的女学！

　　兄弟两个展开了第一次激烈而短促的思想争论，可谓句句都直指伦理和心窝！王奋坚第一个挑起争端，道："你不知道女子无才便是德？"王奋修接招，道："谁也知道，咱们大清国是慈禧太后在垂帘听政，你敢到县州衙门去说太后无才还是无德？"王奋坚倒塞了一口气，又道："你不知道男婚女嫁女人是'家生的得走，外来的立主'的道理？给别人家费心血培养个有才有本事的媳妇儿，对咱们王家庄的人家有什么好？"王奋修回答道："干甚事总要有人先开头，邻村上下跟上我也办开了女学，咱村里以后也娶回了有才有本事的媳妇儿有什么不好？"王奋坚道："女娃娃们念下书有点儿才，顶多会教育会培养她的娃娃，说到底是为了外孙子！你难道就没听人们说'亲孙子，正根子；亲外孙，溜勾子'？你办女学，说到底只是个溜勾子！"王奋修道："溜勾子有什么不好？假如你的外孙考中进士，当了宰相，你这个当姥爷的脸上还不沾光？"王奋坚顿了一下，道："你咋就要咬住办女学这件事不放？"王奋修道："你忘了咱村老辈子传下来的那句话了？'左腿后来右腿前，主村生女胜过男；假如坐得冷板凳，中了状元也不难！'"王奋坚道："传说你也信了？"王奋修道："不信？那咱弟兄俩为甚要学武考武生员？"王奋坚一下嘴无嘟了。王奋修笑了。原先，他还准备把他跟叔伯丈人徐继畬松龛先生讨教办女学的事搬出来说服他哥，现在看来不必要了，搬出来反显得自己太低能了，显不出自己的作为气概。他停了一下，道："其实很简单，钱财上不用你支持一文钱，只是要求你，第一，让侄女玲玲带头上学！"王奋坚笑了，道："你是叫我给你做榜样吧！行，你能把咱玲玲培养成慈禧太后武则天，你哥我更高兴，也算咱同岭上的祖坟长起了牛齿子草！第二呢？"王奋修道："第二，你主持盖戏台时，不要让老好人当你的领工，我还要用老好人呢！"王奋坚叹了口气，笑着道："好你个王发荣，把宪身大哥抢了！行，哥依你！"

却原来，这个老好人宪身大哥乃是王氏北股王奋坚、王奋修兄弟刚出了五服的弟兄，排行老大。他们这一辈的弟兄们不论远近都称他为大哥。其为人很是平和，异常仗义。其妻王氏，心肠极好又性格刚毅。继承祖上产业，虽不及和大门家富足，却也是小康人家。夫妻俩平日最喜为人排忧解难，扶贫济困。有人家遭遇灾难揭不开锅灶，总要前去救济。借贷出去的钱财从不向人讨要，倒是有人还来，他夫妻俩反而忘了。夫妻俩关系极好，从不面红争吵不说，更是互相拥护。不管大事小事，凡一方做了决定的，另一方从不支吾，且坚决服从维护，是村里出了名的菩萨夫妻。夫妻育有三子，名曰：王树、王栋、王材。一家五口，其乐融融。

王家庄有一人家，其父王凤选，跟老好人王宪身的祖父王龙选为亲兄弟，也算有些产业。娶妻姚氏，无有子嗣，只是到老年才生了一女，夫妻俩视为宝贝。其女长大，夫妻俩却双双病亡。此女很想招赘一夫继承父母所留遗产。然而，那时的人们却把招赘视为下贱之事。好人家的子弟不愿上门，赖人家的子弟或是秃瘌瞎拐身有残疾之流，她也不愿相招。就这样一年又一年地耽搁，大姑娘变成了老姑娘，还是孑然一身。所幸与老好人王宪身是从叔伯堂兄妹，王宪身之妻王氏又是极热心之人。此女一年价几乎就在她的这个从叔伯兄嫂家生活，一切农活营生又有王宪身夫妇操持，其倒也活得富足而潇洒。夫妻俩又经常托人邻村上下打听，寻找能与她相配的夫郎。然而，村里却有风言风语，说王宪身夫妇对此女其实是假惺惺，实际是效法当年和大门的做法，为理所当然地继承其女绝户产业做准备，欲成为和大门第二。

然而，老天爷总是要给好人留下辩白机会的。这一年，村里来了一个羊倌儿给和大门家放羊。王宪身看这羊倌儿只有弱冠年纪，衣着褴褛，却也生得眉清目秀，出言吐语也不像一般放羊汉粗俗不堪。作为一个有心人，王宪身便暗暗打听其身世。得知此羊倌儿乃是善文村李姓人氏，自幼父母双亡，孤身一人，靠四乡给人放羊谋生，却是正经人家的子弟，且并无婚配。便与妻子商议，欲为侄女成就好事，也好了却作古的叔伯叔叔婶婶和从叔伯妹妹的心愿。其女也见过这个李氏羊倌儿，觉得倒也可以，只是感到自己已有年纪，怕辱没了人家年轻后生。王宪身夫妇认为，那李羊倌儿孤苦伶仃从小受罪，招赘到咱家变成了财主。只要咱家大小人等对人家尊重，人躬礼法又不以外人看待，从叔伯妹妹虽长他几岁，却风韵仍在，又且更懂得疼爱丈夫，李羊倌儿得此生活，还不是跌到蜜钵子里吗？便来找李羊倌儿。李羊倌儿倒也高兴，只是有些少许不如意地叹了一口气道："唉！只是可惜父亲传到我这辈子传不下去断根了！"王宪身立刻大包大揽，道："这有何难？只要你愿意跟我家妹子成亲，所生的第一个男孩儿姓你李家的姓氏，继承你李家的香火，这还不行？"李羊倌儿高兴万分，立刻答应。

从来紧事是好事。王宪身立刻请阴阳先生看了八字，择了吉日。一切婚礼用度全由他夫妇俩安排。是日，其女与李羊倌儿打扮得花团锦簇，吹吹打打地被送进了洞房。王宪身安排了家宴大席，招呼北股所有人家都来吃席，为侄女招婿庆贺。在酒席场上，和大门家王子梅拦住了给大家敬酒满酒的王宪身，抱拳拱拱手，慌得王宪身连连拱手道："子梅叔，侄儿有对不住您的地方尽管说，打也可以，却不可折了侄儿的草料！"众人也吃了一惊，不知王宪身因为什么得罪了王子梅，顿时安静下来，静观事态的发展。只见王子梅亲手斟了两盅酒，拿一盅双手捧给王宪身，另一盅自己拿在手里，向大家道："家人父子们，宪身儿是咱村里的老好人啊，解决了咱北股的老大难问题！来，咱们都双手举盅，敬宪身儿一盅酒！"大家一看，原来是这个意思，一哇声响应。王子梅双手举盅抱拳为礼，正对王宪身饮干酒盅，亮了盅底，放下酒盅。众人便也如王子梅将酒一饮而尽。王宪身方才醒过神来：王子梅是他五服圪梁子上的叔啊！以叔提议带头让全股的家人父子向自己施礼敬酒，这是多大的荣耀！王宪身赶忙回礼敬酒，连连向整个酒席场上的家人父子们打躬作揖，口中直叫惭愧。

此女与李羊倌儿婚后真是如鱼得水。夫妻俩你恩我爱，和谐幸福，相互滋润，焕发出了青春活力。李羊倌儿自然不再给和大门家放羊了，穿戴着妻子为他精心缝制的新衣新帽，被养得白白胖胖，俨然一副财主模样。村里人都尊称其为"李财主"。然而，三年过去，此女仍没有个一男半女，急得什么似的，四处求神拜佛。王宪身妻王氏，刚生下三儿王材，也将自己的经验和女人群伙里流传着的一些受胎之法，暗中传授给她。此女确也如愿有了身孕。到了十月临盆之期，可说是老天啊老天！难道说真的是小人享不了大福，天下确有命赖之人？确实，古代农村女人们有"放下棺材生孩子"之说，生孩子是很凶险的事情；再加她乃是高龄产妇，骨缝难开，费尽九牛二虎之力将胎儿产下，倒也如己心愿生一男孩儿，但早已心衰力竭，望着李羊倌儿惨然一笑，勉强说了一声："李郎，你有儿子了！"一缕香魂却飘然往西天而去了。惊得跪求一家之主灶王爷保佑的李羊倌儿怪叫了一声，也闭过气去。慌得收生婆和前来帮忙的王宪身老婆王氏急忙给他扎十宣、掐人中、揉百会、捣脚心，弄了半天，他总算没有紧跟着老婆也上了西天。

此女死了，哺育婴儿的任务责无旁贷、义不容辞地落在王宪身的老婆王氏身上。此女是头七里打发的。李羊倌儿在这头七里水米不进，整个人都变了模样，成了一副骨架。大家都知道他悲伤过度，纷纷劝他要想开。他也回应："我知道，我能想开，我还有娃娃哩！"大家见他说的确实也是，觉着等他缓过这个劲儿来就好了，并没有怎么往心里去。这天上午，李羊倌儿来到王宪身家，看着吃饱奶熟睡在襁褓中的婴儿，脸上露出了这十几天中难见的笑意，向正做针线的王氏道："大嫂，娃娃的小名儿我思谋了几天，叫'科元'吧！就是官名不知道该叫他个什么。"王氏道："官名以后慢慢起吧，又不着急。小名儿是'科元'这个名字好，科举考了第一名还不好？"李羊倌儿道："借大嫂吉言吧，以后娃娃全凭大嫂跟大哥照料了！"王氏道："咱们是一家子，照料也是应该的！"李羊倌儿长叹一声，道："我也累害大哥大嫂了！"王氏还是那句话，道："咱们是一家子，累害也是应该的！"李羊倌儿点点头便再无语言，略等了一会儿，道了一声："我睡圪呀！"便起身出门。

然而，让王宪身老婆王氏怎么也没想到的是，李羊倌儿那是前来诀别！中午王氏做起饭来，叫大儿子王树去叫他李羊倌儿姑父吃饭，王树不一会儿回来，说是姑父不在家，哪里也寻不见。刚下地回来的王宪身奇怪了，便亲自来跟寻，但见大门和屋门都没扣门环，不像个出门的样子，叫了几声也无人答应。敢是去邻家串门？去邻家问询，也是不见。王宪身回家问起了上午李羊倌儿来的情况和说过的话，细细品味，猛然醒悟，急急赶到其妻子坟前，只见李羊倌儿躺倒在其妻子茔道口，手中还拿着一束萎蔫了的野花。身体冰冷，过去已多时了。王氏这才回想过来：李羊倌儿前晌跟她说的话是交代他两口子后事来了；家里大门屋门都没加锁上门环搭扣，那是把整个家都交代给他两口子了。李羊倌儿死意已决，却用假象欺骗了众人。这个李羊倌儿啊！

第十七折：
王奋修兴办女学堂

李羊倌儿殉情而亡。王宪身的老婆王氏当了孤哀子襁褓婴儿李科元的娘。为表示与亲生子树、栋、材一视同仁，两口子将小科元唤为"四小子"。有人进言道："你两口子将他称为'四小子'，视为亲生，何不干脆把他的姓也改过来？那不是就更加亲了吗？日后孩子长大，他又哪里知道他的身世？"王氏道："你说的这话我不是没有想过，可是如此一来就把人家那个李姓门户灭了。"此人又道："灭了就灭了，谁让他们两口子扔下孩子死了？又且追寻老根，他家那产业原来还不都是咱王家的吗？"王宪身原不准备说话，见那人把话说到一边子去了，忍不住道："你这话可说得不对！他两口子死了，可这娃娃是他两口子的亲生骨肉啊！当初的事你也知道，我那个从叔伯妹子可是招人家李羊倌儿为夫的，并说好生的第一个男孩儿是姓李的。咱怎能随随便便就违背人家两口子成家的初心呢？"其人笑道："当初是当初，现在是现在，情况不一样了嘛！"王宪身发火道："情况再不一样，也不能违背了人家的初心，违背忘记了人家两口子的初心，那就是不仁不义不忠不信的小人，跟忘八蛋又有什么不同？"其人羞愧满面，狼狈不堪而去。

王宪身夫妻俩坚守着他们从叔伯妹子和李羊倌儿成家的初心，尽心竭力地抚养着小李科元，又天天"四小子""四小子"地叫着，更加自己喂养的，确实也是亲得不行。小李科元初时以为自己跟他的三个哥哥王树、王栋、王材一样，都是王宪身夫妻亲生的，后来知道了自己的身世，也并没有怎么往心里去。只是在家做事更为勤快，对王宪身两口子更为孝敬。继而长大成人，王宪身两口子为其娶了媳妇儿，将他小两口安顿回他家原来的宅子里，领着他拿着地契到地里指认了他家的田地、果园和沟壑崖坡地埂垅上的枣树，又拿出账本，交代他这近二十年来的产业收支情况。每年产粮多少、摘梨多少、打枣多少、雇工多少，无一不是八米二糠，算计得一清二楚，最后取出一个包袱解开，却是几块银锭和几串铜钱，让他清点。李科元百感交集，只觉得胸中波涛汹涌，忍不住号啕大哭起来，将那包袱向王宪身夫妇身边一推，哭叫道："这钱我不要！这小二十年了，我没吃？我没喝？我没穿？我没戴？我还吃了们嬷的三年奶哩！你们又给我娶了媳妇儿，这账咋算？你们是不是不要我了？爹！嬷！"他这么一哭叫害得王氏都抽泣起来。王宪身劝道："茶娃了，你还是我和你嬷的四小子啊！谁说不要你了？家家都有拾掇娃娃的花费，可有哪一个大人向娃娃算账了？我交代你的是你亲生父母留给你的家产啊！我这也是通过你向你的亲生父母交代啊！你亲生父母给你留下来的这份产业，压了我整整二十年。又劳心又费苦，好不容易才熬得你长大，能扛起这副担子了，你不接过去挑担，是想压死你爹我呀？"李科元这才哭哭啼啼地接过包袱。

李科元接收他父母给他留下来的全部产业，在王家庄也算一个比较富余的财主，光景过得比他的那三个哥哥王树、王栋、王材还要好些。他知道这一切都是王宪身老两口的恩义所赐，便抢在三个哥哥前头孝敬王宪身老两口，每天都要过去看看，有营生就帮做一做，没营生就叨啦叨啦庄稼农活儿；逢过时过节宰猪杀羊或是摊糊儿做豆腐，总要请他老两口吃些喝些，还要给他的三个哥哥家送些；四季新衣依时按候给老两口做好并看着穿上；过年时便在一起团圆。真是不是亲生，胜似亲生。村里人都说李科元有良心，更佩服王宪身两口子不忘初心的作为，赞叹其得到福报。

就在王宪身老两口正享福的时候，一天夜里，王氏忽做了一个怪异的梦，起来后便跟老汉叨啦：说梦见天上下来一男一女两个娃娃，说天上给她安顿下金楼金房了，叫她九月九那天上天去住哩！她问说丢下老汉咋活。那两娃娃说老汉还有几年的人间福气哩！就这样醒了，问老汉她是不是阳寿尽了。王宪身哈哈一笑，把头摇得如货郎鼓般道："梦的事我根本不信，你身体又没有什么灾病，哪能说走就走，还定下个九月九？要是能应了梦，那我还梦见过自己登上金銮殿坐朝廷呢！咋梦来梦去还在村里打土坷垃呢？"王氏一想确实也是，便也不信。此时正是"八月秋忙，秀女下床"之时，王家庄人打枣摘梨收庄稼，起早贪黑，忙得晕头晕脑。王宪身老两口自然也不得清闲，什么梦不梦的早忘得一干二净。转眼间到了九月初九重阳节。五台农家习俗讲究全家团圆一起吃羊肉，喝新荞面河捞或是圪坨儿。一大早"四小子"李科元便拉来他家壮的一只山羯羊。王宪身便吩咐三儿王材和李科元在家杀羊，大儿王树二儿王栋跟他到地里捆秸草，四家的媳妇儿都来和婆婆一起做"荞面圪坨儿浇羊肉"吃。众人一声答应，立刻行动。到了中午，王宪身和两儿子背着秸草从地里回来。家里也一切停当，准备吃饭。全家团圆，人多拥挤。三儿王材搬了两张小桌子，按习惯在院里香椿树下安了一张供男人们吃饭用，又将一张安放在呈里让女人们也坐个席。五台农家向来尊重当家受苦的男人。屋里女人们一看男人们准备吃饭了，立刻行动：大儿媳掌了漏勺，负责往锅里下圪坨儿和往碗里舀圪坨儿；二儿媳专管挖菜和碗里浇羊肉；三儿媳看火拉风匣；李科元媳妇跑腿端饭菜。婆婆王氏插不上手，被众媳妇相劝上了炕。很快，院里男人们都香喷喷地吃上荞面圪坨儿浇羊肉了。大媳妇儿给婆婆王氏递过一碗圪坨儿浇羊肉来，说让婆婆先吃，却发现王氏靠着铺盖垛子好像睡着了。众媳妇想婆婆这几天可能太累了，丢个盹休息休息也好，便轻手轻脚地照料着院里男人们吃完饭后，又把她们的饭端在炕桌上，大家都上了炕准备要吃。大媳妇轻轻推了推婆婆，婆婆还是没醒，不免心疑，伸手一试鼻息，竟是一丝气息都没有了。向众妯娌惊疑道："咱嬷没了？"

众媳妇大吃一惊，急忙把饭撤了下去，围上去查看。院里男人们也急忙进来乱喊乱叫起来。李科元急着要哭，王宪身急忙止住大家的慌张，百感交集地长叹一声，道："你们嬷这是坐化成佛升天了啊！"便将以前王氏给他说过的梦给大家说了一遍。众大惊，更是肃然起敬。想人生在世，积造个好死并不容易。自己的母亲却这么平和而不动声色地去了另一个世界，这不是积下善德成佛而去是什么？在王宪身的指导下，大家强忍着眼泪给王氏穿了裹尸衣，烧了炕沿纸，遮上了白苦面纸。大儿王树身穿了大号衫，腰里系了麻绳云村里五道庙敲丧钟报告母亲的死讯。二儿王栋三儿王材和李科元在家剁表示死者在阳世活了多大岁数的享寿倒头纸，准备棺木准备入殓。待大儿王树打钟哭回，大家才放开嗓子结结实实痛哭了一场。接着，按着习俗，炒咬牙豆子，捏打狗棒、小供献，备食瓶钵子、点头顶长明灯，安顿悼纸盆等，这各有讲究，不一一细说。

安顿大人是小辈们义不容辞的尽孝义务，王宪身见大儿王树召集他的兄弟们围拢在一起，知道他们要商量丧事如何办理了，便默默地走开。孩子们大了，都是成家立业的男子汉了，为人处事哪里还需当爹的操劳？却也暗暗留心着他们。屋里忽然传出了争吵，却是"四小子"李科元的声音。只听他道："不行，不行，我是咱爹咱嬷的四小子，我也要挂丧棒穿大号衫紧上麻绳哭嬷。该我往出掏多少钱，我一文钱也不少。我是分害不分利，爹嬷留下的产业我是一文钱的东西也不要。我是咱嬷从月子里奶大的孩子，你们不让我打发咱嬷，等咱爹以后下世了，我就死到咱爹咱嬷坟上去。"接着便听他那三个儿子安慰李科元，好像是说大家也是好意，主要是不想让他破费；既然如他所说，那他们弟兄四人就四一二剩二，一样均摊钱财打发母亲，在母亲的坟墓上插四根丧棒。王宪身听到这里，长长地舒了口气，孩子们总算懂事。他默默地来到老伴的棺材边，轻轻抚摸着老伴的棺材，眼里涌出了欣慰而又惜别的浊泪。

打发王氏的丧事办得很隆重，除过一般发引的折套外还专门请了东冶念佛堂的尼姑和居士做了灵前法会。尼姑们听说王氏是坐化升天，无不为之起敬，钟磬木鱼法器击打得山响，阿弥陀佛经文念诵得莺啼燕啭，入耳中听。招得王家庄全村男女老少都来看红火。特别是发引时，李科元也一样如王树、王栋、王材身穿重孝，手挂柳木丧棒，拉着王氏的灵柩哭得东倒西歪死去活来的状态，惹得全村看红火的人全都眼软得流了泪。很多老者纷纷向跟在发引哭丧队伍后面送出来的王宪身打躬作揖地安慰："宪身啊，你两口子认下个四小子，值得，值得啊！好心好报啊！"

从此，王家庄就有了这么一户外人看起来很是怪异的人家：说是家人父子，却是一王一李两个姓氏。两姓人家互帮互助，红白事宴在一起，至今方才出了五服，已历六世，成为王家庄红焰大火的一大家族。也是从此，王宪身老汉成了村里道德的旗帜、公正的标杆、无形的权威。村里偶有弟兄争产、妯娌不和，经王宪身老汉调解，无不和好如初。凡遇举棋不定疑惑为难之事，皆以王宪身老汉的评判为标准。大家尊称王宪身老汉为老好人。凡事，只要王宪身老汉出头去办，大家无不拥戴跟从。这一点，就连和大门家也对王宪身老汉佩服得五体投地。王奋修正要派人去请他的老好人宪身大哥来家商议，欲聘请他为女子学堂总管，他的老好人宪身大哥却和大门寻他来了。

民间俗话："孤柴难着，孤人难活。""少年夫妻老来伴儿。"自老伴下世，王宪身老汉不免感到寂寞孤单，做什么也做不在心上，少精没神又没精打采。四个儿子为排解父亲的心情，轮流给父亲做饭，并每天晚上来寻父亲说些农田桑麻之事，而尤以李科元为勤。王宪身老汉深夜睡不着不免思想，想"四小子"李科元虽摊上股儿花费上钱财，披麻戴孝地以孝子身份打发了他奶嬷，并在他奶嬷的墓茔道上插了丧棒，表面上成了他们的四儿，但实际上还是没有。世留的习俗，大人留下的产业，"爷爷有子，个个有份"，终得给李科元分些才对，也才算是大人真正承认了他这个儿子。四小子李科元虽然申明他"分害不分利"，那只能是他的说沄，不是自己这个大人的观点，然而，李科元毕竟有他家的产业。假如让他和他的三个哥哥一起"四一二剩二，四二添作五"地分自己这个大人给他们留下的产业，他肯定是不会要的；假如自己这个大人硬要给，四小子李科元要与不要都会使他那三个哥哥心中不服，产生怨恨，对以后弟兄们相处不利。最好的办法是象征性地将一些不伤筋动骨无关紧要的田产给四小子李科元一些。这样一来，树栋材三个亲生儿子也能接受，不好反对；四小子李科元也能接受，不好拒绝；对自己这个大人来说，做到了"爷爷有子，个个有份"。这才算是从根本上承认了他这个儿子，也才算没有辜负了老伴王氏的遗愿。他思来想去，肯定了自己的想法，把自家的田产过滤了一遍，确定了分划给四小子李科元的部分；却又感到眼下尚不能公开宣布，倘若公开宣布，四小子李科元抵死不要也是不成。最好的办法是把自己的想法和确定要给四小子李科元的田产写成一个东西，由自己和中人画押，存留在中人处，等自己死了以后再公布出来，如此既成了事实，又免除了他弟兄们争执。那么，该让谁来担任这个中人呢？倒是有个本家兄弟王运身为人忠厚刚烈，颇有先祖遗风，却身体不济。尽管有缝的破锅说不定能熬过囫囵锅，但万一先自己而去，自己岂不是白忙一场？再远一些的家人父子，那就是和大门家了。和大门家财大气粗，说话有音。王奋坚王奋修兄弟俩正值壮年，更是武秀才出身，村里威望很高，做他的中人再合适不过！

王宪身来到大槐树下，只见西阃阆口石圪台下，几个泥匠正在粉刷王奋修新盖起的一排七间瓦房，心中不免嘀咕：这房要做什么用，还用粉刷？正要往和大门而去，恰见王奋修从和大门出来。王奋修不等王宪身说话便道："哎呀，真是天遂人愿！我正要去寻老好人宪身大哥你，你却正好来了。来，快跟我回家，小弟正有要事相求。"一把拉住王宪身就往回走，很快就把他拖到家里中堂下按坐在太师椅上，喊人沏茶。王宪身奇怪道："整个王家庄哪还有你王发荣办不成的事需要求我？我才有事想求你啊！"王奋修一怔道："原来大哥你是寻我有事？说吧，小弟一定为你办，还要办好。"王宪身便把自己的想法跟王奋修说了一遍。王奋修道："这有何难，依小弟之见，干脆把你的田产三大一小分成四份，都押在小弟手里。待你归天之后，小弟拿出来交给你的那四个小子，只要咱一碗水端平，手心手背都是咱的肉，你那四个儿子都是孝顺子弟，谁还有话？"王宪身道："发荣你说得对，我现在就回去拉清单给他弟兄们分拨去。"起身欲走，却被王奋修按住。王家庄李科元的曾孙槐荫中学教师李留根老先生看到此，不觉热泪涓出，长叹一声。口占一诗道：

高祖姓王我姓李，玉树一株发两枝。
永怀旧德承雨露，不变初心是恩慈。
嗷嗷待哺赖千古，拳拳之报无万一。
瓜瓞绵绵藤蔓盛，儿孙须把老根思。

王奋修道："大哥你好性急。你的事我答应了，我的事你还没答应呢！"王宪身这才想起王奋修一见他时就说有要事相求的话，不好意思地笑道："看这，我倒忘了这一茬儿了。发荣你说吧，看大哥我能不能帮你。"王奋修十分肯定地道："这事非你莫属！"便把他要办女学，要聘王宪身当女学总管并动员村里的女孩子来上学的事说了，却见王宪身张着嘴直愣愣地看着自己，奇怪地道："哎，你没听懂我的话？你咋这么看我？你是不是以为我钱烧得发疯哩？"王宪身回过神来，道："我当然不会这么认为，只是我实在不知道你图甚哩？就说是给村里办好事也不是。这些年来，你弟兄们为村里修桥补路筑围墙，掏钱雇人巡夜打更，这些好处村里人都能看见。可是你这个办女学，退上一万步来讲，即便咱村的女娃娃们都成了女秀才了，还不是都叫邻村上下娶走了，对村里能有什么好处？"王奋修苦笑地长叹一声，摇摇头道："老脑筋，死脑筋，不是我说大哥你，你这说法跟我那哥的说法是一样的。我那天就跟他吵过了。"接着就把那天跟王奋坚争论的事说了一遍。这时，一个女人送进茶来。王奋修忙向那女人介绍王宪身道："这就是咱本家宪身大哥！"那女人放下茶水，轻声道："大哥用茶！"微微蹲蹲身抄抄手，转身出去。王宪身猛然知道这就是王奋修的妻子徐氏。一看这进来送茶的礼数就跟一般庄户人家出身的女儿教养不一般。便问王奋修道："你老婆认得字？"王奋修笑了笑回答道："也认得几个，够个童生水平吧！"王宪身若有所思地啊了一声。王奋修又道："大哥，实不相瞒，我女人很敬重你的为人，才出来给你送水的。要是旁人来了，有老妈子端茶递水，她哪里待要出来。"

王宪身恍然大悟：王奋修要办女学的事，他老婆肯定知道也支持，他的东冶徐家丈人家也肯定知道也肯定支持。虽说丈人家主不了女婿家的事，但他的老婆只要一反对，他王奋修要办女学肯定是办不成。整个东冶北沟，整个五台县，谁不知道东冶徐家是什么人家。况且，王奋修又怎么就想起个办女学的事，还不是受了他东冶徐家丈人家的影响。想到此，他叹了口气，道："发荣啊！大哥不是反对你办女学，只是感到黄鸡一窝，黑鸡一窝，一窝是一窝的样子。像咱们王家庄的人，大部分都是通天瞎棒，就知道个撅起屎子在地里受苦的人。尽管有生男不如女的说法，也没有个谁家想让女娃念书。咱比不得你丈人家东冶徐家，人家是多少年的官宦人家书香门第，有了女娃娃捎带地就能认几个字。有句话大哥必须提醒你，你让咱村的女娃娃们念书，讲道理大人们根本不听，只能靠利诱，这可都是要花你银子的啊！"王奋修道："这我知道，我愿意，反正那几个钱我还是花得起的。我原以为给每个来上学的女娃娃每年做一身衣服，一切书籍和纸墨笔砚我都给她们置办就行了。今儿听了你的话，也为你能顺利地当好我的这个女学总管，我情愿再出点儿钱，每个念书的女娃娃晌午管一顿饭。教书先生和长工吃甚她们也吃甚，念一天书给他们一个制钱。你看咋地大哥？我王发荣就当是救济了那些女生们的家长了还不行？"王宪身赶忙道："行，行，可不少了！这样一来，谁家不愿意让他们的女娃娃来上学？都愿意，愿意得很！"王奋修道："下来我想跟大哥你谈一下你的束脩。咱弟兄俩不用明说了，来，马褂襟子底下揣手吧！"王宪身一下没有听清楚，问道："你说甚？"王奋修道："我得花钱雇你当总管大掌柜啊！"王宪身叫了起来，道："哎呀，这可不行！你王发荣能为办女学花那么多钱，我王宪身又不是光景不行，还要拿薪水做甚？多少我不要，就当帮你帮了女学了。"王奋修感慨道："还得是大哥，你确实是老好人啊！不过，这是贴钱的事，也不是合伙投股做买卖，你要参与进来破费，那老天爷可是要剥夺我王发荣的。你若不说个多少，那就我看着给你就是了，多少不要嫌。"王宪身还要支吾，王奋修假装生气道："大哥你咋这么倔？你要再倔，我可不给你开田产清单做中人了。"王宪身方才妥协，叹了口气答应下来。

两人相跟着出了和大门来到大槐树下，王奋修指了指西阁阆口石圪台下的那一溜房，向王宪身道："这就是我盖的女学，咱进去看看！"两人走了进去。王宪身看时，七间屋子做成了三个两间一个单间的格局，每个两间的屋子都已把墙壁粉刷白了，匠人们正准备打炕箱子盘炕。王奋修道："家暖一条炕，冬天女娃娃们来时，炕烧得热乎乎的就不怕冷了。"王宪身点点头，却又想起什么道："哎呀，可不对！依我看，把先生住的那个家盘上炕就行了，先生要累了可以躺一躺，女生学堂不要盘炕。"王奋修一时没回过味来。那几个匠人也愣了，忙问为什么。王宪身道："来念书的女生都是刚裹成小脚的女娃娃，上了炕趴在炕桌上念书写字倒是不错，但上炕该不该脱鞋？不脱鞋，鞋底的脏东西和土会带到炕上，一脱鞋还不把人家女娃娃们羞死了？再说，炕沿下放上一排尖尖的女娃娃鞋也不雅观吧！"大家轰的一声笑了。王奋修也笑了，向匠人们道："大家歇一歇吧！喝口水，抽袋烟，都怪我失计较了，还得重返工。"大家便住了营生，坐下来喝水抽烟，一边也就顺着话题谈论起女人们的小脚来。说这给女人裹小脚，也不知什么朝代留下的，裹时叫女娃娃们痛苦受罪，裹成了也把个女人闹坏了。在家只能做针线，拉小磨子奶娃娃，做茶打饭还凑合，根本走不得路。富人家还可以些，穷人家可也就给男人们添下了麻烦，成了累赘。这裹小脚，尽管谁都知道没有丝毫的好处，却不知为何一代一代传下来就是要给女人们裹。

有人说给女人裹小脚是商纣王时留下的：商纣王宠幸的妃子有一个雉鸡精。雉鸡精怕自己的鸡爪子被商纣王发现，就把鸡爪子裹起来。商纣王觉得挺好看，便下令天下的女人都裹脚，于是流传至今。有人说古代有个皇帝有个天生是小脚的妃子，长得很好看，走路东摇西摆的，很受皇帝的喜爱。女人们都羡慕那个妃子的小脚和走路姿态，自己脚大怎么办呢？便裹起小脚，于是这成为女人们代代相传的风俗。王奋修便在一旁冷笑，道："你们这才是胡说哩！就咱们大清来说，旗人们女子就不裹脚，皇上也照样待见，慈禧太后人家还执掌朝廷呢！外国女人也不裹脚，人家的男人就不爱见了？欧罗巴英吉利还是女人坐朝廷呢！"大家一下不作声了。王宪身道："发荣你是听你外东冶徐家丈人家说吧！听说松龛先生写这叫什么《瀛寰志略》的书，是专门说外国的事哩。不过外国不能跟咱们中国相比，咱们的事还是从咱中国说才对。"王奋修道："从咱中国说也一样。传说朱洪武的老婆马皇后天生一双大脚，朱洪武就是很待见，根本不跟别的妃子睡觉，娃们都是马皇后生的。还有，不知你们听说过没有，我外东冶伯丈人松龛先生的妈也是个大脚。"

大家好奇地叫了一声，向王奋修围拢过来要他讲。王奋修便讲了起来：说的是徐继畲考中进士又得了朝考第一的"朝元"后，在翰林院担任编修。有一年，徐继畲的母亲有事到了北京，徐继畲赶忙派了二人抬的小轿子去接。徐母没有裹过脚，坐在轿子里轿帘遮不住脚尖。街上看到的男男女女不免窃笑。徐母很是气恼。徐继畲在轿旁低声劝母，把脚尖稍稍拉回，免得被人们笑话。徐母却一掀轿帘下了轿，故意亮出了大脚，指着徐继畲骂道："嬷天生就是这大脚，这大脚又咋了？丢了你的人了？背了你的兴了？还是嬷不如人了？"慌得徐继畲急忙下跪叩头，请母亲息怒。徐母这才气哼哼地上了轿走路。那些大街上笑徐母大脚的人也回过味来，一个个面红耳赤灰溜溜地离开。

王奋修道："所以我说，女人好不好，并不在脚大小！你们家里有女娃娃的，谁愿意不给她裹脚，我给你一两银子。"

门外忽然传来一声："这是又给谁银子了？"大家扭头一看，却见王奋坚手持五尺杆，和几个襻着绳子扛着锹镢的汉子进来。原来，由王奋坚主持的大和寺盖戏台的工程今天开工，前晌的工夫刚量盘了地基，标划了场地，现在回来吃饭。听到王奋修和王宪身正跟匠人们说笑，便也拐了进来看看。王奋修一见，向大家道："走吧，营生不在紧慢，不能误了吃饭。人家回来吃饭，咱们也回家吃饭。"于是大家便磕打擦洗工具上的泥灰土渍，拍打身上尘土，捡拾上自己的旱烟袋，擦熄为吸烟时点烟用的火秧子，跟着王奋修出了门，向和大门走去。王宪身不是被雇的匠人，扭身要回家，却被王奋修拉住，道："回家做甚？从今儿起你就是我的女学总管了，就在我家吃饭。这几天跟匠人们吃，以后先生来了跟先生吃，也省了大哥你儿媳妇侍候你饭的事。"王宪身只得随往。

众人进了和大门一分为二，属于王奋坚所雇的往西拐，属于王奋修雇的便往东拐。王宪身正要往东，却被王奋坚叫住。王奋坚有些想说清表白地道："本来，我是想叫大哥你领起班来跟我一起盖戏台，发荣他却提出来要你给他当女学总管，弄得我这个当哥的只好让他。"王宪身忙道："好说好说，弟兄们无所谓。"王奋坚道："我不是跟他计较这事，我是想问你，发荣他办这个女学有什么意思？"王宪身道："发荣是个有大心思的人，不是你我之辈能比的。"王奋坚冷笑一声，道："依我看，他真真儿是个败家子，尽是胡闹。我叔叔给他留的家产，说不定让他给败了。"王宪身欲解释，有人出来叫他吃饭，说东家还要给大家摆席喝酒。坐席的人们数王宪身辈分高又岁数大，叫他赶忙去坐首位。王宪身便与王奋坚分手。王奋坚冷笑一声摇摇头，也回了自己家招呼大家吃饭。

王宪身是个重承诺守信用，办事又极认真的人，对人一旦应承的事就非要办到底不可。从王奋修家出来，他便开始绕村动员那些家有十岁以上，裹脚已能行走的女童父母，让他们的女儿到王奋修创办的女子学堂上学。一开始他认为这是件很费口舌的事，不料办起来却很容易。一是王宪身在村民们心目中大公无私很有威望，大家见是王宪身来说，便也不怎么支吾；二是听说王奋修提供了一切读书用具，又给孩子做一套衣服，中午还管一顿饭。这是尽利无害的事情啊！能不能念下书，能不能识字倒无所谓，能得到便宜利益谁不想争取？动员过几家后，反倒有些家长寻上门来，要求自家十岁以下的女娃娃也来王奋修所办的女子学堂念书。王宪身便给他们解释，女子学堂之所以不招十岁以下的女娃娃，是因为这些女娃娃正处在裹脚受罪不会走路的时候，连路都走不了，又怎么来女子学堂上学？这些家长恍然大悟，立刻回家逼迫自家裹起脚来的女娃娃学习走路，一时间，王家庄村里女童们的哭叫声此起彼伏。王宪身一看不对，又急忙一家一家地告知，凡入学的女童，非十岁以上不可，方才把村里女童们的哭叫声压制下去。有人几笑王宪身道："真个笨哩！一家一家地跑，不能写上个告白贴出来？"王宪身叹道："村里人不识字的多，写告白传消息哪能顶上我跑腿告他们说。再说，咱这王家庄可又有多大呢？"确实也是如此，王家庄村当时的前沟、南谷嘴、贺家嘴和西庄墙西门外都还没有人家居住，全村总共也就一百七十多户七百来口人。王宪身跑了不到两天便把能来女子学堂的女娃娃们落实下来，量了身高胳膊长。来上学的连同王奋坚家的闺女玲玲总共十个女童。王奋坚原准备支吾两声，却因王奋修事先给他封过嘴，也只好作罢。就这样，王宪身把这十个女童的花名和做衣服的尺寸顺顺利利地交到了王奋修的手上。

王奋修大喜，立刻请妻子徐氏和老妈子商量，看该给女学童们做什么样的衣服，让王宪身再寻两个木匠做几条供女学童们念书使用的桌凳。这时，王家庄村的盖戏台工程也在热火朝天地进行中。王家庄的村民们人人心情振奋，既看出了王奋坚和王奋修这两个王家庄村的土豪弟兄的较劲，也预感到了村子将要出现新面貌。只要自家没有紧要营生，便去戏场院或是女子学堂院，看有什么营生要帮忙。从心里说，既是想到这两家大财主家吃那一顿油炸糕和炸米窝窝的帮工饭，更是感到应该为村里做点儿苦力上的贡献，让心里感到过意和熨帖。

第十八折：
和大门商议唱大戏

　　大清同治十一年六月十九是王家庄村值得纪念的一个日子。这一年闰五月，也许尧岩山里的龙王爷预感到了什么，对王家庄村格外留心关照。王家庄村的年景出奇地好，庄稼、梨果和枣都是丰收在望。六月十七立秋，立秋挂锄钩，田里的庄稼长势已成，再不用作务了。农家有了短暂而闲适的歇息时间。六月十九又是观世音菩萨的成道之日。王家庄村的人家一早就到河坡村口，向村口门洞顶挂有"慈航普度"门匾的阁殿磕头进献香烛。尽管殿里所塑的观世音菩萨年久褪色，但大家都知道他仍然神通广大。紧挨观世音菩萨的老者姜太公，日夜守护着王家庄村，担负着顶挡小银河东郭家庄村玉皇庙里玉皇大帝的煞气。村里人们自然心存感激，在敬献观世音菩萨香烛的同时也要敬献姜太公一份香烛。还有正北门洞顶上老爷殿里的关老爷也是不能冷落的，也得敬献香烛。进了关老爷殿的门洞便是昔日的大和寺，王家庄村里新盖的戏台就在大和寺的下院。烂落不堪的下院房舍都已拆除，整修出了一片供人们看戏的场地。上院的花拦墙也已拆除，略加整修便自然而然地成了供女人们看戏的月台。左右配殿并无改变，只是正面献殿多了一对銮驾的架子，成对插着金瓜、钺斧、朝天镫、大刀、长矛和棍，涂了朱红，准备为迎接尧岩山里的龙王爷回村看戏而使用。下院的戏台已经盖停当，整体规模虽不及阳白村赛台改成的戏台，但唱戏却是正好。戏台顶为卷棚硬山顶，飞檐带挑角。迎面一大二小三券口，中间为祥云二龙戏珠，两边是瑞草宝相花暗八仙。戏台上，两个木匠正制作安装分隔前后台的隔扇。戏台檐下，一个油漆匠站在条桌上，在他的徒弟侍候下用颜色涂抹着券口花纹。进了戏场相看的人们见戏台工程已进行到这个程度，无不感到欣慰和兴奋。这是王家庄自立村以来盖的第一座戏台啊！虽早就听说过唱戏，但好像都是京城府州才有的事。近年来才听说有些平川大地方的村乡里也兴起了唱戏，直到阳白村里不演松台褚家忘八的赛戏了，把赛台改成戏台唱了孟海生的戏，人们才感到唱戏确实是来了。看过了阳白村唱戏敬神的那个红火样子，再想想自己村里要是请回尧岩山的龙王爷唱戏敬神的红火，真是太让人激动了。戏台和唱戏，是村里的旺气啊！人们纷纷向这几个月来一直为村里操劳着盖戏台，直到现在都守着戏台操劳，身形明显有些消瘦下来的王奋坚打问村里什么时候开业唱戏。王奋坚摇着扇子，骄矜而又有些自鸣得意地回答道："秋了罢总可以吧！收完秋，大家痛痛快快地敬一敬咱请回来的尧岩山龙王爷，痛痛快快地看他三天大戏！从现在开始，大家就给咱村跟寻，看有谁家的戏班子那个时候能来咱村唱戏。咱不怕多花钱，越贵的戏班子越好。咱村立世以来的头一回演戏，还不得好好红火红火、庆祝庆祝？"所问者无不高兴地点头称是。

一阵噼里啪啦的鞭炮声从村中大槐树那个方向传来。就在人们发愣的一瞬间，王奋坚有些冷嘲地笑道："愣什么，敢情你们不知道？发荣的女子学堂今天开学，你们还不跑去看看？人家那可红火了！"这些人才恍然大悟：人们早就私下疑惑王奋修开办的这个亘古从未有过的女子学堂，原来它今天开学，确实应该去看看，便又一窝蜂向大槐树跑去。但见大槐树下早围了一大群人，更多的是女人。那些要上学的女娃娃穿着统一的白衣蓝裙，由她们各自的母亲拉着手从和大门出来。她们的母亲腋下夹着女娃们换下来的衣服，脸上带着喜欢的笑容，和她们的闺女一起踮着小脚，扭扭捏捏、摇摇摆摆往坡下走去，想来都是在王奋修家一起换的衣服。路过西阃阆口，到了朝西的女子学堂院大门口，却又迟迟疑疑、探头探脑不进去。忽听院子里有人喊道："在门口眊瞭甚？还不欢欢儿进来，快进来！"却是王宪身老汉的声音。这些母女们才拖拉着手走了进去。那些大槐树下准备看稀罕红火的女人们一见，也忙相互你拉我拽吃吃笑着跟进去。倒是那些也想看稀罕红火热闹的男人们胆小了起来，只从大门口张望，再不肯进去。

女子学堂院子东西长、南北短，西面院中央安了一张八仙桌。桌上放了升斗子，插着写有"天地君亲师"的黄表纸牌位。原先，王奋修准备像家庭私塾请先生一样，立一个孔夫子的牌位，但王宪身不同意，说这个女子学堂只不过是让村里的女娃娃们识几个字，明些礼数和道理，又不是像男人一样谋求功名富贵，搞学而优则仕。立孔夫子的牌位，反倒有些想让女娃娃们学成后要科考的意思，与办女子学堂的初衷不符。王奋修也想起了五台县城崇实书院里他堂叔伯伯丈人徐松龛先生的父亲徐润第写的楹联："学以明人伦也，若为功名富贵而来，发足便已错了；

道在求放心耳，徒工语言文字之末，到头成个什么？"便听从了王宪身的话，改立了"天地君亲师"的牌位。牌位前的香炉蜡台里有点燃了三炷线香、一对明烛。八仙桌两边设两张太师椅，东家席位上坐了王奋修，西宾席位上坐了王奋修特意请的阳白村的落拓老秀才孟保中。这个老秀才，王家庄人都知道，有一个怪毛病，就是好吹笙，到财主人家教私塾，常在教书之余吹笙自娱。初时，东家尚感新奇好听，但天天如此便觉得厌烦。而且他也不管东家有什么事，心情如何，只要吹起来便陶醉在其中，一味地嘟嘟下去，直到累了才肯罢休。整个小银河善泉都的财主人家都知道他的这个怪癖，绝不会请他为西席先生。他又不会农桑，日子过得紧巴巴的。王奋修却不烦他这个怪癖。女子学堂在和大门外老槐树下大街上，教书之余，你爱吹吹去，也碍不得谁家，反倒给村里添了一种祥和之音，人心感到熨帖。再者，王奋修本人也喜欢音乐，只是顾不上钻研罢了。请孟保中来当西席，束脩跟其他秀才一样，孟保中很是感激。更让孟保中感到轻松愉快的是，没有让女生日后到五台县衙考取童生资格的责任，自己可以无忧无虑地挣上教书的银子钻研吹笙，天下哪有此等便宜的事情？两人打扮得整整齐齐，俱是清一色的黑缎瓜壳帽，兰袍黑缎马褂，端端正正坐在太师椅上，等候女生们的参拜。

王宪身也衣着一新，却没有穿长衫。他这个女子学堂总管现在是司仪的角色。他指挥着女生们整整齐齐地站在王奋修和孟保中面前，看着这些着统一白衣蓝裙装的花枝招展的女娃娃们，一个个流露出新奇疑惑、兴奋不安神色的面容，忽觉得有些心生感慨。本来，按着议定的仪式程序，让这些女生集体行个礼，拜一拜天地君亲师的牌位和王奋修创立人，还有孟保中教授先生就行了，然而事到临头他却感到很有些话要说，忍不住向所有进来看红火的男女老少提高了声音道："家人父子们啊！今天是大清同治十一年癸酉年六月十九良辰吉日，是咱们王家庄村大善人王发荣创办的女子学堂开学的日子，这是咱们村，也是咱这一带盘古以来的大事啊！自古以来，家家都重视男儿，有钱的人家单家独户，没钱的人家三家王家联合起来，请上先生教男儿读书。除过官宦人家，有谁家请上先生教女儿读书？没有的事啊！可是啊，咱村的大善人王发荣偏偏就把这个女子学堂办起来了。有人疑惑了，女儿念书，既不能去代州考秀才，也不能去太原考举人，去京城考进士中状元，这是图甚哩？我这里实实在在告诉大家，咱就是图把咱们的女儿培养成通文识字的好闺女，嫁个好人家。女儿学了文，寻他个好女婿。有人笑哩，笑甚哩？大家有眼，都能看见，看看咱大善人发荣娶下的媳妇，通文识理，相夫教子，把家治理得井井有条，你们谁家的女人能像人家？咱就是想把咱村的闺女培养成像人家那样的女人啊！有人说，嫁出去的女，泼出去的水，咱管那么宽干甚哩？问题是，咱们也要娶媳妇儿啊！咱们泼出去的水是脏水，谁能把干净清亮的水泼给你？有道是，'娶一个好媳妇儿旺三代，娶一个赖媳妇儿败三代'。咱们再不明理，也知道个有三门好亲不算穷，女儿家是第一亲的道理。咱的闺女通文理寻下好人家，还怕不沾光吗？大家不是说咱村风水不好，生男不如女吗？可是生下女儿也得培养啊！只要咱们生下女儿舍得培养，说不定世道一变，咱村还中他几个女状元啊！"

"说得好哇！"人群里突如其来的一声喊叫把在场的人们都吓了一跳。只见一个汉子从人群中闯了出来，来到王奋修面前，他是南股有名的冒失鬼王银海。这人有个特点，好打断别人的话，插些自己观点或者问话给人难堪，这种行为俗称"将军"。只见他朝王奋修双手一拱，道："请问发荣哥，你这个女子学堂是要高兴办一时呢，还是办一世呢？"王奋修一笑，道："只要我王发荣有一口气，这个女子学堂就一定要办到底！"王银海叫道："好！"向大家道："家人父子们听清楚了吗？咱们就等着，说不定还真能看到有女状元出自咱王家庄呢！"又向王宪身道："你这个老好人还等甚？还不快些让你的女学生参拜人家王发荣？"王宪身立刻借坡下驴，指挥女童行礼。一时间，这些女娃娃们纷纷双抄手，扭身迈左腿，略下蹲，微点头，向八仙桌上供着的牌位和王奋修、孟保中行起了女子礼。虽不是整齐划一，却也袅袅捏捏、楚楚动人，显得十分可爱。全场观看的男女都乐得笑了起来。礼毕，王宪身把王奋修给女生们买的仿纸、毛笔、砚台、墨锭、石板、石笔，一一发了下去。因所念的书籍不好买，王奋修便与孟保中秀才商定，以仿引替代。孟保中的楷书在阳白村乃至整个善泉都很有名，便统一替了仿引，内容是四折九宫三十六字《女儿经》："女儿经，仔细听，早早起，出闺门，烧茶汤，奉双亲，勤梳洗，爱干净，学针线，莫懒身……"让女生们描写朗读背诵。作为孟保中秀才也有自己的教学打算：对这一期女生先教《女儿经》《弟子规》，再教《三字经》《千字文》，女生们便也初通文墨了，往后再视情况而定。当下，王宪身把女生们领到教室，孟保中跟了进去。王宪身引导双方重新见礼。孟保中让女生坐好，拿出仿引，指示大家从右到左，从上到下跟他朗读仿引。大家经过找不到上下头尾的混乱，胆小害羞不敢出声的羞涩扭捏后，终于能朗读出声了。王宪身长长地出了口气，出了学堂教室。发现院子里很多人在听这些女娃娃们读书，人人脸上露出新奇的神色。王奋修也在，见王宪身出来，长长地舒了口气，压低声却又兴奋地道："大哥，我梦想成真了！"

从此，王家庄村大槐树下，白天是女学生们的读书声，晚上是孟保中秀才如吟似诉的吹笙声，成了王家庄村，依现代时髦的话来讲，一道靓丽的风景线。每到夜晚，村里的一些闲汉就会来坐在大槐树下，听学堂窑里孟保中秀才吹笙。

日月如梭，光阴似箭。转眼间到了白露时节。王家庄村秋来早，一到白露就开始了忙碌，卸瓜、摘梨果、打枣，紧接着就是先梁头后沟里地收割庄稼。八月秋忙，秀女下床。女子学堂也放了假让女学生们回家帮助大人秋收。今年的节令不是以往"先秋分后社，放下连枷就借"，而是名副其实的"先社后秋分，一定好收成"。是过了土神的祭祀日才到秋分节气。家家户户不论贫富，都是喜气洋洋累死累活地忙着收秋。转眼间寒露过了临近霜降，满岗的梨树叶子泛出了红色。远远望去，犹如团团火焰燃烧；近些再看，又似满树绽开了红花。景色更比春天千树万树梨花开时娇艳热烈。随着粮食入仓和秸草的回收，人们的心情也随着那梨树叶子越来越红，越像燃烧的火焰一样躁动跳跃了起来。人们相互见面，不是以往的"吃饭了没？"，而是"听说唱戏呀不？"

这天王奋坚正指挥着几个长工在打场，王银海突然领着一个汉子来见，说是五台清水河一个叫河北里的村子里的子弟班庆梨园戏班写戏的前来写戏。王奋坚心头一喜，正要答应，却又怕这个戏班不如在阳白村唱过的孟海生戏班。再者，又是村里新盖了戏台的第一台戏，要唱超越孟海生的戏，最低限度也要跟孟海生的戏打个平手！否则就会为邻村上下所笑，丢了王家庄村里家人父子的脸不说，更丢他和大门家的脸，以后他王奋坚还怎么做人？便问那汉子知道不知道孟海生的戏班在哪里。那汉子看出了王奋坚的心事，哼哼一声冷笑，道："不是小人说你，你太囿于见闻了！自从松台忘八家赛戏衰落，不说其他地方，就咱五台来讲，有识见的豪绅好汉从南路请艺人组的戏班，或是请师父买上南路娃娃打的戏班，又何止二三十家，超过孟海生的亦不下十来家。再说，孟海生戏班有什么好的？连个坤角儿也没有，男人唱旦，不是拿腔捏调，就是老声愣气，身段做工也不好看。我们戏班，不是吹，所有旦角行道全是南路来的当红坤角儿，唱出声来扮出相来，那才叫好听好看！不说其他，就凭这一条，我们庆梨园戏班在五台县也是占头一份的。员外你若不信，待戏班来了后，你只要舍得花银子，尽可将各个坤角儿请回府中逐一揣摩揣摩，看小人说的是也不是？"王奋坚还没说甚，王银海反倒沉不住气了，兴奋地向王奋坚道："那还说甚？咱们就写这家戏班子好了！"王奋坚道："莫非你小子想揣摩人家的坤角儿了？"王银海叫屈道："我的奋坚哥哩，你说这话也不怕闪了舌头。我就是说我想揣摩也没你那银子啊！我只是怕现在秋罢了，答报神恩唱戏的村子很多，咱要不写定这家的戏，万一再写不下戏，可不就辜负了咱村今年这好年景，辜负了咱村你那辛苦主持下盖起的新戏台，也对不起多少年来一直保佑照顾咱村雨水的尧岩山里的龙王爷啊！"王奋坚还没说甚，那写戏的汉子却又听出了利苗，向王奋坚道："员外你再听小人道来。按普天下我们戏班的规矩，在新戏台唱头一台戏，为了给村里和戏班带来吉利，必须进行打台仪式。这是村里和戏班谁家也不能忽略的大事！要不然，村里万一在唱戏的日子里发生了打架斗殴而死人的事，或者是戏班在唱戏时失手死人的事，谁能负得起责？必须用打台仪式驱逐了凶神恶煞、妖魔鬼怪才行。"王奋坚啊了一声，问道："还有什么？"那汉子道："还有的事就是看村里的情况和纠首们的心思了。有的村请戏班的人坐个席，摆个酒，吃喝一顿；有的地方嫌麻烦，给戏班每人三吊五吊钱。反正都是为村里辟邪，散个福吧！一切看村里情况，都是无所谓的。唯有我前说的打台仪式，那是必不可少的！"王奋坚点点头，若有所思，仍旧还没表态发言。王银海问道："奋坚哥你不是在盖戏台初就说要在秋了罢村里唱戏吗？现在戏到你眼前了，你还犹豫什么？"王奋坚道："我想，村里唱戏这么大的事虽来不及找齐纠首们商量，也得跟发荣商量一下才好定夺。"王银海一下火了，道："人家发荣办女子学堂也没跟你商量，照样办了起来，给村里添了旺气红火。你唱戏也拿不了主意。这事要给下我王银海，有你一半儿的家产，我一家就把这戏包了，让家人父子们白看了这戏。我看村里有谁骂我？"王银海的这几句话一下激起了王奋坚的二杆子脾气。王奋坚也火了，道："我这不是眼里有你们大家吗，又不是给我一家唱戏！写就写，你道我不敢吗？走，回我家！"扭头雄赳赳地向他家里走去。

王银海和那汉子跟着王奋坚进了大门进二门，穿过前院到里院，来到正屋中堂。王奋坚问那汉子可有写好的唱戏契约。那汉子赶忙掏出写好的两张麻纸双手递上。王奋坚一看，却是一式两份的契约，内容跟那汉子所说的差不了许多，戏价只是三天三十两银子，外加打台一说，充其量不过三十五两银子。他冷笑一声，并不还价，取过笔墨，签了自己的名字，又在名下画了十字花押。向王银海道："你也过来签名画押，当个中人。他们戏班

不来，我拿你是问！"王银海扭头向那汉子道："你一上河坡就
碰了我，咱俩素不相识，你不会诓我们吧？"那汉子道："我又
不拿你们一文钱，诓你们何来？我们虽是戏班，却也是做生意
的，讲的是诚信待人。契约上已有了我的签名和画押，为表诚
信，我再重签一个名字画个花押。倘若到时失信不来，你们就拿
此约到五台县衙告状，让官府惩治我们还不行？"王奋坚道：
"自古以来，男人说话便是写约，说那寡话做甚？"王银河一
笑，拿起毛笔就要签名，忽然一愣，向王奋坚道："这约上得写
哪一天唱戏吧，要不，他们该哪一天来？"王奋坚一愣扑哧一
笑，道："真是，真是，娶回媳妇儿来忘记了进洞房了，把最关
键的一步丢了！"拿过皇历和王银海看了起来，九月初八为良辰
吉日，宜祭祀、祈福、迎神、出行、会友，若要迎神赛会请龙王
唱戏那是再好也不能的，节令又在霜降和立冬中间重阳节时，天
气依然暖和，正是看戏的最佳时节。便问那汉子道："九月初七
起唱怎样？"那汉子道："看王员外如此痛快豪爽，假如有别的
村跟咱王家庄马叉着，推过他们也得来咱王家庄！"王奋坚道：
"好，那咱们就定了：初七起唱，初九末唱，初八为正日。"那
汉子道："这没问题！我们的人员初七准来不误打台，我带武场
和文场唢呐初六晚上准到达。"王银海奇怪道："早来没用啊，
我们村还得多花嚼裹咧！"那汉子道："我听出来你们不是要请
龙王回来看戏答报神恩吗？请龙王还不得咴火带炮大吹大擂？假
如你们村有鼓班子倒也算了，要是没有，我们的锣鼓唢呐正好派
上用场。这事我可以做主，不另要钱，只是多了六七个人的两顿
饭，莫非你们村里就掏不起了吗？"王奋坚向那汉子道："这事
你别跟他说，依你就行。别说六七个人的两顿饭，就是六七十人

的二十顿饭我王某也能出得起！"当下在契约上填了唱戏的日期，留下一张，交给那汉子一张，顺势挥手示意他可以走了。

那汉子忽然扭捏起来，吞吞吐吐好似还有话说。王奋坚奇怪道："莫非你还有话？"那汉子吭哧了两声才道："实不相瞒，小人所带的干粮早已吃完，府上可有窝头或是野菜扩垒蛋子给小人两个，小人在路上充饥，若没有也就算了。"王奋坚慨然道："看戚人说甚了，既相识就是朋友。"朝外喊了一声，有老妈子进来。王奋坚吩咐道："领这位戚人到伙房里吃饭，让银海陪吃，酒也给他俩烫上一壶。"老妈子应了一声，伸手向那汉子和王银海示请。那汉子赶忙向王奋坚道谢。王奋坚道："这谢什么？本来我该陪戚人吃饭，只是我是跟长工一起吃的，这会儿还早。戚人走时要拿干粮 想拿什么就拿什么，别不好意思。"那汉子再三道谢，方才和王银海跟着老妈子去了。

和大门家的传统，每逢春耕、夏锄、秋收的大忙季节，伙房里每天都是柞米窝窝、油糕、银裹金黏卷、炒山药丝、煎烩节令菜蔬，间隔一两天还有烧酒，让长工和帮打短工的伙计放开肚海吃。王丁臣老祖宗留言："人是铁，饭是钢，受苦人全凭吃上饭。"春天招考长工的第一道题不是看应试者锹、犁耙耍得如何，而是看谁吃得多，优胜者才有资格当选。那汉子跟着王银海来到王奋坚家人伙房，美美地吃了一顿，又拿了几个大花卷，跟王银海又看了新盖的戏台和戏场院，方才心满意足而去。

王奋坚放好了唱戏的契约，出了大门欲往打谷场而去，略一思忖，却往王奋修家而来。果然不出他所料，王奋修正与王宪身和孟保中老秀才坐在正厅抱厦饮茶品茗。却原来，三人正商议教学。王奋修要求孟保中在新学期每让学生习写仿纸一张，并开讲一张仿纸的意思内容，不走以往私塾老师教授学生"书读百遍其义自见"死读书背口鼓子的老路。正商议间，见王奋坚进来，便让其坐下来喝茶。王奋坚见大家都是用小茶盅喝茶，茶水呈黄绿色。呷一口尝尝，其味清雅，口齿留香，以前却没有喝过，便问是什么茶。王奋修便揭开茶壶让其观看。王奋坚俯身一看，一股浓郁的茶香从鼻子里直冲入脑髓，令人神清气爽，再看壶中茶叶，却是分有旗枪的茶芽，猛悟道："哎呀，这就是人们所说的龙井吧？"王奋修盖上壶盖，道："哥，你猜得不差，正是此茶！这是我到东冶，老丈人给我的。听老丈人说，这是南方一个当官的托人送给他哥松凫先生的。他哥松凫先生体寒，不爱喝这绿茶，便分一半送给他。我丈人他又分了一多半给我。哥你既然认了出来，又觉得不错，我再分一半给你。"说着就从身边拿过一个茶叶坛子来让王奋坚看。王奋坚道："我一个雇长工养种地的土财主，只配熬起砖茶和长工一起喝罢了。像这种龙井绿茶，是文人学士细细品味的东西，让我说，你还是将想给我那一半儿给了孟先生和大哥品喝了算了。他俩在你那女子学堂，正是个喝这种茶的主子！"那孟保中倒也滑头乖巧，立刻朝王奋坚双手一拱道："承让承让！"惹得大家一笑。

待大家笑过，端起茶又喝了一口放下茶盅后，王奋坚便向大家把写戏的事说了。大家顿感惊喜。王宪身伸出手掐算了一下，吃惊道："哎呀，原来就是七八天的时间了，得赶快和各股的纠首们商量，通知下去，让家人父子们安戚人，做些豆腐蒸些馍馍什么的，做好准备呀！"王家庄村里以往神社佛事缺乏，自王奋坚、王奋修考了武秀才后，村里那些跟着学过武艺的后生们才组织起来耍耍武术社火，在纠首们的带领下敬敬村里的五道爷和河

坡头起门洞上的各路神佛。除此之外，纠首们便无事干，害得他
们有时也忘记了自己是纠首。现经王宪身提起，自然想到要把戏
价及摊派的事向纠首们做个交代，好让家人父子们有所准备。大
家便问王奋坚戏价多少。王奋坚不屑地道："总共不过三十五两
银子，把一切花销全部算上，加上点浪费糟蹋，四十两银子顶塌
天了。我不用你们任何人还有家人父子们帮衬，我全包了。"王
奋修惊异道："这情理上不对哇！唱戏是全村的公益事，你怎么
想起自己掏银子？"王奋坚反驳道："那办女子学堂也是全村
的公益事，又是个年年掏钱填不满的枯井，你掏银子全包了就
对，村里唱戏我全包了就不对？"王奋修道："这你还不明白？
我办女子学堂全村人都反对，只是我执意要办，我不掏钱就办
不起来。这唱戏是全村人都拥护的事，谁家也愿意掏钱。你掏
了钱让大家白看戏，人们还不如意呢！"王奋坚还要说话，却
被王宪身止住，道："我觉得还是你兄弟说得有理，况且咱还要
迎尧岩山的龙王爷回来看戏，有了好年景大家都想答报神恩，你
要一人全包了，莫非尧岩山的龙王爷也是你的？"王奋坚顿时张
张嘴说不出话来。孟保中在一旁笑道："还是你们大哥，看一下
掐到你喉咙里了吧！"王奋修也忍不住扑哧一声笑了。王奋坚认
输自嘲地道："行行行 依上你们，省下我的钱我还高兴哩！"
接下来大家就商量摊派戏价的事：先提出按户摊派，一商量却觉
得不对，每户人多人少情况不等，会让人少的户有怨言，认为不
公道。再提按户以人口摊派，一开始觉得似乎有理。这家人口
多，看戏的就多，理应多摊钱；那家人口少，看戏的就少，理应
少摊钱。再一考虑，却又觉得不对，遇上人多地少的穷人家，给
他加重负担；遇上人少地多的富人家，无形中让他们占了便宜，

也是不公道的事。最后还是王宪身拍板，道："以我看按地亩摊派最公道！咱们这戏是秋了罢答报尧岩山龙王爷的戏，地亩多的人家自然多受了龙王爷的恩惠照顾，他家就该多掏钱；地亩少的人家接受龙王爷的恩惠照顾自然也就少，少掏钱也是情理之中说得过去。"大家一想也确实在理，更公道。即使有的人家因为其他事没顾上看戏，若按地亩向其摊派戏价，他也能心悦诚服地接受。于是决定了以地亩摊派戏价和一切用度费用。接着，王奋坚强调："这是咱王家庄立世以来的第一次唱戏，一定要搞得像模像样。叫几个劳力把街上整修一下，做到清水洒街、黄土垫道；把河里的踏石全部更换成大而平的，支稳放平，防止来看戏的邻村上下的亲戚朋友们因为踏石不好而跌到河里；还有，连戏台带河坡顶门洞上的各神殿庙宇，还有戏场院上院里的所有房舍和准备请放尧岩山龙王爷的神厅献殿，所有的明柱屋门都要贴上对联。"王奋修看了一眼孟保中。孟保中自告奋勇，道："你们把红纸准备好，写对联包在我身上，赶初六一定完成。"

大家点点头。的确，孟保中的字真楷行书厚敦秀丽很是好看，可惜在阳白村四月十五唱孟海生的戏时没派上用场，全让那个高辈分的族长孟兴元老家伙包了。这让孟保中很不服气却又无可奈何。现在王家庄村唱戏，正好一显身手，让阳白村里来看戏的家人父子和邻村的亲戚朋友看看，到底谁的字好。孟保中摩拳擦掌按捺不住，真想立地就写，却见他们三人仍在思谋想算营生，忍不住道："还想算什么，你们纠首会不开了？"王奋修道："纠首会只是个样子，这里想算好，往下派工就行了！"孟保中叫了起来，道："哎呀，我算明白了，王家庄的事全是和大门你弟兄们决定，还有你弟兄俩的幕僚长老好人大哥！"

大家笑了笑，也不搭理孟保中。孟保中哼了一声，扭身向外欣赏台阶上的那盆金丝菊，耳朵里却听他弟兄俩商议：王家庄村的田地就数他们北股多，北股又数他们和大门家多，村里唱戏迎神赛会必须由他们北股和大门家掌控，初六由王奋坚带香烛纸马和炮仗到尧岩山龙王庙去安龙王龙母回村看戏。为防和别的村撞了日子，村里挑上几个武功好的后生，带上铁尺、拐子、霸王拳、鞭杆护身，但一定不要带刃头家具，防止意外伤人。一定要抢在最前头安请龙王爷，防止和后来的撞了日子的村争斗。万一遇上不讲理的灰货，咱一定讲理把好话说尽；要是对方还不听，咱也不是省油灯。只要不用刃头家伙，不打出人命，打官司也不怕他们。为防撞了日子的村偷请走龙王爷，咱们必须在龙王庙守夜，第二天跟迎神队伍一同回来。如果直至天黑也不见有别的村子去安请龙王爷，说明就咱王家庄村选定这三天请龙王爷看戏，前去安请龙王爷的人马不需守夜，可回村休息。初七由王奋修带村里的仪仗人员打上伞旗执事和全副銮驾去迎龙王爷圣驾。为防龙王爷和龙母娘娘路上风尘仆仆，责成王奋修的妻子徐氏带几个手巧女人，赶在初七一早做成两件为龙王龙母罩身防尘的黄缎斗篷。迎神队伍务必于巳时赶回红崖坡顶歇驾。而在这个时辰，王宪身必须带戏班的锣鼓武场人员赶到。两家会合后便燃放铁炮通知村里人准备看迎神仪仗红火。迎神队伍从此开始整齐列队，打上旗伞执事銮驾仪仗，大吹大擂炮仗连天地将龙王龙母恭请到村里戏场院月台神厅。此时已至正午，接上了戏班的打台仪式红火。从请回龙王龙母的初七开始，至初十早晨送龙王龙母回山，所有的龙王爷祭祀由王宪身主持和全权负责，保证香火不熄灯烛通明。这一番考虑安排，真应了那句俗话："三个臭皮匠，赛过诸葛亮。"

　　孟保中转过身来冷笑一声，道："听起来你们似乎安排得头头是道，密不透风，却有一个大大的疏漏竟无人提及：女子学堂放假，让我好把拙荆孺子叫来住在女子学堂看戏啊！"王宪身道："不是我们没有想到，而是发荣他对孟先生你另有安排。"孟保中便问王奋修有什么安排。王奋修道："孟先生啊，你想接你的老婆孩子住在女子学堂看戏我同意，你全家的吃饭我也包了，无须你再动火为炊。但是孟先生，女子学堂不仅这几天不能放假，而且唱戏的那三天也不能放假。我要你在这几天一定要教会女学童们三支歌，在唱戏的那三天晌午开戏前，让女学童穿上我给她们做的统一干净的服装，整整齐齐坐在月台前沿的中间，每天开戏前给大家唱一支歌曲，你孟先生就用你的笙给她们伴奏。我王发荣想让邻村上下亲戚朋友看看，我们王家庄的女子学堂多好，我们王家庄的女儿多漂亮，我想让他们眼馋不服气，也在他们村里办起女子学堂跟咱们较量较量。"

　　孟保中一时没回过味来，愣了。王宪身点点头表示赞同。王奋坚站了起来，道："女子学堂的事你们谈吧，我这就叫纠首们到我家。"转身离开。出了大门低声骂了一句道："发荣啊，邻村上下谁有你这茶球？"

第十九折：
田德义笑谈看戏难

村里要唱大戏了！这个消息刮风般地传遍了王家庄全村。家家户户立刻行动起来，生豆芽、做豆腐，推碾新黄米磨糕面，推碾新糜子磨米面，碾荞麦，到东冶镇赶集，置买干粉条、海带、鲜藕根、芥菜丝，买调料、打烧酒。更多的人家还要准备王家庄的特产"煮梨"，就是把收摘时碰伤了不能往梨窑里存放的梨，放在锅里煮熟，一大盆一大盆地存放起来，准备供亲戚们来了时吃。这煮梨，田家岗村的人不稀罕，但其他村里的人都当美味药果，软软的、甜甜的，没牙的老太太都能吃，更有止咳化痰、润肺清热的效果。往年无机会，亲戚们干馋吃不上，今年秋了罢唱大戏，正是亲戚们相聚的好机会，还能不给亲戚们大吃特吃？更有的人家商量着合伙杀羊。秋了罢的时节，正是山羊秋膘初长成，老羊肉也肥美得很。吃一两顿羊肉荞面饺子炸黄米面包枣儿的油糕，谁家也能吃得起。帮不上忙的娃娃们便打发出去安邻村上下的戚人届时前来看戏。即使明知道有个别亲戚有种种原因不能来看戏，那也得安到请到，不得有误，万万不能忽略马虎过这道很重要的礼节。有道是：亲戚无遗漏，请看戏必须家家安到；

待客须奢华，过光景注意仔细就好。

这几天最忙的是女子学堂教授孟保中。受雇于人，须遵人命，况且他本人也想卖弄。他跟王宪身商议，这几天女子学堂最好是前响放假，好让他编写戏台、戏场院神厅、配殿和河坡顶上村口门洞顶各神佛庙殿、姜太公殿宇背后魁星阁、街心五道庙的对联，让人们感到村里焕然一新和对迎神祭祀答报神恩的隆重；后响未时女学生们到校学唱歌曲，以备开戏前给大家展示王家庄女子学堂的风采。王宪身答应，并承担了跟寻炕洞烟末和熬水胶配制墨汁的营生。他算了，那是整整十五副用大抓笔写字的对联啊，需用半刀定襄蒋村出产的红染麻纸。靠砚台磨墨哪够使用？每日后响，王宪身便端个小笸箩挨家挨户收集烟末。只是那时烧柴的人家多，烧炭的人家少，故而烟末也很难收集。孟保中便在这时候，拿出他的笙来教女学生们古曲《雁儿落》。初时，女学生们尚因害羞，不谙曲调，扭捏着不敢放开声来唱。两天过后，竟也唱得悦耳中听。再加孟保中吹笙伴奏，更觉妙不可言。大槐树下来往之人，常忍不住伫立倾听。只听唱道：

斜阳照村落，阎阎牛羊归；
野老念牧童，倚杖候荆扉。
谷已进仓廒，梨收霜叶飞；
田夫喜相告，村里要赛会。

王奋修这两天也忙乱得很，吩咐长工们先别忙着耕秋地，集中力量和前来帮工打短的先打场，免得唱戏的那三天还有粮食在打谷场上。自己则亲自挑拣梨果和红枣，还有蒸过晒干的金针、刀豆、野草滩勒的葱芒花，尧岩山背坡里揪的山丹花，后园里新起的长山药，要给东冶老丈人家送去，顺便安请他们来王家庄村看戏。他明知道人家根本不会来，人家在年轻时给他的叔伯哥哥徐松龛当管家，广西浔江、广东广州、福建的厦门、泉州和省城福州，还有北京，见过多大的世面，还稀罕你个王家庄村唱戏？但他也得去安去请。就是对朝廷里退休回家的徐松龛老先生，据说他曾跟道光皇帝在皇宫戏园子里看过戏，他也得去安一安走个礼节。尤其，他感到那个徐松龛伯丈人跟他很对脾气，每次聊天还专门吩咐那个小舅子徐树："在我与你姐夫叨啦的时候，就是朝廷里来了圣旨也让他等着，不能打扰。"

王奋修把挑拣好的东西齐股齐份地装了两个篓架驮子，按着习惯，要给他的丈人徐继埙和叔伯丈人徐松龛一家一驮，尝个新鲜。王家庄村的特产油梨、黄梨、才梨，非经入窑到第二年春上不好吃，秋了罢时节能吃的是一种叫秋白梨也叫夏梨的梨。这种梨水大、味甜、皮薄，夏末就可以吃，秋了罢吃更好。生吃、煮熟吃，或者放到冬天吃冻梨，都是清热泻火预防和治疗上火伤风感冒的佳品。他就是给他们带了这种梨。他要告诉他的丈人家：王家庄村的梨果是大丰收，今年一冬明年一春是有梨果吃的，让他们不要俭省，想吃就吃，他会隔三岔五地把梨果送来的。他让一个伙计给他赶了两头驮了篓架的毛驴。自己骑了一匹马，来到了东冶镇。在东街口，他心怀景仰敬重地跳下马背，牵了马缰而行。不一会儿便来到朝元阁阁口。他要往里拐，忽看到一个老头儿在旁边昏昏欲睡地晒太阳。这老头儿头戴一顶普通乡下人的瓜壳帽，身穿一领蓝布衫，坐在一个有靠背的高马扎子上；怀里斜抱着一柄柳木拐杖，胸前吊着一提溜擦嘴布；斜歪着身子，清鼻涕挂在上嘴唇灰白的胡茬上；嘴半张着，涎水从口角淌了下来，拉了一尺多长的线；脸色蜡黄，若不是还能看见他微微起伏的胸脯，十有八九会把他当死人看。再细一看，这不就是他的叔伯丈人徐松龛先生吗？怎么身边连个人都没有？他轻轻走上前去，轻轻地推了推。徐松龛费力而缓慢地睁开眼睛，露出昏花而发了灰色的眼珠子疑惑陌生地盯着他。他附到他的耳边，大声地道："伯伯，我是王发荣啊！王家庄的，你想起来了吗？"徐松龛颤动着嘴唇好似轻轻地重复着王奋修的话，极力回想着什么，终于眼睛发亮想起来了，有些兴奋地道："啊！你是王家庄王发荣啊，是姑爷来了啊！"一把拉住王奋修的手，拄着拐杖就想往起站。王奋修忙抓起他的擦嘴布擦了他嘴角胡茬上的涎水清鼻涕，又把他的擦嘴布塞进他的衣襟，扶着他往回走，却发现徐松龛虽然拄着拐杖，却是连脚板子也抬不起来了，竟成了擦着地走了，而且抓他的那只手也哆嗦着，好像若无人扶就会摔倒的样子。王奋修忽觉得心头一阵悲哀，不禁双眼潮湿，长长地舒了几口气才把眼泪憋了回去。

王奋修搀扶着徐松龛到来到徐家大门口，忽听一女子叫道："哎呀，是姐夫搀着爹回来了！"王奋修抬头一看，乃是徐松龛的小女儿，他的堂叔伯小姨子徐松芽拿了一顶草帽从大门口出来，想必是怕她老父亲晒太阳时晒头回去取的。徐松芽冲王奋修笑了笑，也上前去相搀徐松龛。两人搀扶着徐松龛来到中堂坐定。王奋修要行大礼参拜，徐松龛阻止，要他坐了叙话。王奋修只好行了半礼，谢座坐了，问起松芽的哥哥徐树因何不见。方知朝廷为表彰退休老臣的功勋，昨日派了人来赏赐给徐松龛一品顶戴花翎和朝服朝珠。徐松龛久经沧海，并不看重这个荣誉。徐树却非常感谢朝廷，待钦差走后，将朝廷的赏赐供在了二楼奉先堂上先祖牌位前，视为徐氏家族莫大的荣耀。因昨日徐松龛没有当着钦差的面具表谢皇上隆恩，徐树很不过意，连夜托了父亲的名义草了谢恩表，今晨一早去五台县城请五台县令代为转递朝廷去了。王奋修顿时心生景仰，向徐松龛敬拜道："小婿也为伯伯您老人家高兴，真是恭喜伯伯，贺喜伯伯！"徐松龛却向王奋修推推茶盅，道："贤婿你喝茶吧！无官一身轻，管他什么朝廷的事？"

或许是见了王奋修的缘故，徐松龛活泛灵动了起来，两只眼睛又射出了犀利的光芒，话语也流利了许多。他说自己一辈子就是四个字："不合时宜。"为官执政就别说了，就是对家乡之人也是如此。少时年轻气盛，血气方刚，自以为正义在胸。丁忧在家服孝时，因不满同东冶镇的马翰林打发母亲时所雇用的鼓吹班子吹奏了喜乐，便上奏朝廷参了马翰林一本，结果害得马翰林被革了翰林，从此也一蹶不振，一辈子也没受到朝廷重用。若论才学与作为，马翰林并不在自己之下，时至今日，马翰林作古亦有多年，马家仍对徐家疙疙瘩瘩，形如路人，老死不相往来。自己被朝廷罢官在家十五年闲居时才明白，问题全出在咱们家乡的鼓吹班子身上。家乡的鼓吹班子所会的乐曲悲喜不分，胡吹一气。事主家办事宴所需要的乐曲，必须由事主预先告知吹鼓班子。马翰林不谙民间乐曲，又因忽略，便着了鼓吹班子的道了。此事自己也曾跟一起归乡的窑头艺人牛为贵说过，要他改良他们家族的鼓吹班子和吹奏的乐曲，却不知牛为贵是否上心。

王奋修心头一跳，忽然想起了田家岗村的艺人田德义曾跟他说过，窑头有个京城回来的艺人牛为贵，技艺高超，懂的又多，很想拜其为师学艺，却不知是否就是此人，便道："鼓乐班子胡乱演奏乐曲之事，小婿亦有同感。当年先父去世发引，亦因鼓乐戏弄而不快。请伯伯尽可放心，等王家庄村里戏一唱完，小婿便到窑头查访，务必了却伯伯的心愿。"两人感叹不已。王奋修又问徐松尨还有什么不过意的事情，一并说来，自己哪怕费些周折，断不让伯伯心有遗憾。徐松尨长长地叹了一口气，脸上掠过一丝愧疚的神色，要王奋修如实地说一说他那女子学堂的情况。王奋修心生疑惑，却也如实说了。徐松尨便说自己"不合时宜"的第二件事，就是指的这一件，不该鼓动王奋修办什么女子学校。女子学校在西洋各国很盛行，女人在英吉利法兰西等国很受男人尊重，除过当兵打仗、劳动做工，在日常生活里讲究女士优先，甚至在国会里都有女士议员商议国家大事，争取女性权利。而在咱们大清帝国，除了慈禧太后专权外，社会上根本没有女人的地位；再加"女子无才便是德"的传统观念，人们根本不希望女子读书。自己仰慕西方男女平等的文化，对兴办女子学校产生了冲动支持，但事实证明，老百姓根本没有让女子读书的需要。之所以让自家的女娃娃上学读书，实在是为占点儿小便宜，反害得王奋修花费了不少钱财。王奋修立刻安慰徐松尨并表态，说："伯伯你老人家根本不用愧疚，关于兴办女子学堂的事，家里的一些人也很反对，但办女子学堂绝不是错事，更不是坏事！有人为占便宜而来，自己就当是扶贫济困，到寺庙上了布施。最起码也是给别人家培养了一个粗通文墨的女儿、通文识字的媳妇儿，他们也应该是感激的。就凭这一点，我也要把女子学堂办到底！"徐松尨激动了，一把抓住王奋修的手紧握着，颤巍巍地道："好人啊好人，贤婿啊贤婿！我这个一生不合时宜的糟老头子，临死之前得遇你这个知音，真是三生有幸，不为枉活了啊！"

　　这时，隔壁徐继埙进来，叫他女婿王奋修吃饭，见他这个堂叔伯哥哥心情舒畅、精神振奋地拉着王奋修滔滔不绝，不禁笑道："哥啊！尔这么待见王发荣，索性也过去陪他喝两盅！"这本是一句让人的客气话，因为徐松龛是从来不去别人家吃饭的，却不想他道了一声："行啊！"，寻了拐杖就要走。王奋修瞅了这个空儿急忙句徐继埙见礼，说自己这次来东冶除过给两位大人家送些时兴新鲜特产之外，还要请两家人到王家庄看戏，家里事情很多，原估计放下东西就要走的，并不准备吃饭。徐继埙还没开口，徐松龛便道："那怎么行？你要不吃饭就走，外人就更要说'东冶家让吃饭，说句话就行了'的话了！再说，你是我们徐家姑爷，我们哪敢慢待！"却把王奋修说愣了。徐松龛见王奋修一下没反应过来，笑道："这可是真的，你是我们徐家的姑爷啊！"徐继埙也笑了。王奋修也有些不好意思地笑了，却感到这位伯丈人真是风趣，真是一个老顽童，却也更使人崇敬！急忙搀住徐松龛道："好吧！小婿只好恭敬不如从命了，走，吃饭！"只觉得徐松龛的脚步竟比前头回家时灵便了很多。可见老人要想身体好，心情高兴舒畅真乃是第一要素！这时，王奋修的伙计早已在徐家下人的协助下，把给两家的东西从篓架里取了出来，又把篓架搭上了驴背，将两头驴拴到大门外的拴马桩上。原估计要走，却见徐家下人来请吃饭，知道东家也留下吃饭了，便跟徐家下人进了徐继埙家下院伙房旁的一间房子。只见地上摆的一张桌子上放了一大钵碗烩菜，一盘子海带藕根凉菜，四两的一壶酒，摆了一双筷子一个酒盅。徐家下人便请他坐下吃饭。他略略客气了一声，便坐下自斟自饮吃喝起来。不一会儿，徐家下人又给他端来一木碟子五个金裹银黏卷，正是用"东冶的馍馍大兴的糕"的白面和黄米面卷的，真是白如银、黄如金。这伙计也不客气，一顿乒乓流星狼吞虎咽吃了个精光，恰好吃饱。正要站起来走，徐家下人又给他送来一碗只挑了一筷子的豆面，上搁了一点儿油炒香椿，香喷喷的很是诱人。他知道这叫汤面。他用筷子一搅，连汤带面一忽噜下肚，便推碗出了门。徐家下人知道他已吃饱，便也不问。这伙计出了大门，来到牲灵旁守候。这是他在王家庄和大门养成的好习惯，"做甚以务甚，卖甚吆喝甚""宁可伙计等东家，不能东家等伙计"。等了一会儿，才见东家王奋修在他的两个老丈人相陪着出来。他来过东冶徐家几次，也认识那两个老者，只见那个徐松龛向王奋修道："古有'八十老翁不留夜'之说，我和你老丈人早过了古稀到了望八的年龄，倘若在十年前，我俩一定会到贤婿府上看看村里赛会唱戏，赏赏王家庄的秋色美景。"

王奋修再三恳请两位岳丈留步。徐松龛和徐继埙却坚持走到拴马桩前看王奋修上马。王奋修哪里肯？坚持要两位岳丈回家。两下相持不让。伙计笑了，上前解开马缰递到王奋修手里，道："东家，你一上马，这两位老爷就能回家了啊！再说，你是晚辈，得听从长辈的话啊！快上马，家里还有多少事啊！"徐家这两老头儿笑着赞许地点点头。王奋修只得告罪，认镫扳鞍一跃上了马背，拱手行礼，要他的这两老丈人回家。这两老头儿双双举手，向他挥挥。他知道这是徐家对他的恩宠厚爱，只得拨转马头，回身再拜，方才放马出了朝元阊阆。心中却不如意：一是两位老岳丈不能来王家庄看戏。倘若能来，特别是能让有如雷贯耳大名的徐松龛来到王家庄村，跟他的女子学堂的女学生们坐在一起看戏，那该对村里和邻村上下产生多大的震撼！或许邻村上下的豪绅财主们因此都办起女子学堂也说不定。然而，毕竟岁月不饶人，两人年龄高大老迈，不能来看戏，终是遗憾不如意。二是小孩子好奇的心性，没有看到朝廷赏赐给徐松龛的一品顶戴花翎和朝珠朝服。尚若徐树小舅子在家，或许能带自己到徐家奉先堂看看，也好让自己这个乡下佬见见世面。王奋修闷着头出了东冶镇北街口门洞，一踢马肚。马儿呼啦啦跑了起来，把赶着两头毛驴的伙计甩了个老远，直到蹚过小银河到了王家庄河坡底下，王奋修才驱除了心中的不快。

转眼几天过去，到了初六这天，王奋坚一早便按事先商议好的领了几个武功高强的后生到尧岩山安龙王爷。王奋修和王宪身带了几个后生在孟保中的指挥下张贴所有的对联。转来转去，所有庙宇和神厅的对联都写上了，唯独空了戏台，原来孟保中压根就没拿出来。王奋修侵问为何不拿出来一并贴上。孟保中解释说是实在顾不上贴了，女学生们要唱的三支歌曲还不太熟练，需要马上训练，才能保证明天登场，要不明天更加忙乱，训练就没时间了。至于戏台上的对联，明天保证能贴上去，反正不要误了请回神来的午时就行了。王奋修和王宪身见他说得在理，便各自忙乱去了。不多一会儿，又有先前来写戏的那汉子如约带着戏班武场人员和一些戏仔来到。早已等候的纠首们赶忙把他们领到戏场月台上旧日大和寺左右打扫干净的配殿里。正殿神厅的西耳房伙房里也立刻生火，给这些人安顿做饭。戏场院里，村里的娃娃们就像炸了营：有些在戏台上翻跟斗、踢飞脚乱喊胡唱瞎叫唤；有些在戏台底下你追我逐冲锋打仗，真是如人们说的蛤蟆窝里捅了一棍子，吵翻了天。有负责接待招呼戏仔们的大人们实在嫌他们吵得心烦，吼他们一声："你们家的戚人来了，过了河上河坡哩！"这些娃娃们就立地如鸟兽散，纷纷跑到村东边崖头顶和河坡顶朝小银河的河槽里张望。有的娃娃们果真发现自家的戚人来了，立刻冲下河坡，欢腾雀跃地把戚人迎上河坡，在同伴面前骄傲地挺胸昂首，领着戚人回家。那些没接上自家戚人的娃娃们却也没有丝毫的不快和失意，又跑到戏场院里疯玩去了。此时的和大门坡下女子学堂又是另一番景象：孟保中将女学生们整成四三三的唱歌队形，自己抱着笙坐在中间，训练女学生们唱歌。这些女学生们已掌握了所学歌曲的过门和间奏，切音换气的气口，尽可能地使自己的声音做到好听悦耳；更消除了羞怯扭捏，都敢挺胸昂首放开了嗓子唱。虽还略带着童音，却是中气十足。围听的人们赞叹不已。那些邻村上下来看戏的亲戚们疑惑地问身边人："不是说初七初唱吗，咋初六就唱开了？是不是给和大门家唱堂会戏哩？"有人就笑他们少见多怪，骄傲地告诉他们："这是我们的女子学堂的学生们学唱歌哩，你们村有种也办啊！"

王奋修看孟保中挺忙，派人到阳白村将他的妻儿接来，正准备往女子学堂安顿，和孟保中一起住，却发现田德义领着他的三个儿子，带着唢呐和笙也来了。王奋修大疑，道："你不是跟着孟海生走了吗，咋又回来了？"田德义道："一言难尽，我确实回来了！一回来就听说了你们王家庄迎神赛会搭台唱大戏，我就带着我这三个儿子过来给你凑红火来了。"王奋修大喜，立刻安顿田德义父子就在女子学堂跟孟保中住在一起。孟保中的妻儿进和大门，跟自家的亲戚们住在一起，并告知他们：和大门他兄弟两家都从今日起做开了流水待客席，凡是喝酒的男客都有四两的一壶酒，什么时候想吃饭了就去，有专人招待。又问田德义为何不在孟海生的戏班干了？田德义这才把事情简略地说了一遍：原来孟海生戏班原来的那个吹唢呐的常年跟戏班奔波在外，家里无人照看妻儿，生出事端，和一个男人相好上了。他回来听说了自己老婆行为不端，传得村里人尽皆知，老婆也承认此事。便索性写了休书，要回自己三岁的娃娃返回了孟海生戏班。田德义知道，戏班走江湖这营生挣钱不易。见不得多余的人，所有的把式和文武场人员都是一卯顶一楔的。现在戏班有了两个吹唢呐的，必须走一个才行。他想自己原本是顶替了人家的，尽管孟海生出于乡情，也感激自己为他救了急，又提供给他不少忘八家的戏曲资料，执意让他留下。但他觉得人家回来了，又经历过磨难，还带着一个三岁的娃娃，实在可怜也实属不易；况且王家庄王奋修还曾说过支助银钱拜窑头牛为贵为师立乡村鼓房的话，便跟孟海生说了一声回了家。才逢王家庄要唱戏，便带了他的三个儿子赶了过来。经过在孟海生戏班几个月的锻炼、闯打，他的本领确实长进了不少。他想好好在邻村上下的亲戚朋友们面前卖弄一下，打出田氏父子鼓班的名声，日后好垄断了整个东冶北沟小银河一带的所有吹打营生。王奋修当下拍板，道："行，明儿就让你父子和戏班子吹打的合在一起吹奏，唱完戏咱俩就一起上窑头寻那个什么牛为贵！"

这时，天色已近黄昏，孟保中给女学生们放了学，便来与田德义说话，两人原本就熟。王奋修便与他俩告辞，到戏场院寻王宪身和那几个纠首，看明天到尧岩山迎神的人伙安顿得如何了。孟保中便问田德义可会用笙吹奏他的女学生们刚才唱的《雁儿塔》《三五七言辞》和《上陵》，接着又告诉田德义：东家王奋修要女子学堂的女学生们在唱戏的这三天，每天中午开戏前给看戏的观众唱一首歌曲，他就教了这三首。只是觉得一架笙伴奏有点单调，想再添一架笙。田德义道："这有何难？尽凭先生吩咐！"孟保中大喜，立刻邀田德义父子进他的宿舍品王奋修给他的龙井茶。因田德义走了几个月的戏班，孟保中便问起了他戏班的情况。田德义知道孟保中是王奋修的座上宾，便将自己跟戏班的所见所闻与孟保中谝嗒起来。说乡村老百姓们看戏，大多是瞎狗看星宿，有的地方甚至还出了笑话。有个叫杨花岭的山村想听孟海生的戏，戏班好不容易去了那里，才发现那里到处是山，二十来户人家拉拉溜溜地撒在山梁上和山沟里，也根本没有个戏台，戏班就只好找了块二分大的平地给他们唱戏。戏班要村里人点戏，村里人谁也不知道该唱什么戏，便打发了一个人去请早年里出过门进过城的一个老汉来点戏。老汉因为年纪大腿又痛，住得离得这儿又远，实在来不了，便告诉来人：他早年在城里看过人们说是"七郎八虎出幽州"的戏，就让戏班演这个戏行了。来人往回返时，发现两条狗撵着一头狼进了东沟，一时紧张，竟把要唱的戏名忘了。戏班的人见他回来，便问他唱什么戏。他竟然回答："二狗撵狼进东沟。"戏班人说他们没有这个戏。那人慌了，却想起了什么七八来，赶忙道："我想起来了，是七八条狗啃油篓！"戏班的人气坏了，派人跟上那个人再去问，才知道唱的是什么戏。一出戏整整给他们唱了三天。孟保中听得哈哈大笑。

田德义又道：麻岩山里有一个人到山外打工发了点儿财，也在山外看过戏。想到村里的乡亲们没看过戏，同时也想显摆一下他自己，便请了孟海生的戏班去他们村唱戏。不想这一下把村里的乡亲们愁坏了，因为谁也不会看戏。最后大家商量决定：看戏时叫那个人坐在前面正中间，大家在后看着他。他怎么看，大家便也跟着怎么看，决不能让戏班的人笑话咱们不会看戏。到了开戏时，大家便请那人坐到最前正中间，大家死盯着看那人的背影动作。一开始，那人坐直了身子看，大家便也坐直身子。过了一会儿，那人坐困了，歪向了右边，大家也一齐歪向了右边。又过了一会儿那人歪向了左边，大家便又一齐歪向了左边。最后，那人乏困得丢盹打瞌睡躺下了，大家便也一齐躺下。唯有一个老太太看戏看得入了神没有躺下。散戏后，人们便笑话那老太太不会看戏，没有躺下，却不料被老太太的儿子听见了，大骂那些人道："我跟你们无冤无仇，为什么你们故意丢我的人？我妈没躺倒，你们该过去推倒啊！"孟保中又是哈哈大笑。

田德义也笑了，又给孟保中讲了一个故事：有个地方不懂戏为何物，只晓得戏仔唱戏要打脸子。写戏的时候怕戏班作弄了他们，少打了脸子，便提出要求，按打脸子多少付戏价，一个脸子二斗莜麦。班主为了多挣莜麦，令场面上的文武场人员也打了脸子。结果一开戏，满台都是花扎扎的脸子。这地方的人们满意了，说戏班没有作弄了他们，上台数了脸子，准备当场发莜麦。戏班打"得拉大"的师傅赶忙叫道："且慢，你们少算了一个脸子！"这地方的人赶忙又数了一遍脸子，疑惑地道："我们数对了啊！"打"得拉大"的师傅把布衫一脱露出肚皮。大家一看，原来这师傅的肚皮上也画了一个脸子。这地方的人们恍然大悟，只好又给了戏班二斗莜麦。

孟保中笑得把含到嘴里的茶水喷了出来，骂道："你们戏班的人也太可恶了，就这样作弄人家？"田德义道："其实也不尽是戏班的过，主要是人们不知道如何看戏！如果人们知道如何看戏，能挑出他们戏仔演戏蹬打和哼哈的毛病，按他们演得好歹付他们钱，哪里会出现这样的笑话？"孟保中深以为然。接着，田德义又给孟保中讲了一些戏仔们练功学艺的要点和故事。孟保中听着听着，突然怪叫一声："好啊！幸亏我没把戏台上的对联贴上去，戏台上的对联要重写！我孟保中一定要叫人们知道如何看戏！"说完立刻出了宿舍，进了隔壁的讲堂教室，关门时探出头去向刚出了宿舍门的田德义叫道："田师傅，谁也不能打扰我，就是东家王发荣和总管王宪身也不能，我要重新编写戏台上的对联。"接着便掩了门，给了欲跟着进讲堂教室的田德义一大碗"闭门羹"。田德义心中暗笑，转身向他的三个儿子故意高声道："走，咱们进和大门吃饭！"

第二十折：
王家庄唱戏生怪异

初七凌晨寅时初刻，王家庄村几乎所有的后生们就齐集在大和寺上院里，带上村里为迎龙王新制作的銮驾旗伞执事，异上给初六一早就到尧岩山龙王庙护神的王奋坚等人盛着犒劳酒食的食笼，在王奋修的带领下到尧岩山迎神。尧岩山龙王庙离王家庄村栽坡上梁绕山路，少说也有二十里。大家一律步行，以示心诚。到了上午巳时初刻，三宪身便喝令戏班武场打通吹奏人员，还有田德义和他的三个儿子，到尧岩山方向的红崖坡顶等候龙王爷的神驾。纠首们也忙着准备爆竹炮仗香火，跟随而走。在戏场院里欢腾雀跃、追逐乱跑的男娃娃们一看响打的、放炮的走了，立刻几声呼哨，哗一下出了戏场院，也跟上看红火去了。偌大一个戏场院只剩下庆梨园戏班的男女戏仔们在忙乱他们的事，还有个别男女戏仔陆续赶到。虽有些乱，却也比较清静。

就在这个时候，孟保中带着他的女学生们来贴戏台上的楹联。尽管近乎一夜没睡，他却格外精神，他为自己新创作的戏台楹联而高兴振奋。戏班里一些闲着没事的戏仔也过来扶桌搬凳帮忙招架。可惜，孟保中的这绝妙的戏联他们并没有先看到，因为他们绝大多数人不识字，学戏全凭师父口传心授，自己死记硬背。这令孟保中很是摇头叹息，他仔细地贴着，对戏仔们怕误了打台之类的催促充耳不闻。就在刚贴了一半的时候，村南红崖坡方向传来了一声号炮。这号炮就是人们所俗称的黑铁炮，响声极大，回音隆隆，专为传递消息使用。这一声炮响就是告诉村里人，龙王爷请回来了，现在在红崖坡顶，请大家准备迎神。孟保中便让女学生们赶快回家穿上学生装到学堂集中，听候指示。戏仔们围了上来，七手八脚地要贴剩下的楹联。孟保中只得让他们去贴，自己站一边监督贴楹联的上下左右顺序，避免贴出笑话。很快戏台楹联贴完。孟保中离开戏场院就往女子学堂跑。只见从河坡顶到大槐树，满街都是等着看迎神红火的女人、娃娃和衣着一新想来是外村来王家庄看戏的戚人们。大槐树下，和大门王奋坚和王奋修两家的女人、娃娃、老妈子，还有他们两家的戚人，以及西阖阊里家的女人、娃娃和戚人，都在这里等候着迎接尧岩山龙王爷和龙母娘娘回来的红火。孟保中在这个人群中看见了自己的老婆、娃娃。正要打声招呼，忽见女子学堂大门口那些女学生们往外探头探脑，忙走过去整顿她们。就在这时，忽听到村西南前沟掌的吊桥方向传来阵阵炮仗和鼓乐声，一群娃娃们从李科元家正对着通往贺家嘴半崖道吊桥的大路上跑去，一边向大街上的人们叫着："来了，来了，龙王爷来了！"顿时炮仗噼里啪啦，鼓乐响彻连天。就见戏班的锣鼓在前开路，田德义父子和戏班的唢呐紧随其后，高昂着的唢呐呜里哇啦好像竞赛似的吹个不住。紧接着王宪身打头，王奋坚、王奋修弟兄二人并肩，双手举着把子香在前引路，銮驾旗伞执事跟在后面。再后便是龙王龙母的两乘椅轿，颤悠颤悠地各有八个轿夫抬着。龙王龙母神像身披黄斗篷，随着椅轿颤颠着；另各有一汉子打着黄罗伞为其遮阳，显得很是威风凛凛。队伍的两侧各有五六个汉子，手里拿着把子香，不时从身上挎着的料兜子里掏出爆竹就着香火头点着燃放。所有的迎神人员都穿着村里正月里祭神闹红火耍社火时的统一服装，人人表情神圣，无人高声喧哗，显得很是认真庄严。迎神队伍后便是村里那些自发而去红崖坡顶接神的人们，他们大多手里举着香火，有的老汉甚至激动得眼角里噙了泪花，颤动着胡子叨念着龙王爷，很是感恩戴德、敬畏恭虔。

迎神队伍一出现在大街上，看红火的人们就躁动起来。腿快的就抢在迎神队伍前头，直奔戏场院而去。腿慢的便跟在人群的后面，在鼓乐炮仗声中也随着来到戏场院。戏班鼓乐队和田德义父子来到戏台上继续吹奏。迎神队伍便跟着王宪身和王奋坚、王奋修弟兄上了月台，到了神厅前面。銮驾和旗伞执事人员分列两旁。神职纠首们便过来协助轿夫们抽褪了轿杆，将龙王龙母的椅轿恭恭敬敬地抬进献殿神厅。銮驾旗伞执事人员在王宪身的指挥下将銮驾旗伞插入神厅两边的架子上。纠首们抬过供桌，摆到神像面前，又在供桌上摆上香炉蜡台和香烛纸马以及白面蒸的猪牛羊三牲，清茶素酒。王宪身让王奋坚、王奋修兄弟两个点烛燃香，派人喊戏台上停云。待戏台上鼓乐一停。王宪身高喊一声："请王家庄纠首长王奋坚代表全体村民，向尧岩山龙王爷龙母娘娘诚惶诚恐敬祭贺词！"王奋坚便走出来，恭恭敬敬朝着龙王龙母神像行了"四三八拜"大礼，即作两个高揖中间夹磕一个头为"一三"，反复四次为"四三"，为民间敬神祭鬼作会之最高礼。然后掏出孟保中早就为他写好的祭祀辞高声朗读起来："尧岩山巍巍兮小银河水泱泱，山中有龙王兮河西有王氏村庄。

四百余春秋兮全赖龙王仰仗，五谷年年丰登兮六畜岁岁兴旺。今岁年景越佳兮村民人人欢畅，请梨园戏班娱乐兮答报神圣龙王。摆三牲以供祭祀兮再加明烛高香，微薄礼不成敬兮村民诚诚惶惶。求来年风调雨顺兮村民愿所祈盼，恳请神灵龙王兮仍怜王氏村庄。往后再请梨园兮神人娱乐共享，天下太平盛世兮福禄禧寿绵长！伏维尚飨！"

王奋坚读罢，复行一三礼起立。王宪身高呼："敬献《三五七辞》乐府颂曲！"孟保中急招呼女学生们面向神厅站好，田德义抱着笙从戏台上跳下来正好赶到。两人对视了一眼便吹响了《三五七辞》乐曲过门。过门一落，女学生们唱道：

> 秋风清，秋月明。
> 霜叶萧萧落，河水溅溅鸣。
> 银光遍洒农家屋，家家都道好年景。
> 好年景，报神恩。
> 擂鼓咚咚响，筛锣喤喤音。
> 迎神赛社今日会，欢歌笑语舞蹁跹。

女学生们唱时，昔日的大和寺上院即现今的戏场院月台上挤满了人。王家庄的村民自不别说，更有邻村上下前来看戏的亲戚们和戏班里的戏仔们。大家正听得入耳，不想唱了两段便完了。正等待或许有下一曲时，却听王宪身高喊："家人父子注意，各纠首执事人员注意：鸣炮，奏乐，朝拜龙王龙母！"立刻，四散在戏场院的放炮手们燃响了各自手中准备的鞭炮和二踢脚炮仗，整个戏场院劈劈啦啦咚咚叭叭响成一片，腾起了团团硝烟。与此同时，在戏台上的戏班鼓乐大作。田德义也急急忙忙上了戏台，换上大杆子唢呐加入了演奏。炮仗声与鼓乐声混搅一锅粥，震得人耳欲聋。月台神厅前，王宪身和王奋坚王奋修弟兄指挥一众参拜龙王爷的人员，带头引导大家向龙王龙母恭恭敬敬行"四三八拜"大礼。少顷参拜毕，王宪身转身向众人大喊："礼成！"却因嗓音吼成嘶哑，戏台上的鼓乐并未听见，仍演奏不停，幸得有纠首过来才止住。戏场院安静了，河坡顶门洞前炮仗依然爆响。盖因负责那里祭神的纠首全凭听戏场院里的动静为行动号令，差了半拍子的时辰。

有人忽又发现了怪异，用手指着戏台上的对联让大家看。尽管大多数人不识字，但通过识字人的念诵，大家还是知道了。特别是戏班里的一些识字的，急忙找纸寻笔，抄记王家庄村新戏台这不普通的对联。整个戏台横批红斗方从右到左一溜，乃是一诗：

　　　　外赏蹬打哼哈，内识故事情理。
　　　　两下你都不识，不如睡觉家里。

中间两楼明柱的对联又是两首诗：

上联：生旦净末丑，演戏如饮酒；情绪有感受，才能台上走。

下联：唱念做与打，看戏似品茶；体味其中意，方晓劣与佳。

两边的楼明柱上对联也是两首诗：

上联：手眼身法步，戏仔都日粗；不懂其中妙，枉喝大茶壶。

下联：髯袖翅扇帕，做戏全靠它；三年苦吃罢，锦上才添花。

一时间，戏场院里人头攒动，声音嘈杂。识字的摇头晃脑地吟诵，寻纸寻笔抄记；不识字的追着人问，低头默念背诵。有人问询此联是何人所写。虽然奇哉怪哉，却是戏仔唱戏人们看戏的至理要点名言；有人笑骂此联对仗不工，企图使其规范，却发现自己不懂戏曲而根本不行。戏班的人借着给戏仔发打台赏钱和大红吉服的机会，召集大家开会，看看这村里的种种怪异："河坡头村口歪角角是姜太公庙，村中大槐树旁还有女子学堂，戏台上的对联又把咱们梨园的艺术全说破，还教人们如何看戏，这村里一定有高人！大家一定要小心谨慎，互相关照，千万不要出现什么枝枝权权，光光滑滑下来，拿上戏价万事大吉；否则，谁出了问题谁负责！"众戏仔得令，战战兢兢。一连三天五场戏，总算圆满下来。这是东冶北沟小银河一带第一次见到女戏仔在村里演戏。女戏仔嗓音清脆、扮相俊俏、身段优美，比男旦扮戏有一种天生的妩媚。看戏的人们把戏场院塞得满满的，挤得水泄不通。邻村上下在王家庄没有亲戚的人，带着干粮和水来占位看戏，反把王家庄村因为招待戚人，敬神摆供和安排生活等进戏场迟的人挤到戏场的边沿圈外。王奋坚、王奋修兄弟俩几次欲发作，都被王宪身劝阻："邻村上下亲戚礼道，现在不是亲戚，也难免以前和以后是亲戚。这么多人来咱村看戏，这是咱村的人气，我们应该高兴才是。一切忍着，以和为贵，方不负和大门家主持大和寺里唱戏的名声。"王奋坚、王奋修自然听他们大哥的，王家庄村里的人也自然习惯听从和大门家的号令而行动。和大门以和为贵，村里便也相安无事。戏场院叫好声连续不断，人们看得如醉如痴。

然而，究竟王家庄村这新戏台的这第一台三天五场戏唱了些什么戏，有些什么角儿登台，却是无法查考了。从此以后，王家庄村每隔一年就请尧岩山的龙王爷来看一回秋了罢的戏，迎神赛会一回，哪些戏班来过，唱了些什么戏，也都无法查考了。

然而，王家庄村女子学堂教授孟保中为王家庄写的戏台楹联，经过人们的传诵，对五台县的戏曲艺术文化的影响很大。首先是老百姓们学会了看戏，戏仔们学会了演戏。最典型的事例是民国年间，五台某戏班某戏仔在某村演出《金沙滩》扮演杨继业。杨继业在"皮台皮台"的锣鼓点儿伴奏下虚拟登点将台。台下看戏的一个老汉却看出杨继业心不在焉，没用心演，大叫一声："杨继业，我看你咋下点将台？下错了小心我堆你！"杨继业大吃一惊，才发现自己忘了数上将台的步数。上去时几步，下来时也必须是几步啊！杨继业急中生智，一抖靠旗一个抢背倒地挣扎站起。锣鼓自然不能晾场要配合演出。杨继业道："人老血气衰，上将台跌下来。二次再把将台上！"重新"皮台皮台"地上将台，自然用上心数登将台的步数了。看戏的人们不禁齐声叫好。杨继业化险为夷。从这事倒可看出五台人看戏的精细和五台戏仔随机应变会演戏的机敏。

"堆"是五台用东西投掷过去打人的专用词，也常来对付那些唱戏出了差错的戏仔，比一般"喝倒彩"严重得多。有些地方有些人，看戏时专寻戏仔演戏的差错，座位下常准备几块瓜皮土坷垃，一发现戏仔演戏出了差错，就有人发出号令："堆！"瓜皮土坷垃就如群鸟投林般向戏台飞去，让戏仔唱不成戏。自然嘛，原先写戏时定的戏价可就得再商量了。正因为有此风气，来五台唱戏的戏班子，无论有什么名角，都是战战兢兢，丝毫不敢作大。不管到了哪个村乡，都得事前请村里有名望的人吃饭，或是名角儿们登门拜访，以求能得到庇护遮盖，光光滑滑、圆圆满满把戏价拿回去。戏班传言：二州五县，数五台的戏最为难唱！

　　五台出了很多戏仔名角儿。第一个是东冶槐荫村艺名"金兰红"号称"北镇须生大王"的赵玉亭。八国联军进北京，慈禧太后逃难到忻州，在财神庙看了赵玉亭演出，深为折服。后来回到北京，仍感到赵玉亭的戏没有看过瘾，便传旨让赵玉亭到北京皇宫演出。赵玉亭在北京皇宫为慈禧太后演出后，慈禧太后除赏了他不少银钱外，还赐一领黄马褂。这是上路调北路梆子首次进京演出。第二个是五台长家塘村艺名"水上漂"的旦角男演员王玉山。王玉山的"水上漂"并非碎细步向前直走，而是前走三步后退两步向前进，从而有了"漂"的感觉。王玉山在民国年间便名声大振，那时五台便有民间俚歌俗语："五台出了两个宝，阎锡山与水上漂；宁教阎锡山不坐了，也不教水上漂不唱了。""水上漂的戏，老的小的都欢喜；说了个水上漂不来，老的小的趴下一崖。"还有个笑话更可笑：水上漂在某村唱戏要登戏台，偏有个小孩挡了他的道。水上漂便骂小孩："滚开！"小孩跑回去便告他妈说了。他妈长叹一声道：

"嬷能有外福气呀是的命好了！"可见人们对水上漂王玉山的喜爱程度。第三个是五台豆村镇小豆村艺名"生瓜"的智文成斗。智文成斗号称"戏篓子"，会演的戏不下二百余本。可惜的是他本人嗓音喑哑，故而五台人给了他一个"生瓜"的艺名。智文成斗跟忻州地区北路梆子名家"小电灯"贾桂林、"九岁红"高玉贵、"狮子黑"董福、"亚八百"安秉琪是同时代的人物，戏分却比他们高得多。有一次，智文成斗和高玉贵在五台唱对台戏《董洪下水牢》。水牢里的表演要用特技甩稍子来表演。高玉贵的稍子又粗又长，功夫又好，平甩右甩左甩，左右交叉花甩都不在话下。但他有个特点：甩稍子时好后背了手站着甩。智文成斗的稍子却是又细又短，虽然各种甩法都会，但毕竟这样的小稍子甩起来轻松一些。智文成斗也有他甩稍子的特点：两手前探，马步平甩，走上几步来一个跟跄，花甩一下又恢复平甩，如此反复。结果是人们对智文成斗叫好不迭，对高玉贵却无人叫好。事后，高玉贵向智文成斗说："你们五台人偏心，尽给你叫好！"智文成斗道："什么五台人偏心？是五台人会看戏！照你那个甩法，五台人没有堆你就是便宜你了！"高玉贵惊问其故。智文成斗道："水牢是个折磨人的地方，水有半人深，又黑得看不见，站直了身会碰了头，坐下又会被水淹。董洪在水牢只能用马步走动，双手伸出去摸索。跟跄是因为脚下打滑，花甩一下是头碰了水牢墙壁了呀伙计！这些你有吗？"高玉贵心悦诚服，长揖到地道："生瓜，我不如你！"第四个是五台苏子坡艺名"亚八百"的安秉琪，为北路梆子头牌大花脸，嗓音如雷，做戏沉稳，比起京剧界的铜锤花脸毫不逊色。再一个是琴师田金贵，祖籍东治北沟田亥岗，是本书中人物田德义的曾孙。除为北路梆子贡献很多戏曲丝弦和吹奏曲牌外，也为忻州地区北路梆子名旦"小电灯"贾桂林伴奏了一辈子。两人相辅相成，共创了贾桂林独一无二的唱腔，有"田金贵的胡胡会说话"之誉。更有一绝技：有一次演出不慎断了一根弦。他怕换弦误事，硬用一根弦演奏下来，除身边人竟无人知道，不可谓不是操琴圣手！

呜呼！当年孟保中和田德义谈论戏班唱戏的一席话，激起了孟保中的灵感，写了这样的戏台楹联，发表在王家庄村的戏台上，无非是想告知人们：戏仔们是怎么演戏的，我们农村里的人要知道看戏看什么，如何看，不要落个元代词人杜善夫讥诮的"庄稼人不识勾栏"。哪里能想到后来会产生如此巨大的影响？真可谓一只蝴蝶扇动了翅膀产生了连锁反应，变成了巨大的风暴。仅凭此一点，孟保中秀才也应流芳千古！

闲言少叙。因不知王家庄村这第一台戏到底唱了什么，实在无法杜撰。三天戏唱完，王奋修便与田德义到窑头去寻牛为贵。到了窑头铜炉岩一问，才知道牛为贵被槐荫村的赵承贵聘任，当了赵承贵音乐班社的教师。两人大吃一惊，商量了一下，必须见到牛为贵，便又急急直奔槐荫村而去。

第二十一折：
王奋修酒灌赵承贵

槐荫村的来历有个美丽的神话传说。

远古的时候，槐荫村后的龙山跟槐荫村对面的紫金山是连着的。滚滚而来的小银河在这里打了个弯，折转向东穿过维垅山奔冀州出海。紫金山的另一面则是现在的忻定盆地远古的瑶池。瑶池岸边住着一个女人，人们都叫她王母娘娘。王母娘娘有七个如花似玉的女儿，她又在山上开辟了一个蟠桃园。平时，母女们就在这一带劳作，享受着小银河和瑶池为他们奉献的莲藕莲籽，菱角鱼虾。母女们对着清澈的水面梳妆，采集奇花异草和鸟儿美丽的羽毛装饰自己，向着蓝天白云纵情歌唱，过着非常悠闲和无忧无虑的生活。有客人来访，王母娘娘便打发七个女儿到蟠桃园，挑拣那些成熟了的蟠桃回来招待客人。她们是这里的王者，没有谁敢来冒犯他们。然而有一天，她们发现七女儿丢失了。这可把王母娘娘急坏了，她急忙让六个女儿四处寻找。众姐妹找来找去，发现她们的七妹妹跟一个叫董永的男人生活在一起。七妹妹告诉她们：这个叫董永的男人实在太可怜了，父亲死了无法安葬，只好卖身葬父，当了一家财主的下人。她同情董永的遭遇，便请老槐树做媒，嫁给董永做了妻子。她现在跟董永生活得很幸福，而且已怀上了董永的孩子。六个姐姐好生羡慕，回去告诉了母亲。王母娘娘气坏了，却又无可奈何，只好答应七女儿跟董永一起生活，等生下孩子后再回瑶池。就在这个时候，文殊菩萨带着他的五百罗汉和一万菩萨信众来五台山设立道场进行修行。为防有人干扰，文殊菩萨令伏虎罗汉带着他的老虎开挖一条环绕五台山的河流阻挡人们。伏虎罗汉在五台山背后秦戏山下让老虎刨出一泉涌出了河水，又让他的老虎拖着河水向西往南再向东，环绕五台山而行。谁想老虎拖着河水撞进了王母娘娘的瑶池。瑶池里的水涨了起来，淹没了四周的田地。老虎急了，急忙把龙山和紫金山连接的地方挖断。瑶池里的水一下倾泻出来，夺了小银河的入海河道而流入了大海。瑶池里的水泄光了，成了一个干涸的大盆地。银河变短了，成了虎拖河的一条小支流。王母娘娘一看她的家园毁了，勃然大怒，带着女儿们上五台山找文殊菩萨算账。为了清静修行的文殊菩萨一看惹下了这么大的麻烦，赶忙叫伏虎罗汉把他闯祸的老虎先关了禁闭，暂先平息一下王母娘娘的怒火，自己急急忙忙上天跟玉皇大帝协商看如何赔偿王母娘娘。征得王母娘娘的同意，在天上寻到了一块地方，规划修建了王母娘娘的银河、瑶池和蟠桃园，让王母娘娘和她的七个女儿居住，这才平息了争端。等到往天上搬迁时，王母娘娘才发现，七女儿所配的女婿竟然是个凡人，不能跟着上天，只好留在地上。董永这才知道自己的妻子竟然是个仙女。七仙女割舍不下夫妻情，向王母娘娘提出每年七月初七下凡一次看望一下董永，王母娘娘答应了。一家人便搬到了天上。文殊菩萨用河水环绕五台的愿望实现了，他成了整个五台山地域的控制者。为消除不良影响，文殊菩萨叫他们的信徒将老虎刨出来的泉水称为虎刨泉，将虎拖河改成音同字不同的滹沱河，把关老虎禁闭的虎牢改成了虎牢关，再后人们又将虎牢关改称为大关。然而，尽管如此，王母娘娘和她七个女儿在此处人间生活过的遗迹却永远流传：现在的忻定盆地就是当年的瑶池，滹沱河边的瑶池村就是当年王母娘娘居住的地方。当年为七仙女和董永做了媒证的老槐树因为年代久远不见了，却给这里留下了"槐荫"的美名。这里的土地沾染了当年七仙女对董永的多情缠绵、温柔恩爱的因素，而变得早熟和春情勃勃。春寒料峭之时，别的地方尚且一片肃杀，这里却已桃红柳绿，就像一个早熟的姑娘春心荡漾。"槐荫春色"成为著名的五台八大景之一。董永最终没有上天，终老在人间。东冶北沟的南头村西梁上有一个巨大的土台子，人们传说那就是董永墓。银河在往天上搬迁时洒落的渍水和留下的细泉成了现在的小银河。小银河流经槐荫注入滹沱河，流传着这一带远古美丽的神话。

王奋修和田德义来到槐荫村边，向村边人问询，得知了赵承贵家就在槐荫村后龙山那个被人盗宝挖摘了龙心的石洞正对着的坡下。槐荫村传说：槐荫村后龙山原来是条活龙山，左有油篓山，右有米面山，迎面正对的是王母娘娘居住过的紫金山。按风水讲述，主槐荫要出一个让普天下老百姓有饭吃有钱花，享受太平盛世的真龙天子。不料这个风水被从南方来五台当县太爷的看破了。为防这个未来出生在槐荫享受太平盛世的真龙天子夺了当朝皇帝天下而改朝换代，这个县太爷亲自带人在龙山上开了个洞，打开龙山的胸腔摘取了"龙心"。这一来，活龙山变成了死龙山，再也出不了真龙天子了。在封建王朝时代，地方官员都是背井离乡到千里外做官，以避免其徇私舞弊而做到铁面无私。同时，他们还要对凡是与当朝不利的一切苗头防患于未然。五台的县太爷挖取了槐荫龙山里"龙心"，坏了槐荫风水，因此五台人恨恨地说他这是"盗宝"。

槐荫村的居民不是董永和七仙女生的后代，也是明朝移民时来的。村里刘、张等姓的都是人丁不旺的小户，唯赵姓是人丁兴旺的大户。据说，赵姓的始祖叫赵伯英，祖籍保德。明朝移民时，官府把他迁到朔州马邑，又从朔州马邑迁移到五台县，在槐荫村定居。此时的槐荫村已有刘、张等姓定居并开始插草圈地了。赵伯英也要圈地。他到了东边，刘姓说东边是我的；他到了西边，张姓说西边是我的。赵伯英火了，跑到县衙去告状。县太爷道："两边别人占了，那你就占中间嘛！"一句话点醒了赵伯英，回去后他就来个中心开花，把挨村的土地全占了，其他姓的土地全被逼到了边缘外廓。跟他讲理，他说是奉了县太爷的令做的。别姓只好忍声吞气，恨得牙根痒又无可奈何。赵伯英夫妻又很能生，一世下来儿孙成群，家业兴旺。赵伯英死了后，别姓中有懂风水的人撺掇他的儿子们到村后一个叫兔儿梁的地方立祖坟，说是可以人丁兴旺，又能有做官的后代出世；暗里却指兔子是个四处奔跑的动物，兔梁上立祖坟，其后代不能守在家乡，都得四处逃散。这样一来，赵家就在槐荫待不住了。不料赵伯英葬到兔儿梁后，赵家的人丁家业更兴旺了，丝毫也没有要离开槐荫村的迹象。此人深为诧异，暗里又请教了一个高人。高人曰："赵伯英，鹰也；兔儿梁，兔儿也！鹰抓住了兔儿得到了肥美之食，岂能舍弃乎？"此人懊悔不已。可见风水一说，实在玄奥，非常人能所知悟也！而槐荫赵氏也确实很精明。民间俗话："要想发财来得快，种地手艺加买卖。"然而，五台的种地人大多脑筋不灵动，热衷于面朝黄土背朝天劳作，陶醉于"好受苦人"的名声中，很少有人在手艺和买卖上动动脑子、练练本事。而槐荫赵氏人就不一样，他们除种地外还要扑闹外快，几乎家家都有攒绳子、擀毡子和织布袋的手艺。手头略有盈余的便又鼓捣一些小买卖。东冶镇四通八达，人来人往，是个历史集贸名镇，离槐荫村又只有二里多地。如此地利，槐荫赵氏人岂能放过？东冶镇大小商铺，街头小摊小贩，几乎一多半是槐荫赵氏的。有的槐荫赵氏干脆把家搬到了东冶镇。槐荫赵氏如此，岂能人丁家业不旺！

王奋修和田德义顺坡而上，走到半坡便听到鼓乐传来。两人会意地对视一眼，加快了脚步，顺着鼓乐传来的方向，不一会儿就来到一处砖券雕花大门前。鼓乐正是从这家的院子传出，乃是管笙合奏，却非常僵涩，不堪闻听。两人正要敲门，大门却哼隆一声打开，闪出了一个汉子。汉子猛见大门口有两个人，吃了一惊。田德义却一下认出了这汉子正是在窑头见过的牛为贵，迎上一步，双手抱拳，满脸堆笑道："牛师傅，你还记得我吗？田德义！"牛为贵略愣了一下，却也想起来了，高兴道："你咋知道我在这儿？这位又是谁？"田德义忙向牛为贵介绍道："这位可是我们沟里第一号的大财主，东冶徐松龛先生家的侄女姑爷王奋修王老爷。他久仰你的大名，是专来拜访你的！"王奋修便也上前一步打躬道："久仰先生大名，今日特来拜访，事前不曾告知，实在有些冒昧唐突，望乞原谅！"牛为贵连连打躬道："哪里哪里，岂敢岂敢！二位快快进来叙话！"将两人领了进来。

两人进来一看，这家院落也是一家寻常财主人家上下两进院，中间隔有仪门的院落。下院里，十来个衣着光鲜的小青年正在练习笙管。一见来了生人，便住了吹奏直愣愣地看。牛为贵呵斥道："一曲《爬山虎》，几天了谱也记不住，曲也吹不好，千日管子百日笙，必须得好好练习！我今儿来了客人，有话要谈，渠子明！"一个小后生上前一步应道："在！"弯腰朝牛为贵鞠了一躬，静候吩咐。牛为贵道："你领上大家到村边柳树林中练习去，什么时候回来，我自打发李逢源去叫你们！"那个叫渠子明的小后生应了一声："是！"又鞠了一躬退了回去。牛为贵又叫了一声："李逢源！"又一个小后生出来应道："在！"牛为贵道："你留下做个应答，烧水沏茶，帮我照料一下戚人！"那个叫李逢源的小后生也答应一声："是！"也弯腰鞠了一躬退回原位。牛为贵向他们挥了一下手："好，去吧！"渠子明等众小后生便抱着笙管出了大门，牛为贵立刻听到这些小顽皮们踢飞脚、递拳头和飞跑的声音。牛为贵的脸色一下黑怂了，有些想追出去发作责骂的意思。王奋修笑道："谁家的娃娃们都一样，七岁八岁惹人嫌，九岁十岁狗也嫌，十五六岁才懂事一些。一背过大人就淘气是他们的特点，生气也是白搭。"牛为贵也笑了，道："我哪里待要跟他们生气？只是让二位戚人见笑了！"一边就往西屋请让王奋修和田德义。那个在台阶上捅炉子坐水壶的李逢源却也乖巧，早抢先一步推开屋门，请他们进屋。

这下院西屋是牛为贵的两间卧室。一间为地面，一间为炕。炕中放一张红木狮腿小炕桌。两边各铺一毡，各有一卷子铺盖。地上靠门有一脸盆架子，靠后墙摆了一张八仙桌，两边各有一张椅子，桌上放着茶盘茶壶茶盅之物。靠后墙正中是一尊结着接引手印的阿弥陀佛铜像，两边一对青花瓷铜盖的茶叶坛子。牛为贵便请两人坐。两人略谦让一下，王奋修坐了上座。田德义坐了下座，牛为贵坐在炕头毡子上相陪。李逢源提着滚了水的铁蛋子水壶进来，先涮了涮茶盘里的茶壶，从一个茶坛里摸出两块贡尖茶放在茶壶里，满满地倒了一壶滚烫的开水，盖了盖闷着，又拣了三个茶盅涮了涮，分别端到三人面前。他又将铁蛋水壶提溜出去温到窗外台阶黄泥火炉上，又进屋来，端起茶壶分别给三人面前的茶盅里斟上茶，正是"茶七饭八酒十分"的七分上。茶香飘浮出来。王奋修看茶色，闻茶香，知道这是正宗福建省上好的贡茶，便觉这个赵承贵东家待牛为贵不错。李逢源将茶斟好，垂手恭立门口静听别的吩咐。牛为贵道："我们几个有话要说。你可在外自由活动，要水时，我再喊你。"李逢源道声"是"，鞠了一躬出了门外。

　　牛为贵便请他们喝茶。王奋修呷了一口，问道："牛先生，你的东家赵承贵好像不在？"牛为贵叹了一口气，便说起了缘由。却原来，赵承贵家三代为医，悬壶济世，在东冶镇开着药房。家里田地有长工养种，光景过得很是殷实。赵承贵从小跟父亲学医，诊脉开方确是一把好手。然而，赵承贵却天性爱音乐，吹拉弹唱，无所不会，又喜欢四处搜集民间歌曲和五台山的庙堂音乐，这一来反把为老乡们看病救人的事情耽误了。这且不算，今年以来又游说东冶镇的财主和各商铺掌柜，要他们把他们那些考取功名无望，整天无所事事游来摆去，喜好吹拉弹唱的交给他培训，好让他们有了爱好而避免了沾染上恶习，如此也居然招收了十几个学生。只是这些公子哥们本来也不需要以这吹拉弹唱为养家糊口的职业，再加上普通百姓仍将这吹拉弹唱的职业视为"忘八戏仔吹鼓手"的"下九流"，故而他们学起来并不十分上心，只图个自个儿娱乐玩玩儿，学习进度便也十分缓慢。田德义听到这里不由一声冷笑，有意给他们打破头楔子，便道："我看赵承贵他这也是真真儿人们说的，'守着自在不自在，揪上雀儿毛裁胡采！'放着好好的医生不当，却偏要办鼓吹学堂。娃娃们学了又不跑事宴串戏班，这是图甚哩？"王奋修也道："古人言：师者，传道授业解惑也。牛师傅你现在面临的弟子，三者都不沾，只是陪他们玩儿，这岂是为师之道？实不相瞒，我王发荣今日来访先生，一是和田师傅想请先生到我村王家庄办个鼓房，招一些想以鼓吹为业谋生的娃娃后生们学艺，传承先生的本领技艺；二是受我叔伯老丈人松龛先生之托，前来问询先生，他和先生从京城回乡路上所谈的事情，先生办得如何？"

牛为贵一听，顿感有些不安，道："徐大人所托之事，小可怎敢忘？小可已将小可所知的鼓吹乐曲，做了个大体上的分类归纳，只是深感乐曲数量不多，不达徐大人所期望的规模。再者，这些乐曲又不能自个儿仅凭心里记忆保存，更要传授弟子，这非得抄写刻印成曲谱书籍才行。这是一件很费银子的事。小可真不好意思面见徐大人啊！今小可出来授徒，也正是图挣几个银钱用来完成此事。确实怨小可我不识赵承贵东家的本意，现在我有心离去，却又赔不出银子。当初写聘任契约时有如此一条：'若中途不干，加倍赔偿聘金。'就此一条，小可便成了拴在线上的蚂蚱，实在是蹦跶不走了。"王奋修哈哈大笑，道："先生不必为难！我王发荣既敢来直捣黄龙府，早把这一层想到了。不就是几两银子吗？他赵承贵在哪里，咱现在就寻他谈判，先生你不愿在他这里，我今儿就把你接到我们王家庄村！"牛为贵长长舒了一口气，这才说赵承贵昨天带了老婆孩子去了东冶他家开的赵氏药房，说是要住一段时间好好给人看看病，把这一座院落就交给了他看管。只是到了晚上自有赵承贵的本家侄儿前来给他做伴，一日三餐亦是到赵承贵侄儿家吃，倒也安排得颇为周到。王奋修道："既然如此，咱们就到东冶寻他，拉他出来到谁家饭馆子里喝上几盅酒，把这事了了，先生你看怎样？"

牛为贵连连点头，当下喊李逢源学生进来吩咐，要他在家看门。等赵承贵侄儿来叫吃饭时，告诉他先生有事陪戚人到了东冶去找东家，午饭不吃，晚饭再说，然后再让村外柳林练吹打的学生们下课回家，后晌再回学堂听候吩咐。便与王奋修和田德义出门离村向东冶镇而去。路上，牛为贵又叨啦起来，说东冶镇有两个自习吹奏谋生的把式，一个叫郭根富，一个叫杜万重山，日前曾到槐荫想进赵承贵的鼓吹学堂学艺，却被赵承贵斥之为不谋学好甘当忘八的"忘八蛋"，要向他俩收取高额学费。两人自然掏不出来，只好垂头丧气地走了。以后王家庄办鼓房，像这类人物前来学艺，望请王东家一定手下留情。田德义见牛为贵如此说，忙道："看来牛师傅对王东家还是不了解，整个北沟里小银河一带谁不知道最数王东家仗义疏财！往年的事别讲，就说今年，王东家就自己独立一人出钱，办起了一个女子学堂，聘请先生，招收学生，用的全是王东家的真金白银。试问整个五台县，二州五县，全山西行省，能如此做的又有谁人？你再看，人家王东家平时出门那都是骑马的，现在为了陪我，也要步行。牛师傅你见的财主也多了，可有这样的财主？"牛为贵听着，确实也吃一惊。王奋修忙道："这有个什么？咱们到了东冶时，顺便查访一下郭根富还有杜万重山，要是他俩愿意到王家庄学艺，我双手欢迎，并不收他分文学费饭钱。办鼓房的地方我都估划好了：老师先生们像你们两个就住女子学堂那几间空房，学艺的学员们咱有大和寺戏场院上院那几间房，还怕住不下吗？至于吃饭，十人以内，可到我家跟长工还有咱们一起吃；十人以外可在大和寺戏场院上院另立锅灶开伙。他们平日练习吹打也就在那里，那里还有戏台遮风避雨，岂不是个练功学艺的好地方？"说到这里，他自己也得意地笑了。牛为贵心中暗暗赞叹，知道自己被撬到王家庄那是铁圪巴巴的事了。

三人边走边叨啦，都有些相见恨晚的感觉。不知不觉来到东冶镇，顺西街灵应寺进入了东冶四街中心。但见门牌字号一家挨着一家，又正是秋了罢农产品上市时节，四乡农民背襻挑担来的大葱、萝卜、蔓菁、芥缨芥疙瘩、金针、干刀豆角、粉条粉丝、苤蓝、长山药、红枣、核桃、瓜子、大豆、梨果等，在大街两侧摆放得满满的，只给那些店铺掌柜留着一脚宽进出的通道。大街上行人挨肩接踵、挤挤擦擦，一人弯腰看货，旁人就得绕行。三人寻找到了赵氏药房，进去一问，赵承贵并不在药房，说是一早就被人请去看病，什么时候回来也不知道。王奋修略一思忖，向牛为贵和田德义道："我看这样吧，咱们先到街上找个饭铺吃饭，吃完饭后再来寻赵先生，你俩看如何？"两人点头答应。三人便从赵氏药房出来，来到附近一个比较干净的饭店。王奋修有意请客，一进店门便问小二可有最好的酒，小二搬出了一个没有开封的五斤蓝瓷汾酒。王奋修大喜，马上点就酒的凉菜，都是东冶地区特产：一个是凉藕根。藕根分绵藕和脆藕两种，两者的分别是藕节短而胖的为绵藕，藕节长而稍瘦的为脆藕。绵藕可烩、可炒，藕粉量多，适合做热菜；脆藕粉量少，质地瓷实，只适合做凉菜。东冶、建安、河边一带出产的就是脆藕。做时，这地方人又有讲究：刮皮切片杀熟之后，趁热捞在盆里，淋洒胡油适量，然后颠簸，直至胡油擦渗到每一个藕片中。如此一来，藕根便变得又脆又酥。然后再将其置放在事先准备好的花椒葱花淡盐醋中便可食用。一个是凉芥丝。芥丝菜好像大家都不稀罕，但东冶地区的做法却又别致：将芥菜疙瘩擦成细丝后，用含硫大一些的焦炭火在芥菜丝的下方将其慢慢灼干，以保持芥丝的洁白和辣劲儿。食时，用滚烫的开水将芥菜丝泼软，使之恢复到鲜芥丝状，再淋浇些花椒葱花淡盐醋即可。再一个是凉片肉。将猪头蹄煮到烂熟撕下，拌以加入适量葱花等调料搅和均匀，压制成块。食用时切成薄片淋以花椒葱花淡盐醋便成。自然，花椒要用五台黄金椒为上，必须在油中炸黑，才能得到花椒的芬芳香味。若有香油，往桌上端盘时再滴一两滴更好。店小二看来客一来就要了好酒，再看脸色架势，知道是个有钱的主子，看人头下菜碟，自然不敢怠慢，很快便将此三样特色凉菜整治了一番端了上来，又问要什么热菜碟子。王奋修又点了爆炒羊肉、爆炒腰花和热烩金针、刀豆、白菜、粉条、烧豆腐片条的肴合，向店小二道："三凉三热是我们就酒的小菜。待会儿你看，见我们菜剩半碟时便上烩菜，底菜不要多加，只将红烧肉、烧豆腐、烧长山药多多烩来，到时我们再看吃甚面食。"小二答应一声，慌忙端来烫酒壶和盅筷，开了浑封。一股芬芳酒香立刻从酒坛溢出。大家不约而同地叫了一声："好酒！"店小二取过酒提子，将酒舀进烫酒壶烫起酒来。却说古人吃用火加热酒糟蒸馏的烧酒，讲究热吃，以防酒内暗火伤人。很快店小二将酒加热，一一给大家斟满酒盅。就在大家将要端盅之际，门口忽然传来一声道："牛先生原来在此！"王奋修和田德义扭头一看，来人三旬上下年纪，生得甚是齐整，却是不识。只见牛为贵慌忙站起，拉来人过来介绍道："这正是赵承贵先生。"王奋修忙向店小二道："赶快添加一副盅筷。"一边就与田德义一起站起来跟赵承贵见礼，道：
"在下到药房去寻先生不见，却不知先生去谁家看病？"赵承贵
叹了一口气道："还不是到徐老大人松龛先生家。"王奋修吃了
一惊，道："他家是谁病了？"赵承贵道："还能有谁？就是他
老人家啊！"王奋修一下愣怔了。前些天见了还感觉挺好的，怎
么一下就病了？正要再问，赵承贵道："他老人家已是望八的岁
数了，人生七十古来稀，他这也算是高寿了。再看他身体状况，
却还可以，挺硬朗的，只是偶感风寒而已。我已给他开了两副汤
药，吃了便也无妨了。"王奋修放下心来，却不由得双手合十，
欣慰地念了一声："阿弥陀佛！"赵承贵有些奇怪地问道："这
位戚人可与徐老大人松龛先生是故交？"田德义忙道："哎呀，
看来赵先生是不知啊！此乃徐家姑爷王家庄王奋修王发荣先生
啊！"赵承贵道："啊，原来你就是大名鼎鼎的王发荣先生，失
敬失敬！"赶忙站起来重新见礼。却因那个时候，人们交往一般
称呼小名表字，以示亲热，学名反而因人们不大称呼而不知。当
下赵承贵又拉拉扯扯，说这顿饭应由他来请客，要王奋修坐上首
客位。王奋修哪里肯？赵承贵拉不动王奋修，只得告罪坐了上首
客位。王奋修双手捧酒向赵承贵和牛为贵道："初次相逢，实在
不好意思，先饮为敬。"将酒一饮而尽。两人忙道："岂敢！"
也急双手捧盅，回礼饮酒。三人亮了盅底。田德义抢过酒壶，为
其一一斟酒。王奋修还要敬酒。赵承贵和牛为贵哪里肯？王奋修
便邀上田德义共同饮了平等酒。复又斟酒饮了，才坐下操筷夹菜
叙话。

赵承贵向王奋修道："发荣先生是王家庄庄主，可认识你村
里的王秉文？"王奋修道："我们都是一个爷爷的儿孙，又是同

辈弟兄，他钻研的也是赵先生你这一行。先生问他为何？"赵承贵道："也没个甚，只是随便问问。他那个小儿子真是神童，才五岁，居然把《汤头歌》和《针灸要诀》背得滚瓜烂熟。此人长大，前途不可限量。"王奋修诧异道："噢，还有这事？我这几年一心就操在女子学堂和我的家务事上了，听说秉文是生了个儿子，表字双官，大号立德，意思想让他儿子长大能光宗耀祖，做些不朽的事业。莫非赵先生与我家秉文本家兄弟有来往？"赵承贵呵呵笑道："正是，正是，发荣先生且听我说。"

原来，王家庄王秉文之父王五云曾拜赵承贵的父亲为师，学过几天中医，却是生性胆小，给人开方抓药、扎针艾灸放不开手脚，终究一事无成。三秉文长大后学着给人看病。其父王五云又咿咿呀呀拦在前头，致使王秉文老是施展不开手脚，直到王五云归西后王秉文才露出些头角。但毕竟被他父亲吓得胆子不大，遇到吃不准的病情常来东冶找赵承贵请教，却又好面子，不说找老师请教，只说是东冶起集。久而久之，人们发现了个中端倪，暗中传出了一句毫不关联的歇后语："王秉文有病人——东冶赶集！"虽然如是，但确如赵承贵所言，王秉文的儿子王立德终成为一代名医，轰动了整个小银河北沟和东冶地区，甚至是省城太原。

王家庄人祖传基因酒量很大，邻村上下首屈一指，号称"酒坛子"。据传，王奋修的爷爷王孝公到阳白村孟兴才的烧酒坊打酒。孟兴才故意要看王孝公的笑话，领他到了酒窖。这里储存着十八坛烧酒。浓郁的酒香引逗得王孝公不断地吞咽口水。孟兴才给了王孝公一个四两大的酒提子，让他随便品尝，尝对哪坛酒就打哪坛酒。王孝公便一把提一把提地轮流品尝了一遍。

那时一斤为十六两，合现在一斤二两，四两相当于现在的三两。十八坛酒尝罢，虽然有些醉了，但还是把最好的一坛酒挑了出来，买了五斤回去。孟兴才懊悔不已，叹道："看这买卖做的，买五斤酒倒送了人家四斤半，赔塌天了！"以后王孝公再来买酒，孟兴才再不敢让其到酒窖品酒，乖乖地把好酒奉上。

王家庄人好酒，无酒不成席。家家都备有一瓶两瓶烧酒以备不时之需，客人第一次登门，酒是必须喝的。穷户薄家有时一时整治不齐下酒菜，就用烂咸菜，腌酸菜或是地里挑的野菜来代替。更有甚者，临时剥两瓣紫皮蒜。有酒就是以礼待客，对客人尊重；有酒就是对朋友义气忠诚，肝胆相照。三盅开门酒饮罢，王奋修使出王家庄酒坛家风特有的套数。牛为贵和赵承贵又是初次见面的客人，哪里肯容得半盅偷漏？左一盅右一盅地只顾劝客饮酒。田德义怕王奋修饮酒误事，暗地里直踢王奋修的足。王奋修哪里肯理会？一直饮到大家都有了十分酒意，方才向赵承贵说了要请牛为贵到王家庄办鼓房和研究红白事宴、庙会红火、敬神礼佛鼓乐套曲的问题。田德义赶忙帮腔，说这不仅是王庄主的意思，更是徐松龛老先生的主意。牛为贵也将与徐松龛先生的相识交往说了两句。赵承贵虽喝得有些昏头晕脑，心里却十分清楚。王奋修虽是北沟里最大的财主，自己却也不惧。只是东冶徐家，别说东冶地区和五台县，就是整个二州五县山西行省谁敢不给面子忌惮三分？想到这里，他摇摇晃晃地站了起来，端着酒盅，向王奋修道："发荣哥！甚也不用说了，兄弟听从吩咐，遵命就是。"将酒盅一饮而尽。王奋修高叫一声："好，够意思，我陪先生三盅。"站起身来一连干了三盅。两人拉手，抱拳行礼。当下，赵承贵便吩咐店家街上雇一辆轿车去槐荫拉牛为贵的行李。

　　东冶槐荫相距二里，路极好走。这里酒席未散，轿车便拉着牛为贵的行李来了。这时，大家都喝得虽非大醉，却也酩酊。王奋修舌已发僵，含混地道："好吧，喝完门前清，下次再会！"正欲端盅，赵承贵急拦，道："今日相会，岂能无乐？兄弟我献大家一曲！"众人齐声叫好。但见赵承贵将桌上盘碟略一敲击，微微一笑，道："这是兄弟在五台山寺庙搜集的一曲，名叫《超鹅》，大家且听了！"说完便敲击了起来。

　　这《超鹅》乐曲，说的是一个和尚在北海贝加尔湖岸边闭目诵经时，忽听几声吉祥天神鸟白天鹅长唳。睁眼一看，一对白天鹅在湖里翩翩起舞。和尚高兴极了，以为自己的经声感动了菩萨，特派吉祥天神鸟前来为自己诵经起舞助兴，不觉便手舞足蹈起来。谁知一只海东青从天而降，直扑两只白天鹅。生死关头，两只大白鹅互相救援，谁也不肯逃离，却终敌不过海东青的凶猛，经过一番激烈搏斗，双双战死，漂浮在湖面，任由海东青啄食。和尚看在眼里，痛在心里，无法去救，呐喊呼号，于事无补，眼睁睁地看着一对雪白美丽的白天鹅被海东青残杀。和尚悲痛万分，回到寺庙，在佛祖供前点灯上香诵经超度白天鹅。然而，白天鹅悲惨遭遇的情景却怎么也消散不去。不大懂得乐律的他突然有了灵感，在佛殿里谱写了这首《超鹅》乐曲。

　　此曲笙音柔和、管音亮丽，两相结合，配以高超的演奏技术，恰如其分地体现了当时的具体情景。刚开始音乐优美平和雅丽，反映了和尚当时看到的草原、湖水，白天鹅从天而落，在湖面上快乐舞蹈的优美情景。中段，天上出现了海东青，两只白天鹅不安宁了，互相鸣叫告诫小心，音乐表现出了紧张不安。末段，海东青发现了湖里的白天鹅，一声长啸，从天俯冲而下，与白天鹅展开了激烈的搏斗。一时间，海东青啸叫，白天鹅悲鸣，双方扑翅争斗，水花激溅，尽在笙的配音下用管子展现。赵承贵敲击到兴起，这位高超的五台民间音乐大师，见碟盘难以表现海东青和白天鹅的鸣叫，扑翅挣扎和水花的激溅，索性加以口技来表现，更为逼真激烈。

东冶地区的人们都知道赵承贵有用筷子击打盘碟盅碗来演奏民歌小曲儿的绝技，难得一见。赵承贵刚一演奏，店里店外的闲人便围拢上来观看，却是根本不懂。初时觉得叮叮当当却也优美动听，慢慢到了后来叮当之声越来越急，嘴里又"圪呜圪哇扑扑拍拍"地不停叫唤，好像什么鸟儿争斗。赵承贵又像中了什么魔，脸色悲愤、浑身颤抖、摇头晃脑、手脚不停，敲击踢踏并用，猛然一顿，竟将一盘击碎，狂呼一声："我的白天鹅啊！"无力地叮当几声，打了散板，再无什么鸟儿争斗。赵承贵伏在饭桌上大恸。再看跟他同桌吃饭听他敲击盘碟的那三个人，无不涕泪长流。围观之人方才醒悟，这四个家伙都喝醉了酒，在东冶街上撒泼发酒疯。后人叹道：

敲盘击碗发酒疯，酒后方显性情真；
人生相逢千千万，请问知音有几人？

第二十二折：
牛为贵献艺戏场院

　　王奋修灌醉赵承贵，和田德义领着牛为贵回到王家庄，天色已晚。打发轿车回去，吩咐王宪身着几个人就在女子学堂另打扫开一间屋子作为牛为贵和田德义的住所；又吩咐伙房安排一桌酒席为牛为贵洗尘，孟保中、田德义和王宪身作陪。牛为贵大惊，道："咋又要饮酒？晌午那酒还在身上没下去哩！"王奋修笑道："晌午那酒是专门对付那个赵承贵的，这顿酒算是招待牛先生你的。有道是客随主便，况且酒又是我们王家庄的村醪老酒，虽比不得杏花村的汾酒，却也厚醇清香绵长。我家平常就是喝它，牛先生还不尝尝鲜？"牛为贵还想支吾推诿，田德义却暗暗推了他一把。牛为贵便不再作声，心里却打定主意，晚上这顿酒万不能由王奋修他们主宰了自己。

　　说话间便有人来请吃饭，王奋修便领大家进了和大门。牛为贵一看，迎面是一座很坚实的砖石堡屋。屋檐石台阶上坐着几个彪形大汉，见他们进来，急忙站了起来抱抱拳以示行礼。和大门内朝西一间门房，再往西向北为王奋修堂兄王奋坚府舍，朝东为井房，再朝东为碾磨方和长工院。石头大磨哼隆隆声传来，有长工喝喊着牲灵拉磨，天已近晚还没收工。向北正是王奋修府舍大门，门口一对小石狮子栩栩如生。进了大门，朝东一座枣楼。眼下刚过处暑，尚不到打枣时节。枣楼里的旧枣已腾空，准备窖晾新枣，旧枣香味依然浓郁，直冲入鼻。再朝东乃是马棚院，听驴嚎马喊，足有十余头大牲灵。牛为贵心中暗自惊叹：好大的财主！被王奋修领进朝西砖石雕花大门，这才进了王奋修府舍，这乃是南北两串大院。北有仪门通往内院，为王奋修一家居住。南院三间卷棚顶砖雕花南厅，十分气派。南厅台基下，为存放粮食的地窖。左右各有配房，为厨伙房和老妈丫鬟忙女的居所。几株百合卷丹花盛开，异常鲜艳，几盆金丝菊初出花蕾，窈窈窕窕。整个院落井然有序，十分干净。

牛为贵暗暗惊叹不已，早有下人推开南厅屋门。众簇拥着牛为贵进了屋子。牛为贵一看，却是三间通堂，打着雪白的抑尘。东面一条大炕上一张油梨木狮足正四方炕桌，桌上已摆好了四盘五碗席面，盅筷齐备。朝北一头放了一坛烧酒，尚未启封；朝南一头点了一支大白蜡烛，照得屋里通明。西山墙设为中堂，配着普通的松鹤延年画联和顶额。中堂画下一张八仙桌和两把太师椅却是名贵的紫檀。中堂画两边是一对景德青花美人花瓶，一插尘拂，一插两羽孔雀尾作为装饰，中间是一尊群婴戏弄大肚弥勒笑佛的白瓷佛像。靠窗台和南墙又各配一对太师椅和一只高脚茶几，作为会客和议事的场所。靠门口是洗脸盆架，挎两条羊肚子毛巾，架一个很大的黄铜洗脸盆。靠后墙挨炕是一美人拳衣架，权权牙牙的挂衣架顶端上都雕刻着拳头，小巧玲珑很是可爱。这时，有下人用壶提进水来倒进洗脸盆，王奋修便请大家洗手净面。众人便脱下长衫马褂黑缎瓜壳小帽，架挂在衣架上，让牛为贵先洗手擦脸。牛为贵客气两声，只得告罪，第一个在洗脸盆里摆摆毛巾擦了手脸。王奋修便请脱鞋上炕，坐了首客位置。牛为贵看王宪身和孟保中都比他年龄大，赶忙谦让，却挡不住王奋修劲儿大，被一把掀上炕去。王奋修道："今儿晚你是戚人，还谦乎什么？"众人也忙笑应道："正是，正是！"牛为贵只得脱鞋到后炕里坐了首客席位。孟保中和田德义坐了次客席位。王奋修向王宪身略让一让，坐了主东家席位。王宪身便开启酒坛，只觉一股酒香从坛口溢出，满屋飘香。牛为贵不觉间咽了口唾沫，看那酒坛贴着的红纸斗方，才知道"王家庄酒"正是王奋修说的村醪，甚感惊奇。

王宪身一边温酒，一边就跟牛为贵讲这王家庄酒的来历。王家庄河坡下有一小泉，其水清澈甘冽，虽严冬亦不结冰，人们口渴冷饮也喝不坏肚。大东股十三世王兆禄者，就在和大门西阖阆居住，突发奇想，要用此泉的水酿酒，便带领他的三个儿子王用中、王成中和王德中酿起酒来。酒成，将酒缸又抬到前沟几十年的老梨窖里密封。十年过去，藏酒启封，竟然香透了整个王家庄村。村里人和邻村上下的人纷纷来买。王兆禄老汉是有钱的就卖，无钱的就赊，很快就把酒处理完了。酒实在是太香了。王家庄村人人都喝，成了邻村上下有名的酒坛子村。王兆禄老汉发了大财，决心要盖三处大宅院，给他们的三个儿子每人分一处。在盖成第一处宅子的时候，王兆禄又开始酿酒，不料这一年小银河连续几次发大水，冲垮了河坡，冲垮了东头崖顶的几户人家。其中王履唐财主家损失最惨：全家整个儿就塌到波涛汹涌的小银河里，偌大的家产全毁了不说，把他的三儿子王泰邻也被冲得无影无踪。王履唐一气之下，卖了些田产，在村西离村一里多地的分岔道盖了处宅子，带着大儿泰令二儿泰荣住了下来，远远地躲开了小银河。以后每到发水时节，王履唐就与他的两个儿子跑到河坡头看山水，望着那滚滚的洪水雄赳赳地大骂。就是刮了他家的那年，河坡底下的小泉子被水冲得移到了河槽中央。泉水跟河水混到一起。河槽里巨石累累，没路可走。河坡也成了手攀足蹬的绝壁小路，根本无法再挑那小泉的水了。王兆禄仰天叹曰："老天爷啊，看来你是有意绝我酿酒的路啊！"便不再酿酒。再盖两处大宅院的愿望便也化为泡影。香塌天的"王家庄酒"成了真正的绝品。

牛为贵听罢，不由嗟叹了几声。王奋修道："当年，我爹他们倒是买了不少，只是他们贪酒，所剩也就不多了。到了我手上，送了我那东冶丈人家几坛。我又是个酒鬼，忍受不住，常常喝几盅助兴。实不相瞒，仅剩这么一坛了！要不是先生来，我哪里舍得拿出来？"大家便笑。这时酒已烧滚，飒飒作响。王宪身便给大家斟酒。烧开了的酒香味愈是浓烈，人人都禁不住地抽鼻子、咽口水。王奋修看酒斟完，双手抱拳端酒，行酒礼先饮为敬。大家便也端酒。牛为贵一盅下肚，顿觉香透脑髓，不禁叫好道："真是好酒！想我在京城，皇家王爷的皇封御酒也喝过几回，也不过如此罢了，或者说还不如这酒好喝呢！"王奋修笑道："好喝，那咱们就再来如何？"王宪身便又给大家斟酒。

这时，家人来报，说是西阁阆王用中领着他的两个儿子王逢吉和王逢荣求见。这王用中正是酿酒王兆禄的大儿子，这个时候来做甚？王奋修向家人有些不悦道："你没告他说我正接待戚人吗？"家人道："我说了，可那用中老汉说就是因为你接待戚人才来寻你。"大家便觉有些奇怪。王宪身向孟保中、牛为贵和田德义笑道："们王家就数大东股西阒阆里的人脑子精，有些与众不同！"王奋修便叫家人请王用中进来。家人出去，不一会儿便领着王用中和他气喘吁吁地舁着一大坛"王家庄酒"的两儿子进来。大家一看，酒坛足有一百五十斤，泥封未开。王奋修喜道："用中哥好神算！你莫非猜到我家里缺酒了，特意给我送酒来？"王用中道："岂不能这么说！实不相瞒，我家里也只有这一坛先父留下的酒了。不怕你笑话，我只觉得这年头世道变了，忘八戏仔吹鼓手也不是见不得人的事。我家你也知道，地亩不多，这两儿子也不是耘种了地的，便想以酒为礼，想请师傅教我这两儿，能的话还有我的那几个侄儿，让他们也学个吹鼓手混日子吧！"牛为贵一听，却把头摇得拨浪鼓似的，道："吹打一行，讲究的是奶功。只有从七八岁练起，才能成个把式。你这两个儿子年岁已大，舁一坛酒进来尚且气喘，把式梁柱肯定是练不成的。我若答应，岂不是误人子弟？按说，吹打一行，有吹有打，打鼓倒是可以。可这打鼓是掌班的指挥，非鼓房东家不能担任。除非你是鼓房东家，才可让你这两儿子学习打鼓。"王用中一下愣了，说不出话来，只把眼睛瞅着王奋修。王奋修哈哈一笑道："用中哥你看我做什么，莫非还想把酒抬回去吗？依我看这样吧，这酒你也不用往家里舁了，就当入股子，鼓房班主名义上就由你来当。你可把你的儿子侄儿尽数叫来学艺，能学什么就学什么。至于鼓房的实际开销，还是由我负责。你看可好？"王用中喜欢道："那敢情是好啊！"王奋修便吩咐添盅加筷，招呼王用中上炕吃饭。又招呼王用中两个儿子也上炕来吃。王逢吉和王逢荣见酒席坐着尽是长辈和先生客人，哪里敢答应？赶忙行了叩头礼出门回家去了。也就因为有此一说，王奋修筹划而成立的鼓房变成了西阃阆王用中一坛酒立的鼓房。是夜宾主尽欢。

　　王用中精明强干,一朝权在手,便把令来行。第二天便主持他的两个儿子王逢吉、王逢荣和四个侄儿王逢明、王逢原、王逢义、王逢清向牛为贵和田德义拜师,田德义又回田家岗村把他的三个儿子田心宽、田有宽、田富宽叫来,向牛为贵拜师。牛为贵又叫田德义到东冶镇请郭根富和杜万重山前来加盟学艺。根据这些徒弟的实际情况,让逢家弟兄都学了武场敲打,其余的学习吹奏。王用中怕影响女子学堂女童们读书,向王奋修建议,将鼓房设立在大和寺为好。为了便于管理、方便练功,将学员们的伙房和寝室一并设立在大和寺。牛为贵和田德义两位师傅不随学员,跟孟保中先生一样在和大门王奋修家吃小灶。学员们五更统一起床练功,阳婆出山吃饭,饭后由师父安排,口传心授念谱,或是传授演奏技巧;午时三刻吃午饭,饭后休息一个时辰继续听师父安排教授至晚饭;晚饭后戌时三刻至亥时三刻练功。每天如此,周而复始,雷打不动。又考虑自己对鼓乐什么都不懂,只负责后勤生活,教学事务由田德义当校长全权负责。王奋修赞道:"到底用中哥领过酿酒工,安排得滴水不漏。"便决定就此安排。

　　第二天,王用中召集所有的鼓房学员和师父开会,准备宣布安排,却发现东冶小后生杜万重山带着铺盖来了,随来的还有徐效清、徐二两个后生,是徐松龛先生的两个远房本家。那个郭根富却没有来。问杜万重山。杜万重山长叹一声道:"郭根富大哥情况有些特殊,怕是来不了。"牛为贵听了,吃了一惊!这个郭根富虽然年岁有些大了,记曲儿也不多,可是吹唢呐的口音手法绝好。牛为贵正想把他委派个练功指导师父,指导众学员练功,可他却突然不来了。牛为贵抢在王用中前头问杜万重山那郭根富的原委究竟。杜万重山便竖了两根指头向王用中和牛为贵说起郭根富的事来。

却原来，郭根富从小喜欢吹打，被人鄙视，年近四旬没有娶过老婆。邻家一女，已有六个儿子，丈夫突然去世，无人养家，日子过得异常艰难困苦。郭根富看在眼里，大生恻隐之心，不顾忌讳而援手相助。久而久之，竟与寡妇产生了感情，不料被人发现。为保两人名节，郭根富一不做二不休，便将寡妇娶回家。民间俗话："富光棍，娶了带娃老婆尽打尽。"郭根富养活着连本人八口人，把自己的积蓄踢打得一干二净。他整年无闲日，打更吹打，淘井淘茅厕，打墓起葬，赶生灵上窑头驮炭，反正什么能挣钱就干什么，只图能养活这一大家人家。他也实在想跟上牛为贵师父学艺，却已实在是生活所迫，只好忍痛割爱了。两人听了，甚是嗟叹。

晌午吃饭，牛为贵想起郭根富之事，依然叹息不已。王奋修看牛为贵满腹心事的样子，忙向牛为贵打问。牛为贵便将郭根富之事说了。王奋修道："这有何难？"令家人到大和寺将杜万重山叫来，略略问了几句，让他立马回东冶镇将郭根富跟他的六个养子全部叫来。特别吩咐道："不管他父子们有无穿戴、有无铺盖，叫来后再说！"杜万重山飞跑而去，傍晚才把这衣着褴褛大小高低不等的父子七人带来见王奋修。郭根富拉扯着娃们要跟王奋修叩头行礼。王奋修急止道："你先别着急地跟我叩头，听我把话说完，我看你这六个儿子，都是学艺的好材料。在我这里跟牛师傅学上些时候，一出道便是七人的郭家父子班，气势强大，必定能轰动一方，还愁光景翻不过来吗？至于你父子们的生活用度，一切由我做主。你老婆的在家生活更费不了许多。给她几钱

银子足够她花销。不知你意下如何？"郭根富感激涕零，口称
"恩公，再造父母"，拉扯着孩子们跪下叩头。王奋修双手搀起
他们，即叫王用中带郭根富父子们前去大和寺安排。

王奋修这一照顾郭根富的义举也感动了田德义和牛为贵，两
人都觉得确实是遇上了好人，心情舒畅而精神振奋，尽心竭力地
为鼓房着想和教授学员。尤其是牛为贵，他感觉一种力量在鞭策
着他，那就是徐继畲松龛先生对他的期望。那两个学生徐效清和
徐二，分明就是松龛先生的两只眼睛啊！五台俗话：人的生命五
年六月七日八时。徐松龛先生已是望八之人，正是一日不如一
日；万一一命归天，自己仍不能如徐松龛先生所愿，用改革一新
的鼓乐套曲恭送徐松龛先生的归天之灵，被五台百姓立为白事宴
的鼓乐范本，自己百年之后何颜见徐松龛先生于九泉？现有王家
庄鼓房这么好的条件，更有王奋修这么仗义疏财深明大义慈善如
菩萨般的东家，自己不努力报效这知遇之恩更待何时？士为知己
者死，女为悦己者容。为朋友两肋插刀，是拼命的时候了！牛为
贵白天黑夜连轴转了起来：白天到大和寺戏台上给学员们口传曲
谱，晚上静思第二天要传的曲目，稍寐即起，待村里五更鼓声一
起便跑到大和寺喝喊学员们起床练功。明里暗里对徐效清和徐二
格外加心在意。王用中虽不懂行，却也觉得牛为贵是个好师父，
暗里向王奋修情不自禁地夸奖了牛为贵几句。王奋修却怕牛为贵
累坏身子，每月总要抽三四天时间带牛为贵骑上马，带上弓箭干
粮，上岗到山神爷灰笞笭甚至尧岩山根大堰里一带射猎。得到的
野味便送到家里小灶给先生师父们享用，或分给大和寺伙房让学
员们吃。每有和大门家人送来狗獾野兔山鸡等野味，学员们便情
不自禁地欢呼："谢发荣善人恩赏！"久而久之，学员们又发现

了规律，每当牛为贵师父一天不来大和寺时，傍晚便有和大门家的人送来野味。于是大家老盼望牛为贵不来好有野味吃。田德义看出了大家的心思，顺势教育学员们道："牛师父怕你们偷懒不好好学艺才来，你们要不偷懒好好学艺，他才懒得来呢！"大家一想，道理很对，更是拿出了积极性。

学员们练功，练打鼓的逢家弟兄们也分了工，大家都背锣鼓经。练打鼓的用鼓箭敲打戏台门槛，练拍镲钵的就拍巴掌，练敲锣的就打草篅子。练吹奏的，初学者吹水碗练换气，换过气的才递给唢呐管子练拔音。田德义怕学员们初吹出来的唢呐管子声难听扰乱村里人，让他们来到大和寺外的村东头崖顶朝小银河的河槽里吹。结果是吵得郭家庄有人骂开了。消息传回王家庄，王奋修听了毫不理会，却把村里人南股的王银海惹火了。他带了几张麻纸一支毛笔，跑到郭家庄，假装征求意见。郭家庄的人便围住他数唠了王家庄女子学堂和鼓房子的一些不是。王银海便反问道："照你们说，们王家庄女书房教出来的女娃娃不好吧？"郭家庄人回道："当然不好！"王银海又反问道："们村里办鼓房也不对吧？"郭家庄人又回道："当然不对！"王银海便拿出纸笔来向郭家庄人道："来来来，咱们写个誓约：凡说们村里女娃娃不好的，办鼓房不对的，保证后辈儿孙不娶们村里闺女做媳，保证村里闹红火，办红白事宴不雇佣们村里鼓房子培训出来的响打的。"这一下把郭家庄人说愣了，而事实又是郭家庄村人娶王家庄村闺女的不少。王银海见无人回应，越发是雄赳赳气昂昂，道："邻家过事宴响个炮，炮皮还要落到你家咧；炸个油糕，油味还要飘到你家咧！你肯定不会说甚，反而是笑脸相迎。同样的道理，们王家庄和你们郭家庄是邻家，你们就说法多成这样？这是什么道理？"

郭家庄的人败了阵，王银海大获全胜，很受村里人欢迎，无形之中成了王家庄的"外交部长"。村里跟邻村有了摩擦，村里人跟邻村亲戚产生了纠纷，都请王银海出面周旋，无不是得胜还朝凯旋。长话短说，两年多时间过去了，又陆陆续续来了金山的张官、张恩弟兄，芳兰的殷昌福、殷昌贵弟兄，宏道的张福光，都是爱好鼓乐的贫民子弟。王家庄的鼓房学员，学敲打的逢家弟兄们差不多都分开了红黑里外、轻重缓急，《过街鼓》《四不合》和《乱劈柴》敲打得尤为精彩。安起鼓点配合牛为贵、田德义两师傅吹打《大得胜》套曲也基本上全能熟练地记下来了。学吹奏的学员数田家三宽弟兄们学得最好。因为有先前的基础，再加田德义偏心暗中的指导，他们的唢呐笙管的发声非常纯正，只是功夫稍欠，几曲下来便厥得红头胀脸、大汗淋漓。郭家父子和徐家兄弟虽不比田家，却是进步最快的。郭根富这六个养子郭大洋到郭六洋，一个和一个中间差两岁。郭六洋刚刚十岁，便已吹得响唢呐笙管，且记谱又快又准，很受牛为贵的喜爱。遵照与槐荫赵承贵的承诺，鼓房每传一曲，便由孟保中先生用小楷工工整整抄写两份，一份留底，一份由郭根富或杜万重山回东冶的家时捎给赵承贵，让他传授在槐荫设立的富家子弟班。看着看着，两年来鼓房也积攒起了七十来份曲谱。然而，细心的田德义却看出了其中的缺憾，因为牛为贵是皇家乐师主教授，他只是个走江湖的，名义上是鼓房校长，实际上有王奋修、王用中主事，他只是个二阎门上的插关，只能起个助教的作用，有些话他实在不知该不该说。他犹豫着，却觉得不说不行。终于有一次，从和大门王奋修家吃了饭下来，到女子学堂的寝室休息时，他开口了，向牛为贵道："牛师父，我觉得咱们这笙管曲子有问题。"牛为贵正坐在太师椅上喝茶，闻声吃了一惊，急放下茶盅道："有什么问题？你说！"田德义道："曲子太多了，娃娃们记不住，像我和郭根富有时也犯迷糊。"牛为贵冷笑一声，道："你一个走江湖的，还不知道艺多不压身吗？记不住，那是因为没有勤学苦练。这一点，你必须得给徒弟们讲清楚。"田德义见牛为贵有些不耐烦和不屑，赶忙拎起铁蛋子茶壶给牛为贵茶盅里续上水，道："这个弟子我清楚明白，只是我还发现了第二个问题：师父你教的曲子是一样的工尺谱，可是我发现，有时两个曲子放在一前一后吹，就显得很别调！比如祭天的《青天歌》和劝酒的《劝进杯》放在前后吹就不和调；还有，就是都是佛曲庙堂音乐，《西方赞》和《箴言》《吾方悟》等也别着调。这些都得变过调才能吹啊！"牛为贵又是不屑地冷笑一声道："这我还能不知道啊？我在皇宫当乐师的时候，还吹过些元曲、昆曲、徽调，那里边九宫十八调，黄钟大吕小工六幺的，调式多了，全凭你技巧熟练，变来变去地吹奏。咱这只是皮毛。现在徒弟们初学，讲那些没用，到时我自然会分开套曲调式，让他们学会变调吹奏。"

田德义见牛为贵如此说，心里有了底，本来他还想建议，把他从褚家忘八那里得到的几首汉乐府古曲《朱鹭》《孔雀东南飞》《上陵》《上回》和《中和四大祭祀古曲》等也传授给大家，要是牛为贵师父不会，可由他本人来传授，毕竟这些东西他钻研过，传给大家也不负王发荣东家看重自己一场。但见牛为贵摆开了皇宫乐师老资格的架势，便把要出口的话又咽了回去，改说了一声："啊，知道了！"牛为贵给田德义下了令道："你告班主王用中说，三天后徒弟们组班子专门吹奏白事宴的祭祀笙管曲，以家成员分班。田家班你的主奏，郭家班郭根富主奏，让杜万重山随郭家班吭笙，逢家弟兄们分开两班加入。告王用中说，每晚在戏场院垒两堆根花火，让大家围火而坐吹打，过一过烟火熏烤之关。"田德义见牛为贵摆着师父的架势，忙连连称是，到大和寺寻王用中安排去了。

这个安排，如同现在剧团班社内部彩排练习剧目一样，但在当时缺少娱乐的农村里，经王用中兴奋地宣传，消息立刻传遍了整个王家庄村。男女老少只要是能走动的，急急忙忙吃了晚饭便全来到大和寺戏场院里。更让牛为贵没有料到的是和大门的王奋修、王奋坚父子们，女子学堂的孟保中和王宪身也来了。他们在戏台上摆下了椅子和茶几，端坐在那里，一边看戏场院里王用中、牛为贵和田德义、郭根富他们忙乱，一边悠闲地喝着茶水，等待着鼓房学员们准备就绪后的吹打。牛为贵原以为戏台上也是些村里的普通村民受苦人，没有多少介意。当突然知道是王奋修他们后大吃一惊，赶忙上了戏台赔罪道："真没想到庄主和先生们要来！在下原来只是给徒弟们布置的一个功课，便也没有向庄主和诸位声张，不想却惊动了大家，这实在是在下的过错。"王奋修哈哈一笑，道："这不怪先生，我们也是闲着出来看看，先生可照常随便。"大家也忙点头附和。牛为贵不好意思地笑笑，看看戏台下人头攒动熙熙攘攘的人们，正欲跳下戏台安顿，心中猛然一动，自己来了王家庄两年多时间只顾鼓房的教学，也没露露本事教王家庄的父老乡亲们看看，这实在是太对不起这些父老乡亲们了，就是对庄主王奋修家弟兄们和村里的这些头面人物也有亏欠愧意啊！他改变了主意，向戏台下喊道："鼓房的师父徒弟们注意，我现在临时决定，今晚由我来打头炮。"嘈嘈切切的人们和拉拉扯扯搬弄板凳的鼓房学员们立刻静了下来。牛为贵大声道："田校长田师傅，你来打鼓，带逢家弟兄们掌控武场，郭根富和杜万重山吮笙，唢呐由我来吹奏，学员徒弟们今晚不吹了，列队排好，等我吹奏《大得胜》套曲时大声和唱曲子的工尺谱。今晚，我要传授大家吹好《大得胜》的诀窍。"戏台下叫了一声"好"，那些鼓房学员们的声音最高。

当下，牛为贵又欲往戏台下跳，却被王奋修一把拉住，他哈哈一笑道："闹了半天原来今晚是牛师傅的主角把式？那咱们就得换位置了。你在台上，我们到台下。"又吆喝王用中准备戏台上吊着照明的满堂红油灯。很快就有人从大和寺上院厢房里取出戏台照明专用的小盆子大小的两盏油灯，加满了蓖麻籽大油，点燃了灯盏里的十字花渫捻，提溜着灯盏上拴着的铁链子来到戏台上，吊到前檐横梁上。整个戏台立刻明亮了起来。大家七手八脚地把王奋修他们的椅子茶几等递搬在台下，又把鼓房准备的几条长板凳搬到了台上。王奋修他们来到台下座位坐下，回望台上，牛为贵他们已经准备停当。牛为贵手抱唢呐居中而坐，郭根富和杜万重山抱着笙一左一右分坐在牛为贵两旁。鼓房学员们站立在他们背后，单等田德义的鼓声号令。田德义和逢家弟兄们各持锣鼓铜器家具，站立在戏台上场门前牛为贵他们的身旁。看王奋修他们在台下坐好了，田德义双手鼓箭一磕鼓边，便咚咚咚地敲起鼓来，看牛为贵他们三人准备好了，安起了《大得胜》套曲《出队》鼓令。鼓令一落，牛为贵唢呐一举，"嘟哇"一声就吹了起来，与此同时，他们背后的鼓房学员们双手打拍，唱起了《出队》工尺曲谱。一时间，戏台上"咙咚铿锵""嘟儿哇哪儿""工尺合四"，威武雄壮、慷慨激昂的锣鼓唢呐夹杂着学员徒弟们的和唱，像是将士们鞭敲金镫高唱凯歌而回朝返乡。

《出队》一曲一落，满场子人情不自禁且不约而同地爆喊一声："好！"王家庄的人对这《大得胜》唢呐曲其实并不稀罕，今牛为贵这么一吹，并配以田德义的鼓乐，他们才知道以前听过的全白听了。人家这才叫吹唢呐，真是名副其实的皇宫乐师！牛为贵也有意在大家面前卖弄炫耀，一曲终了又吹一曲，一曲终了又吹一曲，赢得叫好声一曲高过一曲。挨王奋修坐着的王奋坚忽然想起什么，待《耍娃娃》一曲终了，扭头向一直跟他学武练功的王宪身的三个儿子王树、王栋、王材说了几句话，三兄弟点头领命去了。王奋修看在眼里，也听到耳里，微微一笑。这时，戏台上鼓声又起，却是牛为贵最拿手的《瞭单于》。这个曲子王奋修听田德义多次说起过，今晚却是第一次听到，只觉此曲时而悲愤激越，时而杀气腾腾，确实大有见到战俘敌酋单于被押回来的意味。《瞭单于》三番四折，层层递进，高潮迭起，人们听得入迷，竟忘了叫好。直到整曲终了，敲打《四不合》，继而《乱劈柴》，让牛为贵调整气息稍做休息。王奋修这才回过味来，带头高叫一声："好，好啊！"这才惊醒了大家，也跟着叫好。牛为贵喘息稍定，看了眼田德义，又架起了唢呐，却是《朝天子》。风格与前截然不同，节奏缓慢了许多，显得很是庄严、显赫和辉煌，表现出了皇家凛然威严的气势。紧接便是《扑官帽》《琼林宴》。大家轻松了许多。孟保中笑道："皇家的赏赐下来了，领完了官帽，接受皇上万岁的赐宴了。"大家便笑。接着又是些《吊棒槌》《编笆箩》《神仙过桥》《亲家相骂》等民间小曲儿，表现饮宴庆功酒中的娱乐时的娱乐场面。这些小曲儿，村乡里闹红火大多吹打，大家都知道，只是感到谁家也没有牛为贵吹得如此有情有趣。最后一曲，风格又是一变，大家谁都没听出来。王奋修扭头去问孟保中，孟保中也是摇摇头。忽然想起有一天吃晚饭时，牛为贵和田德义叨啦，宏道史家吹《大得胜》老是吹个半拉子，全套《大得胜》必须有头有腰有尾。头就是《出队》，腰就是《瞭单于》《朝天子》，尾就是《普天乐》。宏道史家只在头上扎煞，《过街》《吵子》《耍娃娃》吹得滚瓜烂熟，然而再怎么高超却没有腰尾，也只是个半圪节《大得胜》。孟保中这才反应过来，此曲莫非为《普天乐》？抬头望天，星辰已朝西偏，过了半夜时分。心中暗道："假若不再吹打，肯定就是《普天乐》了。"果不其然，一曲终了，田德义打了几个乱锤，一个"咙崩咚！"切住。牛为贵从板凳上站了起来，双手抱着唢呐给大家连连作揖，道："牛为贵给乡亲们献丑了。吹得不好，请乡亲们多加包涵。"王奋修顿时肯定，最后此曲肯定是《普天乐》无疑了。

这时，王宪身三儿王材和王用中过来，向王奋坚道："奋坚叔，好了，停当了。"王奋坚点点头站了起来。忽看戏场院乱了起来，人们乱喊乱叫道："不能叫牛师傅下台，牛师傅还得再吹一个！"却原来是人们正听在兴头上，忽见牛为贵不吹了，不依不饶起来。王奋坚向王奋修用下巴朝人们示意。王奋修忙站了起来，向大家高声叫道："家人父子们别吵吵，抬头看看天上的星宿，早过半夜了。打三更鼓大家没留心，早过去一刻了。大家想听，咱还有明儿晚上后天晚上啊！我提议，明儿晚上让田德义校长露两手。"大家爆雷似的叫了一声"好！"。这才不再吵吵嚷嚷要求牛为贵加吹了，都一步三回头，恋恋不舍地往戏场院外挪步。王用中笑笑，朝戏台上喊道："鼓房的师父和学员徒弟们注意，为了嘉奖牛师傅和大家今晚的辛苦，咱们庄主请大家今晚喝羊杂碎。"那些唱工尺累坏了的孩子们一听，立刻来了精神，嗷的一声，跳下了戏台，直奔寝室去取碗筷。当下王用中又邀大家同上大和寺上院，一起喝两碗羊杂碎再回去睡觉。王宪身这才明白，他的三个儿子那会儿是听王奋坚的吩咐，杀羊和帮厨做羊杂碎去了。他原以为是派他三个儿子巡逻庄墙，防备强盗去了，天下毕竟不太平啊！

是夜星稀月朗。田德义躺在炕上，听着牛为贵舒心惬意的鼾声，他开始有些担忧：明晚自己上台，《大得胜》套曲是万万不能吹了，不管吹好吹赖，或是跟牛师傅扯平，都有伤自己和牛师傅的脸面。要吹就得另辟蹊跷。他梳理了一遍自己的所学，忽然心头一亮。第二天晚，田德义上台献艺。牛为贵向田德义道："咱俩是驴啃脖子工换工，今晚我来给你打鼓。"田德义忙阻，道："哪敢劳师父大驾，还是我来吧！"自己打了开场锣鼓，却是《渔家傲》。鼓罢，大杆子唢呐一顺，却是《大骂渔郎》。牛为贵吃了一惊。听功力，根本不在自己以下。他知道，田德义有意给他让道腾路，便下了戏台，坐在王奋修身边，却从此再不敢在田德义面前装大。

从此，王家庄鼓房每天晚上都要举行吹打活动，除非遇天雨和其他特殊事情作罢。因为有了王奋坚给鼓房喝羊杂碎的先例，作为鼓房股东的王奋修自然也不在话下，与他哥轮流了开来。时下正是初秋时分，羊肉好吃得很。再后便是村里那些殷实人家，两家三家共同出一只羊让鼓房人员喝羊杂碎。鼓房的那些娃娃们见每天都有羊杂碎吃喝，排练吹奏的干劲就更大了。王家庄的人每天天还不到麻麻眼的时候就来到戏场院，有的甚至把邻村上下的亲戚也叫来，享受这民间鼓乐盛宴。王家庄村每天都沉浸在喜悦的气氛之中。

　　然而，事物的发展往往就是物极必反，乐极生悲的。一件事的突然发生，也惊破了王家庄的民间鼓乐吹打曲。

第二十三折：
俏媳妇受辱喝洋烟

自牛为贵叫开了场子，王家庄村就像是赶了会。每天一吃了晚饭，村民们便扶老携幼呼儿唤女，带着邻村上下能来的亲戚到大和寺戏场看鼓房的吹打，村里很是红火热闹。然而，这个红火热闹却引起了一个人的嫉恨。此人叫王望仁，年约三旬，也是王家庄北股王天财的后人，跟王奋修、王宪身他们同为十四世，属于近家人父子。家境尚可。妻子姚氏，乃是五台县第一古寺南禅寺旁李家庄村人。李家庄南傍郭家寨，北依南禅寺，是郭家寨北门户。常遇春梦洗五台时打破了李家庄，把原住户李氏连男带女尽数杀戮殆尽。到朱洪武移民时，迁来的姚氏便来到了李家庄废墟，占了原李家的产业。如同郭家庄为张氏相占一样，李家庄便成了姚家的天下。

姚氏生得人才俊美，是王家庄出了名的好看媳妇。初娶来时，王望仁对姚氏宠着惯着，如人所言：含在嘴里怕化了，捧在手里怕掉了。然而，俗话说得好："媳妇是人家，娃娃是红家。"姚氏一直没有孩子，王望仁对姚氏的恩爱之心便渐渐地慢了，生了买个小老婆生育的意。然而，一跟姚氏商量便遭姚氏辱骂："亏你也是个受苦人，岂不闻人家常说：种地勤紧，粮食满囤？不怨你种地懒惰，却怨我地不产粮！"王望仁的心便有些毛急了。

这几天村里鼓房唢呐红火。王望仁看人家左邻右舍夫妻呼儿唤女，抱着小的，拖着大的，相跟着出去，结着伴回来，心里很不是滋味。古人讲究"不孝有三，无后为大"。他感到实在有些对不起他死去的父母。这天姚氏出门看红火后，他倒头就睡。然而，戏场院里的吹打声又搅得他睡不着，索性起来到咸菜瓮里捞了两疙瘩老腌咸菜切成丝，倒了一壶酒就着喝起来。正喝着，在戏场院里瞅不见他的姚氏放心不下便回来了，却发现他在喝闷酒。姚氏一下火了，夺过酒壶骂道："世上真少见你这号背时货！人家红焰大火地都在戏场院里看吹打，你却在家里孤岭寡水地喝闷酒。走，看红火去！"王望仁吼道："老子上一辈子造了什么孽，这辈子娶了你，老子丢不起祖先的人！"两人便争吵一起来，王望仁火了，按住姚氏便没轻没重地打了起来。这时正赶上邻居们看完吹打回来，一听这两口子打架，急忙赶来相劝。大家好不容易才拉扯开他俩。王望仁的本家哥哥王望成知道王望仁的心病，怕他这个混球弟弟等劝解人离开后又要跟姚氏打架，便硬拉王望仁离开家夹到自家阁继续劝解。在本家哥哥王望成的劝解下，王望仁终于平息了怒火。弟兄俩商量定，第二天再跟姚氏商量买小老婆的事；商量不成便找孟保中先生写上一纸休书将姚氏休了，再另行娶妻生子。反正女子七出无后是最大的，也不怕他李家庄姚家不依不饶。当夜王望仁就在他本家哥哥家睡了，第二天又在他本家哥哥家吃了早饭，饭后便去女子学堂去找孟保中。不想孟保中正在讲堂里给女生们讲授《千字文》，他便跟王宪身叨啦了昨夜的夫妻争吵和寻孟保中的来意。王宪身想了想道："平心而论，你那老婆对你也算恩爱，你还是先跟她心平气和地商量买小老婆的事为好。万一她就是刁蛮撒泼不答应，你再提休她的事不迟，也显得咱们仁至义尽了。"王望仁见王宪身跟他本家哥哥看法一致，便返回家找姚氏商量。这一回去却发现坏了，姚氏竟然喝上洋烟自杀了！

大家知道，这洋烟就是鸦片烟。清政府自道光皇上颁布了《禁烟条例》后派林则徐赴广东虎门销烟。鸦片战争后，五台的徐继畲松龛先生在出任福建布政司之时还为道光皇帝上了避免战争继续禁烟的奏折，他认为：朝廷禁烟并非要销毁西方列强的鸦片，而是要禁止国民吸食鸦片。主张先贵后贱，先富后贫，先京城内地后沿海边疆。经五六年，贩卖吸食鸦片者便会根绝。西方列强等国纵然把鸦片全部运到中国，也会因无人贩卖和吸食而无利可图，纵然恼恨也寻不到战争的理由，自然会把鸦片撤走。而我朝则正好利用《南京条约》中五口通商的协议，与其平等通商，互通有无。道光皇帝深以为然。然而，腐败贪污的政府官员却不能严格执行朝廷的政策。他们当官，图的就是"三年清知县，十万雪花银"。在睁眼闭眼间，鸦片越禁越多，百姓吸食成风，甚至学会了种植罂粟熬制土烟获利。渐渐地人们又发现，洋烟膏还是治病的灵丹妙药，一些头痛脑热身上疼痛的小灾小病，服食少许便会痊愈。家家户户便收藏洋烟土以备不时之需。进而又发现，服食过量的洋烟会使人一命呜呼，死相却比其他死法死去好看得多。于是洋烟又成了自杀者，特别是女性自杀者的首选药物。

王望仁进了家门，看到姚氏静静地躺到炕上一动不动，正欲呼唤，忽闻见家里一股洋烟的香气，心中大疑。看自己藏放洋烟的那个箱子盖斜立到一旁，伸手一探，包着洋烟土的那个纸包不知去向，心里不觉暗叫一声："苦啊！"却看到锅盖上放着一只碗，碗底尚有喝剩下的一底子洋烟土。这一切迹象表明，姚氏就是喝洋烟自杀了。

王望仁慌得很，急忙出门去找帮手，正好碰上王银海过来。王银海一看，人都死得没影了，抢救已不可能，就让王望准备后事，顺便问起了姚氏因何自杀。王望仁就把原委说了。王银海怨道："你想休妻，只管休就是，何苦要在人前打起来呢？现在人死了就甚也别说了。咱一村一道一个爷爷的子孙，谁也不会说你个甚，最关键的是你如何给你李家庄丈人家报丧交代？你总不该不通过人家把死人埋了吧？"

这正是王望仁最心慌最头痛的事。在五台在二州五县，虽说家家都是重男轻女，但女儿也并非"嫁出去的女，泼出去的水"。娘家是女儿的主子家。女儿出嫁时，娘家要派最能够代表娘家权威身份的人送亲。到了婆家，送亲的人要坐整个婚礼上至高无上、独一无二的首席，接受婆家人的礼敬和奉承，宣示娘家对女儿的监护权威。女儿有了孩子了，娘家还要去婆家给女儿和新生的小外孙过隆重的满月，庆祝女儿身体健康复原和小外孙健康成长。娘家人也同时成了小外孙的主子家。女儿生的孩子长大了，即使对大人有忤逆现象，被父亲以逆子罪名送到官府处罚，其他人均无权援救孩子，唯独孩子的舅舅姥爷能将孩子保释出来。平时女儿在婆家死去，娘家人便要过问死因，得的什么病，吃的什么药，哪个医生开的药方，都需要跟娘家人交代清楚。就是棺材装殓了女儿，也需要娘家人在发引送行之前看过，没有异议点头肯定之后才能钉住材盖埋葬，也就是人们所说的"钉住材盖就由不得他主子家了"。女儿从出嫁到死亡都在娘家的监护中，家家皆是如此。其中的礼仪和习俗王望仁都是一清二楚。你说，王望仁能不崩溃吗？不过，当前最首要的是先入殓死者。他让王银海做帮手，又喊他们的几个本家兄弟过来。大家在惊恐中七手八脚地清除了死者身上的秽物，寻了些好的衣物给死者穿上，安顿在棺材里。王望仁看死者静静地躺在棺材里，还是那么精干好看，好像睡着了一般，只是脸上头上多了几块淤血黑青，却不由自主地想起了死者往日给予他的恩爱和快乐，一阵悲痛从中而来。他狂喊一声："老婆，我的老婆啊，你把你的老汉子害苦了啊！"跌跪在地，扶棺大恸。王望成长叹一声，待王望仁哭了几声，便拉他起来，道："现在哪里是你哭的时候？还是快些给你丈人家报丧去吧！"又吩咐王银海道："本来陪望仁报丧不是你的事，可我们弟兄们都是木头，弄不好还能叫李家庄的人打一顿。你比我们都会说，我们想麻烦央计你陪望仁去李家庄走走。"王银海叫道："既然望成哥说出来了，那我就去了。不过你们还得依我一件事，叫你弟兄几个也在后面跟着，不要进望仁丈人家院里，就在村外听动静，万一我俩叫人打了，也好有个救应。"大家一听很有道理。王望成便选了他的几个弟兄作为接应，跟在王望仁和王银海身后，向李家庄而去。

李家庄离王家庄约四里远近。大家不一会儿就来到李家庄村外。王银海又把前头说过的话向大家叮嘱了一遍，便带着王望仁进了李家庄村，来到王望仁老丈人姚山猫的大门外。王银海让王望仁稍等，自己先进去通报。按民间神鬼迷信习俗，报丧人须等受丧家出来用炉灰在大门口撒了灰线才能进去，否则，死者的鬼魂会随报丧人一同进云，给受丧家的家宅带来不宁。灰线就起个阻拦死者鬼魂的作用。王银海定定神，朝着虚掩着的大门门缝高喊一声："老姚在家吗？"听到里面有人回应便推门进去。王望仁提心吊胆地等候在门外，很快就听到里面吵嚷混乱了起来。紧接着便是呼啦一声拉开大门，跑出三个彪形大汉怒目圆睁地把王望仁围住。王望仁一看，正是他的两个大兄哥、一个小舅子。他还没来得及说话，就被大大兄哥劈胸抓住，怒吼一声道："说！我的妹子是咋死的？"却被紧接着赶出来的王银海一把拉住，护住王望仁道："咋呀，想打？打坏人你们不怕吃官司？"这时，姚山猫老夫妻俩才跌跌撞撞一口一声哭叫着："狗女儿，们娃咋啦？狗女儿，们娃咋啦？"跌撞了出来。王望仁见了老丈人老丈母如此，双膝一软跪倒在地，向他们哭诉了姚氏自杀的经过。他自然是避重就轻，只说是夫妻俩因多年未育争吵了起来，他谎称要跟本家哥哥商量买个小老婆，就去本家哥哥家吃饭，不想回来却见妻子自寻了无常。隐去了他恶骂毒打妻子姚氏的一节。

　　姚家本来心有疑惑，但见王望仁哭得悲痛，似乎痛惜自己的妻子，况且平日他夫妻相处还算可以，女儿回家来也不大叨啦婆家女婿的不是；再加平素邻村上下和自家村里，也有人家因为娶妾买小老婆，大老婆正妻想不开嚷黄闹黑的。自家的闺女也许就是这样想不开寻了短见。疑惑之心便有所稍减。但姚家毕竟失去了一个鲜活的生命，岂能轻轻放过？姚母指着王望仁哭骂道："望仁，你说我闺女不能生养，凭什么就说是我女儿的过？你们村就有王秉文先生，号得好脉，抓得好药，扎得好针，你们就咋不寻人家看看？"王银每只想和王望仁快些离开此地，免得三拷六问露了马脚，便接口道："我的好亲家母哩！生儿育女从来都是夫妻们的羞隐事情，你又不是不知道你女儿是个很要脸面的人，哪好意思寻人看病？"见无人搭腔，王银海又道："要没个甚事，我们就走了。按咱们这地方的习惯风俗，凡是没儿女又是恶死了的，三天里就要打发。望仁他还想大打发，这就事情多了：豆芽是生不成了，总得采买点儿菜蔬吧，做豆腐、压糕面，看坟地、打葬、做纸扎、油漆棺材、借家具、定厨伙房和各执事人员，望仁还想卖二亩薄地表表对死者的心意。反正这些你们也都知道，一句话，事儿多了！"

见姚山猫老汉点头，顺势就说："望仁你叩上个头起来，也不用哭了，人死不能复生，咱们还是快些回家安顿哇！"王望仁便冲老丈人老丈母叩了头站起来跟着王银海走了。姚山猫全家眼睁睁地看王望仁他们拐过弯不见了。姚母这才放开声号哭起来："狗女儿，嬷的外短命没造化的娃娃啊！你丢下你嬷咋想你啊！"哭得惊天动地，就是神鬼听见也悲伤，躲得远远的。有人说得好：

> 生下女儿掌上珠，长大出嫁为人妇。
> 从此生死在婆家，牵肠挂肚是父母。

哭声惊动了四邻八舍。大家纷纷赶来一探究竟。帮忙撒了灰线，搀扶着姚母回了家。姚母犹拍手打脚哭个不停。姚山猫也老泪纵横。三个儿子俱咬牙切齿。来看的人也纷纷抹泪。忽有人道："你们也太好人了。反正闺女一死，咱连个外孙外甥也没有，亲戚就算是拉脱了。按住狠打一顿，也好出出咱们的恶气。"姚山猫大儿子道："我妹子死得不明不白的。不过不要紧，他王望仁不是说要大打发吗？到时，我就多叫上些人前去搭孝，要是发现破绽，咱就踢打了他的灵堂，叫他发不了引！"大家纷纷点头表示赞成，商量了一些对策便分头准备。

王望仁的老婆姚氏吃洋烟自尽三天就要打发的消息如风一样刮遍了王家庄全村。鼓房班主王用中在惊骇的时候马上看到了机会，立马就跟牛为贵和田德义商议，让鼓房的学员们到实地现场实学。牛为贵和田德义大表赞同。王用中便来找这个白事宴的经理王望成。三天里发引没日子，第二天就要送行。忙得焦头烂额的王望成站在王望仁院子里吆三喝四，指挥着他的家人父子弟兄们忙乱，见王用中来商议让鼓房学员给他们的事宴上吹打，连忙摇头拒绝。那时，只有官宦人家和豪绅财主才抖面子在白事宴上雇用鼓乐，一般人家只是祭奠后便将死者拉出去埋葬，哪有用鼓乐的？在一旁帮忙的三银海却急忙将王望成阻止住道："这么好的事你咋不答应？这正是让李家庄姚家看到咱的真心和诚心。"王用中道："还是银海兄弟机敏。"王望成一想，确有道理，况且只需管饭，不掏工钱，这么大的事宴也不差那么几个吃渣糕，便做主答应下来。王用中立刻返回鼓房告诉了牛为贵和田德义。田德义又连忙通知了学员们：今晚不在戏场院里吹打了，要到王望仁家去干活。两人又编排了曲目，指定郭根富吹大杆子唢呐，杜万重山吹管子，郭大洋吹海笛兼炸号，田家三兄弟和郭二洋吹笙，锣鼓由逢家弟兄们操作。其余学员坐在场子里一边观看，一边预备替补或者打点东。田德义向大家强调："咱们在这个白事宴上所吹的曲目，是我跟咱们牛师傅多次商量定型了的白事宴曲目，以后咱们王家庄鼓房出去的鼓吹班，不管是田家班、牛家班还是郭家班，也不管以后又传下什么班，白事宴的吹打都是这个

折套。大家一定要在心里牢牢记好，不得有违师教。"大家一声
答应，各自准备。

看着阳婆快要忽闪到村西小垴梁后去了，忽有人来报，王望
仁家从东冶念佛堂请的四个尼姑骑着毛驴到了河坡下了。田德义
便将学员们集合起来也向王望仁家走去。牛为贵也要去，田德义
急阻道："那里有我就行了，何况还是家恶死的人家，哪能让你
这皇宫乐师大驾屈尊？"王用中也忙相留，道："那里有田师傅
足够，我家里还有先父留给我二斤酒的一个小黑瓷坛。今晚咱俩
就来个一醉方休如何？"牛为贵笑允，跟王用中去了。田德义便
带着学员徒弟们来到王望仁家大门前，正见有人忙着贴字帖和挽
联，却是孟保中先生草书。字帖是"一命呜呼"。挽联是"三寸
气在千般用；一旦无常万事休"。田德义看那个人贴完要走，急
忙叫住，要他寻上个根花垒火。那人奇怪地道："天又不冷，垒
火干甚？"田德义忙向他解释，这是鼓吹班子的规矩，一旦有笙
音不准了，随时便可用点笙刀加热修理；再者还能捎带滚点儿水
喝，避免吹得时长了嘴干。那人一听慌忙去了，不一会儿便带着
几个人搬着根花，提溜着铁蛋子茶壶，端着几只碗，扛着几条长
板凳出来。田德义便指挥大家用火镰打火垒了根花火，坐上铁蛋
子茶壶。把条凳围在火堆的四周，让郭根富和杜万重山居中正上
面坐了，众学员徒弟按所持的乐器家具都坐在各自的位置上。那
四个尼姑方才赶来，有人接着进了王望仁家大门。田德义向大家
道："咱们也开始吧！"郭大洋便拉开长号吹起来。随着沉闷的
号声，逢家弟兄们便打开了《开门鼓》："咣嘟哝咚咚咚咣！"
三声号罢，郭根富和杜万重山便架起唢呐吹起了《开门鼓曲》，
一吹正曲，一吹拖音；一高一低，交织运行，很是委婉动听。在

事宴上闲下来的人们和赶来看红火的人便围拢来看。《开门鼓》吹了三番之后，杜万重山便放下唢呐取出了管子。田家弟兄和郭二洋一看，也忙着端起笙来。待郭根富也把《开山鼓》最后一声吹完放下唢呐后，杜万重山便在四架笙的伴奏下吹起了庙堂佛曲《吾方悟》。此曲开头散板由低到高，好似挣扎着挣脱生活中的重压而终于挣开解脱。

杜万重山悟性很高，对此曲的理解非常到位，吹奏的技巧尽得牛为贵真传，把此曲吹得娓娓动听。田德义忽然想到，死者不也得到解脱了吗？再不用为生活，为能不能有后无后生养娃娃而烦恼了。他不由得长叹一声，朝王望仁家大门口看去。门口一个胳膊上别着白孝布条的接纸的小后生，双手端着放着几张白烧纸的条盘，领着几个来送纸凭吊的邻家女人摇摇晃晃地进了大门。他突然想进去看看，便也跟了进去。也许是同为女人，有一些共同的辛酸，这些女人一进去便坐到灵前哭起来。一个女人，大概跟死者平素格外交好，哭得也格外伤心，只听她哭道："亲人呀，你咋就下了狠心啦，你可彻底寻见好活啦，再也不用愁这愁那的伤心啦，你走了谁又和我知心知肺地叨啦呀！"哭得吸吸嗒嗒、哽哽咽咽，实在不忍再听。田德义便看灵棚，来了的四个尼姑坐在灵棚外为死者合十念诵《拔一切业障根本得生净土陀罗尼（往生咒）》："南无阿弥哆婆夜，哆他伽多夜……"两只灯笼挂在灵棚顶上照着棺材。一个人正用油漆油刷着棺材。压材供献、打狗棒子、咬牙豆子、食瓶钵子、长明灯、悼纸盆等，乱七八糟地摆在灵前。田德义忽觉得现在才涂油棺材似乎有些太迟得诡异。这时，王望成走了过来，手中拿着一沓子白孝布条，向田德义道："田师傅进来了？你们多少人，来，领上糕票！"田德义说了个数字。王望成数出了白孝布条给了田德义，道："你的这徒弟们吹得真好，咱今黑夜就有油炸糕吃。"就像是验证王望成的话似的，一股油香味悄然飘来。伙房那头拐角处的一个厨房，一汉子正在炉子里煎大烩菜。旁边的一个门板上，凉菜盘子已经装好，单等着淋油加醋了。田德义道："送行的夜饭，也太奢华了，就是他王发荣家做事宴也不过如此吧！"王望成长叹一声道："望仁他何尝不想小旧些，可是不行啊！用人的时候，该奢华就得奢华。"

田德义没有再说什么，走了出来。这时，大家正摇头晃脑地吹奏《五声佛》。他看再没有人前来送纸了，那个接纸的小后生也跑到不知什么地方去了，便示意了打鼓的王逢吉一下。王逢吉会意，打了散堂鼓。大家停了吹奏。田德义便将白孝布条发给大家。郭五洋道："咱又不是他家的家人父子和亲戚六人，要这做什么？"郭根富吼了他一声："你少多嘴胡说！"田德义道："参加白事宴的人必须得戴点孝，起个辟邪的意思，同时也是在白事宴上吃饭的标记，故人们也说这是糕票。"拍打铰子的郭六洋嗅了一下白孝布，道："好香！"大家便笑，放下手中的吹打家具，从铁蛋茶壶倒出熬得酽酽的茶水来喝。那些围观看红火的人们见鼓班休息了，心有不甘，便央求催促吹打。惹得王逢吉兴起，因为是一个村的，都是姓王，便也不怕，一句话顶了过去，道："你爷们到地里受苦动弹就没个歇的时候？"大家便如同棉球塞喉，再发不出半句话来。正在这时，有人出来，招呼鼓班人员进去吃饭。人们见再等吹打还不知多长时间，便一哄而散。田德义招呼大家整理好乐器，领着大家跟来人进去。院子里已摆好了桌凳。鼓吹班子整整十八个人，安顿了两桌。桌上已摆上了四

盘一海碗的席，有些人已坐了下来。大家便在田德义的指挥下按
九人一桌坐下。这时，王望成过来，硬拉田德义跟他们一起坐。
田德义不肯，笑道："我们这忘八戏仔吹鼓手的，下九流的人，
哪能跟你们坐在一起？"王望成叫道："哎呀，你每天在王发荣
家吃的小灶，什么下九流了？莫非你田师傅只能看得起人家庄主
老财，而看不起我们这平民百姓？"田德义听王望成这么说，只
得跟王望成去了他们那个席。只听一汉子呵呵笑着向大家道：
"有银海哥这条锦囊妙计，绝对能把她主子瞒过。"却见田德义
过来，便闭口不说。大家欠起身让田德义坐。王望成拉田德义跟
他坐在一起，随即吩咐取酒。田德义道："还是不喝了吧！"王
望仁道："难得跟田师傅坐在一起，哪有不喝的道理？"众人也
忙说是。有人立刻取过酒来，王望成便斟酒敬田德义。

第二十四折：
主子家维权动干戈

第二天一早，王望成亲自来请牛为贵和田德义带上鼓房的学员们去王望仁家去吃饭，并安顿前晌的祭奠吹打。正逢王奋修从和大门出来进了女子学堂里碰见，冷笑道："你们那个事宴还配让这两个师傅吹打？尤其是牛为贵师傅，人家是皇宫乐师，给皇上和王爷吹打的人。让他给你们吹打，这像话吗？"王望成赶快赔笑道："我们哪敢劳动两位师傅？只是想请他俩吃顿事宴上的饭罢了。"王奋修道："他俩你就别请了，今儿前晌还要陪我到岗上去转悠。你还是去大和寺叫郭根富和杜万重山还有那些猴儿兵去吧。有他们在，管叫你那个事宴够红火的。"王望成赶忙点头答应，向大和寺跑去。

王奋修领着牛为贵和田德义去家里吃了小灶，吩咐家人安顿牲灵：除他的那匹小青马外，再安顿两头能骑人的小毛驴。其中一头要备上鞍架，刹上两个驮篓，并带一只篮子，家人照办，很快就从马圈里牵出牲灵来。王奋修向田德义问道："田师傅你会骑鞍架驴吗？"田德义道："生在梨果之乡，哪有不会骑鞍架驴的？"王奋修道："我寻思你也会，这我就放心了！"家人把牲

灵牵到和大门坡下大槐树旁。王奋修接过了马缰，扳鞍认镫，一
跃上了小青马。田德义拉过驮鞍架的小毛驴，也一跃上了驴背，
好奇地问道："咱这是做甚呀？"王奋修看牛为贵也骑上了另一
头驴，才道："摘梨！"田德义道："现在处暑刚过，白露未
到，梨还有几天长的时间，现在摘梨儿不是太早了吗？再说，即
使非要摘几个梨，你有长工啊，何必非要自己出马。"王奋修
道："长工还有长工的事，何必再麻烦他们？再说，这件事还是
自己亲为的好。"田德义又问是什么事。王奋修这才说起，昨天
老婆徐氏从东冶捎回话来说，伯父松龛先生病得很重，气喘痰
重，咳嗽困难，饭也不想吃，怕是不久于世了。他问过村里的中
医先生王秉文。王秉文说松龛先生已是望八之人，身体虚弱，见
不得虎狼之药。以他的经验，治疗老年体虚咳喘痰多之症，首数
秋梨膏为好。眼下还不到熬梨膏的时候。他去年秋末熬制的秋
梨膏早被冬春两季发病的病人用光了。治疗此病还有一个上好
的偏方，就是拣上好的油梨儿用锥子均匀地扎七个孔，放七粒胡
椒，蒸熟至软，送给病人吃梨饮汁，每天一两个即可，也能缓解
症状。虽说现在摘梨儿为时尚早，但据王秉文先生说，只要梨籽
儿发了黑便能使用，便邀他俩来岗上看看。牛为贵一听说徐继畲
病重，又不禁触动了心事，道了一声："这才是，唉！"田德义
却道："一般来说，咳嗽哮喘有痰症之人，最危险的时候是冬春
两季，现在还不大要紧。"很快来到小垴儿盖上。王奋修指着南
面远处梁上向他俩道："你俩看见了吗？那个梁叫铜岭上，看那
松树地方，那就是我家的祖坟。"两人看那梁头岭上，黑压压地
长着五棵松树的地方，很有风水气势，都道："好风水，好风
水，难怪出了生主你这么个有作为的人物！"王奋修笑道："你

们也太会拍马屁了吧，像我这样的人还叫人物？背祖宗的兴吧。走！"一兜马头，便朝南拐到扑牛嘴。

扑牛嘴是朝南的土崖梁嘴，或许是土脉与别处不同，抑或光照和气温的缘故，这里的梨果和枣都比其他地方早熟几天。一堰一堰的坡地里，地埂上枣树上的枣儿已经放了红圈；地里的槟果树的槟果已呈花红状态，泛出了果霜；夏梨树上的夏梨儿泛了白，已到成熟的时候。黄梨才梨儿还是绿疙瘩，但有个别油梨树朝东南向阳的枝上的油梨却呈现出了黄色，显示出早熟。王奋修伸手一划拉，向他俩道："看，这一个扇面坡上都是我家的！"说着就跳下马来。田德义和牛为贵也忙下了驴。只见那所有的梨果树底下，按树冠的大小，被人用锄头挖锄得绵虚忽塌塌的。这是作务梨果树必要的一环：数伏天至白露摘梨果挖锄树盘，一可保水防蒸发保障梨果的个头质量；二可防落果被摔烂，好些的还能供人食用；三还能阻止有人偷摘梨果，因为一到树底下便留下了脚印。

三人探头探脑、左顾右盼、瞭索瞅端地寻找哪棵油梨树的油梨有成熟的，猛听霹雳也似的一声吼道："哒！你们是哪里来的？"就见一个地埂拐角处闪出了一个人，挥舞着锄头向他们扑来。三人吓了一跳。那人却猛地认出他们来，收住脚步，怀抱锄头双手抱拳行礼，笑道："哎呀，得罪得罪，原来是东家。"王奋修这才认出是他家雇的扑牛嘴看果园光棍老汉王名珠。因为是王奋修的叔辈，王奋修也忙回礼。名珠老汉见他们带着驮篓，知道他们要摘油梨，便道："你们都跟我来！"便领他们来到一处，指着那几棵油梨树，上面的油梨不但个头大，还泛出了黄色，把树枝压得快要撒了。王奋修喜上眉梢，禁不住想伸手去摘。名珠老汉急叫道："都不要动手，且等我来。"返身便走，不一会儿便扛了一顶八九尺高的摘梨架来安在树的枝杈间，又返身从驮篓架的毛驴背上揭下篓架。三下五除二，把三头牲灵拴好，从驮篓里取出篮子，向他们三人道："你们都当个帮手好了，且看我摘。"说着拎着篮子上了架，将篮提上拴着的木钩挂在架上，腾出双手摘梨，很快便是一篮。田德义看得技痒，接过篮子把梨儿放在篓子里，拎着篮子上了架，向名珠老汉道："老人家你下去，这篮我来摘。"名珠老汉却像猿猴一般从架上蹿到树上。田德义生怕这老汉压撇树枝，然而一看，这老汉足蹬手攀屁股靠，把全身的重量分担在了梨树的各树枝上，很快就摘了几个梨下来了。但见他嘴里衔着四个，左手指缝里夹了四个，又从腰子里掏出七个，整整十五个油梨儿，足有多半篮子。而自己篮子里才摘了三个。不觉大惊道："老叔好本事！"名珠老汉嘿嘿一笑道："你爷外田家岗上的人才会摘梨呀！"王奋修笑道："名珠叔最拿手的是地里烧山药烧玉米棒和烧北瓜豆角山药菜了，我小时候可没少吃过。"向名珠老汉道："你不用摘梨了，给咱准备这些吃的去吧！"名珠老汉道："扑牛嘴里没人家养种瓜，我也没带着盐。"王奋修道："那就烧几个山药和玉米棒子好了。"名珠老汉答应一声走了。牛为贵奇怪地问道："地里没锅没灶又没水，怎么能烧北瓜豆角山药菜？"王奋修哈哈一笑，便给牛为贵讲了起来：摘一颗大小合适的北瓜，用镰刀或是锄头刃剖成大小两半，一作锅，一作盖，将瓜瓢掏尽，将现摘的豆角抽了筋放进去，再把现挖的山药蛋子擦了皮，切成块放进去，装满后再把事先带来的盐一撒，盖上瓜盖然后架到火上去烧。等到火烧得瓜皮发了焦熄火，晾焖一会儿，瓜豆角和山药就全熟了，

真是别有味道，好吃得很！牛为贵道："那也没筷子啊！"王
奋修道："地里随便捡两根小木棍不就是筷子？"大家都笑了
起来。

三人说说笑笑，一边就摘起了梨儿。田德义出生成长在田家
岗村，对摘梨自然也是行家里手，又有王奋修和牛为贵打下手递
篮子和装篓子，挑拣着在几棵树上摘了些即将成熟的上好油梨，
装了差不多快满两篓子。王奋修便叫他俩休息，吃梨儿，一边就
等着王名珠老汉烧好了山药和玉米棒子尝新鲜，一边也就唠叨起
王名珠老汉实在是尽忠守责的一个好人。看守梨果很不容易，从
头伏里开始，便有些割草挽柴的娃娃们开始糟害。名珠老汉看得
严，也得罪了不少村里人。正说道间，忽听有人喊叫，仔细一听
却是名珠老汉："东家呀，不好啦！"三人吃了一惊，急忙站起
来，却见名珠老汉领着王宪身的叔伯兄弟王运身跑来。名珠老汉
慌慌张张道："东家，快快快，村里出事了！"王运身是一脸惊
恐，喘息地道："发荣哥，快快快，村里打死架了。我宪身哥不
行了，奴娃树小子要拼命，谁也劝不住。发荣哥快回快回。"王
奋修来不及细问，向田德义和牛为贵道："你俩收拾一下慢慢回
来，我先走了。"名珠老汉早将王奋修的小青马拉了过来。王奋
修认镫上马，一磕马肚。小青马呼啦啦甩开四蹄便向村里跑去。
王运身紧跟在后，也拼命地往回跑。

王奋修一进西稍门，便听村里一片叫骂，只见大槐树下人影
晃动。来到大槐树下，又见孟保中和王秉文窝着王宪身靠着大槐
树坐着。孟保中先生掐着王宪身的人中穴和合谷穴。王秉文正从
针包里取针准备给王宪身扎针。王宪身的养子李科元一口一声的
"爹！爹！"，呼唤着王宪身。王奋修吃惊地跳下马来，向他

们问道："大哥咋了？宪身大哥咋了？"王秉文道："这里有我们，你镇压镇压宪身哥的那三个儿子去吧，遭人命呀！"王奋修急忙走到南坡下，只见一伙人好像刚打了架的样子。有些人被打得头破血流，被捆到了大小南坡中间粪池谷囤里的几棵杨树上，嘴里还骂个不停，一副不服气的样子。王宪身的树、栋、材三个儿子和他的本家三个侄儿，也就是王运身的三个儿子悦、怀、悌，手里拿着一些铁尺、拐子、霸王拳等兵器，欲往粪池谷囤里扑，要去打那些人，一副不共戴天的样子，幸得他的哥哥王奋坚领着一伙人拦住。王奋修大吼一声："住手！这是咋回事？说！"众人一见是庄主回来了，都自觉地退了下去，唯有树、栋、材、悦、怀、悌六兄弟犹手持兵器，仍要往粪池谷囤里扑去打那些被捆住的人。王奋修火了，走上前——夺了他们的兵器，怒骂道："你们咋不听话，眼里还有没有我这个发荣叔？"王树道："好，发荣叔，那我爹要有个三长两短，你发荣叔管不管？"王奋修道："我当然要管！不过你得有理，说！"王树正要申诉，王望成走了过来，有些理亏地道："还是我说吧，这事全是望仁打发他媳妇儿引起的！"

今天上午王望仁媳妇姚氏发引，等娘家人前来吊孝祭奠的时候，派往河坡东崖头瞭哨的人回来报告，说李家庄吊孝的人来了，刚过了小银河正要上河坡，人多得有些可疑。王望成忙代表事主到河坡去迎接。一般来讲，白事宴主子家根据乡俗礼仪都会显摆一下，多来几个人，显示一下娘家对女儿丧礼的重视和娘家的威风势力，这无可厚非。但王望成却看出了李家庄这娘家显摆得不一般，来的人特别多，除姚氏的两个哥哥、两个嫂嫂、一个兄弟外，异食笼的就是五个食笼十个人。也不知道这食笼里装的是油水大祭还是三牲祭，但不管什么祭也用不了五个食笼啊！而且，这十个昇食笼的都是孔武有力的莽壮汉子，且脸上都有些不友善的神色。王望成赔着小心，把这些人迎了回去。姚氏的两个嫂嫂直奔灵棚号啕大哭，边哭边骂。有人听不下去了，想制止。主祭王银海急忙摇头使眼色不让制止，任由她俩哭骂。灵棚前天坛祭奠桌前，姚氏的两哥哥一弟弟过来摆供，五个食笼一字排开，打开其中一个食笼，取出戴顶花的供献，小饭，又拿出油条、油馓子、油馃子来，摆了满满一桌子。王银海知道，这就是李家庄姚氏娘家来的油水大祭。又指了指没有打开的四个食笼，问道："这几个食笼里是什么祭礼？"回答："都是油水大祭！"王银海一想，又问道："不对啊！死者两哥哥一弟弟，连上父母亲，充其量是四份油水大祭，怎么来了五份？"回答："还有村亲们的一份。村亲们见她死得可怜，也合伙蒸了一份。咋啦？不对？"王银海忽觉察到姚氏的主子家想闹事，只求平平安安过了就好，慌忙道："对对对，好好好！每份都要摆一摆、供一供吗？"对方发火地回答道："都是一样的供，一样的礼，有一份摆了还不行，非要重复摆供？"王银海怕他们没事找事，连忙道："行行行，行行行！你说咋地就咋地，我不懂礼，多嘴了。"一边就拿出香来，就着烛火上点着，分给姚氏弟兄三人，让他们祭奠，一边高声喊道："动乐，祭奠！"姚氏三兄弟便在郭根富和杜万重山的祭祀笙管乐曲声中向死者敬香，到灵棚口奠酒，又返回天坛供桌处施"四三八拜"大礼。

"记账！回礼！散孝！请客！"王银海心中忐忑，内紧外松地叫道。若死者年岁高大、儿孙满堂，逢娘家主子前来祭奠吊孝，主祭司仪在娘家主子祭奠完毕后，还要喊："孝子出堂谢！

孝侄谢！孝孙谢！"有重孙还要再加"重孙谢"，这些孝子孝侄孝孙甚至重孙，都要在天坛供桌旁向来祭奠者叩头拜谢。姚氏年轻，又缺儿少女的，这一项叩头拜谢就无从谈起。听到王银海的口令，事宴上的管事人员指点死者姚氏的哥哥兄弟到记礼账处记礼账，领取伙房送出来的回礼油炸糕。按每份油水大祭要回四十个糕计算，李家庄姚家整整领了二百个油炸糕的回礼。散孝的见人数数儿，散出二十条孝布糕票。请客的也忙过来殷勤请姚氏娘家所有来人到别院歇息，抽烟喝茶，等候时辰到时吃饭和发引。

主子家人随来请客的知客去了，在场的王家弟兄松了一口气。精明的王银海却发现了问题，急招王望成过来，压低声音道："望成哥，你看出来没有？他们主子家有鬼！"王望成吓了一跳，急问有什么鬼。王银海扳着指头道："第一，姚氏的哥哥兄弟在祭奠时都没哭。世上哪有一母所生的同胞兄弟姐妹死了不哭的道理？"王望成道："这算什么鬼？有些人就是眼硬哭不出来，我爹死了我也是干嚎几声流不出泪来。"王银海接着道："第二，他们用一份礼顶了五份礼。"王望成鄙夷地道："灰人家，好占便宜吧。"王银海又道："更生疑的是第三，他们收回礼时，只打开四个食笼装糕，有一个食笼自始至终都没打开，可是他们舁起来时，也压得长扁弓上下忽颤。鬼就在那个食笼里。"王望成疑惑道："你说，他那食笼有鬼？装的什么鬼？"王银海有些紧张地道："具体我也不知道，可我怀疑，他们装的可能是兵器。"王望成失惊道："兵器？什么兵器？莫非他们要在咱村里打血架？"王银海道："我也只是怀疑，又没有真凭实据。"王望成急切地道："那该怎么办？"王银海略一思忖，道："要想保住你望仁兄弟，只能是如此如此、这般这般了！"王望成点点头，喊来王望仁，三人又窃窃私语了几声。王望仁慌忙去了。

却说李家庄姚氏娘家主子一干人在别院邻家休息，等候请叫坐席吃饭。鼓吹隐隐约约传来，倒很悦耳动听，姚氏老三自语道："想不到他们还请了鼓吹，倒也算说得过去。"姚氏老大道："这是他们村立的鼓房，有什么说过去说不过去？"姚氏老二道："他们就是想用这个安抚我们，人都死了，这个有啥用。"等了一会儿，他们肚子也有些饿了，还不见有人来请吃饭，便喃喃地骂了起来。正骂间，便有人来叫坐席，大家便跟来人来到王望仁的院子。王望成立刻上前相请坐到灵棚前娘家主子特定的正首席位置。古时安席为八仙方桌，正面和左右两面各坐两人，下面坐一人以方便下人递茶送饭或者有人敬酒，称为席口，一般为同来的侍候坐上位的客人的下人相坐，有个侍候招呼的意思。姚氏娘家来客，两女客有女知客请入屋里坐席，余下十八男客坐了正三面三桌。刚坐定，便听有人高喊："动乐，安席！"随即，郭根富和杜万重山便吹起了唢呐曲《提溜子》。白事宴一般不饮酒，况且还是这种白事宴。但王望成和王望仁也还得走安席的礼仪程序，从端盘子的家人手里接过菜肴，按规矩摆放在桌面上。一双一双地取出筷子，象征性地用肩头搭着的新毛巾拭一拭，双手递在客人的手中。片刻时间，三席安罢。鼓乐停止，家人端来馍馍和糕。观席的王望成向大家示意动筷请吃。身坐首席首位的姚氏老大拿起了筷子，忽看到下面家人席位上坐满了胳膊上别孝布糕票的人俱是精壮后生，这些后生一个个乜斜起眼朝他们主子家席位冷眼相看。姚氏老大看在眼里，不动声色，示意同来之人吃饭。不一会儿，家人席桌上也端上了饭菜。那些家人也狼吞虎咽地大吃起来。姚氏老大略一思忖，向身边老二附耳一声。姚老二点点头，带了身边一人离席而去。观席的王望成见了，拦住问道："二位哪里去？"姚老二道："撒尿！"王望成指给他们茅厕的方位，又扭头关照别人吃饭。姚氏老二两人假意上茅厕，却趁机出门而去。两人急急来到他们放食笼拴牲灵原先休息的别院邻家，果真发现有个人绕着食笼查看。那人忽觉身后有人，回头一看，见是姚氏老二，惊叫道："哎呀！"转身欲逃，却被拦住。姚氏老二喝问道："你干什么，偷糕？"那人借坡下驴，慌忙点头道："对对对，偷糕，偷糕！"姚氏老二冷笑一声道："那你怎么胳膊上也别着糕票？"那人一愣，道："我这是为了好混充啊！反正我也没偷你的糕，你就放了我吧！"姚氏老二道："话虽这么说，却是放你不得！"便与来人动手，将那人捆绑起来。姚氏老二叫随来人看住这个被绑者，转身返回王望仁的院子，忽听人们吵吵嚷嚷，吃了一惊！再一听却是嚷吵什么"糕窜了"。放下心来，来到首席位置，向他大哥附耳说了情况，又问起"糕窜了"的事。姚氏老大冷笑道："原来准备的糕面少，却又怕咱闹事。叫了些来咋呼咱们逞威风厉害的人。糕少人多，岂能不窜？"向旁边一人使使眼色，旁边人会意，一拍桌子叫道："知客，知客，管事的过来！"王望成慌忙过来，道："对不起，对不起！只因咱们事先仓促，黄米面准备得不足，糕吃得有些窜了。现在刚接回些黄米面来，正在蒸糕。戚人们请多包涵，一会儿就好。"旁边人正要发作，姚老大急止道："咱们既然结了亲就是一家人了，一家人不说两家话。"王望成连连称是。姚家老大道："依我之见，咱们还是先让死者入土为安为好，千万不要误了发引时间。等发完引后，咱们再继续吃饭，正好给了厨伙房充足的时间做好饭，不至于做成夹生饭让大家不高兴。"王望成道："我原先也是这么想，就怕你们主子家不依，故没敢跟你们说。"姚家老大道："死者已经死了，再说什么也已经迟了，凑凑合合走个礼把事办了就行了，莫非还要刁难结仇吗？"王望成见姚氏老大说得在理，全不是闹事的样子，放下心来，便站在当院发号施令，高声道："所有戚人，家人父子们听着，刚才跟主子家协商，决定先行发引，发引完后再回来吃饭。现在，我宣布准备发引！"便有那跑腿管事的指挥鼓班："炸号！炸号！"郭根富立刻提了长筒号到了西稍门贺家嘴朝村里"呜嘟嘟"地吹了起来。

号声就是发引的号令，一是通知神鬼避让，二是催促事主安顿发引。在王家庄，号声还有另外一个作用，即召集全村的男人都来帮忙异材送葬。听到号声，院子里一下涌进不少后生，准备往出异材。王望成见里里外外尽是村里人和自家人，胆壮起来，向姚家老大道："请主子家向死者奠奠酒，咱们就发引吧？"姚氏老大道："这是自然，快叫望仁过来陪奠！"按习俗，奠完了酒便是全部祭奠礼仪结束，大家便可异材发引了。王望仁便走了过来，与姚氏老大来到灵前供桌前跪下。姚氏老大捧起酒盅。王望仁捧起奠壶，正要往酒盅里倒酒，姚氏老大却放下了酒盅，道："且慢！我们主子家还得看一看棺中的死者才能奠酒，要不，你们王家庄的人会笑话我们不懂礼啊！"周围那些准备异材的人叫道："要看快看！"王望成向姚氏老大道："看看倒是对的，只是小心棺材上刷的桐油沾在孝服上！"一边就叫人推开棺材盖露出了一道缝让姚氏老大看。大家原以为姚氏老大探头看一下走走礼节也就是了，哪想到姚氏老大脱下孝服往棺材边板上一遮，将身靠近，一伸手便把棺材盖子掀翻在地。材盖带起风又揭飞了死者姚氏的苫面纸。脸上带有淤血黑青的死者姚氏便出现在大家面前。姚氏老大喊了一声："妹子，大哥得罪了。"拉开装裹死者姚氏的衣裳，但见身上又是几处淤血黑青。围观者倒抽一口冷气，惊叫了一声。王望仁欲起身逃跑，却被姚氏老二老三按住，丝毫不得挣扎。姚氏老大指着王望仁怒声喝道："说！我家妹子这浑身的淤青咋回事？"王望仁啜嘴道："也许是尸变起来的，这我哪里知道？"姚氏老大冷笑道："王望仁！你当我们李家庄姚家是茶球，连个打伤和尸变黑青都分不清？分明是你打得让我家妹子喝洋烟死的！如果不是，你在棺材上刷这桐油干什么？这还不是你自感心虚，怕我们要看死者？说实话，就是你这棺材上刷了这么多的桐油才让老子犯起疑心。果不其然！老二老三，狠狠打他！"

唉！说实话，这人啊，有时难免鬼聪明一下，自以为是，岂不知"聪明反被聪明误"！就说这事，民间素有不能用白板棺材装殓死人的说法，但只有为健在的老年人准备的寿材才会刷上桐油，这样有等干的时间。而一般急死者和停尸时间短的死者所用的棺材，通常都是用烟末沾水胶刷黑就是，哪里顾得上用黏性很强的桐油来刷？就是一般油漆也是一下干不了的！望家弟兄想阻拦姚氏娘家主子家察看死者，谁料欲盖弥彰，反而更让姚家弟兄起了疑心，有道是：

> 万事劝人休瞒昧，天道茫茫不可欺；
> 举头三尺有神明，你看到底饶过谁？

当下，姚氏弟兄拳脚交加，把王望仁打得在地上滚来滚去，如同杀猪般喊叫。王望成一看，急上前遮护拉扯他这个本家兄弟，不料也被打了进去，急忙叫道："家人父子们，你们为何见死不救？打啊！"一句话点醒了那些胳膊上别着糕票吃窜了糕的远房家人父子，他们扑上来相救，却被姚家那些异食笼的汉子截住。双方拳打脚踢，较量开了武艺，却是望家弟兄家人父子人多，再加村里前来异材的汉子相帮，终于抢出被打得灰头土脸、七拐八趔的王望成王望仁兄弟俩。王家人奋勇向前，姚家人节节败退。正危急时，大门口来了两个汉子异着一副食笼口里嚷道"借光借光！"闯了进来。王家人一愣，这个时候是又来了哪家前来祭奠的？稍一迟疑，两异食笼的汉子直闯到灵棚前，把食笼推倒，把里边的东西哗地倒了出来，却是铁尺、拐子、鞭杆、霸王拳等拳械结合的兵器。姚家人各抢兵器在手，勇气大增，反手向王家人打来。王家人大惊，急忙在王望仁院子里寻找应手的物件抵抗。两家直打得桌凳倾翻、盘碗横飞，来不及收拾的饭菜溅洒了一地。王家人到底吃了没有兵器的亏，让姚家人反败为胜，被逐出了王望仁家院子，追到了大街上。就连那些厨伙房人员也纷纷抱头鼠窜。就在这个时候，突然传来呐喊声，一支人马杀到。为首一个汉子舞着铁锹大声喊道："姚家不要命的过来！"王家人扭头一看，原来是村里护秋保安团杀到，为首舞铁锹的汉子正是护秋保安团的团长，村里老好人王宪身的大儿子王树。王树身后紧跟着是他的两个亲兄弟王栋和王材，再后是他的本家叔叔王运身的三个儿子王悦、王怀、王悌。王家人喜道："好了，这下他姚家遇到克星了。"便站住脚回身来看他们厮杀。

这王树、王栋、王材、王悦、王怀、王悌六兄弟也确实非同小可。他们自幼爱习武艺，拜和大门王奋坚为师。因为是本家人，王奋坚也有凭借他们六兄弟以壮和大门声威的意思，便也悉心教授。几年过去，这六兄弟便也有了十分的武艺。特别是王树，小名奴娃，生得体格彪悍、膂力过人，平时弟兄们切磋武艺，合起来也近不得他身，他很受王奋坚喜爱。王奋坚跟他兄弟王奋修商量后，又跟全村农户协商，决定按各家地亩树株的多寡进行摊派，成立保安护秋团。团统领由王树担任，手下团员除了他的五个兄弟外再吸收村里青年好武者五人。其职责：夜晚轮流值日守护庄墙和巡街巡更，提防小偷大盗进村；一到白露时节便上岗护秋，防备相邻外村地界的庄稼梨果丢失。保安护秋团自成立以来，确实也不负众望。村里路不拾遗、夜不闭户，庄稼梨果也没有丢失现象。人人都说王树是个很负责的汉子。

临白露上岗护秋还有几天。王树他们便在村里找营生干。这天他们在西稍门修复被枣沟子坡流下来的雨水冲塌了的门洞。中午时分，村东头传来王望仁家要发引的炸号声。大家便加快了做营生的速度准备完工后去异材。过了一会儿，营生做完了。大家便来到五道庙前绑好的棺材架前，等候早去了王望仁家的人们把棺材抬出来后异上走。等了一会儿却不见人们抬出棺材来，却隐约听到有人吵嚷，猛然见一伙人如同炸了的黄蜂一样乱成一团。有几个人顺街飞跑而来，边跑边叫："不好了，李家庄来的主子家打人了！"王树大惊，顺手拿起在棺材架旁立着的准备埋葬的一把铁锹，向他的兄弟们喝道："走，看看去！"跑到和大门坡下，便见一伙人手持铁尺、鞭杆、拐子、霸王拳等兵器追打村里的人。王树顿时怒从心头起，怒吼一声，恰似嘴角响了一个霹雳："休要逞凶，你奴娃爷爷来了！"舞着铁锹着地卷将起来，铁锹使得如同风车相似，很快拍倒两人。按着他们弟兄们的捕盗演练，王悦、王怀、王悌三兄弟立刻上前，抽解倒地者的裤带，把他俩捆绑起来。李家庄姚家人急忙扑上前来相救，却被王栋和王材拦住接斗。立刻又有两人被王树拍倒。王悦、王怀、王悌忙又上前去捆绑。这时，王奋坚闻讯赶来，见状忙叫道："奴娃，小心伤了人命！"王树听有人喊他，就在这一分神之际，姚氏老二和老三各举器械，向王树下三路袭来，却被掩护王树的亲兄弟王栋和王材拦过。王树怒道："老子尚手下留情，你们却下杀手！"赶上转身要走的姚氏老二一锹拍翻，又一脚踢倒欲救老二的老三。王悦三兄弟又扑上来捆绑。这一阵工夫，李家庄姚氏来人被打倒抓了六人，锐气顿失，转身要跑。王树喝令："家人父子一齐上，不要让他们跑掉！"在一旁看红火的王家庄人纷纷扑了上去，仗着人多势众，又有王树弟兄们奋勇向前，很快就把李家庄姚氏主子家来人全部拿下，都捆在了大小南坡夹着的沤粪池里的杨柳树下。王望成众弟兄们一看，此时不发引更待何时？急急返身回去钉了棺材盖抬出了棺材，顾不上使用棺材架，一窝蜂卷着棺材到了坟里埋葬。气得那被绑在树上的姚氏老大仰天大笑，叫道："天啊，老天爷！你天理何在，天理何在啊！"

当时的信息传播慢，范围小，但也很快就在东冶北沟小银河畔一带村子传开了，轰动了。很快就有人编出了民谣传唱，道是：

> 人留那个儿孙呀就草留那个根，
> 男欢那个女爱呀就联呀联成姻。
> 既结那个夫妻呀就且呀且恩爱，
> 你管那个他来呀就能生呀不能生！

是福不是祸，是祸躲不过。王奋坚正欲叫王树弟兄商量如何处理这事，忽听有人带着哭声惊恐地喊道："大哥，快回来看咱爹咋了？"回头一看，却是王宪身的养子四儿李科元在喊。王树慌忙带着王栋、王材二兄弟跟李科元就往回返，猛然看见就在和大门坡下祖槐树下，孟保中正用力往起扶着直挺挺躺倒在地上的父亲王宪身。王树顿时觉得兜头倾了一桶雪水，与两兄弟跌跌撞撞跑了过来，但见父亲两眼紧闭、牙关紧咬、双手攥拳、浑身颤动却是僵硬如铁。大家慌忙不迭声地叫着爹，好不容易才与孟保中一起将王宪身老汉窝靠着祖槐树坐下。王树问起父亲为何成了这般模样。孟保中没好气地道："你还有脸问？你爹就是叫你弟兄们气死了！还不快叫王秉文，等甚？"王树正欲找人，李科元恰好领着王秉文先生来到。趁王秉文先生检查之时，王树问起李科元，才知道父亲当时正在女子学堂跟孟保中闲谈，李科元来叫父亲回家吃饭，正逢王树带着兄弟们冲下去打架。父亲叫了两声，无人理会，气得吼了一声："奴娃子，你闯祸了！"一跤跌翻便成了这个样子。三树听罢，一股烈火从脚心烧起，索性不管不顾，一不做二不休，顺手从地上捡拾了根姚家打丢了的铁尺，迈开大步就向那粪池谷囤走去。王栋、王材见他哥去了，也随后跟上，各捡了拐子、霸王拳，意欲狠狠再打一番姚家人出气，幸亏王奋修赶回来喝住了他们。

当下，王奋修问清楚了情况略一思忖，走到粪池谷囤边向李家庄姚家人道："诸位认得在下吗？在下就是王家庄庄主王发荣。今天发生了这事，实在令在下汗颜，在下在这里给诸位赔礼了。"说罢，恭恭敬敬地冲姚家人连作三揖。姚氏老大气呼呼地道："姓王的！你有话说，有屁放，你估计要把我们咋地？"王奋修道："自古以来，冤家宜解不宜结，何况我们两村还是邻村上下亲戚礼道的关系。依在下看来，今天这事就算扯平了。你们打了我们的人，我们也打了你们的人，相互不究也就是了。"姚氏老大道："你倒说得好听，相互不究。那我家妹子就白白死了？"王奋修道："至于你家妹子的死，那是你们亲戚之间的事，你们在食笼里暗藏的兵器，那是祭奠死者的供品吗？明显是来闹事啊！说什么也是站不住脚的。依在下之见，还是和为贵。忍为高，两家和解就是了。"喝令："家人父子们，快下去把戚人们解开！"看热闹红火的王家庄村民见庄主族长下令，纷纷跳下粪池谷囤，把姚家人统统解开了。当下，姚氏弟兄忍气吞声，捡拾了自家的兵器，吆叫拉扯上所有来人和牲口，相互搀扶七拐八趔地去了。王奋修看着他们栽下河坡，长长地叹了一口气。他感到这事并没有完。他猛地想起了还在祖槐树底下窝坐着的本家老大哥老好人王宪身，急忙返回身来，一看吃了一惊！

王宪身死了。

第二十五折：
王家庄完成《八大套》

　　"啊呀呀！我的爹啊！是我把你气死的啊，我的爹啊！"

　　王树给他爹在五道庙打了丧钟，返回身捶胸打脸的一声号啕大哭，惊得全村人都浑身冽麻。大家都静静地听他痛哭。很快哭声又加入王栋、王材和李科元撕心裂肺的声音。因为不是在家里死的，按风俗习惯便也不能再抬回家里去入殓。王奋修便让人把王宪身几年前就为自己准备的寿材抬来，就在和大门坡下祖槐树下入殓，搭了灵棚。本来，他想痛痛快快好好哭一哭他的这个本家老大哥，全村人尊敬的老好人王宪身，但是，他还有要事要做。他知道李家庄姚家绝不会善罢甘休，下一步肯定要去五台县衙告状。他需要未雨绸缪，趁着给东冶叔伯老岳丈松龛先生徐继畲送梨儿的机会，给他的叔伯小舅子徐树说一声，让他到五台县衙关照一下县太爷。假如姚家前去告状，让县太爷说服劝导姚家罢诉撤讼摆平此事。东冶"朝元阁阎"徐家的面子，县太爷不敢不给。他跟他的哥哥王奋坚搭知了一声，便让长工赶上驮着他们上午摘的油梨的毛驴，自己骑上小青马，跟他一起去东冶送梨儿。心急马快，不到一个时辰便到了东冶镇。

　　两人从东冶镇北街门洞进了镇里，忽觉得气氛有些异样，好像所遇到的人脸上都没有了笑容，如同发生了什么不祥的事情一样。王奋修不免心下疑惑。走到东街"朝元阃阆"口，猛见一些身穿孝服头戴纸巾的人进进出出，吃了一惊，急忙下马，忽看见阃阆口立了一块告示牌。走过去一看，原来他的叔伯岳丈徐继畲松龛先生于今凌晨丑时仙逝，王奋修不觉得便呆愣了。正思忖该不该进去又如何进去时，忽看到他的妻子徐氏头戴着纸巾出来了。徐氏也一眼看到了他，有些意外又惊异地道："咦，你咋来了？"还没等他回答，又道："走，快跟我见我爹去！"王奋修便拉了小青马，示意了一下长工，跟徐氏进了"朝元阃阆"，来到自己岳父徐继埙府上大门口。他招呼长工把牲灵拴好，便跟妻子徐氏进了大门，径直来到他岳丈徐继埙所住的堂屋门前。徐氏一撩竹帘，说了声："发荣来了。"推开屋门。夫妻俩便一前一后进去。老态龙钟的徐继埙正坐在中堂下太师椅上闭目养神，听见有人进来，睁开眼一看是女婿来了，欠欠身子算是打了招呼。王奋修忙上前打千行礼。

　　徐继埙摆摆手，招呼王奋修坐下喝茶。王奋修问起了什么时候殡葬，事宴的规模大小等事。徐继埙一声长叹，道："现在这些都没法定，定不下来啊！"虽是一声叹气话，语气里却充满着炫耀。徐继埙道："你想啊，我哥是朝廷赐了一品顶戴花翎的朝廷要员，县里、州里、府里、省里、朝廷礼部、总理各国事务衙门都要层层上表报丧，说不定还要上呈奏折报皇上知道。就是快马加鞭走驿站，等待回批文来恐怕至少也得一月多时间。说不定朝廷和总理衙门、礼部要来人吊唁，省府州县自不必说，来来回回这些时间，能在尽七发了引殡葬了就得念阿弥陀佛了！荣耀倒是荣耀，可那也麻烦得很啊！哪一点上出了漏洞，那丢的不是徐家的脸，那是丢朝廷的脸啊！就算是圆圆满满把这丧事办下来了，咱甚也别说甚，那又得花多少钱？那都是白花花的几箱子银子啊！这可不是咱普通人家死了个人，哭上几声，拉出去埋了的事！"

王奋修连连点头，只有听的分儿。徐继埙喘了口气，示意王奋修喝茶，又道："发荣贤婿啊，这都是面子上的事，马虎不得，马虎不得啊！不过好在徐家也有的是人，能拿起笔杆子的秀才也多，树儿和他的几个叔叔兄弟们今儿就开始了写报丧讣告上表，这也是一大工程，遣词造句，引经据典，之乎者也，麻烦得很。这是对上的文告，得表现出五台徐家的家学渊博，耕读传家的底蕴深厚来才行啊！还有，丧事上要动鼓乐，我哥生前倒是很信任你，还有那个什么马贵牛贵的？"王奋修忙更正道："是牛为贵先生，皇宫乐师。"徐继埙道："对，就是牛为贵，牛为贵！我哥也说起过他，你们叫他先生，就是过去的朝奉。你们好好商量一下，该吹打些什么鼓乐？宏道史家班咱们肯定要叫，你们鼓房只能比宏道史家班好，不能比他们赖。依我看，最好分成几个班子，让东冶四个街上都有，到时一定要搞得红红火火的，又还是丧事的红火，决不能出了差错，让人们特别是马家看了笑话。马家出事，就是出在鼓乐上的。"王奋修连连应道："那是！那是！"

这时，门口过来两人，欲进又止，好像要请示什么。徐氏进来，向徐继埙道："爹，你还有什么吩咐？"徐继埙道："今正巧你夫婿来了，该说的也差不多说了！"说到这里，猛然像想起了什么，道："你看这，你该吩咐家人给发荣做点饭，再温点儿酒！"王奋修急忙站起来道："可不用了，时候不对，府上事多，再说我还领着长工，给你送来一驮子好油梨，你和树儿还有他姐姐，你们看着吃了罢！在这个时候，千万不要上了火！我和长工，我们上街寻个饭铺随便吃上点儿就行了。可不敢再麻烦了，我还是自便罢！"徐继埙道："那也好吧！你记住我的话，千万把鼓乐的事弄好，那全是面子上的事！"王奋修连连点头称是，打躬告辞，同妻子徐氏出来。门口那两个人见状，马上闪了进去。

王奋修拉着徐氏问道："奇怪，我一来就看见你在'朝元阊阖'口，好像专门接我的，你咋知道我要来？"徐氏道："谁知道？我当时心烦出来蹓了一下，不想正碰上你。这下好了，省了我回村了。"王奋修啊了一声。徐氏道："我娘家这家族大了，事情也多，有些事还得我帮忙。我是回不去了，你要多操心儿子春槐，好好监督他念书，千万不要让他放了野羊。"王奋修道："这你放心吧，莫非我这个爹还不如你这个嬷亲？"替妻子系好了孝服麻绳。夫妻俩相跟着出了大门。长工早就卸了梨篓子，给驴身上搭上了驮架等候着。顺眼一看，徐继畬府外门口一溜马桩上已拴了一溜骡马，办事人员进进出出，上马下马很是忙乱。徐氏向王奋修道："你快走吧，我要哭伯伯了！"王奋修急招呼长工牵上牲灵就走。刚一拐弯，身后便传来妻子的大哭："伯伯呀！你死了叫毛眼儿咋想你呀！发荣他以后再驮上梨果红枣儿孝敬谁啊？"王奋修顿觉鼻子一酸，热泪溢出。他急擦了眼泪回头一看，徐府门口早出来两个女眷，一左一右搀扶着跟跄痛哭的妻子进了徐府。

王奋修长叹了一口气，带着长工出了"朝元阊阖"，才发觉天已过了未时，肚子里有些饥了，便领着长工进了一家小饭馆要了些酒菜吃喝起来。三盅酒下肚，王奋修心思一动，不觉得就哈哈笑出声来。正在喝酒的长工一愣，不知所措。王奋修道："我有句话想问你，你觉得我这个人怎么样？"长工把酒扔进嘴里，酒盅往桌上一墩道："这不用说，谁不称道发荣叔你是整个北沟里第一个善人第一个英雄！"王奋修冷笑一声道："你是溜舔恭维我吧！"长工叫起屈来，急欲分辩。王奋修道："我倒是理解你，可你却真不认识我。我真真切切跟你说吧，我王发荣其实啥也不是。你回去跟王垫仁弟兄们说，王发荣啥也不是，他连他的近家人父子都护不住，还能遮护了你们？等着吃官司坐牢吧！"

长工不知道王奋修不高兴什么，只得唯唯。两人喝了几盅闷酒，王奋修便叫端饭，吃的是东冶镇的传统面食大肉面。两人很快吃了，出了东冶镇北街门洞，便见两公差在张贴五台县衙门告示。王奋修一看，告示写得极其简单，道是：

钦赐一品顶戴原朝廷大员徐讳继畲松龛先生驾返蓬莱一乡失望。在其治丧期间，所辖属境包括民间婚丧嫁娶鼓乐娱乐一律禁止。有违犯者以大不敬条例治罪！特此告示。

王奋修点点头，向长工道："你慢慢回吧，我先走了！"一跃上马。小青马奋蹄扬鬃，不一会儿便回了王家庄。王奋修来到祖槐树下，望着灵棚里三宪身的灵柩，长长地叹了口气，从旁边一人手中拿过一张白纸，就着摇曳散发着油香的灵前长明灯上点着，放入悼纸盆中，盖上防火瓦，一直看着那纸火燃尽，余烟消失，方行了"懒四头"礼。站起来一看，孟保中、牛为贵、田德义、王用中都在他身后站着。他道了一声："走，回我家！"大家便默默地跟着他进了和大门，来到他的南院南厅。早有下人端来茶水。大家没有动茶，齐齐地望着王奋修等他发话。他们知道，以王奋修和王宪身两家的关系和交往，王奋修也一定会主持王宪身的丧礼，而且要办得空前绝后。他们鼓房也一定要竭尽全力配合。这不单单是服从主人东家的意志，就冲王宪身的为人声誉和跟他们的交情关系，他们鼓房也应该如此。沉默了一会儿，王奋修一声长叹，道："咱们的鼓房解散了吧！"

大家猛然一愣。虽是轻轻的一句话，却如晴天炸了一声霹雳。王奋修见大家一脸惊愕地看着他，知道大家心有误会，便把他去了东冶的事说了一遍，道："我原估计再开上三年鼓房，那些娃娃们都成了大事了，用中他们西阖阎的娃娃们也学会了吹打，结果这事弄得，唉！"王用中叹了一口气道："官家朝廷自有人家的规矩，咱们又不能跟人家胳膊拧大腿，拿起根棍子还有个大头小尾呢！我们西阖阎里家倒淡事，主要是亏情了宪身哥了，发引连个响动也不能了！过年不能贴红对子，家里不能耍乐，解散鼓房子这事我理解，我理解！"田德义道："我看咱们得立个规定，以后王家庄村的事宴，一是优先服务，二是不能要钱！"孟保中接口道："对！田师傅说得很对！王家庄鼓房是你们的祖庭，祖庭啊！不管以后你们成了什么事，哪怕是都到了皇宫吹打去了，也不能不尊祖庭！"王奋修道："理是这个理，但祖庭也不能太苛刻，大家都是指这个吹打吃饭的啊！"大家又争论了一会儿，最后王奋修决定：有事宴王家庄优先。凡是从王家庄鼓房出去的鼓吹人员三代不收西阖阎人家的事宴劳务报酬，三代以后按半价收费。王家庄其他人家的事宴劳务费随心而给，多少不嫌。田德义道："那庄主你家以后有事宴咋办？"王奋修道："跟王家庄其他人家一样，随心而给！"田德义叫道："随心而给？说实话，咱们这祖庭是你贴钱办起来的，结果你还要反过来给我们钱？这也太不像话了吧。"王奋修笑了道："我这随心而给也能不给，你叫唤什么？"田德义道："我还不知道你的为人处世？别人我管不了，反正以后我和我的儿孙后代，就是打死、穷死、饿死也不能在事宴上吹打要你的钱！"孟保中道："这也算句话！"接着又向一直不说话，只是点头附和别人的牛为贵道："牛师傅你也说句话！"牛为贵叹道："唉！我原先准备给宪身先生尽本事好好吹打吹打，结果是不能了。一想到宪身先生，我的心里真不好活！松龛先生死了让我是更难受，他老人家嘱托给我的事，现在八字不见一撇，还得加班把那一笔写上。最让我心急的是我们牛家窑头的鼓吹班子还放着野羊，我得尽快回去训练他们，以保证不误徐公松龛先生的殡葬出引才行。这些事搅得我心如乱麻，实在不知说什么好，反正大家说的我都赞同。"

王奋修又问询了大家，见再无不同意见，便道："依我看就这样吧！今晚让咱的学员娃娃们提早开饭，吃了饭即可回家，这马上就秋收了，娃娃们回家第二天就能到地里动弹。孟先生也让女娃娃们放假，然后和牛师傅、田师傅一起加上几天班，把咱们学过的鼓乐曲目整理出来，抄写一式四份。我留一份，牛师傅、田师傅各一份，给东冶郭根富一份。大家回去照本训练弟子，到时候咱们东冶再见。"大家点头答应了。王用中道："那我现在就去安排。"起身欲走。田德义忙道："等等，我和你一起去，顺便把咱祖庭立的规定也给大家宣布一下。"王用中奇怪地道：

"我说了不也是一样的？"田德义道："那可不行，我说了分量大。"便和王用中一起出门而去。王奋修向牛为贵道："这个田德义，虑事缜密。"牛为贵点点头，道："庄主看人确实准。论功夫，田师傅可能稍欠于我；论虑事，我却不及他多了。还有，田师傅为人很讲义气，又得了松台忘八家的真传，他手中还有不少古汉乐府的曲目，几次推荐我教授大家，只是还没来得及。我敢断言，日后小银河北沟和铜川一带，肯定是他们田家班的天下。"王奋修道："那你们窑头牛家班又如何？"牛为贵道："牛家班有我主持，窑头一带为老根据地，自不别说，日后清水河、五台城周围乃至濮子坪一带将是我们牛家班的天下。"王奋修又道："那郭根富他们的郭家班呢？"牛为贵道："郭家班比起田家班和牛家班来说，功夫和技术最次，又面临着槐荫赵承贵的赵家班和宏道的史家班。赵家班都是富豪弟子，不事鼓吹，钻的是丝竹，求的是自家娱乐，不足为虑；史家班可是跑事宴的，出身又是前朝皇宫乐户，名声在外，功夫又非小可，非田家班牛家班不足以抗衡。郭家班在东冶地区只能走一些穷苦人家的事宴，能勉强维持就算不错，弄不好怕是连个吃饭的地方都没有。"王奋修一拍大腿，道："哎呀！多亏牛师傅点明，是我少虑了。"急叫人去大和寺叫郭根富。不一会儿，郭根富和田德义来到。郭根富上前向王奋修拱手问道："庄主叫我来有何吩咐？"王奋修道："其实也没甚大事，只是想让你迟回几天家，趁着牛、田二位师傅和孟先生还在咱们鼓房整理曲目的时候，有什么还需要牛、田二位师傅指点的，让他俩抽时间指点指点，免得以后各奔东西，再想让这两位师傅指点就不太容易了！"郭根富道："庄主时时为小的着想，如此大恩大德何当以报？"急忙向王奋修叩头，又向牛为贵和田德义叩头。田德义道："人家牛师傅是皇宫乐师，窑上离咱们又远，以后寻人家自然不便；我田德义是个捞饭盆子，咱们离得又近，以后有甚事尽管来找，只要我有空儿，有大事宴需要让我帮忙，让我做柱你做梁都是可以的。咱们师出同门，都是王家庄鼓房出身，行这么多礼干甚？"大家便笑。当下决定让田德义跟孟保中住在一起，腾出炕铺让郭根富跟牛为贵一起住，以便随时指导。郭根富自然非常高兴。

事不宜迟，当天晚饭后便开始整理大家所学过的曲目。牛为贵首先提到一个问题，这个问题也是田德义早给他反映过的，就是赵承贵从五台山寺庙搜集回来的庙堂音乐不是一个调式。《西方赞》是羽调，《吾方悟》《箴言》《五声佛》是角调。倘若在一起演奏，不变调不和谐，而立地变调又易出差错。类似的还有一些，必须把所有学过的曲目分成若干套曲，一个套曲一个调，这样大家以后练习起来也就方便顺手。而且，每个套曲若干曲目，一提套曲名，自然就联系起了这个套曲里所有的曲目，有利于记忆，便也不易忘丢。孟保中老先生赞叹道："到底是皇宫乐师，所言极是！"当下，大家就拿着孟保中老先生所记录的曲目谱子分析归类，总共分为八大套曲目：一为《青天套》，计有《采访》《青天歌》《驻马听》《山坡羊》《朝天子》《挂枝儿》《柳叶青》七支曲目；二为《扮妆台套》，计有《扮妆台》《柳摇金》《到春来》《到夏来》《到秋来》《到冬来》《万年花》《月儿高》《西方赞》九支曲目；三为《推辘轴套》，计有《推辘轴》《进兰房》《扑地蜂》《王大娘》《寄生草》《跌断桥》《茉莉花》《吊棒槌》《读儿灯》《扑官帽》《急毛猴》《八板》十二支曲目；四为《十二层楼套》，计有《十二层楼》《麦穗黄》《雁过南楼》《三头五台灯》《二亲相骂》《磨砚》六支曲目；五为《大骂渔郎套》，计有《大骂渔郎》《霸王鞭》《醉太平》《采茶》四支曲目；六为《箴言套》，计有《吾方悟》《爬山虎》《箴言》《五声佛》《跌落金钱》《散八音》《看灯山》《八拍子》《末了词》九支曲目；七为《鹅郎套》，计有《普庵咒》《爬山虎》《剪灯花》《鹅郎子》四支曲目；八为《劝金杯套》，计有《劝金杯》《棉达絮》《净瓶儿》《走马》《鱼儿乐》《采茶歌》六支曲目。定名为《八大套》，总计五十七支正曲。又确立了锣鼓唢呐闹红火庆典大曲《将军令》《过街》《吵子》《耍娃娃》，控诉曲《瞭单于》，将士狂欢曲《扑官帽》，朝见天子曲《朝天子》七支正曲曲目，定名为《大得胜》套曲。牛为贵道："这些笙管曲和唢呐曲，凡我王家庄鼓房学员弟子都已学过。曲目来源繁杂，经这么一一分套，却也明明确确。今后凡我弟子，迎神赛社祭祀用《青天套》，这里面的曲目多数是由田德义师傅提供的松台褚氏忘八家迎神赛社祭祀吹打秘籍的曲目；庆贺典礼及官宦财主人家饮宴用《扮妆台套》，这里的曲目主要是我以前在京城为王爷贝勒府上歌舞庆典饮宴吹奏的曲目；殡葬发引事宴用《箴言套》，这套曲目主要是赵承贵先生搜集的五台山庙堂佛曲；村乡里闹红火耍百戏用《推辘轴套》，这里有一部分是孟保中老秀才搜集的喜庆民歌民曲；婚嫁红事宴用《劝金杯套》，曲目来源就不再细说了，反正都是表达人们欢乐愉悦饮宴心情的；庙会唱戏打二通时吹奏《大骂渔郎套》，这是唢呐吹奏的，用以对人们禁杀生、免逞强、为良善的教化；《十二层楼套》曲调优雅；《鹅郎套》是超度神鸟天鹅的曲子，演奏技巧高难，作为内部弟子训练和消遣自娱的看家套曲，非遇对手不露，一旦露出，必致对手败北，拱手称臣投降。至于《大得胜》套曲，虽大部分曲目来源于宏道北社东的史家乐户，却因我在京城拾得《瞭单于》而完整。以后凡我弟子，既吹《大得胜》，必吹《瞭单于》，以示跟宏道史家班的分别与不同！至于《大得胜》耵用，无非是在迎神、社火、旱船、秧歌等红火行进入村时吹奏，吹奏得越是雄壮热烈威风凛凛越好！再者，鼓乐，鼓乐，无鼓哪有什么乐？尤其是《大得胜》锣鼓和唢呐吹奏相辅相成，锣鼓也必须击打出威风和杀气来才行！"大家心生佩服、点头称是。

曲目既定，最辛苦的劳动便是抄写。孟保中取出王奋修给的套折，在套封红心条上写了《八大套》，取出套里的折子，照着以前教学的曲谱，按所编定的套曲顺序，一曲一曲地书写起来。那漂亮的蝇头小楷，让牛为贵和田德义赞叹不已。相对来讲，两人轻松了不少。田德义侍候着孟保中，免不了磨墨铺纸、揉肩捏背、端茶递水，生怕老先生累着。郭根富跟牛为贵住在一起，自然更是殷勤：提茶壶、倒夜壶，热洗脚水、温热炕头，甚至于洗衣服、寻虱子，真是无微不至。牛为贵见郭根富跟自己年纪不相上下，竟如此尽心竭力侍候着自己，很受感动，便将平生所掌握的吹唢呐技巧倾囊相授。

让王奋修预感不祥的事终于发生了：就在王宪身死后第六天头上，村头传来几声大锣，五台县衙同知带着几个衙役和李家庄姚氏原告人证等来王家庄捉拿被告人犯，审理案件来了。一干人马来到大和寺。庄三王奋修和其兄王奋坚赶忙来见。因两人都是武秀才出身，见了同知并不下跪。同知略问了两句，便叫人捉拿王望仁。很快王望仁被带到。他早从王奋修的长工嘴里得知王奋修曾去东冶找徐家的关系，为他消除官司，却因赶上了松龛先生驾鹤西游而不成的事，只得自认命薄倒霉，便老老实实交代了妻子姚氏死亡的原委。同知又令掘墓验尸，仵作的汇报也证实了王望仁的老实交代，姚氏确系先遭毒打后服洋烟而亡。因王望仁认罪态度尚好，免除牢狱之灾，责打二十，罚银五百两了事。又传打了姚氏娘家人的王树到庭。王奋修、王奋坚两弟兄急忙求情，说王树用锹打人其势虽凶猛，但手中自有分寸，挨打倒地之人都是被王树用锹面拍倒而非劈倒的，并无伤人性命。况且事出有因，再加其父刚死，热孝在身，万请网开一面。即使非责罪不可，以银赎罪也行！同知哈哈一笑，道："两位生员所请，其情倒也可悯，足见贵庄一家村一个祖先的血缘之情。然王树打人若不惩戒，却会毁了贵庄的名声，今后还有哪个村庄的女儿敢嫁贵庄？"王奋修和王奋坚不由一愣，张口结舌顿时说不出话来。王树自父亲死后，整日沉沦在悔恨之中，恨不得让官家狠狠责罚一下自己，以求心灵上得到轻松和解脱，见同知如此说，向前跪爬半步叩头道："同知老爷所说，小人心悦诚服，任凭老爷惩罚，小人甘愿领罪。"同知遂宣判道："判王树五台县衙枷号示众一月，为恃武逞强多管闲事者和不法暴徒者戒。"立刻便有两个衙役上前，用枷锁了王树。同知向众人问询道："谁还有话要说？倘若无话，本官就要打道回县衙了。"原告李家庄姚氏老大急忙上前叩头道："青天大老爷！小人状纸上写得明白清楚，打人者还有王树的两个兄弟王栋和王材，望大老爷也将他俩一并治罪。"王树争辩道："大老爷，我是长子兄长，天大的事我一人承担，即使砍头我也认了。再说我父亲死了，家中终得有人要料理，莫非非要将我弟兄全押到县衙，让我父亲尸身任凭风吹日晒雨淋在街头腐烂？如果是，小人情愿死在父亲灵前，决不跟大老爷你到县衙服刑。"王奋修和王奋坚也忙上前求情。还有那些听说了风声赶来挤到大和寺下院即戏场院看红火的人们也议论了起来。同知让衙役上前向众举起肃静牌。待大家安静下来后，同知高声宣布："大家听判！"向姚氏老大道："告状的是你，审案的是本官。告状难免会感情用事，审案则需以理法询查。终不能听任原告打死被告吧！"姚氏老大急忙叩头连声道："小人不敢，小人不敢！"同知道："王望仁打了你妹子，下官也责打了他，又罚了他银子，如此判决莫非不公？"姚氏老大急忙应道："公道，公道！"

台下围观的人们见同知大人如此断案，确实有情有理又有法度，纷纷赞同。然而，却不想这场官司的后果是王家庄和李家庄从此再不结亲，一直至今。王家庄偶有娶嫁姚氏的，不是李家庄寄住在郭家寨的姚氏，就是其他地方的姚氏；李家庄反之也是，这竟成了民俗习惯。当下，同知再一次问询谁还有话。忽听台下一声高叫："冤枉！"令人们大吃一惊！看时，却是王银海闯了上来。同知问道："你是何人，有何冤枉？"王银海跪下道："小人叫王银海，小人无冤，是替望仁和奴娃哥喊冤！"同知问道："奴娃哥是谁？"王银海道："就是被大人上了枷的王树。"同知奇怪地问道："他俩有何冤枉？"王银海叹道："唉！假如小人当初能劝王望仁老老实实让李家庄姚氏打他一顿出出气恨，望仁也断不会再受大人的处罚，奴娃哥也断不会有打姚家人的事了。然而，小人当初却给望仁胡乱出了应对姚家责打的主意，结果变成了今天这事。根问底，过错全在小人，故而冒犯大人，替他俩喊冤！"同知恍然大悟，道："原来你是代人受过来了。"王银海道:"正是!"同知呵呵一笑,向王奋修和王奋坚道:"这真是你们王家庄的奇闻。世上的人,只有抢功的,哪有抢过的?"转向王银海道:"你纵然有错。岂不闻'打死人偿命,哄死人不偿命'?况且原告被告谁都没有牵扯到你的丝丝毫毫,本官断案向来依据是事实和法度,哪能单凭你一面之词就乱施刑罚?假如你们王家庄人人都为他俩喊冤求情,兜揽过错,本官就把你们全村人打遍罚遍?"王银海叫道:"大人如何断案小人不管,但小人说的却是事实。"同知道:"是事实也不行。"王银海不服地叫道:"大人刚才不是说过断案依据是事实吗,咋又说是事实也不行?"同知火了,道:"嗟!你这个王银海咋是这么个死干犟?赶了下去!"便有衙役挥起水火棍要赶他走。王银海还要支吾,王奋修和王奋坚急使眼色让他离开。王银海这才悻悻而无奈地离开。王奋修忙向同知赔礼告罪,说是王银海不知法度礼节,冒犯了同知大人。同知大度地笑道:"虽然是,却又足以说明贵庄民风淳朴,庄主弟兄教化有功啊!"

当下,同知要走,王奋修急忙留饭。同知道:"还是不要了吧!县衙为徐公松龛先生归天之事,在东冶镇号了房子,知县大人还在那里理事呢,我们还是回东冶吃饭吧!"王奋修很不过意,忙掏出五十两银子权当茶水饭资要送同知。同知抵死不要。王奋坚也忙掏出五十两银子相送。双方推挡几下,同知方才道:"既如此,下官就恭敬不如从命了,笑纳了!"笑眯眯地接过银子装入腰包,转头向尚在板凳上趴着的王望仁道:"三天之内,将罚银直接送到县衙驻东冶办事处,误了日期,小心又加处罚!"王望仁就在板凳上点头行礼作答:"是是是,大人,小人记得。"同知这才下了大和寺院,在戏场院里上了轿子。大锣一声，众衙役列队，牵了王树，出了关帝伽蓝庙门洞。忽听撕心裂肺一声哭叫。王奋修急忙出了门洞，却是王树的两个妻子杨氏和高氏，抱着才几个月大的婴儿，和王栋、王材、李科元三兄弟，带着一个包裹来送王树，却被衙役推开。王奋修忙拿过包裹，向押王树的衙役赔笑道："王树乃是在下的本家侄儿，请多多关照。"又掏出几块零碎银子暗暗塞到衙役手中。衙役笑道："庄主放心好了，小人断不会让你的侄儿受制。"用水火棍挑了包裹，笑眯眯地扶着王树跟众衙役下河坡去了。

王奋修安慰了杨氏高氏和王栋弟兄们几句，却见王用中走来，说是鼓房的师父们相请。两人来到女子学堂，只见孟保中、牛为贵、田德义和郭根富都木呆呆静悄悄地坐着，桌上齐整整地放着抄好了的四个《八大套》套折。大家见王奋修进来，忙笑脸相迎，却笑得很是勉强。王奋修奇怪地问道："你们都咋了？"孟保中叹道："大家心里都有些不好受吧！和咱们朝夕相处的宪身老先生死了，大家本来就难受，今儿他的大儿子奴娃也被抓走了。现在四套《八大套》都整理抄写好了，又赶上了收秋。大家都归心似箭，只想快些回家收收秋，平静平静心情，然后集中精力准备松龛先生事宴上的吹打。"王奋修长长地叹了口气，坐下，随手取过一个套折，抽出折子拉开看了看，问道："没有抄写《大得胜》？"孟保中道："我原先也打算抄上，但大家都说不用了，反正大家都会，便不抄了。"田德义、牛为贵和郭根富都点头附和。王奋修叹了口气道："好吧！反正天底下没有不散的筵席，咱们也就散席吧！我现在就请大家喝饯行酒。"把《八大套》套折分发给田德义、牛为贵和郭根富各一套，自己留下一套，向孟保中道："孟先生你有底稿，槐荫赵承贵先生也有，咱们就都不给了！"孟保中赶忙道："那是，那是，我要待见，自己再抄一套好了！"王奋修便叫大家回家饮饯行酒。

酒席原来是给来审案的同知准备的，正好他们来吃。五盏四盘的席面，还有王用中拿来家藏的五斤坛香煞人的"王家庄酒"，大家却吃喝得没情没趣。饯行酒吃罢，大家便心急地要回家。王奋修道："时逢秋收，我就不留了！只是牛师傅今天却不能走，与其在东冶或者刘家庄住店，不如再住一夜，明天我让人直接送你回窑头就是了。"牛为贵答应。于是大家纷纷施礼拜别匆匆归家。牛为贵又住了一夜。第二天一早，便有王奋修的家人来叫吃饭。牛为贵一看，陪他吃饭的却是王悦、王悌弟兄俩。家人说主人有事，叫他们先吃。三人吃罢，王奋修进来，说刚才是给牛为贵安顿了驮篓架子，一篓子梨果、一篓子红枣，这东西窑头稀罕，望请笑纳。又拿出一个装着束脩的钱叉子，交给牛为贵。另拿出五两来银子交给王悦，吩咐他弟兄俩送到牛为贵师父后，顺路拐到五台县城去看看王树，并把这五两银子交给他使用，万不要叫王树受制。弟兄俩一声答应，拿了护身的鞭杆，拉牲灵出圈驮了篓架，便请牛为贵上路。王奋修一直送到河坡头起。

这时正是做早饭的时候，整个小银河善泉都的村庄都冒出了炊烟。村庄在炊烟中变得隐隐约约，犹如仙境。

尾 声

　　王家庄王望仁妻子姚氏喝洋烟自杀案，直接的后果是毁坏了两户人家，形成了一个很坏的习俗。

　　王望仁变卖了所有的家产和田地园林，好不容易才凑足五百两罚银缴了五台县衙。思前想后无活路，在他妻子姚氏坟前用一条绳子结束了生命。其名声也直接影响了望家弟兄和后人的婚姻。望家弟兄六人有后九人，却只有三人成家有后，再后又只有两家两人有后人，险些断了根苗。

　　王树被押到五台县衙枷号示众，遇了两个看管的衙役董超、薛霸，他们见王树有银钱使唤，生了不良之心，怂恿王树吸食洋烟抖擞精神扛枷。一个月下来，王树竟染上了毒瘾，反欠下董超、薛霸一百两银子。王树被释放回家后，因毒瘾难戒，从王奋修手里取出父亲留下的家产分单，将属于他的部分变卖，用于打饥荒和吸毒，从北坡上的大房院搬到村外前沟原为看梨窑的雇工居住的窑洞居住。家境从此一落千丈。他的两个儿子被村里人笑话为"洋烟鬼的儿，正赶上倒霉"。家人父子们虽然偶有接济，偏王树的性格又刚强得要命，拒不接受。王树亡故后，家境更是一贫如洗。幸亏王奋修之子王春槐让其大儿王官义和媳妇刘氏到和大门当了男女管家,才勉强得以度日。一个原受村里人尊敬的上户人家,沦落为村里最贫困的人家。

这个姚氏喝洋烟自杀案,导致了王家庄和李家庄不结亲的习俗。王家庄后来偶有娶了姚氏做媳妇的,也都是其他村的姚氏。李家庄亦然。一直至今。

徐公继畲松龛先生生前是御赐一品顶戴的朝廷大员,殡葬发引便需要通知朝廷和各有关衙门官员,以致停尸七七四十九天后才能够安葬。朝廷指令礼部和总理各国事务衙门着专人前去吊唁。山西巡抚衙门委派了布政司藩台前去吊丧。山西北路道道台、宁武府知府、代州知州都是一把手前来祭奠。五台县知县获知要来这么多大官,还有些是自己直接的顶头上司,哪敢怠慢?自任徐府第一知客,专门负责招待县以上各级官方来人。徐府除了自家的厨伙房外,又包了东冶四街的饭店做席,流水待客招待各方吊孝来人。

根据王奋修的指示,经过充足时间训练了的窑头牛家鼓吹班、东冶郭家鼓吹班、田家岗田家鼓吹班、槐荫赵承贵的笙管笛箫班,在送行的这天早早地就齐集到了东冶。由牛为贵负责分工:让槐荫赵家班守灵前,负责配合僧尼的诵经配乐演奏和各方亲属祭奠的演奏;让田家班守徐府大门口,负责各方祭奠演奏和"点主礼祭"时的演奏;让郭家班守"朝元阊阆"口,负责与田家班相呼应的演奏;牛家班在东冶四街交汇中心的街心阁下演奏,与郭家班相呼应。由徐家自定请的宏道史家班在东冶东街外街口演奏。为协调各班的演奏,由郭根富六儿郭六洋专门负责"跑讯",以便使各班的演奏尽量做到整齐划一。分工完毕,各就各位，《开门鼓》吹响，演奏便正式开始。

典雅优美的《八大套》祭祀用笙管乐曲犹如仙乐回响在东冶镇，震惊了四街的百姓。本来，东冶甚至是整个五台县，有史以来第一个朝廷大官徐公继畬松龛先生的殡葬丧事就已在人们的心目中预打了"肯定实在红火"的基础，却没料到为红火而红火的鼓吹就这么出手不凡，却发现这些操弄梵音仙乐的有些竟是他们熟悉的吹鼓手。特别是东冶几乎人人都知道认识的郭根富、杜万重山，前几年都是东冶街上讨吃子一样的人，现在却鼓着腮眯缝着眼，微微摇晃着身子和脑袋，吹奏得入耳中听！惊讶的人们越聚越多，甚至东冶四周南北大兴、槐荫、五级、下五村的不少百姓也闻风而来。渐渐地成了万人空巷，大街上拥挤变成了拥堵。忽然间人群中闯入五台县的衙役，用水火棍推压着人们，排开了一条通道。只见五台县知县大人点头哈腰地陪着几个衣着光鲜、气宇轩昂，周围簇拥着亲兵马弁的人出现在通道。这正是前来吊丧的各级官员。闻听着街上如此优雅动听的笙管乐曲，山西布政司藩台大人慷慨道："五台到底是佛教圣地，连这民间鼓吹都是吹打的佛家乐曲。徐公生于斯，故于斯，幸也！"

因为徐继埙曾担任过徐公继畬巡抚任上的管家，在福建巡抚衙门主持过徐公继畬结发妻续戴月的丧事礼仪，接待过英法驻福州领事的吊唁，跟随徐公继畬在福建侯官县参加过林则徐丧事的吊唁，是徐家见过大世面的人，被徐家一致推举为徐公继畬丧礼上的司仪。因为人戚太多，各级官府来人都要灵前致祭，还要举行"点主礼祭"仪式，既要保证按时出引，下葬入土为安，又要保证各个祭奠礼仪的圆满完成，还得保障不能发生人身意外，也不能拒绝排斥街坊邻居们的观礼看红火。徐继埙就在送行后的深夜不顾疲劳拜见了前来祭奠的各级官员，恳请所来官员品级最高的三品官员山西布政司藩台大人于发引日即第二天凌晨卯时初在徐公灵前举行"点主礼祭"，用朱笔在徐公神主牌位上点主。各级官府的灵前致祭一律改为"路祭"。这样一来，既省了时间不误安葬，又方便了百姓观看，同时也彰显了朝廷的恩泽和众位大人与徐家的深情厚谊。众官员自然是客随主便，满口答应。

　　第二天一早，身穿朝服的藩台大人，被徐府用鼓乐请到徐公继畲的灵棚。灵棚早连夜做了装饰，遮掩了徐公的灵柩。在鼓乐声中，孝子徐树改穿了吉服向藩台大人跪拜，呈上先父的神主牌位。藩台大人用朱笔在牌位的"主"字上点上一点，念诵了几句徐家"光前裕后"的颂词。徐继埙奉上百两白银请藩台大人笑纳。等到人们听出徐家吹打的是喜庆的鼓乐，意识到是举行"点主礼祭"，有大官儿"点主"，要来观看时，典礼已告结束。藩台大人已坐上轿返回了驻所，装饰过的灵棚又恢复了原样。徐家又开始了发引前的祭祀。

　　准备祭祀的远近亲戚六人和所带的盛放供品的食笼从徐府大门口一直排到了"朝元阁阆"口。为了赢得体面，王奋修特地从定襄县请了几个巧手女人制作蒸炸了祭品。待到搬上供桌，大家一看，那五个雪白的大供叠垒起来足有半人高，占了多半张八仙桌，供顶祭花为九龙探水，龙尾攒顶又托着七层宝塔，那配供的二十四个小饭在统一的莲花瓣底盘上，分别捏卧着猪牛羊成对的三牲和麒麟、鱼龟等祥瑞，以及石榴、佛手、葡萄、梨果等各色水果，虽经蒸熟，却是形体无变，毛鳞叶脉俱现，略施淡彩，真个是栩栩如生。那油炸的祭品也摆了整整一桌子，全是油炸的茶果：莲花、佛手、宝塔、瓜果应有尽有，散发着浓郁的油香味，一件件都有棱有角、毫无模糊。真真儿是两桌精美绝伦的手工艺品，把人们看得连声惊呼。徐继埙长长地舒了口气，脸上现出欣慰的笑容。他的土财主女儿家又给他们徐家拔了头筹的体面。待身披孝衫的王奋修恭恭敬敬地行了"四三八拜"大礼之后，徐继埙扯着沙哑的嗓子喝令："撤祭！记账！回礼！请客！下一家祭祀！"

王奋修和事宴上的执勤服务人员立即行动，撤离了祭堂。跟着是徐公祖舅家，也是徐公的岳父丈人家西社的续家祭祀。就这样一家紧接着一家，祭祀终了，已到正午时分。徐继埙便令鼓乐暂停，稍事休息，准备出引。就在这时，忽一人闯进灵棚伏地号啕大哭："徐公，徐公！小人送您老人家来了啊！小人还您老人家的心愿来了呀啊！"徐继埙大为惊讶，按他所掌握的应该前来祭祀的亲戚朋友都已祭完，这又是何人？急忙到灵棚去看，只见这人身不穿白，头不戴孝，却是哭得悲痛异常！他赶忙伸手去搀扶，一边问道："你是哪里的戚人？"那人兀自不起，哭着道："徐公知道我，我知道徐公。我来还徐公心愿了。"徐继埙更加奇怪了，左瞅右看不认识此人。还是守灵的孝子徐树看出来了，叫道："哎呀！原来是牛师傅，牛朝奉啊！"急忙过来搀扶，一边就向徐继埙简要地介绍了与牛为贵在京城相识、结伴还乡的事。徐继埙道："怪不得咱家这鼓吹是一等一的好，却原来是有牛师傅这样的皇家乐师啊！既有如此交情，便也是我先兄的朋友，理应以贵宾待客。"急叫下人请牛为贵坐席吃饭。牛为贵急忙推辞，说是怕误了出引时辰，又且鼓乐人员很多，自己独吃也不好。徐继埙看了看灵前报时的信香，道："时间还有一点儿，那就叫大家不拘形式，先打打尖垫垫底，喝两口酒助助兴！"下人急忙拉上牛为贵叫那些鼓乐人员打尖吃饭去了。

　　徐家这个事宴乃是五台徐家有史以来和整个五台县的第一个大事宴，不仅五台所有徐氏家族都来参加，就是那些远门远辈的老亲旁戚也来了人。"朝元阖阆"和东街白花花的尽是吊孝的人，连个能略微休息的地方都没有。王奋修在自己的岳丈徐继塥府上的客厅里休息，见有些人进来只能站着，连个座位都没有，便起身让座，信步出了外边，忽见那些鼓吹班子都不见了，正惊疑时，却见这些人一个个吃喝得脸红扑扑地跑来。牛为贵、田德义、郭根富、杜万重山他们正相跟着，看见了王奋修，正欲上前见礼搭话，猛听当空"轰隆"一声，震得空气都抖动，却是徐家号令所有参加丧礼的家人和亲戚朋友准备出引的号炮。双方便来不及搭话，急匆匆分别。牛为贵、田德义、郭根富三人便按约定，在"朝元阖阆"口拉开三支长号顺大街方向"呜嘟嘟"地吹起来。很快，徐家所雇的异材力士便哗哗哗地跑进"朝元阖阆"去异徐继畬的棺材。"朝元阖阆"口，材架早已绑好，上面罩了金龙戏珠、菩萨引路、八仙相送的棺材罩，等待着徐继畬棺材的到来。牛为贵忙示意田德义和郭根富收起长号，取出唢呐。不一会儿便传出挂孝的女人们嘤嘤呜呜哭爹的、哭伯伯叔叔爷爷姥爷的哭声，便见一群披麻戴孝的女人在一些老妈子丫鬟的搀扶下，拉着遮脸的哭泣孝布哭泣着拥出了"朝元阖阆"口。也不知是谁的指令，宏道史家班吹打起来了鼓乐，跟随挂孝的女人们去了。少顷，"朝元阖阆"里传出了笙管枚箫伴奏着的《五声佛》吟唱声，越来越强，就见三个汉子用杆子高挑着"西方三圣"纸扎菩萨佛站立莲花像出来：正中阿弥陀佛做接引手印，左手端莲花，右手下伸为邀请接引状；上首观世音菩萨，左手端净瓶，右手捏杨柳枝；下首大势至菩萨两手握如意，俱做得栩栩如生。三个汉子身后便是身穿法衣唱诵佛号的僧尼两列队伍，两两相对。有的敲木鱼、有的捏数珠、有的举白幡，真犹如迎接着神人向西天而去。僧尼队伍还没走出阃阅口，忽听又是一声炮响，这正是起灵的号令。便听"朝元阃阅"里传出男人们粗声闷气又撕心裂肺的哭声。与此同时，牛为贵、田德义、郭根富三支唢呐合奏的《哭皇天》响起，加入了男人们哭声的声浪之中而成了引领的主旋律。紧接僧尼队尾一道引魂幡高高地飘扬着出了阃阅口，紧跟着一群穿白戴孝的人分别举着成双成对的引路菩萨、金桥银桥、摇钱树、聚宝盆、八洞神仙、金山银山、功德楼、功德伞，又紧跟着是扎了花和五彩祥云的灵牌、罗伞，点过主的神主牌位、罗伞，大家都哭得涕泪交流，声洪音亮。又是两队身穿皂衣，头戴红缨帽的汉子举着朝廷恩赐的金瓜、钺斧、朝天镫、矛枪、画戟、偃月刀半副銮驾，后面跟着一个汉子双手端着朝廷恩赐的一品朝服和顶戴花翎垫着黄绫缎的条盘，一顶高高的曲柄黄罗伞紧随其后。接着就是身穿重孝，脚踩压倒跟孝鞋，手拄哭丧棒，哭得呼天抢地、涕泪长流且步履踉跄、东倒西歪的孤哀孝子徐树。徐树左右各有一汉子紧紧搀扶保护着，又有一老者端着吊纸盆紧随身旁。跟着就是十几个龇牙咧嘴拼命扛扶着的徐公继畬松龛先生黑漆描金大棺寿材。这是在徐公七十岁朝廷第二次起用他之前，他的四川的一个朋友给他买的一副楠木棺材板做的。棺材很重，犹如铁铸，徐公浪是喜爱。棺材前后又各有一个汉子扛着坚固结实的长条板凳，以备必要时息棺使用。棺材后又是一群七老八小、神情肃穆的徐家姑爷和妻姨姑舅各类表亲。再后是一个拐子老汉圪夹着灵棚里孝子跪过的干草，象征性打扫过灵棚的破簸箕和扫帚出现在"朝元阖阆"口。送葬队伍才画上了句号。

在牛为贵、田德义和郭根富三支大杆子唢呐悲痛欲绝的《哭皇天》乐曲声中，所有的送葬人员按从"朝元阖阆"出来的次序，带着各自所抱着的纸扎，朝着棺材架伏地大哭，等待着捆绑好棺材后起灵。整条东街白压压的一片，犹如雪地里绽放开了满园万紫千红光彩夺目的鲜花。满街看红火的人被挤到了临街的台阶上、屋檐下，有的甚至上了窗台，上了临街屋顶上观看，人人心里震撼惊叹！终于，徐公的棺材捆绑好了，罩上了材罩。有人拿出一块长长的拉灵布，一头搭在孝子徐树肩头，一头系在材罩上，一声号令："起灵！"十六个舁材的力士后生将舁材杠上了肩，齐齐地呐一声喊："起！"将棺材舁了起来。与此同时，端着吊纸盆的老者把吊纸盆在孝子徐树头上一顶，往地上摔了个粉碎。牛为贵、田德义、郭根富他们赶忙抢到引魂幡的前头作为送葬队伍的引导。众送葬人员起身调头，又按照先前的排列顺序，更为伤心悲痛地哭喊着行进，在《哭皇天》的唢呐音乐声中，就像雪崩似的裹挟着数不清的花木滚滚向前。刚走到四街交汇的中心，队伍被阻止前进，但见北街口和南街口都有兵丁衙役把守，竖立起了回避肃静牌，把南北两街前来看红火的人们拦住。西街一直至灵应寺，兵丁和衙役们手持刀枪棍棒，三步一岗，五步一哨，把看红火的人们全逼迫到临街的台阶上、窗户上、大门内和阖阆口里探头探脑。却是朝廷和地方上各级衙门的官员要来"路祭"了。执事人员簇拥着衣着光鲜的司仪徐继埙和身穿重孝、手持哭丧棒、怀抱藩台朱笔点过的徐公神主牌的孝子徐树，急匆匆来到送葬队伍前。徐继埙清清嗓子，转身一声高喊："孝子跪！家属和亲属跪！"便见两个随从官员用手舁着香案过来放下。香案上摆放着点了明烛的蜡台、香炉、烧纸和搭了筷子的四小碗炒菜和酒壶酒盅。首祭的朝廷礼部官员身穿朝服，在随从的陪同下来到香案前。一随从从香案上取过三炷线香，在烛火上点燃交给官员。官员将线香插入香炉，又顺手取过烧纸在烛火上点燃焚烧，又取过酒盅，随从取过酒壶斟酒。官员将酒烧奠于地，喊了一声："徐公尚飨，一路走好！"随从随即把炒碗小菜泼洒于地。官员"四三八拜"礼毕，揭开身旁随从端着的祭匾上蒙着的黑纱。众人一看，题词是"典型顿失"。又揭开另一个随从端着的条盘上的黑纱，却是几匹绸缎，上面放着一个装着银票的皮封，书曰"葬吉之敬"。徐继埙示意两执事上前接过祭匾和条盘，高喊："孝子谢！家属亲属谢！"孝子徐树便和众送葬者叩头谢祭。官员回礼三揖，便令撤了香案，转身离开。接着又是总理各国事务衙门、山西巡抚布政司、山西北路道、宁武府、代州、五台县衙门先后一一排开香案祭祀，折套都差不多，只是祭匾题词各异，祭礼多寡不同，故不一一赘述。

"路祭"结束，送葬队伍继续起程，一直到西街西梢门外灵应寺孝女们的挂孝处，徐公的灵牌纸扎和神主由宏道史家班鼓乐和槐荫赵家班请回在停灵处奉供。灵牌到第二天"服三"时才能端到新坟烧化，神主则安放在家中"奉先堂"。三年"丁忧"过后，孝子孝女们才能完全脱除孝服而穿喜庆吉服。死者的神主与其他先祖的神主一样，只享大年初一、清明寒食节、七月十五盂兰盆节、十月初一寒衣节四时的祭祀。牛为贵他们感激知遇成就之恩，一直把徐公的灵柩送到出了西街到东冶镇外，拐上东岗到了徐家二股坟地才罢。

徐公继畲松龛先生的这一白事宴对五台和五台东冶相邻的定

襄、崞县铜川一带影响极大。以佛教思想为指导，用佛曲祭祀死者，引导死者的灵魂在阿弥陀佛的接引下进入西天极乐世界也成了这一带人们的办白事宴的宗旨和习俗。

由于只贴垫不赚钱，王奋修兴办的王家庄女子学堂于光绪二十五年停办，其子王春槐将之改为收费的村塾。王春槐被人称作半个秀才，亲自执教。民国后，此村塾改为王家庄实生活小学堂。

五台县松台村褚家忘八乐户最后一个传人大名褚炳旭，小名狗娃子。五台县成立县剧团时，狗娃子曾在剧团筛过锣，死于1958年。据剧团掌板师傅孟贵旺说，狗娃子人品很好，为人随和。他当时学艺时岁数小，根本不知道什么，等到狗娃子死了之后才听人们说是忘八。

诚如牛为贵所论，王家庄鼓房走出去的三个鼓班在徐公继畲松龛先生的殡葬事宴上分别后，很快形成了三股鼓吹势力，发展起来。田家班先在阳白村立了鼓房，又到铜川东社立了鼓房，银河铜河两流域地带成了田家班的天下。原平、代县、宁武一带民间艺人慕名前来学艺，形成了"晋北鼓乐"的阵营。后来又兴起了金山张家班、东冶徐家班、五台城田七珍班、芳兰殷家班、宏道张家班，均为王家庄鼓房的徒子徒孙，以演奏《八大套》为业而著名。田德义后人田金贵在新中国成立初组建忻州地区北路梆子剧团时加入该剧团，终生为名角儿"小电灯"贾桂林伴奏，并贡献出不少《八大套》名曲曲牌，为北路梆子事业的发展做出了巨大的贡献。田德义孙田元喜终生在民间鼓吹，精通《八大套》，尤善吹唢呐曲《哭皇天》。1954年，省文化馆出版了《八大套》简谱本，原来的手抄工尺谱却"黄鹤一去不复返"。田元喜临死前，又将自己所知道的据说是褚家忘八所传的古汉乐府和一些古曲传给了其子田林文先生。田林文先生现为五台晋北鼓乐研究会副会长，国家级非遗《八大套》传承人。

牛家班自牛为贵改革后面貌一新。除老根据地窑头外，五台城周围、清水河一带，甚至翻过牛道岭到盂县，均是牛家班的天下，也涌现出了不少鼓吹名人，如二合全、牛六聚、牛玉堂等。据牛玉堂讲，他小时候还见过《八大套》手抄套折，父亲将其视为传家宝，还用专门的竹编小篋装着。父亲死后他们在清水河一带搬过几次家，竟把这个东西遗失了，所幸对《八大套》还有记忆，两个儿子也都会吹打。牛玉堂先生现为五台晋北鼓吹研究会副会长，国家级非遗《八大套》传承人。

郭家班由于在东冶镇扎营，一立班便与宏道史家班产生了艺术上的较量和地盘上的争夺，也留下了很多有趣的故事。据说，阎锡山儿子新婚后在太原督军府请人，郭家班郭六洋和宏道史家班应邀前去吹打。史家班大多是老弱之人。郭家班郭六洋年轻气盛，一气把史家班吹打得败了阵。史家班不服气，说郭家班只是依仗了年轻才取了胜，要真论吹打艺术，郭家班所吹打的都是史家班吹烂了曲子，郭家班并不行。郭六洋听了，马上吹了一曲《八板》问史家班是何曲。史家班说是《八板》，但凡一个吹打的人都知道，又何必卖弄。郭六洋又吹了一曲。史家班却无人知晓了。郭六洋哈哈一笑，道："你不是说《八板》是但凡一个吹打的人都知道，我咋反吹了一遍你们就不知道了？"史家班的人一思想，可不就是，这才知道了郭六洋技艺非凡，只得认输。郭六洋之子郭贵林（郭二）更是晋北鼓吹艺人中的翘楚。一曲完整版《大得胜》吹奏得庄重古朴又威风八面，刚劲火爆又悲壮婉转，慷慨激昂、气势磅礴，经广播电台录音传遍了长城内外，大江南北乃至全世界。1983年，郭贵林去世。省市县文化部门悼其艺术成就，敬挽："声振大江南北，千古一曲大得胜；名扬长城内外，口含绝技瞭单于。"然而可惜的是，郭贵林后人没有得到父亲的传授。

最早披露《八大套》的是槐荫班弟子。1900年赵承贵去世。为了纪念老师，曾在槐荫班学习过的学员李逢源和渠子明经回忆，抄写出了《八大套》，不过却记不起了第二套中《到秋来》的曲子来了，胡乱以《万年花》来顶替。1921年此抄本辗转到了另一个学员东冶镇五级村的张汝林先生手里才得到更正。因是为纪念赵承贵老师才抄写的，再加当时学员们年龄不大，也并不知道这《八大套》的曲子到底怎么来的，便在署名时写了"赵承贵编撰"，致使后人以讹传讹，误认为是《八大套》是赵承贵编撰的。

王奋修保存的那一份《八大套》底本，在他去世时交给了他的儿子王宣昭（小名王春槐）保存，之后不幸被烧毁了。

《小银河畔鼓乐声》的故事仍在继续……

后　记

　　我的家乡山西五台县地灵人杰，别说那历史名人了，就是一些"忘八戏仔吹鼓手"所谓的"下九流"人物，也以他们独特的聪明才智，创造出了彪炳史册、光辉灿烂的晋北鼓乐这个非物质文化遗产。

　　用文学手法纪念这些老前辈，正是我写作的初衷。

　　拙作创作过程中，受到了拙作主人公田德义和牛为贵的后人田林文先生、牛玉堂先生的大力支持。

　　拙作出版过程中又得到五台山文化艺术研究会会长王计云先生的鼎力相助。这是五台县在新时期涌现出来的一个优秀新型民营企业家。他在五台县城的"云海大酒店"环境优雅，地方特色饭菜俱全，住宿舒适；又设有综合演艺大厅，让旅客享受晋北鼓乐、地方戏曲等文艺大餐。五台山文化艺术研究会、五台晋北鼓乐研究会就设立在酒店内，此地无偿接待着来来往往的有关的文人和艺人。酒店院内又有五台文化艺术和历史文物书画艺术图片和实物两个展览大厅，其沧桑感觉令人感慨难忘。最令人感动的是，不但他本人酷爱五台民间文化艺术，喜爱书法、文学、诗歌，具有一定的文才，而且其员工也在他的带动下，将企业文化艺术活动搞得有声有色、欣欣向荣。王计云先生的相助使拙作的出版发行倍感轻松。

另外，我的文友梁生智先生，也为拙作的写作出版付出辛苦的劳动，在这里一并致以衷心的感谢。

作　者